DEBBIE MACOMBER

Un printemps à Blossom Street

Jade

Titre original :
THE SHOP ON BLOSSOM STREET
publié par MIRA®

Traduction française de AUGUSTA RONDEAU

Réalisation graphique couverture
Illustration : LES QUATRE LUNES

83-85, boulevard Vincent-Auriol, 75646 PARIS CEDEX 13.
www.harlequin.fr
ISBN 978-2-2808-4800-8 — ISSN 1773-7192

A Linda Johnson,
qui m'a fait partager son amour du tricot.

A Laura Early, qui m'a prise sous son aile.

Et, enfin, à Lisa,
qui m'a touchée par son désir d'enfant.

1

Le fil forme la maille, le tricot forge l'amitié et l'ouvrage relie les générations.

KAREN ALFKE, conceptrice et enseignante de tricot

Lydia Hoffman

En voyant la boutique à louer dans Blossom Street, j'ai tout de suite pensé à mon père. Elle me rappelait tant son magasin de cycles, quand j'étais petite, avec ses grandes vitrines munies de stores aux couleurs vives. Devant le magasin de mon père, toutefois, il y avait des fleurs en pot qui dégoulinaient sous les vitrines. C'était la contribution de ma mère : des impatiens au printemps et en été, des chrysanthèmes en automne et du houx d'un vert brillant à Noël. Je compte avoir des fleurs, moi aussi.

Le commerce de mon père a vite prospéré. Il s'est installé dans des locaux plus vastes, mais j'ai toujours préféré sa première boutique.

L'employée de l'agence immobilière qui me faisait visiter les lieux a dû être étonnée : à peine avait-elle ouvert la porte que j'ai déclaré :

— Je la prends !

La jeune femme s'est tournée vers moi, l'air intrigué, comme si elle n'était pas certaine de m'avoir bien entendue.

— Vous ne voulez pas visiter ? Vous savez qu'il y a un petit appartement au-dessus, n'est-ce pas ?

— Oui, vous m'en avez parlé tout à l'heure.

L'appartement me convenait à merveille. Il plairait aussi à mon chat Moustache, j'en étais certaine.

— Vous devriez quand même visiter avant de signer !

J'ai opiné en souriant, mais une visite n'était pas vraiment nécessaire. D'instinct, je savais que j'avais trouvé le local idéal pour ma boutique de fil à tricoter.

Seul inconvénient : ce quartier de Seattle était en pleine mutation. A cause des chantiers, Blossom Street était barrée à une extrémité, l'accès en voiture n'étant autorisé qu'aux riverains. En face se dressait un bâtiment en brique de trois étages, une ancienne banque en passe d'être transformée en appartements de luxe. Plusieurs autres édifices, dont un entrepôt, allaient également devenir des résidences haut de gamme. L'architecte avait cependant réussi à conserver le cachet d'origine, ce qui m'enchantait. Les travaux allaient durer des mois, mais mon loyer serait raisonnable, du moins dans l'immédiat.

Comme pour tous les petits commerces, les six premiers mois seraient difficiles, d'autant plus que les chantiers risquaient de gêner l'accès à la boutique. Pourtant, j'adorais déjà cet espace qui correspondait en tout point à ce que je voulais.

Vendredi matin, à la première heure, une semaine après avoir découvert les lieux, j'ai donc signé un bail de deux ans. On m'a remis les clés et un exemplaire du bail. J'ai emménagé dans ma nouvelle maison le jour même. Jamais je n'avais ressenti un tel enthousiasme. J'avais l'impression de me lancer dans la vie. A bien des égards, c'était le cas.

Le dernier mardi d'avril, j'ai ouvert Au fil des jours[1].

1. Traduction libre de *A good yarn*. Le mot anglais *yarn* désigne à la fois le fil à tricoter et un récit, une longue histoire (note de l'éditeur).

J'étais fière et impatiente, debout au milieu de ma boutique, à observer les fils de toutes les couleurs qui m'entouraient. J'imaginais sans peine les réflexions de ma sœur lorsqu'elle apprendrait que j'étais allée jusqu'au bout de mon projet. Si je n'avais pas demandé son avis à Margaret, c'était parce que je prévoyais sa réaction. Le moins que l'on puisse dire, c'est qu'elle ne m'encourageait guère.

J'ai trouvé un menuisier qui m'a installé trois rangées de cubes peints en blanc. La plupart des pelotes de laine étaient arrivées le vendredi, et j'avais passé le week-end à les trier par poids et coloris avant de les disposer avec soin dans les rayons. J'avais récupéré un tiroir-caisse d'occasion, restauré l'ancien comptoir et disposé du matériel de tricot sur un présentoir. J'étais prête à accueillir mes clientes.

Cette inauguration aurait dû être un moment merveilleux, mais je n'ai pas pu retenir mes larmes. Papa aurait été si heureux de voir ce que j'avais accompli… Il avait été mon soutien, ma force, mon guide. Sa mort m'avait anéantie.

Car j'avais toujours été persuadée que je mourrais avant mon père.

La plupart des gens sont gênés de parler de la mort. Or, je vis avec cette épée de Damoclès depuis si longtemps que cela ne me fait plus aucun effet. La mort est ma réalité depuis quatorze ans, et j'en parle avec autant de facilité que si j'évoquais la pluie et le beau temps.

Mon premier cancer est apparu l'été de mes seize ans. Ce jour du mois d'août, j'étais allée chercher mon permis de conduire. J'avais réussi le code et l'épreuve pratique. Ma mère m'a ensuite laissée conduire de l'auto-école jusque chez l'ophtalmologiste pour une visite de routine. Je souffrais de problèmes de vue depuis l'enfance. J'avais de grands projets pour cette journée. Après l'ophtalmo, ma copine Becky et moi comptions nous rendre à la plage en voiture. J'étais impatiente de conduire sans ma mère, mon père ou ma sœur aînée.

J'étais contrariée que ma mère ait pris rendez-vous juste après mon permis de conduire. J'avais eu des maux de tête, des étourdissements, et papa pensait que j'avais peut-être besoin de lunettes de lecture. La perspective d'arriver au lycée de Lincoln High avec des lunettes m'ennuyait beaucoup. J'espérais que mes parents me laisseraient porter des lentilles. Finalement, ma vision devint le cadet de mes soucis.

L'ophtalmologiste, qui était un ami de mes parents, passa une éternité à examiner le coin de mon œil avec sa lampe éblouissante, puis il m'interrogea longuement sur mes maux de tête. Je n'oublierai jamais son expression, tandis qu'il parlait à ma mère. Il était si sérieux, il paraissait tellement inquiet…

— Je vais prendre un rendez-vous à l'hôpital universitaire de Washington pour Lydia. Immédiatement.

Ma mère et moi étions atterrées.

— D'accord, répondit-elle en observant tour à tour le Dr Reid et moi-même. Il y a un problème ?

Le médecin opina.

— Je n'aime pas beaucoup ce que je vois. Je crois que le Dr Wilson devrait l'examiner.

Le Dr Wilson fit plus que cela : il m'ouvrit le crâne pour ôter une tumeur maligne de mon cerveau. Je prononce ces mots facilement, maintenant, mais ça n'était pas si simple à l'époque. J'ai subi des semaines d'hospitalisation, enduré des douleurs atroces. Après l'opération, j'ai suivi une chimio et une radiothérapie. Certains jours, le moindre rai de lumière me causait une telle souffrance que je me retenais pour ne pas hurler. Parfois, je mesurais chaque respiration, m'accrochant désespérément à la vie, parce que, malgré mes efforts, je la sentais m'abandonner peu à peu. Souvent, je me réveillais avec l'envie de mourir, car je me sentais incapable d'endurer ce calvaire une heure de plus. Sans mon père, je crois que je serais morte.

J'avais le crâne rasé, à l'époque, puis mes cheveux ont repoussé, et ils sont retombés. J'ai raté toute ma première année de lycée. Quand j'ai pu enfin retourner en classe, tout avait changé. Les gens me regardaient différemment. Je ne suis pas allée au bal de fin d'année : personne ne m'avait invitée. Quelques copines m'ont proposé de les accompagner, mais, par fierté, j'ai refusé. Avec le recul, ce détail me semble insignifiant. J'aurais dû y aller.

Le plus triste de l'histoire, c'est que, au moment où j'ai cru pouvoir enfin mener une vie normale, la tumeur a réapparu.

Je n'oublierai jamais le jour où le Dr Wilson nous a annoncé la récidive. J'ai lu tant de douleur dans les yeux de mon père. Plus que quiconque, il comprenait ce que j'avais enduré. Ma mère supportant mal la maladie, c'est lui qui m'a toujours soutenue moralement. Il savait qu'il n'y avait rien qu'il puisse faire ou dire pour atténuer cette nouvelle épreuve. A vingt-quatre ans, j'étais encore étudiante et j'essayais d'accumuler suffisamment d'unités de valeur pour obtenir ma licence. Je ne l'ai jamais eue.

J'ai survécu à mes deux cancers et je ne suis plus du tout la fille insouciante d'autrefois. Je savoure pleinement chaque seconde car je sais combien la vie est précieuse. Si la plupart des gens pensent que j'ai moins de trente ans, ils me trouvent aussi plus grave que les femmes de mon âge. Mon expérience m'a appris à ne rien considérer comme acquis, surtout pas la vie elle-même. Pour moi, chaque jour qui se lève n'est pas un dû. Mais j'ai découvert des compensations à ma souffrance. Sans le cancer, je serais une personne totalement différente. Mon père me trouvait une certaine sérénité, une sagesse. Je suppose qu'il avait raison. Pourtant, à bien des égards, je suis naïve, surtout en ce qui concerne les hommes et les relations sentimentales.

De toutes ces compensations, celle que j'apprécie le plus est le fait d'avoir appris à tricoter durant mes traitements.

Si j'ai survécu à mes deux cancers, mon père n'a pas eu cette chance, hélas. Ma seconde tumeur l'a tué. Ma sœur Margaret en est persuadée. Elle ne l'a jamais dit franchement, mais c'est ce qu'elle pense. Et elle a peut-être raison. Notre père a succombé à une crise cardiaque. Il avait tellement vieilli, après le second diagnostic... Je sais que s'il avait pu prendre ma place, il l'aurait fait sans hésiter.

Il a passé beaucoup de temps à mon chevet. C'est ce que Margaret semble incapable de pardonner ou d'oublier : ce temps passé auprès de moi et ce dévouement de notre père, tout au long de cette épreuve. Maman aussi m'a aidée, dans la mesure de ses moyens.

Margaret était mariée et mère de deux enfants avant même le diagnostic de ma seconde tumeur. Néanmoins, elle semble considérer qu'elle a été lésée. A ce jour, elle se comporte comme si j'avais choisi d'être malade.

Il va sans dire que ma sœur et moi entretenons des rapports conflictuels. Pour ma mère, surtout maintenant que mon père n'est plus là, j'essaie de m'entendre avec Margaret. Elle ne me facilite pas les choses car, malgré les années, elle n'arrive pas à masquer son ressentiment.

Margaret était opposée à mon projet de boutique de fil à tricoter. Mais je doute qu'elle m'aurait encouragée si j'avais eu un autre projet. Elle jubilait à la perspective de me voir échouer. D'après les statistiques, la plupart des nouvelles entreprises ne tiennent pas au-delà d'un an, mais je voulais tenter ma chance.

Le financement n'était pas un problème, grâce à un héritage de ma grand-mère maternelle, décédée quand j'avais douze ans. Papa a bien investi cet argent, et j'avais des économies confortables. J'aurais peut-être dû les garder pour ce que maman appelle un « jour de pluie », mais il semble pleuvoir tous les jours, depuis mes seize ans, et j'en avais assez de m'accrocher à cet argent. Au fond de moi-même, je suis sûre que papa aurait été d'accord.

C'est pendant mes séances de chimiothérapie que j'ai appris à tricoter. Je suis devenue une experte. Papa disait toujours en plaisantant que j'avais assez de pelotes de laine pour ouvrir un magasin. J'ai fini par lui donner raison.

J'adore tricoter. J'y trouve un réconfort que j'ai du mal à expliquer. Le geste répétitif qui consiste à enrouler le fil sur l'aiguille pour former une maille constitue un but, une envie d'avancer. Quand le monde s'écroule autour de soi, on recherche un certain ordre, et je l'ai trouvé dans le tricot. En fait, j'ai même lu que le tricot atténuait le stress plus efficacement que la méditation. Pour moi, en tout cas, c'était sans doute une meilleure méthode, car j'obtenais un résultat tangible. Peut-être le tricot me donnait-il aussi l'impression d'agir. J'ignorais ce que me réservait le lendemain, mais, avec deux aiguilles et une pelote de laine, j'avais l'impression de pouvoir gérer mon destin. Chaque maille était un accomplissement. Certains jours, je ne parvenais à tricoter qu'un rang, mais je remportais au moins cette petite victoire, ce qui changeait tout, à mes yeux.

Au fil des années, j'ai appris à tricoter à un tas de gens. Mes premiers élèves furent les autres patients en chimiothérapie au centre d'oncologie de Seattle. Très vite, tout le monde s'est mis à tricoter des carrés en fil de coton. Je crois que chaque médecin et infirmière de cette clinique possède assez de carrés pour une vie entière. Ensuite, j'ai entraîné mon équipe de tricoteurs débutants vers les petits napperons. J'ai connu des échecs, certes, mais encore plus de succès. Ma patience fut récompensée par la sérénité que d'autres malades trouvaient dans le tricot.

Maintenant, je possède ma propre boutique et je crois que le meilleur moyen d'attirer la clientèle est de proposer des cours de tricot. Je ne vendrai jamais assez de pelotes pour m'en sortir en me cantonnant aux carrés. J'ai donc choisi de commencer par une petite couverture pour bébé. C'est un modèle simple, au point de jersey, signé Ann Norling, l'une de mes créatrices préférées.

Je ne sais pas ce que me réserve cette nouvelle aventure, mais j'ai bon espoir. Quand on a été touché par le cancer, l'espoir est la drogue la plus puissante.

J'étais en train de rédiger une pancarte pour mes cours de tricot quand le carillon de la boutique a retenti. Ma première cliente venait de franchir le seuil. Je levai les yeux en souriant. Mon enthousiasme retomba vite quand je reconnus Margaret.

— Salut ! dis-je en faisant de mon mieux pour paraître heureuse de la voir.

Je n'avais aucune envie que ma sœur débarque dès le premier jour pour me faire douter de moi.

— Maman m'a dit que tu avais décidé d'aller jusqu'au bout de ton idée.

Je ne répondis rien. Les sourcils froncés, Margaret poursuivit :

— J'étais dans le quartier et je me suis dit que c'était l'occasion de venir voir la boutique.

— Alors, qu'est-ce que tu en penses ?

Je me gardai de lui signaler que Blossom Street n'était vraiment pas sur son chemin.

— Pourquoi l'avoir baptisée Au fil des jours ?

J'avais réfléchi à un tas de noms, jugeant certains trop mièvres, d'autres trop ordinaires. J'aimais bien l'idée du fil conducteur, du partage quotidien, des rencontres qui se font et se défont jour après jour. C'est important pour moi. Au fil des jours, c'est un nom accueillant... Mais je ne dis rien de tout cela à ma sœur.

— Pour que les gens sachent que je vends de la laine.

Margaret haussa les épaules comme si elle connaissait des dizaines de boutiques aux noms plus évocateurs.

— Alors, qu'est-ce que tu en dis ?

Elle balaya une seconde fois la boutique du regard, même si rien n'avait changé depuis sa première inspection.

— C'est mieux que ce à quoi je m'attendais.

De sa part, c'était un compliment.

— Le stock n'est pas encore très important, mais toutes mes commandes ne sont pas arrivées. Et j'ai l'intention d'en passer d'autres. J'ai repéré des laines superbes qui viennent d'Irlande et d'Australie. Tout cela demande du temps et de l'argent.

Dans mon enthousiasme, j'en dévoilai plus que je ne le souhaitais.

— Tu t'attends à ce que maman te donne un coup de main ?

La question était directe.

— Ne t'en fais pas, répliquai-je en secouant la tête. Je me débrouillerai toute seule.

Telle était donc la raison de cette visite inopinée. Margaret pensait que j'allais profiter de notre mère. Il n'en était pas question, et j'étais même offensée par cette accusation, mais je ravalai une réplique cinglante. Margaret me foudroya du regard comme si elle doutait de ma sincérité.

— J'ai vendu mes actions chez Microsoft, avouai-je.

Les grands yeux marron de ma sœur, si semblables aux miens, s'écarquillèrent d'effroi.

— Tu n'as pas fait ça !

Que s'imaginait-elle donc ? Que j'avais d'énormes économies ?

— Il le fallait.

Avec mon dossier médical, aucune banque ne m'aurait accordé le moindre crédit.

— C'est ton argent, après tout, fit Margaret sur un ton qui suggérait que j'avais commis une terrible erreur. Mais je ne crois pas que papa aurait approuvé.

— Il aurait été le premier à m'encourager.

J'aurais mieux fait de tenir ma langue, mais je n'ai pas pu.

— Tu as sans doute raison, répliqua Margaret avec ce ton caustique qui surgissait à chacune de nos conversations. Papa ne pouvait rien te refuser.

Ma sœur fit le tour de la boutique. Etant donné qu'elle ne m'aime pas, j'ai du mal à comprendre pourquoi nos rapports comptent à ce point pour moi. Bien sûr, la santé de notre mère est fragile, et bientôt, je le crains, il ne restera que Margaret et moi. Le fait de me retrouver sans famille me terrifie.

Je suis heureuse de ne pas savoir ce que me réserve l'avenir. Un jour, j'ai demandé à mon père pourquoi Dieu ne nous disait pas ce que nous apporterait le lendemain. Il m'a répondu que ne pas connaître l'avenir était une bénédiction. Si nous savions tout, nous ne serions pas responsables de notre vie, de notre bonheur. Il avait raison.

— Quelles sont tes ambitions ? demanda Margaret.

— Je… Je démarre doucement.

— Et la clientèle ?

— J'ai placé une annonce dans les pages jaunes.

Je me gardai bien de préciser que le nouvel annuaire ne sortirait que dans deux mois. Inutile de fournir des munitions à Margaret. J'avais aussi distribué des prospectus dans le quartier, mais j'ignorais s'ils attireraient du monde. Je comptais surtout sur le bouche à oreille pour susciter l'intérêt des clientes éventuelles et engendrer des ventes. Mais je n'en dis rien non plus.

Ma sœur aînée me toisa avec cet air de dédain que j'ai toujours détesté. Serrant les dents, je m'efforçai de contrôler ma réaction.

— J'allais justement afficher une pancarte pour mon premier cours de tricot.

— Tu crois sérieusement qu'une pancarte rédigée à la main va attirer les gens dans ta boutique ? Le stationnement est un véritable cauchemar dans le quartier et, même quand la rue ne sera plus barrée, il n'y aura guère de passage, avec ce chantier.

— Non, mais…

— Je te souhaite bonne chance, mais…

— Ah bon ? coupai-je, les mains tremblantes, avant d'aller fixer ma pancarte sur la vitrine.

— Qu'est-ce que tu veux dire par là ?

Je me retournai vers Margaret, qui me dépassait de huit centimètres, et de dix kilos, aussi. En nous voyant, nul n'aurait pu se douter que nous étions sœurs.

— Je crois que tu me souhaites d'échouer, au contraire, dis-je en toute franchise.

— C'est faux ! Si je suis venue ce matin, c'est parce que… je m'intéresse à ce que tu fais.

Elle releva légèrement la tête, comme pour me défier de lui résister encore.

— Quel âge as-tu ?

— Trente ans.

— Il serait temps que tu coupes le cordon.

C'était terriblement injuste.

— C'est exactement ce que j'essaie de faire. Je suis partie de chez maman pour m'installer dans l'appartement du premier étage. J'ai créé ma propre entreprise et j'aimerais bien que tu me soutiennes.

Elle ouvrit les mains, esquissant un geste d'apaisement.

— Tu veux que je t'achète de la laine ? C'est ce que tu souhaites ? Tu sais bien que je ne tricote pas et que je n'ai aucune envie d'apprendre. De plus…

— Juste une fois, Margaret, tu ne pourrais pas me dire quelque chose de gentil ?

J'attendis, l'implorant en silence de trouver dans son cœur au moins une parole d'encouragement.

— Tu as le sens des couleurs, dit-elle en désignant les pelotes disposées sur une table, près de l'entrée.

— Merci, répondis-je d'un ton qui se voulait aimable.

Je ne lui dis pas que j'avais utilisé une roue des couleurs pour mon étalage. Margaret faisait si peu de compliments que je n'allais pas lui donner l'occasion de retirer celui-ci.

Si nous avions été plus proches, je lui aurais parlé de mes véritables motivations. Je lui aurais expliqué que cette boutique était pour moi le symbole de la vie. J'étais disposée à investir tout ce que j'avais pour réussir. Tel le conquérant viking qui brûla son vaisseau après avoir débarqué, j'avais choisi ma voie : réussir ou sombrer.

Comme l'aurait dit mon père, je prenais la responsabilité d'un avenir que je ne pouvais prévoir.

Le carillon tinta de nouveau. Une cliente ! Ma première vraie cliente.

2

Jacqueline Donovan

Après une dispute avec son fils, Jacqueline Donovan était désemparée. Elle avait pourtant tenté de réprimer sa rancœur à l'égard de sa belle-fille. Mais quand Paul l'avait appelée pour lui annoncer que Tammie Lee était enceinte de cinq mois et demi, Jacqueline s'était emportée et avait dit des mots qu'elle n'aurait jamais dû prononcer. Résultat : Paul lui avait raccroché au nez.

Pour compliquer le tout, Reese, son mari, avait téléphoné peu après, en lui demandant de lui apporter des plans au chantier de Blossom Street. Contrariée par sa querelle avec Paul, elle lui avait tout raconté. Depuis, Reese lui en voulait, lui aussi. En vérité, elle se moquait de ce que pensait son mari. Mais Paul, son fils unique… c'était une autre histoire.

Anxieuse, déprimée, Jacqueline se rendit au chantier. Elle mit vingt minutes à garer sa voiture. Elle finit par trouver une place, mais à l'autre bout de la rue, en face d'un vidéoclub sordide. Munie de ses plans, elle se fraya un chemin dans le désordre du chantier, en grommelant. Elle pouvait compter sur Reese pour lui gâcher sa journée !

— Tu as apporté les plans ?

Reese sortit de la baraque de chantier pour venir à sa rencontre. Jacqueline enjamba des conduits, essayant de ne pas trop abîmer ses chaussures à hauts talons dans ce chantier de rénovation dont était chargé le cabinet d'architecture Donovan & Gray. Vêtu d'un costume coûteux et coiffé d'un casque, Reese demeurait un bel homme, à cinquante-neuf ans.

Jacqueline lui tendit le précieux rouleau. Il déposa les plans dans la baraque de chantier et se tourna vers elle.

— Je suis inquiète pour Paul, lui dit-elle.

Reese haussa les épaules d'un air las. Ses journées étaient longues, et Jacqueline faisait mine de croire que tout ce temps passé en dehors de la maison était consacré à son travail. En réalité, elle savait très bien ce qui se passait. S'il était fatigué, ce n'était pas elle qui allait le plaindre.

Pour Paul et leurs amis, Jacqueline et Reese parvenaient à faire bonne figure, mais cela faisait des années que le couple battait de l'aile. Ils menaient chacun leur vie. Ils n'avaient pas dormi ensemble depuis que Paul était parti faire ses études, douze ans plus tôt. En fait, ils ne partageaient plus grand-chose, à part leur amour pour leur fils.

— Alors, Tammie Lee est enceinte ? dit Reese, ignorant ses inquiétudes.

— De toute évidence, cette fille est une pondeuse, comme je le soupçonnais, répondit Jacqueline en hochant la tête.

Reese fronça les sourcils. Il réprouvait la méfiance naturelle de sa femme envers Tammie Lee. Cependant, ils ne savaient presque rien de sa famille. Le peu que Jacqueline avait glané, au fil des récits de la jeune femme sur ses oncles, ses tantes et innombrables cousins, n'était pas très encourageant, c'était le moins que l'on puisse dire.

Le bruit d'une grue qui manœuvrait détourna un instant l'attention de Reese. Puis il fronça de nouveau les sourcils.

— La nouvelle n'a pas l'air de t'enchanter.

— Allons, Reese, comment voulais-tu que je réagisse ?

— Comme une femme qui va être grand-mère pour la première fois.

Jacqueline croisa les bras.

— Eh bien, ça ne me ravit pas.

Si certaines de ses amies étaient enchantées d'être grand-mères, Jacqueline n'avait pas l'impression qu'elle allait s'adapter aussi facilement à ce nouveau statut.

— Jacquie, il s'agit de notre petit-fils ou de notre petite-fille.

— J'aurais mieux fait de ne pas t'en parler ! lança-t-elle, furieuse.

Sans cette dispute avec Paul, elle n'en aurait rien dit. Elle avait toujours été proche de son fils. C'était pour lui qu'elle restait au sein de ce couple fantôme. Paul était tout ce qu'elle avait toujours espéré : beau, intelligent, brillant, et tant d'autres qualités encore. Il travaillait dans le secteur bancaire et grimpait rapidement les échelons. Et puis, un an plus tôt, il avait fait quelque chose de totalement incongru : il avait épousé la mauvaise femme.

— Tu n'as pas accordé la moindre chance à Tammie Lee, lui fit remarquer Reese.

— Tu es vraiment injuste !

Jacqueline se rendit compte avec effroi que sa voix tremblait d'émotion. Elle avait fait de gros efforts pour s'entendre avec Tammie Lee. Mais elle ne comprenait pas comment son fils, un garçon si raisonnable, avait pu épouser cette inconnue, cette… cette sauvageonne du Sud, alors que nombre de filles de ses amies s'intéressaient à lui. Paul appelait Tammie Lee sa « belle Sudiste », mais Jacqueline ne voyait en elle qu'une paysanne.

— Je l'ai emmenée déjeuner au country club et je n'ai jamais eu aussi honte de ma vie. Je l'ai présentée à Mary James et, l'air de rien, Tammie Lee s'est mise à discuter d'une recette de pieds de porc avec la présidente de l'association féminine.

Jacqueline avait mis des semaines à trouver le courage d'affronter de nouveau son amie.

— Mary n'est-elle pas responsable du livre de recettes ? Il est parfaitement logique qu'elles aient évoqué…

— Je n'ai pas besoin que tu me critiques, toi aussi ! lança Jacqueline.

A quoi bon essayer d'expliquer quoi que ce soit à Reese ? Ils n'arrivaient même plus à avoir une conversation polie. De plus, la poussière du chantier était en train d'anéantir son maquillage et le vent défaisait son chignon. Reese s'en moquait. Les apparences comptaient, à ses yeux, mais il n'avait pas idée des efforts qu'elle déployait pour s'entretenir physiquement. Il n'imaginait pas combien de temps elle mettait à se coiffer, à se maquiller. A la cinquantaine dépassée, il fallait du talent pour dissimuler les outrages du temps.

— Qu'as-tu dit à Paul, au juste ? demanda-t-il en haussant un peu le ton.

Jacqueline se redressa fièrement, comme pour sauvegarder sa dignité.

— Que j'aurais préféré qu'il attende un peu avant de fonder une famille.

— Ne reste pas sur le seuil, entre ! lança Reese en désignant l'intérieur de la baraque.

Elle obtempéra. C'était la première fois qu'elle pénétrait dans ce genre d'endroit. En parcourant les lieux du regard, elle remarqua les plans, les tasses vides et le désordre. Une vraie porcherie.

— Tu ferais mieux de tout me dire.

En silence, Reese versa du café dans une tasse qu'il lui tendit. Elle refusa d'un mouvement de tête, redoutant que la tasse n'ait pas été lavée depuis des semaines.

— Pourquoi pars-tu du principe que j'ai fait plus qu'exprimer ma déception ? demanda-t-elle.

— Parce que je te connais.

— Merci !

Bien qu'elle ait la gorge nouée, elle refusa d'exprimer la peine que lui faisait cette remarque.

— Pire encore, Tammie Lee est enceinte de bientôt six mois. Paul a affirmé qu'il ne voulait rien nous dire avant d'avoir la certitude que la grossesse irait à son terme.

— Et tu ne le crois pas ?

Reese croisa les bras et s'appuya contre la porte ouverte.

— Bien sûr que non ! En général, on attend trois mois pour annoncer un heureux événement, déclara-t-elle d'un ton sarcastique. Mais six mois ? Tu sais aussi bien que moi que, s'il a autant attendu, c'est parce qu'il savait ce que je ressentirais. Je l'ai toujours dit, et je le répète, ce mariage est une grossière erreur.

— Ecoute, Jacquie…

— Que voudrais-tu que j'en pense ? Paul part en voyage d'affaires à La Nouvelle-Orléans et il rencontre cette fille dans un bar.

— Ils participaient tous les deux au même congrès financier, et ils se sont retrouvés pour boire un verre, dans la soirée.

Pourquoi Reese devait-il mentionner ces détails sans intérêt ?

— Ils ont passé ces trois jours ensemble et, comme ça, il nous annonce qu'il a épousé une fille que nous n'avions même pas rencontrée !

— Là, je suis d'accord avec toi, admit Reese. J'aurais préféré que Paul nous en parle, mais ça fait presque un an.

Jacqueline était toujours bouleversée que son fils ne se soit pas marié en grande pompe à l'église, comme elle en avait toujours rêvé. Paul le méritait bien, et elle aussi. Au lieu de cela, elle n'avait même pas été conviée à la cérémonie.

Elle n'avait guère envie de s'aventurer sur ce terrain. Pour toute explication, son fils avait déclaré qu'il était amoureux, qu'il avait la certitude de vouloir passer le reste de ses jours avec Tammie Lee, qu'il ne supportait pas d'être séparé d'elle un instant. Telles étaient les raisons qu'il leur avait données, mais Jacqueline avait des doutes. Paul devait pressentir qu'elle ne serait pas contente, et que sa belle-famille lui ferait honte. Elle ne pouvait qu'imaginer le genre de mariage que la famille de Tammie Lee organiserait. Le dîner serait sans doute constitué de plats surgelés, de pommes de terre, avec des beignets en guise de pièce montée.

— Tammie Lee est tombée enceinte moins de six mois après le mariage ! lança-t-elle sans masquer son mépris.

— Paul a plus de trente ans, Jacqueline, répliqua Reese avec ce regard réprobateur qu'il affichait parfois et qu'elle avait toujours détesté.

— Justement. Il est assez grand pour connaître les moyens de contraception !

Paul lui avait assené la nouvelle de cette grossesse comme il l'avait informée de son mariage, par téléphone, sans préambule.

— Il m'a dit qu'il avait envie de fonder une famille, murmura Reese.

— C'est trop tôt ! explosa Jacquie.

Il était décidément impossible de discuter avec Reese. Il semblait se moquer du fait que Paul avait épousé une femme qui n'était pas digne de lui. Sa belle-fille ne ressemblait en rien à ce qu'elle avait envisagé pour son fils. Jacquie avait sincèrement essayé d'accueillir Tammie Lee au sein de la famille, mais elle ne supportait pas sa présence plus de quelques minutes. Ce « charme du Sud », cette hypocrisie la dépassaient.

— Mais Paul est content, pour le bébé, non ?

Jacqueline s'appuya sur la table et opina.

— Il est ravi, marmonna-t-elle. Enfin, c'est ce qu'il dit…

— Alors, où est le problème ?

— Il… Il ne semble pas croire que je serai une bonne grand-mère.

Reese plissa les yeux d'un air perplexe.

— Qu'est-ce que tu lui as donc raconté ?

— Oh, Reese ! fit-elle, accablée. Je n'ai pas pu m'en empêcher. Je lui ai dit que, selon moi, il avait commis une erreur terrible en épousant Tammie Lee, et que cette grossesse allait tout compliquer.

Elle espérait que, au bout de un an ou deux, Paul reconnaîtrait son erreur et se dégagerait de ce mariage avec élégance. Mais avec un enfant, ce serait moins évident.

— Tu n'as pas dit ça à Paul, j'espère ? lança Reese, furieux.

— Je sais que j'aurais dû me taire, mais comment m'en vouloir ? Je commence à peine à me remettre du fait que notre fils unique a épousé une inconnue, et voilà qu'il me porte le coup de grâce avec cette grossesse.

— Ça devrait être une bonne nouvelle.

— Eh bien, ce n'est pas le cas !

— Il s'agit de notre fils et de Tammie Lee.

— Justement ! s'exclama Jacquie. Et pourquoi ces filles du Sud ont-elles toujours des prénoms composés ? Elle ne peut pas s'appeler simplement Tammie ?

— C'est son prénom, Jacqueline.

— Il est ridicule.

Reese la dévisagea comme s'il la voyait pour la première fois.

— Pourquoi es-tu si furieuse ?

— Parce que j'ai peur de perdre mon fils.

Paul et la complicité qu'ils partageaient étaient sa seule consolation dans la vie. Et voilà qu'elle avait tout gâché en offensant son fils.

— Rappelle-le et excuse-toi.

— J'en ai l'intention, répondit-elle.

— Tu pourrais faire livrer des fleurs à Tammie Lee.

— Je le ferai.

Mais ce geste serait destiné à Paul, pas à sa femme.

— Et si tu allais chez le fleuriste de Blossom Street ?

Jacqueline hocha la tête.

— Je compte faire autre chose, aussi.

Pourvu que ce soit suffisant ! Que Paul se rende compte qu'elle faisait un effort pour accepter sa femme.

— Quoi ?

— J'ai vu une annonce dans la vitrine de la nouvelle boutique de fil à tricoter. Je vais m'inscrire à des cours de tricot. Le premier ouvrage est une couverture pour bébé.

Reese approuvait si rarement ses décisions qu'elle fut touchée par la chaleur de son sourire.

— Je n'aime pas Tammie Lee, mais je serai la meilleure grand-mère possible.

Quelqu'un devait se charger de donner à l'enfant de Paul le bon exemple. Sinon, son petit-fils ou sa petite-fille risquait de grandir en se gavant de beignets.

3

Carol Girard

Carol Girard n'aurait jamais cru qu'il lui serait aussi difficile de se retrouver enceinte. De toute évidence, sa mère n'avait pas connu ces problèmes. Carol et son frère Rick étaient nés à deux ans d'intervalle.

Avant leur mariage, Doug et Carol avaient parlé de fonder une famille, un jour. La jeune femme occupait un poste haut placé dans une société de courtage. Doug voulait être certain qu'elle souhaitait avoir des enfants, elle aussi. Il lui avait donc demandé si elle était disposée à mettre sa carrière entre parenthèses pendant quelques années. Elle avait répondu par un oui franc et massif. Pour elle, la vie de famille était primordiale. Elle avait toujours rêvé d'être mère. Doug serait un père merveilleux, et elle était follement amoureuse de lui.

En déjeunant d'un plat tout prêt réchauffé au four à micro-ondes, Carol balaya du regard la cuisine de son appartement situé au seizième étage, qui surplombait le Puget Sound. Elle n'avait quitté son emploi que depuis un mois, mais elle bouillonnait déjà d'impatience. Elle avait démissionné dans l'unique intention de permettre à son corps de se détendre, de fuir les exigences du quotidien. Doug était persuadé que c'était le stress lié à son travail qui empêchait son épouse de concevoir un enfant. L'obstétricien ayant admis cette possibilité, tous deux avaient subi une batterie de tests humiliants, qui avaient révélé que, outre ses trente-sept ans, Carol avait un problème d'anticorps détruisant les spermatozoïdes.

Dès que la sonnerie du téléphone retentit, elle décrocha.

— Allô ! fit-elle d'un ton enjoué, heureuse de pouvoir parler à quelqu'un, même un télévendeur.

— Salut, chérie. Je me demandais si tu étais encore à la maison.

Carol connut un moment de panique.

— J'étais censée me rendre quelque part ?

— Tu m'avais dit que tu irais te promener, cet après-midi, répondit Doug en riant.

C'était un conseil qui figurait dans l'un des nombreux ouvrages qu'ils avaient consultés. Carol avait décidé de se dépenser davantage. Cela faisait partie d'un programme qu'ils avaient établi avant qu'elle ne quitte son emploi.

— C'est vrai. Je m'apprêtais à sortir, déclara-t-elle en tournant le dos à son assiette.

— Carol ? Ça va ?

Son mari devinait ses humeurs, sa déprime, son anxiété. Il avait eu raison de lui conseiller de démissionner. Ils avaient peur tous les deux, car il existait un risque que Carol ne mène jamais une grossesse à terme. Il ne leur restait qu'une dernière tentative de fécondation in vitro. La compagnie d'assurances pour laquelle travaillait Doug avait son siège dans l'Illinois, où la législation imposait aux assurances de santé de financer trois tentatives. Les deux premières avaient échoué. La FIV du mois de juillet serait leur dernière chance. Ensuite, ils se retrouveraient seuls sur le plan financier. Au départ, ils avaient décidé de s'en tenir aux trois tentatives et, en cas d'échec, de recourir à l'adoption. Avec le recul, c'était une décision raisonnable. La détresse psychologique provoquée par les deux premiers échecs leur prouvait que Carol ne pourrait pas en supporter beaucoup plus. Rares étaient les couples assez forts pour endurer la souffrance de plusieurs fausses couches successives.

Carol et Doug n'avaient jamais exprimé clairement que cette troisième tentative marquerait peut-être la fin de leur espoir, mais ils y pensaient. Il était essentiel que Carol soit enceinte, cette fois, et qu'elle mène sa grossesse à terme.

La jeune femme était prête à tout donner, à renoncer à son emploi, à endurer les actes médicaux les plus humiliants, à affronter ses doutes, ses sautes d'humeur pour avoir un bébé. Un bébé de Doug.

— Je t'aime, chérie.

— Je sais, répondit-elle d'un ton désinvolte.

Doug était toujours présent lors des consultations, des analyses, dans les moments de déprime, de larmes et de deuil.

— Un jour, tu tiendras notre enfant dans tes bras et nous nous dirons que tous ces efforts en valaient la peine.

Ils avaient déjà choisi les prénoms : Cameron pour un garçon et Colleen pour une fille.

Carol s'était accrochée à son rêve. L'image d'un bébé dans ses bras l'avait aidée à supporter les aspects les plus pénibles de la fécondation in vitro.

— Tu rentres à quelle heure ?

Jusqu'ici, elle ne s'en était jamais souciée. Mais elle vivait désormais au rythme des allées et venues de son mari. Son retour du bureau était l'événement majeur de sa journée. Dans l'après-midi, elle consultait régulièrement sa montre, calculant le temps qu'il lui restait à attendre.

— A l'heure habituelle, promit-il.

Doug était assureur. Depuis leur mariage, sept ans plus tôt, c'était Carol qui gagnait le plus d'argent. Ses revenus leur avaient permis de verser un apport substantiel pour l'achat de leur appartement. En homme avisé et économe, Doug avait suggéré à Carol d'adapter leur train de vie à son seul salaire. Il ne voulait pas dépendre d'elle et repousser le moment de fonder une famille. Ils avaient donc attendu trois ans, sans prévoir de telles difficultés. Ils avaient bien fait de mettre de l'argent de côté car, même avec leur assurance santé, le coût des traitements contre la stérilité augmentait sans cesse. Et maintenant que Carol ne travaillait plus…

— Je t'ai dit à quel point les programmes télévisés étaient ennuyeux, dans la journée ?

— Eteins la télé et va te promener.

— Bien, chef ! répondit-elle en adoptant un ton militaire.

Doug se mit à rire.

— Je ne suis pas si dur, quand même ?

— Non. Mais j'avoue que, pour l'instant, je ne suis pas enthousiasmée par le rôle de femme au foyer.

Elle n'avait pas envisagé ces heures d'ennui, à chercher désespérément des moyens de se distraire jusqu'au retour de Doug. Elle était plutôt habituée aux réunions incessantes, aux prises de décisions cruciales, à vivre continuellement sur la brèche.

— Tu veux que je te rappelle plus tard ?

— Non. Ça ira. Tu as raison, il faut que je sorte un peu. Surtout qu'il fait très beau.

Seattle était superbe sous le soleil. C'était une belle journée du mois de mai. Carol contempla les sommets enneigés des Olympic Mountains, au loin, et les eaux bleu-vert du Puget Sound, en contrebas.

— On se voit vers 17 h 30, conclut Doug.

— Je serai là.

Carol rangea la cuisine, et prit une pomme avant de quitter l'appartement. Cela faisait quatre ans qu'ils vivaient dans cet immeuble de standing, et elle ne connaissait toujours pas ses voisins. Des couples ambitieux, très actifs, pour la plupart, qui conduisaient leurs enfants dans des crèches de luxe au petit matin.

Carol prit l'ascenseur et franchit la porte vitrée de l'immeuble. Tout en croquant sa pomme, elle partit en direction du front de mer.

Toutes ses collègues de bureau l'avaient mise en garde, en apprenant qu'elle démissionnait. Elles affirmaient que les femmes au foyer passaient leur temps à se battre contre les kilos superflus. Mais ce n'était pas un problème, pour Carol. La diététique faisait partie intégrante de son existence, et elle avait conservé sa taille 38 sans le moindre effort.

Une douce brise balayait la surface de l'eau, sur son parcours rituel. Sans savoir pourquoi, elle bifurqua soudain vers l'est pour gravir la pente de Pill Hill, où se trouvaient l'hôpital Virginia Mason et l'hôpital suédois. Le souffle court, elle ralentit le pas et poursuivit son chemin pour explorer ce quartier qu'elle connaissait mal, jusqu'à Blossom Street.

Plusieurs bâtiments étaient en rénovation. La rue était barrée, mais le trottoir demeurait accessible. Les travaux semblaient terminés d'un côté : devantures repeintes, auvent vert et blanc au-dessus de la boutique du fleuriste.

Malgré le vacarme des engins, Carol s'aventura plus loin. Elle découvrit un vidéoclub et un immeuble triste en brique, ainsi qu'un café, chez Annie's, sur l'autre trottoir. Le contraste entre le neuf et l'ancien était saisissant. La partie non encore rénovée rappelait une petite ville pittoresque tout droit sortie d'un feuilleton des années 1960. Certaines maisons étaient un peu délabrées, certes, mais elles n'en étaient pas moins accueillantes. Difficile d'imaginer que Blossom Street se trouvait à un kilomètre du cœur de Seattle, avec ses gratte-ciel et ses rues toujours en effervescence.

En dépassant le fleuriste, Carol eut une autre surprise :

un magasin de fil à tricoter. La boutique était récente, à en juger par la pancarte annonçant l'ouverture. A l'intérieur, une femme de son âge tricotait, assise dans un fauteuil à bascule. Une pelote de laine vert vif était posée sur ses genoux.

N'ayant rien d'autre à faire, Carol franchit le seuil au son d'un carillon.

— Bonjour, dit-elle d'un ton qui se voulait à la fois enjoué et intéressé.

Elle ignorait ce qui l'avait incitée à entrer, car elle ne savait pas tricoter et n'avait jamais été passionnée par les travaux manuels.

La jeune femme menue l'accueillit avec un sourire timide.

— Bonjour, et bienvenue au Fil des jours.

— Vous êtes nouvelle, dans le quartier, non ?

— J'ai ouvert hier. Vous êtes ma première cliente de la journée.

— Qu'est-ce que vous tricotez ? demanda Carol, qui se sentait un peu coupable car elle n'était pas vraiment une cliente.

— Un pull pour ma nièce.

Elle lui tendit son modèle. Les couleurs acidulées, orange, turquoise et vert, firent naître un sourire sur les lèvres de Carol.

— C'est très mignon, dit-elle.

— Vous tricotez ?

C'était une question inévitable.

— Non, mais j'aimerais bien apprendre, un jour.

— Alors, vous avez frappé à la bonne porte. Je commence un cours pour débutants vendredi prochain. Si vous vous inscrivez, vous aurez une remise de vingt pour cent sur vos achats de fil à tricoter.

— Désolée, mais je crains de ne pas être très douée.

Carol regrettait sincèrement de ne pas être très habile de ses mains. Elle était bien plus à l'aise avec les taux d'intérêt, les échéances et les cours de la Bourse.

— Vous ne le saurez jamais si vous n'essayez pas. Au fait, je m'appelle Lydia.

— Moi, c'est Carol.

Lydia posa son tricot pour lui donner une poignée de main chaleureuse. Cette femme avait des yeux marron qui pétillaient d'intelligence. Carol éprouva pour elle une sympathie immédiate.

— Mon cours démarre par un ouvrage très simple, précisa-t-elle.

— Il faudrait vraiment que ce soit enfantin pour que je m'y mette.

— Je compte faire tricoter à mes élèves une couverture pour bébé.

Carol se figea. Les yeux embués de larmes, elle se retourna pour ne rien laisser paraître de son émotion. En temps normal, elle n'était pas si vulnérable, mais le traitement hormonal lui mettait les nerfs à fleur de peau. Et la coïncidence était par trop troublante.

— Je vais peut-être m'inscrire, finalement, déclara-t-elle en caressant une pelote de laine jaune.

— Ce serait formidable !

Lydia alla chercher son registre sur le comptoir.

Carol était à l'affût de signes encourageants, et elle eut soudain la certitude que le destin l'avait envoyée dans cette boutique. Dieu lui faisait savoir qu'il allait répondre à ses prières. Cette fois, la fécondation in vitro allait fonctionner. Dans un proche avenir, elle aurait besoin d'une couverture pour son bébé.

4

Alix Townsend

Du bout de sa botte noire, Alix Townsend écrasa son mégot de cigarette sur le trottoir. Le directeur du vidéoclub de Blossom Street n'appréciait pas que ses employés fument dans la salle de repos, aussi préférait-elle sortir pour ne pas subir ses remarques acerbes. Ce type était vraiment désagréable. Il se plaignait sans cesse de son personnel, de la conjoncture économique, de la vie en général.

Lloyd Fund avait toutefois raison sur un point : tous ces travaux n'étaient pas bons pour le commerce. Alix était persuadée qu'elle ne tarderait pas à être licenciée. Ensuite, elle apprendrait sans doute que son immeuble avait été vendu. C'était inévitable, dans un quartier en pleine mutation. Ou alors son loyer allait grimper en flèche. Merci, monsieur le maire !

Elle enfouit les mains dans les poches de son blouson de cuir, et observa en fulminant la rue envahie par la poussière et les débris de toutes sortes. Elle portait ce blouson de cuir en toute saison. Il lui avait coûté une fortune et elle refusait de l'enlever, de peur que quelqu'un ne le lui vole. Quelqu'un comme Laurel, sa colocataire, une jeune femme obèse, à qui ce vêtement n'irait certainement pas, d'ailleurs. Appuyée contre le bâtiment, elle regarda le trottoir opposé.

Toutes les devantures avaient été repeintes. La fleuriste avait déjà ouvert, ainsi que la patronne du salon d'esthétique. Une aubaine pour le quartier, ces commerces ! Quant à la boutique située entre les deux, elle demeurait un mystère. Au fil des jours. Une boutique de fil à tricoter, peut-être ? Ou bien une librairie ? Dans ce quartier, aucune des deux ne risquait de prospérer. En y regardant de plus près, Alix opta pour la laine à tricoter. Pourtant, les habitants du coin n'étaient pas du genre à s'éclater avec deux aiguilles et une pelote.

Toutefois, cette boutique apportait quelque chose d'intéressant. Comme il lui restait cinq minutes de pause, la jeune femme traversa la rue. Dans la vitrine, elle lut une annonce pour des cours de tricot. Si elle s'y inscrivait, les juges la lâcheraient peut-être un peu. Une telle activité pouvait compenser une partie de ces travaux d'intérêt général auxquels le juge Roper l'avait condamnée.

— Salut ! lança Alix en franchissant le seuil d'un pas décidé, car elle aimait réussir ses entrées.

— Bonjour.

La commerçante était une femme délicate, fragile, même, avec de grands yeux marron et un sourire avenant.

— C'est vous, la patronne ? demanda Alix en posant un regard froid sur cette femme qui devait avoir son âge.

— C'est ma boutique, en effet, répondit cette dernière en se levant de son fauteuil à bascule. Je peux vous renseigner ?

— Je voudrais en savoir plus sur les cours de tricot.

Son assistante sociale lui avait un jour conseillé le tricot comme thérapie pour l'aider à maîtriser ses colères. Cette méthode fonctionnerait peut-être. Et si elle pouvait par la même occasion remplir ses obligations auprès du tribunal...

— Que voulez-vous savoir ?

Alix fit lentement le tour du magasin, les mains dans les poches de son blouson. Elle était prête à parier que cette tricoteuse ne croisait pas beaucoup de clientes dans son genre.

Dernièrement, une annonce avait attiré l'attention d'Alix, au palais de justice. Une association proposait aux gens de confectionner des vêtements pour venir en aide à des enfants victimes de maltraitances.

— Vous avez entendu parler du projet Linus ? demanda-t-elle, se disant que la tricoteuse n'avait certainement jamais mis les pieds dans un tribunal.

— Bien sûr !

La jeune femme emboîta le pas à Alix comme si elle redoutait de la voir voler des pelotes de laine.

— C'est un projet lancé par les autorités qui consiste, entre autres, à tricoter des couvertures pour les enfants victimes de violences.

Alix haussa les épaules comme si le sujet ne l'intéressait pas vraiment.

— C'est aussi ce qu'on m'a dit.

— Au fait, je m'appelle Lydia.

— Et moi Alix, avec un I.

Lydia ne s'attendait pas à cette familiarité immédiate, mais elle n'y voyait aucun inconvénient.

— Enchantée, Alix, et bienvenue au Fil des jours. Vous aimeriez tricoter dans le cadre du projet Linus ?

— Eh bien…

Elle n'avait pas encore d'idée précise sur la question.

— Peut-être, si je savais tricoter.

— C'est la raison d'être de mes cours.

Alix eut un ricanement amer.

— Je ne serai certainement pas très douée pour le tricot.

— Vous aimeriez apprendre ? Ce n'est pas compliqué, vous savez.

Alix ronchonna. En vérité, elle se demandait ce qu'elle faisait là. Peut-être était-elle entrée à cause d'événements survenus dans son enfance, d'un souvenir, d'une sensation ?

Les premières années de sa vie s'étaient comme effacées de sa mémoire. Les psychiatres des tribunaux avaient déclaré qu'elle souffrait d'une amnésie de l'enfance. De temps à autre, un vague souvenir surgissait à son esprit. En général, elle ne savait pas vraiment ce dont il s'agissait. En tout cas, ses parents ne cessaient de se battre. A chaque querelle, Alix se réfugiait dans le placard de sa chambre. La porte close et les yeux fermés, elle parvenait à se convaincre que ces cris, cette violence n'existaient pas. Dans ce placard, elle avait une autre famille. Une famille issue d'un monde imaginaire où les parents s'aimaient et ne criaient jamais. Elle avait une vraie maison, où le réfrigérateur ne contenait pas uniquement de la bière, et où des biscuits l'attendaient dans la cuisine, à son retour de l'école. Au fil des ans, le rêve avait joué un grand rôle dans la mémoire d'Alix. Et elle revoyait cette maman imaginaire qui tricotait. Elle s'était si souvent réfugiée dans son placard…

— J'ai un cours pour débutants qui commence vendredi, si vous voulez vous inscrire.

Ces paroles la firent émerger de sa rêverie.

— Vous croyez vraiment pouvoir apprendre à tricoter à quelqu'un comme moi ? demanda-t-elle en esquissant un sourire.

— Bien sûr ! répondit Lydia sans hésiter. J'ai appris à des tas de gens et je n'ai pour l'instant que deux élèves. Je pourrai donc vous accorder beaucoup d'attention.

— Je suis gauchère.

— Ce n'est pas un problème.

Cette femme devait vraiment chercher des clients, songea Alix. Quant à elle, elle n'avait pas d'argent à gaspiller dans des pelotes de laine.

— Et si vous tricotiez une couverture pour enfant ? J'en ai moi-même confectionné plusieurs pour l'association.

— C'est vrai ?

Cette femme avait donc du cœur.

Lydia opina.

— Il y a tant de gens pour qui l'on peut tricoter. Et c'est une cause noble.

Des gens pour qui tricoter. La maman du placard. Elle chantait des chansons à Alix et sentait bon la lavande. Alix voulait être comme elle, un jour. Mais la vie l'avait entraînée dans une autre direction. Peut-être devait-elle s'inscrire à ces cours…

— Je peux toujours essayer, dit-elle en haussant les épaules.

Si Laurel l'apprenait, Alix serait l'objet des pires railleries. Et alors ? Ce ne serait pas la première fois.

— C'est formidable ! déclara Lydia avec un sourire radieux.

— Si cette couverture pour le projet Linus est ratée, ce n'est pas grave. Personne ne saura que c'est moi qui l'ai tricotée.

Le sourire de Lydia s'effaça.

— Vous, vous le saurez. C'est ce qui compte, Alix.

— Oui, mais… Enfin, je me disais que vos cours pourraient avoir une double utilité.

Alix sentait qu'elle était sur la bonne voie.

— Le temps que je passerai à tricoter la couverture sera décompté des heures que je dois, ajouta-t-elle.

— Vous devez des heures à quelqu'un ?

— Le juge Roper m'a condamnée à cent heures de travaux d'intérêt général pour une histoire bidon de détention de drogue. Mais je n'ai rien fait ! Je ne suis pas débile et il le sait.

Elle serra les poings, toujours bouleversée par cette accusation injuste, car la marijuana retrouvée chez elle appartenait en fait à Laurel.

— La drogue, c'est débile, reprit Alix. Mon frère est mort à cause de ça. J'ai l'intention de rester en vie, moi.

Lydia se redressa.

— Voyons si j'ai bien compris. Vous voudriez vous inscrire à mes cours de tricot et remettre votre couverture au projet Linus ?

— Oui.

— Et le temps que vous consacreriez à tricoter cette couverture… serait décompté de vos heures de travaux d'intérêt général ?

Alix crut déceler chez Lydia une certaine bravade, mais elle était capable de jouer le jeu, elle aussi.

— Ça vous pose un problème ? demanda-t-elle.

Lydia hésita un instant.

— Pas vraiment, tant que vous me respectez ainsi que les autres élèves.

— Bien sûr. Pas de souci.

Alix consulta sa montre.

— Il faut que je retourne travailler, dit-elle. Si vous avez besoin de me parler, je suis presque toujours au vidéoclub.

— D'accord, fit Lydia qui avait perdu de son assurance.

Au retour d'Alix, le vidéoclub était bondé. Elle se précipita derrière le comptoir.

— Qu'est-ce qui t'a pris tout ce temps ? lança Laurel. Fund t'a réclamée, alors je lui ai dit que tu étais aux toilettes.

— Désolée, j'étais sortie fumer.

La législation lui accordait un quart d'heure de pause.

— Tu as rencontré les ouvriers du chantier ?

Alix secoua la tête et gagna sa caisse.

— Pas un seul. Dès 16 heures, ces types-là filent à la vitesse grand V.

— Il va falloir se syndiquer, souffla Laurel.

— On y gagnerait, c'est sûr.

Alix était de retour dans son monde merveilleux. Un jour,

elle trouverait un emploi payé au-dessus du minimum légal. Ce serait bien d'avoir un appartement pour elle toute seule. Laurel était au bout du rouleau, et Alix n'avait qu'une peur : chuter en même temps qu'elle.

5

Si vous savez faire une maille à l'endroit, une maille à l'envers et suivre le modèle, vous pouvez tout faire.

LINDA JOHNSON, *Linda's Knit'N'Stitch*,
Silverdale, Washington

Lydia Hoffman

J'avais peur que Margaret n'ait raison et qu'Au fil des jours ne ferme ses portes avant d'avoir eu une chance de démarrer. Jusqu'à présent, seules trois femmes s'étaient inscrites à mes cours de tricot, et Alix, la dernière en date, avait tout d'une délinquante. J'avais peine à imaginer comment Jacqueline et Carol allaient réagir face à cette jeune fille aux cheveux violets, affublée d'un collier pour chien. J'avais encouragé Alix à se joindre à nous, mais dès qu'elle avait quitté la boutique, je m'étais demandé si c'était une bonne idée.

Le bruit des travaux était moins pénible, ce qui était un soulagement. Hélas, ce répit ne m'avait pas amené davantage de clientes, et je commençais à me faire du souci.

Toutes les personnes de confiance à qui j'avais parlé de mon projet m'avaient conseillé d'avoir en banque un minimum de six mois d'avance pour les frais. C'était le cas, mais j'espérais garder intacte la dernière partie de mon héritage. Maintenant que je m'étais jetée à l'eau, je me sentais assaillie par les doutes et les peurs.

Margaret produisait toujours cet effet-là sur moi. Si seulement j'avais pu comprendre ma sœur ! Parfois, je me disais qu'elle me détestait. Une partie de moi savait d'où venait le problème : c'est moi qui ai capté toute l'attention de mes parents, à son détriment. Mais j'en avais besoin alors. Je refusais de croire que ma sœur puisse penser sérieusement que j'avais souhaité avoir un cancer pour être davantage aimée de mes parents.

J'en voulais au cancer encore plus que Margaret ne m'en voulait. Je rêvais d'être en bonne santé, d'être normale. Je vis encore sous la menace d'un gros nuage noir, et je redoute que l'orage ne me frappe de nouveau. Mon unique sœur aurait tout de même pu comprendre mes efforts et essayer de m'aider !

Ce mercredi matin, je tricotais une paire de chaussettes pour la vitrine. J'étais concentrée sur mes diminutions quand le carillon a retenti. Ravie à l'idée d'avoir une nouvelle cliente, voire une élève de plus, je me suis levée en affichant un sourire.

— Bonjour !

Un livreur d'UPS est entré, poussant un diable chargé de cinq grands cartons.

— Puisque je vais faire des livraisons régulières dans le quartier, autant que je me présente. Je m'appelle Brad Goetz.

Il lâcha le diable et me tendit la main.

— Lydia Hoffman.

Il me fit signer son bordereau.

— Les affaires marchent bien ? demanda-t-il tandis que je signais.

— C'est seulement ma deuxième semaine, dis-je, histoire d'éluder la question.

— Les travaux seront bientôt terminés et les clients vont affluer, vous allez voir.

Il me sourit, et je lui fus aussitôt reconnaissante. Plus étrange encore, je ressentis une certaine attirance pour lui. J'avais tellement soif d'encouragements que je me suis sentie poussée vers lui comme un oiseau vers le ciel. Cela faisait longtemps que je n'avais pas ressenti ce trouble particulier. Honteuse, je posai les yeux sur son annulaire pour constater qu'il ne portait pas d'alliance.

J'ai un peu honte de l'avouer, mais mon expérience, sur le plan sexuel, se limitait à quelques parties de mains baladeuses sur le siège arrière de la voiture de mon petit ami, alors que j'étais étudiante. Puis le cancer a resurgi. Roger était encore à mes côtés pour ma seconde opération du cerveau. Ses appels et ses visites ont cessé peu après le début de ma chimiothérapie, quand j'ai perdu mes cheveux. Apparemment, une femme chauve n'est pas attirante, même s'il affirmait le contraire. En fait, je crois surtout qu'il me voyait comme une personne en danger, susceptible de mourir n'importe quand, une femme incapable de lui rendre son engagement affectif.

Brian, mon petit ami, au lycée, avait eu la même réaction que Roger. Il avait tenu un petit moment avant de s'éloigner. Je ne leur en ai pas vraiment voulu.

Ces ruptures avec Roger et Brian, si l'on peut parler ainsi, étaient inévitables. Après Roger, j'ai eu quelques aventures sans lendemain. Ces premières expériences auraient dû m'apprendre que les hommes ne tombent pas amoureux d'une femme qui a eu deux cancers. Sans vouloir passer pour une victime, je comprends ce qu'ils ressentent. Pourquoi s'impliquer sentimentalement avec une femme qui va sans doute mourir ? Je ne sais même pas si je peux avoir des enfants ou si ce serait souhaitable. C'est un sujet que je préfère ne pas aborder.

— Ma grand-mère tricotait, dit Brad. Il paraît que ça revient à la mode.

Comme il était beau, surtout quand il souriait, et il semblait sourire souvent. Il avait les yeux bleu foncé, des yeux qu'une femme repérait de loin. Il n'était pas trop grand, ce qui était bien. Je mesure à peine un mètre soixante et je suis intimidée dès qu'une personne dépasse un mètre quatre-vingts. Brad était parfait, et c'était bien là le problème. Je ne voulais rien remarquer de lui, ni son air juvénile, avec ses cheveux bruns qui tombaient sur son front, ni la façon dont son uniforme marron moulait ses épaules. Pourtant, j'ai noté ces détails, ainsi que d'autres encore.

— Qu'est-ce que vous tricotez ? demanda-t-il en désignant mon ouvrage. On dirait des chaussettes.

— Ce sont des chaussettes, en effet.

— Mais vous n'utilisez que deux aiguilles. Quand ma grand-mère tricotait des chaussettes, il lui en fallait une bonne demi-douzaine.

— Ce sont des aiguilles circulaires. C'est une méthode plus moderne, expliquai-je en lui montrant mon ouvrage inachevé.

Comme il semblait intéressé, j'ai continué à bavarder, lui fournissant sans doute bien plus de renseignements qu'il n'en voulait.

— Il y a quelques années encore, on employait cinq aiguilles pour tricoter les chaussettes. Aujourd'hui, il suffit de deux aiguilles circulaires, voire une seule, mais elle est très longue. Regardez ce fil. Il change de coloris pour créer des rayures. Le fil lui-même est à l'origine du motif.

Il palpa la laine, sincèrement impressionné.

— Ça fait longtemps que vous tricotez ?

— Presque dix ans.

— Vous semblez déjà trop jeune pour avoir quitté le lycée, alors pour ouvrir une boutique de tricot…

C'était un commentaire que j'avais entendu trop souvent. Je lui souris d'un air désinvolte mais, en vérité, je ne considérais pas ses propos comme un compliment.

— Bon, il faut que je retourne travailler, fit Brad en constatant que je ne disais rien.

J'aurais bien échangé encore quelques banalités avec lui, mais il devait avoir un emploi du temps chargé. Moi aussi, d'une certaine façon. De plus, je n'ai jamais été très douée pour le flirt.

— Avant de partir, je peux vous aider à ranger ces cartons quelque part ? Ils sont plus lourds qu'ils n'en ont l'air.

— J'y arriverai. Merci quand même.

Distraite par la présence de Brad, j'avais à peine remarqué qu'il venait de me livrer des pelotes. L'une des satisfactions que m'apportait ma boutique était de pouvoir commander des fils au prix de gros. Ne sachant quels seraient les goûts de ma clientèle, j'avais prévu une sélection assez large. Pour commencer, de la laine épaisse en une dizaine de coloris. La laine était une matière incontournable, surtout depuis le succès de la laine bouillie, qui consiste à tricoter un modèle en grande taille pour ensuite le faire rétrécir dans de l'eau très chaude, ce qui crée un toucher proche du feutre. J'avais sélectionné des fils de coton. Ce sont mes préférés. Ils ont de plus en plus de succès, eux aussi, comme les fils à chaussettes venus d'Europe. Mais je me disais que je vendrais surtout les fils mélangés laine et acrylique. J'avais donc commandé les coloris de base en vogue d'après mes revues de tricot. La plupart des commandes m'avaient été livrées avant l'ouverture du magasin, mais des reliquats continuaient à arriver.

— Vous habitez dans le quartier ? me demanda Brad en glissant son bloc-notes sous son bras.

— J'ai un appartement à l'étage.

— C'est bien, parce que c'est un cauchemar de trouver une place de parking, par ici.

Comme si je ne le savais pas ! Où avait-il pu laisser sa camionnette ? Au diable, sans doute. Il fallait que mes clientes potentielles puissent se garer à un ou deux pâtés de maisons. J'avais peur que les gens ne se découragent. La ruelle située derrière la boutique était accessible, mais elle avait des allures de coupe-gorge.

— Merci, Brad, dis-je en lui ouvrant la porte.

Il m'adressa un signe de la main et s'en alla. L'espace d'un instant, j'eus l'impression que le soleil venait de s'éclipser. Je connaissais l'origine de ce sentiment de regret. Ce n'était ni le lieu ni le moment de m'apitoyer sur moi-même. Si je devais céder à la sensiblerie, autant que ce soit sur un disque d'Eric Clapton ou devant un mélo. Un pot de crème glacée était toujours utile, dans ces cas-là, mais seulement pour les urgences.

Rien ne m'empêchait de m'engager dans une relation sentimentale, à part mes propres peurs. J'avais trente ans, après tout. Bon, en vérité, je ne voulais pas prendre le risque de tomber amoureuse en sachant que cette histoire ne durerait pas. J'ai essayé plusieurs fois. Mais il suffit que je parle de mon cancer pour découvrir dans les yeux de mon partenaire ce regard que je déteste : un mélange de méfiance, de pitié et de déception.

En général, le changement d'attitude est immédiat. Je sais alors que cette relation si prometteuse est condamnée, et avec elle mes espoirs de fonder une famille.

Je sais que j'ai l'air d'une geignarde. Je dois admettre que les hommes et les relations amoureuses sont un sujet difficile pour moi. Je fais de mon mieux pour ne pas y penser. Après tout, j'ai tant de raisons de me réjouir. Je préfère me concentrer sur ces motifs de satisfaction, au moins pour ne pas perdre la raison.

Bref, j'ai des problèmes relationnels, mais ça n'a pas toujours été le cas. Autrefois, j'avais un tas d'amis, je sortais. Et puis, après être tombée malade, je me suis mise à repousser mes amies. C'était stupide, je sais, mais je ne supportais pas de les entendre raconter combien elles s'amusaient. Avec le recul, je me rends compte que j'étais jalouse. J'aurais tant voulu être comme elles : rire, passer des nuits blanches, échanger des secrets, avoir des rendez-vous, découvrir la vie. Au lieu de cela, je passais mon temps dans les hôpitaux, à expérimenter de nouveaux traitements. Je n'ai jamais récupéré ce que le cancer m'avait pris. Je n'ai pas d'amis proches et, à mon âge, je crains de ne plus savoir m'en faire.

J'ai donc chassé Brad Goetz de mon esprit.

Je venais de commencer à déballer mes cartons quand j'ai aperçu un uniforme marron dans ma vitrine. Malgré ma détermination, j'ai tourné la tête, espérant voir Brad. Je ne fus pas déçue, car il entra vivement.

— Lydia, vous avez quelque chose de prévu, ce soir, après le travail ?

A ma grande stupeur, j'avais la bouche sèche.

— Quelque chose ? répétai-je.

— Je sais que c'est un peu précipité, mais j'aimerais vous inviter à dîner.

Une fois encore, je me sentis tiraillée entre l'envie d'accepter et la certitude que, tôt ou tard, je me retrouverais seule avec mon amertume et mes regrets.

— Désolée, répondis-je, espérant avoir trouvé le ton juste, mais j'ai des projets pour ce soir.

Je me gardai de préciser que je comptais terminer ma chaussette.

— Et demain ? C'est mon ex-femme qui s'occupe de mon

fils les deux prochains soirs, alors je me suis dit qu'on pourrait se voir...

Avant de céder à la tentation, je secouai la tête.

— Désolée. Je ne peux pas.

Le sourire de Brad s'éteignit. Il n'avait sans doute pas l'habitude qu'une femme lui dise non.

— A un de ces jours, alors.

— Oui, murmurai-je en écrasant dans ma main une pelote de laine jaune. A un de ces jours.

6

Jacqueline Donovan

En entendant s'ouvrir la porte d'entrée, Jacqueline leva les yeux de son roman policier. Elle était allongée dans son bain plein de mousse.

Le mardi, Reese ne rentrait jamais avant qu'elle soit couchée. Quand elle avait découvert qu'il la trompait, elle en avait été profondément meurtrie. Plusieurs de ses prétendues amies s'étaient fait un plaisir de lui répéter qu'on avait vu Reese en compagnie d'une blonde. Un examen minutieux des relevés bancaires avait confirmé ces dires.

Une blonde. Les hommes étaient si prévisibles…

Jacqueline avait fermé les yeux pour faire croire que tout allait bien dans son couple et dans sa vie. Ce qui ne l'empêchait pas de souffrir. Si l'infidélité de Reese la blessait au plus profond d'elle-même, Jacqueline était assez mûre pour ne pas s'y attarder. Cela faisait des années que Reese désertait son lit. Une maîtresse devait être la bienvenue dans la vie de son mari.

Pour être honnête, c'était d'un commun accord qu'ils avaient décidé de faire chambre à part. Très vite après leur mariage, elle avait mis au monde l'enfant que l'on attendait d'elle. Deux ans plus tard, ils avaient essayé d'en avoir un second. Hélas, après deux fausses couches et deux dépressions, Jacqueline avait abandonné tout espoir.

Paul avait vite grandi. Sans qu'elle ait vu le temps passer, il s'était installé à la cité universitaire. Jacqueline avait suggéré à Reese de prendre la chambre demeurée vide. Dès le lendemain, ce fut chose faite. Cet empressement l'avait à la fois chagrinée et soulagée.

En toute franchise, elle en était venue à considérer le sexe comme une intrusion. Toute cette sueur, ces halètements, ces dents serrées, tandis qu'elle faisait de son mieux pour avoir l'air de s'intéresser à ce qui se passait… C'était stupide. Oh, elle avait trouvé leurs rapports agréables, et même plus, au début. Les choses auraient sans doute évolué différemment si elle avait réussi à mener une seconde grossesse à terme. Jacqueline voulait une fille, mais elle ne l'avait jamais eue. En considérant les trente années écoulées, elle comprenait que son désintérêt pour le sexe avait pour origine l'anxiété, voire la culpabilité… Enfin, ça n'avait plus d'importance. Et elle n'avait aucune intention de consulter un psy pour le savoir.

Ne pas avoir de fille était l'un des grands regrets de Jacqueline. Autrefois, alors qu'elle se sentait particulièrement déprimée, Reese lui avait dit qu'elle aurait une fille le jour où Paul se marierait. Et c'était censé la réconforter !

Jacqueline serra les dents malgré elle. Tammie Lee était si loin de la fille qu'elle aurait pu avoir que l'idée ne valait même pas la peine d'être considérée.

— Jacquie, tu es là ? cria Reese depuis le couloir menant à leurs chambres respectives.

— Je prends un bain ! lança-t-elle en posant son livre.

Il était 7 heures passées. Il avait peut-être perdu tout intérêt pour cette autre femme. Jacqueline se leva dans l'eau parfumée et les bulles. Finalement, peut-être que quelque chose n'allait pas, mais quoi ? Elle prit un drap de bain sur le séchoir chauffant.

— Tout va bien ?

Reese frappa brièvement à la porte de la salle de bains, et entra sans attendre de réponse. En la découvrant, toute rose et essoufflée, drapée dans sa serviette, il écarquilla les yeux.

— Qu'est-ce que tu fais là ? lui demanda-t-elle.

Elle était gênée qu'il ait failli la voir entièrement nue. Autrefois, elle était mince et superbe, mais les années avaient passé. Elle avait un peu de ventre, et ses seins tombaient. Elle resserra la serviette autour d'elle.

— Tu vas aussi me virer de ta salle de bains ?

— J'aimerais bien un peu d'intimité.

Il eut un regard froid.

— Et moi, j'aimerais te parler un instant, dès que tu seras disponible.

— D'accord, murmura-t-elle.

Reese ressortit en fermant la porte.

Jacqueline se rendit compte qu'elle tremblait. Elle posa une main sur le bord de la baignoire et prit une profonde inspiration. Dès qu'elle eut retrouvé ses esprits, elle se sécha, puis enfila une chemise de nuit en satin et un peignoir assorti. Elle s'efforça de calmer les battements de son cœur avant d'affronter son mari.

Elle trouva Reese dans la cuisine, devant le réfrigérateur ouvert. Il en sortit une boîte contenant les restes de son déjeuner de la veille. Jacqueline ne faisait presque plus la cuisine, d'autant que Martha, leur gouvernante, assumait volontiers cette tâche. Reese dînait généralement seul, car il travaillait tard. Du moins l'affirmait-il.

— Qu'est-ce qui ne va pas ?

Il ne répondit rien. Il souleva le couvercle et examina le contenu de la boîte : une salade aux crevettes. De toute évidence, ça ne lui disait rien, car il referma le couvercle et rangea le tout dans le réfrigérateur.

— On a des œufs ?

— Je crois, répondit-elle en venant se placer entre lui et le réfrigérateur. Tu veux que je te prépare une omelette ?

— Tu ferais ça ? demanda-t-il en feignant l'étonnement.

Irritée, Jacqueline sortit des œufs et du fromage.

— Qu'est-ce que tu fais à la maison ? demanda-t-elle.

Elle lui préparait à dîner, il pouvait au moins répondre à ses questions.

Il se percha sur un tabouret et la regarda saisir une poêle pour la poser sur le feu.

— Il y a des champignons ?

— Non. Réponds à ma question.

Reese poussa un long soupir.

— Bon, ne me dis rien, marmonna-t-elle en se détournant pour chercher un poivron et un oignon dans le panier à légumes.

— Tu as envoyé un bouquet de fleurs à Paul et Tammie Lee, j'espère.

— Je t'avais dit que je le ferais, rétorqua-t-elle, agacée.

Elle n'avait pas l'habitude de se justifier. Depuis quand avait-elle des comptes à rendre à Reese ? Elle lui en voulait de l'avoir harcelée à propos de leur belle-fille.

— Tu as des nouvelles de Paul ?

Jacqueline pinça les lèvres pour masquer son mécontentement.

— Non, mais Tammie Lee a téléphoné. Elle nous remercie pour les roses, répondit-elle de mauvaise grâce.

En fait, Tammie Lee avait manifesté une joie immense, comme si elle n'avait jamais reçu de fleurs de toute sa vie.

— C'est tout ce qu'elle a dit ?

— Qu'est-ce que tu voulais qu'elle dise ? rétorqua Jacquie, qui ne supportait pas cet interrogatoire en règle.

— Je ne sais pas, fit Reese en se détournant. C'est toi qui lui as parlé.

— Elle m'a informée qu'elle était ravie d'être enceinte. D'après elle, cette grossesse n'était pas prévue.

Jacqueline était impatiente d'entendre les réactions de ses amies du country club lorsqu'elles apprendraient la nouvelle. Elle n'avait jamais caché son hostilité envers sa belle-fille ni le fait qu'elle espérait voir son fils reconnaître un jour son erreur.

— Je suis sûre qu'elle l'a fait exprès, déclara-t-elle en frémissant d'effroi. Tammie Lee savait très bien ce qu'elle faisait. Cette grossesse n'a rien d'un accident.

— C'est l'affaire de Paul.

— Pourquoi faut-il que nous ayons toujours la même discussion ?

Elle jeta une noix de beurre dans la poêle et défoula sa colère en battant les œufs.

— Tu t'es inscrite aux cours de tricot ?

Reese était décidément bien curieux. Au lieu de lui répondre, Jacqueline se concentra sur sa tâche. La discrétion de Reese sur sa propre vie ne lui avait pas échappé. Que ressentirait-il si elle se mettait à l'interroger à son tour ? Si elle lui demandait ce qu'il faisait à la maison à une heure pareille, alors qu'il était supposé être en compagnie de sa maîtresse ? Ou bien pourquoi il se montrait soudain si curieux à propos de ses propres activités ? Elle préféra ne rien dire.

Loin de s'emporter face à son mutisme, il se mit à rire.

— Qu'est-ce qu'il y a de si drôle ?

— Toi. Je ne t'imagine pas en train de tricoter.

Elle décida de ne pas relever cette réflexion pour ne pas lui donner la satisfaction de la voir agacée.

— Tu ne ressembles à aucune grand-mère de ma connaissance, surtout dans cette baignoire, à l'instant, toute rose et jolie.

Sans commentaire, Jacqueline ajouta une poignée de fromage

râpé dans son omelette. Quand elle fut cuite au goût de Reese, elle la déposa sur une assiette qu'elle tendit à son mari.

Le regard de Reese s'illumina d'une lueur gourmande.

— Tu ne m'as toujours pas expliqué pourquoi tu rentrais si tôt, reprit-elle.

Allait-il esquiver de nouveau ?

— J'avais faim, répondit-il simplement en attaquant son omelette.

Quoi qu'il ait pu se passer, en réalité, Reese n'avait visiblement aucune intention d'en parler. Elle l'observa un instant, puis déclara :

— Je vais me coucher pour lire un peu.

Posant la poêle sale dans l'évier, à l'intention de Martha, elle s'éloigna. Reese ne dit rien jusqu'à ce qu'elle soit presque sortie de la cuisine.

— Jacquie !

— Quoi ? fit-elle d'un ton résigné.

— Merci de m'avoir préparé à dîner.

Elle poussa un soupir et secoua lentement la tête.

— Je t'en prie.

Sur ces mots, elle gagna sa chambre, ôta son peignoir et s'assit sur le bord de son grand lit. Elle caressa le couvre-lit en dentelle. Ecartant l'édredon, elle se glissa entre les draps frais et cala quelques coussins dans son dos.

Au loin, elle entendit Reese rincer son assiette et la placer dans le lave-vaisselle. Puis le bruit de la télévision retentit. Au moment où elle allait se plaindre, il baissa le volume.

Jacqueline lisait depuis une dizaine de minutes quand son regard s'embua de larmes. Pourquoi pleurait-elle ? Elle prit un mouchoir en papier sur sa table de chevet.

Sans doute à cause de l'enchaînement des événements. Cette grossesse inattendue, sa dispute avec Paul, la veille, puis l'arrivée surprise de Reese, ce soir. Sa vie partait en lambeaux. Elle allait être la risée de ses amies. La pauvre Mme Donovan, avec sa racaille de belle-fille enceinte, son imbécile de fils transi d'amour et son mari volage…

Toutefois, elle était déterminée à prouver à Reese et Paul qu'elle serait une grand-mère parfaite, quel que soit le prix à payer.

7

Carol Girard

Ce jeudi soir en préparant le dîner, Carol était pleine d'espoir. Doug n'allait pas tarder à rentrer et elle avait plusieurs nouvelles à lui annoncer. Elle découpa un blanc de poulet en aiguillettes et versa de la sauce de soja sur la viande pour la faire mariner. C'était le plat préféré de Doug.

Quand la porte s'ouvrit, elle sourit.

— Salut, chérie ! dit-il en accrochant sa veste avant de la rejoindre dans la cuisine.

Carol se blottit aussitôt dans ses bras et l'embrassa sur les lèvres. Ce long baiser fougueux révélait son envie de faire l'amour.

— Qu'est-ce qui me vaut cet accueil ? demanda-t-il en l'observant.

— J'ai passé une journée merveilleuse.

— Raconte-moi ce que tu as fait.

Il relâcha son étreinte et prit connaissance du courrier qu'elle avait posé sur la table.

— Après ton départ, je suis allée me promener du côté de ce magasin de fil à tricoter où je vais commencer mes cours, demain. Sur les conseils de Lydia, j'ai sélectionné les aiguilles et la laine pour la couverture d'enfant. Attends, je vais te montrer la photo. C'est tellement mignon !

Carol se précipita dans la pièce voisine et revint avec un modèle de tricot et une pelote de laine blanc cassé.

— C'est parfait, non ?

Doug observa la laine, se demandant visiblement comment sa femme pouvait s'emballer à ce point pour quelque chose d'aussi futile.

— Tu ne comprends donc pas ? insista-t-elle. Doug, on va avoir notre bébé ! J'en suis sûre. Cette fois, ce sera différent. Au début de la semaine, je pensais ne plus pouvoir supporter cette souffrance. Mais, tout à coup, j'ai repris espoir, vraiment. Doug, on va avoir un bébé !

Elle constata que son enthousiasme avait fini par toucher son mari.

— Un bébé, répéta-t-elle d'une voix qui tremblait d'émotion.

Elle prit la main de Doug et la posa sur son ventre plat.

Il soutint son regard, une lueur de désir dans les yeux. Il lâcha son courrier, qui tomba à terre, et prit la jeune femme dans ses bras. Ils échangèrent des baisers passionnés, avides. Après quelques minutes de désir grandissant, il s'écarta légèrement et se mit à mordiller sa lèvre inférieure. Carol ondula des hanches pour se frotter contre son membre gonflé. Elle murmura des paroles d'encouragement, des promesses audacieuses destinées à lui seul.

Excité, Doug gémit et l'embrassa encore.

— Tu sais ce que tu me fais quand tu me parles comme ça.

— Je sais ce que toi, tu me fais, souffla-t-elle.

Il dégrafa son chemisier qu'il fit glisser sur ses épaules, tout en entraînant la jeune femme vers le salon. Ils s'écroulèrent sur le canapé en riant, impatients de mener à bien ce qu'ils avaient commencé.

— Nous sommes mariés depuis trop longtemps pour

ce genre de folies, souffla Doug en dénouant au plus vite sa cravate et en déboutonnant sa chemise.

— Tu préfères attendre ?

— Non, grommela-t-il.

Carol non plus. Cette spontanéité contrastait avec les rapports programmés qui étaient devenus leur lot quotidien. Leurs ébats naguère impulsifs et naturels avaient fait place à une routine rythmée par les rendez-vous médicaux. Ils guettaient les ovulations de Carol dans le seul but de concevoir un enfant. Et là, pour la première fois depuis des années, ils faisaient l'amour librement. Carol s'allongea et tendit les bras vers Doug.

Il la couvrit de son corps. Elle ferma les yeux en savourant la sensation que lui procurait cette fusion physique. Elle avait presque oublié ce désir fébrile, passionné, enivrant.

Les bras enroulés autour de son cou, Carol enfouit les doigts dans les cheveux bruns de Doug en gémissant. Elle se cambra pour mieux accueillir chaque coup de reins, s'abandonnant à la chaleur et au bonheur de ces instants partagés.

Ensuite, ils demeurèrent longuement enlacés, sans un mot, de peur de briser cette communion paisible de leurs âmes et de leurs corps. Ils venaient d'affirmer la profondeur de leur amour, de leur engagement et de leur espoir d'être parents. Carol en était certaine depuis le jour où elle avait franchi le seuil de ce magasin de fil à tricoter.

Au bout d'un moment, Doug leva la tête et l'embrassa sur le front.

— Je t'aime.

Repue, elle lui sourit.

— Je t'aime aussi. Je crois que notre petit Cameron sera très heureux avec son papa.

— Tu veux dire notre petite Colleen.

— On pourrait bien avoir des jumeaux, tu sais ?

— Tant mieux. Plus on est de fous, plus on rit.

Ils se regardèrent dans les yeux un long moment, jusqu'à ce que leur position devienne inconfortable. Carol se rhabilla alors et prit la pelote de laine. Le simple fait de la tenir la réconfortait. Elle allait tricoter cette couverture et, à chaque maille, son enfant à venir ressentirait son amour.

Après le dîner, le téléphone se mit à sonner tandis que Carol plaçait les couverts dans le lave-vaisselle. Doug regardait distraitement les informations télévisées, en lisant le journal. Carol prit la communication dans la cuisine.

C'était Rick, son frère, pilote de ligne pour Alaska Airlines, qui appelait depuis son portable. Il était basé à Juneau, en Alaska, où vivait aussi Ellie, son ex-femme. Si Rick passait souvent par Seattle, il avait rarement le temps de voir sa sœur.

— Salut, grand frère ! lança Carol avec entrain.

— Dis donc, tu sembles en pleine forme. Serais-tu… ?

Il hésita, mais Carol devinait ses pensées.

— Pas encore, mais Doug et moi y travaillons jour et nuit…

Elle adressa à son mari un regard coquin, mais il ne le remarqua pas car il lisait son journal.

— Combien de temps restes-tu en ville ?

— Je repars demain en fin d'après-midi. On peut se voir ?

— Ce serait génial. Si on prenait le petit déjeuner ensemble ?

— Oh, tu sais, je ne suis pas du matin !

— C'est vrai, admit-elle.

— Qu'est-ce que tu fais, ces temps-ci ? demanda-t-il d'un ton désinvolte.

— Pas grand-chose. Du sport avec Doug, trois matins par semaine. Et je commence des cours de tricot demain après-midi.

— Toi ? Du tricot ?

— Oui et, si tu es sage, je te tricoterai un pull.

— Un de ces gros pulls irlandais à torsades ?

— Euh… Je pensais plutôt à un gilet tout simple à manches raglan.

Son frère se mit à rire.

— J'ai du mal à t'imaginer en train de tricoter, toi qui jonglais avec les millions de dollars !

— Eh bien, ce sera pourtant le cas.

Elle eut soudain l'impression qu'il avait une idée derrière la tête.

— Tu veux me voir pour une raison particulière, Rick ?

Il ne répondit pas tout de suite.

— Ça fait un moment qu'on n'a pas discuté tous les deux. J'espérais rattraper un peu le temps perdu, c'est tout.

— Bonne idée, mais demain, ce ne sera pas possible. Je t'invite à dîner à la maison quand tu reviendras en ville, d'accord ?

Elle l'entendit feuilleter son agenda.

— La semaine prochaine. Ça vous va à tous les deux ?

Il lui indiqua une date précise que Carol nota sur le calendrier. Son crayon à la main, elle se figea. Il n'était pas inhabituel que son frère lui téléphone, mais il cherchait rarement à la voir avec autant d'insistance.

— Tout va bien, Rick ?

Cela faisait plus d'un an qu'il était divorcé et, s'il en parlait avec une certaine désinvolture, Carol le soupçonnait de masquer son chagrin. Elle ignorait les raisons précises qui avaient poussé Ellie à demander le divorce. Sans doute était-ce à cause du travail de Rick. Il ne devait pas être facile de mener une vie de couple avec un mari si souvent absent. Ellie l'avait même soupçonné d'être infidèle, mais Carol refusait d'y croire.

— Eh bien… disons que ça va, mais je n'entrerai pas dans les détails. Tu n'as aucune raison de t'inquiéter, ajouta-t-il vivement. Bon, on se voit la semaine prochaine. On aura le temps de discuter tranquillement.

— J'attends ça avec impatience, répondit Carol. Tu as vu papa et maman, dernièrement ?

— Je suis allé à Portland le week-end dernier. Ils sont en forme.

— Tant mieux.

Ils échangèrent encore quelques propos anodins. En raccrochant, la jeune femme fronça les sourcils, se demandant quel pouvait être le problème.

— C'était Rick ? lança Doug, depuis le salon.

— Il vient dîner la semaine prochaine.

— Ça fait un moment qu'on ne l'a pas vu.

Carol passa dans la pièce voisine et s'assit sur un accoudoir du fauteuil de Doug.

— Qu'est-ce qui ne va pas ? demanda-t-il en levant les yeux vers elle.

— J'aimerais bien le savoir. Il a un problème, je le sens.

Posant la main sur le dossier du fauteuil, Carol se pencha pour embrasser son mari.

— Promets-moi de m'aimer toujours ! murmura-t-elle.

— Je te l'ai déjà promis, répondit-il en lui montrant son alliance. Je t'appartiens, que tu le veuilles ou non.

Carol se blottit contre son épaule.

— Je crois que je ne t'ai jamais autant aimé.

— Voilà des paroles qui font plaisir à un mari, dit-il en l'attirant sur ses genoux.

Elle était reconnaissante à son frère de lui avoir présenté Doug, et à son mari de l'aimer. Pourtant, l'appel de Rick la troublait. S'il avait de gros ennuis, que faire pour l'aider ?

8

Alix Townsend

Alix regrettait de s'être inscrite à ces foutus cours de tricot, mais il était trop tard pour reculer. Dès qu'elle avait touché son chèque hebdomadaire, elle était retournée au Fil des jours pour régler les frais d'inscription. Elle avait agi sans réfléchir. C'était stupide de gaspiller ainsi de l'argent. Plus elle y réfléchissait, plus elle s'en mordait les doigts. Elle s'était laissé influencer par ses rêves d'enfance, ses images d'une mère parfaite. Alix avait une mère, mais elle était loin d'être parfaite.

— John est là, murmura Laurel en la rejoignant derrière le comptoir.

Depuis environ six mois, sa colocataire fréquentait un client régulier : un vendeur de voitures d'occasion. Selon Alix, ce type n'était qu'un bon à rien. Il était beau, bien habillé, toujours en costume, mais il ne louait que des vidéos classées X. Et toujours les plus perverses.

John avait fait savoir à Alix qu'il la trouvait à son goût, mais c'est Laurel qui avait eu le coup de foudre pour lui. Elle le considérait comme le centre de l'univers. Alix aurait voulu dire à son amie qu'elle pouvait trouver mieux que ce minable, mais elle soupçonnait la jeune femme d'être très complexée par son surpoids. Pour tout arranger, elle portait ses longs cheveux blonds et raides détachés et elle ne les lavait pas souvent. Elle s'habillait toujours en jean, avec un

T-shirt — en général orné d'une devise ou d'un motif stupide, voire agressif… N'empêche qu'elle ne méritait pas que John la traite comme il le faisait.

Même s'il avait été différent, Alix n'aurait pas voulu de lui, car elle avait des vues sur quelqu'un d'autre. Depuis quelque temps, elle faisait en sorte d'être au comptoir quand il venait. Il s'appelait Jordan Turner. Physiquement, il n'avait rien de spécial. C'était un type normal, avec un sourire gentil et des yeux marron chaleureux. A en juger par ses choix, il n'était ni violent ni pervers. La dernière fois, il avait loué deux comédies, des choix bien raisonnables par rapport à ceux de John. Alix avait déjà connu un dénommé Jordan Turner, mais c'était en CM2. Elle l'appréciait beaucoup. Le père de celui-ci étant pasteur, elle était allée plusieurs fois au culte pour faire plaisir à son camarade. D'une certaine façon, son premier rendez-vous amoureux s'était déroulé dans une église…

— Couvre-moi, chuchota Laurel.

— Non, s'il te plaît, ne fais pas de bêtises ! protesta Alix.

Elle savait parfaitement ce qui se passait quand Laurel et John se faufilaient dans le bureau et fermaient la porte à clé. Et elle détestait ce genre de situation.

John regardait ses immondes films porno, puis il débarquait au magasin complètement surexcité et consacrait à Laurel dix minutes de son temps. Ensuite, il repartait en lui promettant de l'emmener dîner au restaurant ou danser en boîte de nuit, ce qui n'était arrivé qu'en de très rares occasions. Il lui accordait juste assez d'attention pour la tenir en haleine. Ce type était un bon à rien et Laurel ne s'en rendait pas compte. Jamais elle n'écouterait les conseils d'Alix.

— Je n'en ai pas pour longtemps, promit-elle en gloussant avant d'entraîner John dans l'arrière-boutique.

Par chance, il n'y avait pas beaucoup de clients. A 9 heures du soir, les gens qui voulaient louer des films étaient déjà passés. Il ne restait que quatre ou cinq personnes dans les rayons.

Alix fut étonnée de voir l'objet de ses pensées, Jordan Turner, au comptoir.

— Désolé, dit-il. Je ne voulais pas vous faire sursauter.

Prise au dépourvu, la jeune femme mit un certain temps à se ressaisir.

— Vous désirez ? demanda-t-elle en haussant les épaules d'un air qui se voulait désinvolte.

— Vous pourriez vérifier si *Matrix* est disponible ?

— Bien sûr.

Alix se tourna vers l'ordinateur et entra le titre du film. Son cœur battait à tout rompre. Elle ne s'attendait pas à voir Jordan un jeudi soir. Il venait presque toujours le mardi.

— J'ai regardé dans les rayons, mais il n'y en a aucun exemplaire.

— Ils sont tous sortis, confirma Alix en fixant l'écran. Je peux vous conseiller un autre film dans le même genre, si vous voulez.

Il réfléchit un instant, puis secoua négativement la tête.

— Non, merci.

Il posa *Attrape-moi si tu peux* sur le comptoir, et régla le prix de la location. Puis, avant qu'elle puisse trouver un moyen de le retenir, il s'en alla.

Laurel et John réapparurent presque aussitôt. Elle avait un suçon dans le cou et son chemisier était mal reboutonné. Alix foudroya John du regard. Il en fit autant et murmura quelques mots à Laurel. Alix n'entendit rien, mais devina la teneur de ses propos. Laurel secoua la tête.

John partit sans tarder, pour la grande satisfaction d'Alix.

— J'ai rendez-vous avec lui après le travail, annonça Laurel d'un ton assuré. Il m'emmène dîner.

Du regard, elle défiait son amie de prononcer une parole critique sur John, mais Alix ne se laissa nullement impressionner.

— Il semble de bonne humeur, en tout cas, marmonna-t-elle d'un ton sarcastique.

— Il l'est, confirma Laurel. Il a vendu une voiture, aujourd'hui et on va fêter ça.

— Tu ferais mieux de reboutonner ton chemisier avant de sortir.

— Ah ! fit Laurel en baissant les yeux. Merci.

Tandis qu'elle s'activait, Alix secoua la tête et alla ranger quelques DVD dans les rayons.

— Il y a peu de chances que je rentre ce soir, reprit Laurel. Ne m'attends pas.

Comme si Alix allait l'attendre !

— Je ne suis pas ta mère. Ne t'en fais pas.

— Ma mère s'en moquerait, de toute façon. Elle m'a refilée à mon oncle quand j'avais dix ans. Un vilain tonton, si tu vois ce que je veux dire.

Le passé de Laurel n'était pas plus reluisant que celui d'Alix. Elles s'étaient rencontrées un an plus tôt, alors qu'elles vivaient au jour le jour, dans des hôtels, et pas de ceux qui fournissent des petits flacons de shampooing… Quand on touche le salaire minimal, on n'a pas les moyens de payer plusieurs loyers d'avance. Laurel et Alix avaient mis six mois à trouver leur appartement. Elles avaient eu l'impression d'emménager dans un palais. A elles deux, elles pouvaient payer le loyer mais, avec tous ces travaux de rénovation, dans le quartier, Alix avait peur de se retrouver à la rue. On disait que son immeuble avait été vendu à la même entreprise que l'ancienne banque.

Leur logement était un taudis au plancher incliné, avec une baignoire tachée de rouille et des fissures au plafond mais, pour la première fois de sa vie, Alix s'y sentait vraiment chez elle. Leurs meubles étaient bons pour la déchetterie. Laurel les avait récupérés un par un, au fil des mois, sur le trottoir, pour la plupart.

Ni l'une ni l'autre n'avait le moindre contact avec ses parents. Aux dernières nouvelles, le père d'Alix vivait en Californie, mais elle ne l'avait pas vu depuis dix ans, et il n'avait fait aucune démarche pour la retrouver. Sa mère était en prison pour falsification de chèques. Seule Laurel était au courant de ce détail. Elle le lui avait avoué dans un moment de faiblesse. Alix avait écrit plusieurs lettres à sa mère, mais celle-ci ne lui répondait que pour lui demander de l'argent ou, pire encore, des produits interdits.

Alix avait eu un frère aîné, Tom. Hélas, il avait de mauvaises fréquentations et il était mort d'une overdose cinq ans plus tôt. Cette mort avait été un coup dur pour la jeune femme, qui n'avait plus que lui au monde. Tom était parti, il avait baissé les bras… En apprenant la nouvelle, elle avait regretté de ne plus avoir huit ans pour se réfugier dans son placard et se sentir en sécurité.

Sans Tom, Alix avait dérivé, et les problèmes n'avaient pas tardé à apparaître. Mais, à présent, elle était revenue dans le droit chemin. Elle se débrouillait seule depuis l'âge de seize ans, et elle était plutôt fière d'avoir réussi à ne pas sombrer dans l'alcool et la folie. Certes, elle avait eu des démêlés avec la police et se trouvait sous la surveillance d'une assistante sociale, mais elle avait évité les trop gros ennuis, et elle ne dépendait pas des aides de l'Etat.

— Tu as eu un appel, cet après-midi, annonça Laurel juste avant la fermeture. Je voulais te le dire, mais ça m'est sorti de l'esprit.

Elles avaient les moyens de payer un loyer, mais pas un

abonnement téléphonique. Elles profitaient donc du téléphone du vidéoclub, ce qui agaçait copieusement le patron.

— De qui ?

— Une certaine Mme O'Dell.

L'assistante sociale avait commencé à s'occuper d'elle après son problème avec les stupéfiants. Alix s'était fait prendre avec la réserve de marijuana de Laurel. Alix ne lui pardonnait toujours pas de la lui avoir glissée dans son sac à main. Ce n'était pas elle qui consommait, mais personne n'avait cru à ses protestations lorsqu'elle avait clamé son innocence. Alors, elle s'était tue et avait accepté cette tache sur son casier judiciaire.

— Qu'est-ce qu'elle voulait ? demanda Alix.

En fait, Mme O'Dell ne faisait que répondre à un appel de la jeune femme. Avant d'investir du temps, de l'argent et de l'énergie pour tricoter cette maudite couverture, elle voulait être certaine que cette tâche serait décomptée de ses heures de travaux d'intérêt général.

— Elle a dit que c'était d'accord et que ça t'aiderait à maîtriser ta colère. J'ai rien compris.

— Ah...

Au moins, elle n'avait pas spécifié qu'il s'agissait de cours de tricot, ce qui dispensait Alix de se justifier auprès de Laurel.

— Tu comptes m'expliquer ce qui se passe ?

— Non, répondit Alix en pinçant les lèvres.

— On est colocs, Alix. Tu peux me faire confiance.

— Tu parles ! Est-ce que j'ai pu te faire confiance pour dire la vérité aux flics, à propos de la came ?

Elle tenait à rappeler à Laurel qu'elle n'avait rien oublié.

— C'est bon ! rétorqua Laurel en levant les bras au ciel. Fais ce que tu veux.

Telle était précisément l'intention d'Alix.

9

Nous sommes tous liés. Le tricot me lie à toutes ces femmes qui ont enrichi mon existence.

ANN NORLING, conceptrice

Lydia Hoffman

Cela faisait des années que j'enseignais le tricot, mais je n'avais jamais eu affaire à un groupe aussi hétérogène. Mes trois débutantes n'avaient absolument rien en commun. Elles étaient assises, un peu tendues, autour de la table, au fond du magasin, sans échanger une parole.

— Nous allons commencer par nous présenter, expliquer nos motivations à rejoindre ce cours, dis-je en faisant signe à Jacqueline de débuter.

C'était celle qui m'inquiétait le plus. De toute évidence, elle faisait partie de la haute société et avait eu beaucoup de peine à dissimuler le choc qu'elle avait ressenti face à Alix. A en juger par le regard qu'elle m'avait lancé, elle allait inventer un prétexte pour s'enfuir. J'ignore ce qui l'a incitée à rester, mais je lui en suis reconnaissante.

— Bonjour, dit Jacqueline d'une voix mélodieuse, en adressant un signe de tête aux deux femmes assises en face d'elle. Je m'appelle Jacqueline Donovan. C'est le cabinet d'architecte de mon mari qui est chargé des travaux de Blossom Street.

Si j'ai voulu apprendre à tricoter, c'est parce que je vais être grand-mère pour la première fois.

Aussitôt, Alix leva la tête et fixa son aînée.

— C'est votre mari qui est derrière tout ce bazar? Dites-lui de ne pas toucher à mon appartement, d'accord?

— Comment osez-vous me parler sur ce ton?

Les deux femmes se foudroyèrent du regard. Alix était presque debout, et j'admirai le flegme de Jacqueline, qui ne bronchait pas. Je me tournai vers Carol.

— A vous, maintenant, vous voulez bien? demandai-je en trahissant sans doute ma nervosité.

J'ai fait plus ample connaissance avec Carol. Elle était déjà venue deux fois au magasin et m'avait acheté de la laine. Je connaissais ses motivations et j'espérais que nous serions amies.

— Oui, bonjour, fit Carol, aussi troublée que moi.

Alix foudroyait encore Jacqueline du regard, mais celle-ci parvenait à l'ignorer superbement. J'aurais dû prévoir ce genre de situation, mais je me sentais incapable d'y mettre fin. Alix et Jacqueline n'auraient pas pu être plus opposées.

— Je m'appelle Carol Girard, et mon mari et moi espérons avoir un enfant. Je subis actuellement des traitements pour stimuler ma fertilité. En juillet, je vais tenter une FIV. Je me suis inscrite dans le but de tricoter une couverture pour cet enfant qui reste à concevoir.

Je devinai à l'expression d'Alix qu'elle ne comprenait pas.

— FIV signifie « fécondation in vitro », lui expliqua Carol.

— J'ai lu un article intéressant sur ce sujet dans un numéro récent de *Newsweek*, intervint Jacqueline. C'est incroyable ce que la médecine arrive à faire, de nos jours.

— Oui. Il existe maintenant des traitements miraculeux,

mais Doug et moi n'avons pas encore réussi à accomplir notre miracle à nous.

Carol eut l'air si désemparé que j'eus envie de poser une main sur son épaule.

— Ce sera notre dernière chance de FIV, ajouta-t-elle en se mordant la lèvre.

Se rendait-elle compte de l'anxiété qui émanait d'elle ?

— Comment ça se passe, ce truc d'in vitro ? demanda Alix en se penchant en avant, sincèrement intéressée.

— C'est un processus assez long et complexe, répondit Carol. Je ne suis pas certaine qu'il faille prendre du temps sur notre cours pour tout expliquer.

— Ça t'ennuie ? demanda Alix, dont la curiosité me surprenait.

— Oui, expliquez-nous ! renchérit Jacqueline, dont l'intérêt n'était sans doute pas aussi sincère que celui d'Alix.

— Eh bien, reprit Carol en croisant les doigts sur la table, le processus commence avec certaines substances.

— Comme toujours ! répliqua Alix en riant.

Mais personne ne réagit.

— Il s'agit de stimuler les ovaires. Puis il a fallu prélever les ovules.

— C'est douloureux ? demanda Jacqueline.

— Un peu, mais il me suffisait de penser au bébé, et ces désagréments me paraissaient supportables. Nous avons tellement envie de devenir parents.

Ça semblait évident et, même si je connaissais très peu Carol, il me semblait certain qu'elle ferait une maman formidable.

— Ensuite, le médecin a recueilli le sperme de Doug et a inséminé mes ovules pour engendrer un certain nombre d'embryons qu'il a injectés dans mon utérus. Nous avons déjà fait deux tentatives qui ont échoué, et la compagnie d'assurances n'en prend en charge que trois. Il est donc crucial que je me retrouve enceinte, cette fois.

— J'ai l'impression que tu te mets la pression, déclara Alix avec beaucoup de clairvoyance.

— Comme ça doit être stressant pour vous deux ! ajouta Jacqueline.

— Mais j'y crois, affirma Carol avec un large sourire. Je ne sais pas pourquoi mais, pour la première fois depuis des mois, j'ai vraiment bon espoir. Nous avons décidé d'attendre un peu après notre dernier échec. Nous avions besoin de temps pour digérer cette déception. Et puis il fallait que je me remette, physiquement et psychologiquement. Mais nous allons y arriver. Je le sens.

— Je l'espère, dit Alix. Les gens qui désirent tellement avoir un enfant méritent d'être parents.

— Il y a toujours l'adoption, dit Jacqueline. Vous y avez songé ?

— Oui, répondit Carol. C'est une alternative sérieuse, mais ce sera notre dernier recours.

J'attendis un instant avant de faire signe à Alix.

— Parle-nous un peu de toi.

Elle haussa les épaules.

— Je m'appelle Alix Townsend et je travaille au vidéoclub qui se trouve juste en face.

J'espérais qu'elle ne dirait rien de sa peine et de ces heures de tricot qu'elle voulait déduire, mais je ne pouvais pas l'empêcher de parler. Seulement, si elle le faisait, Jacqueline sortirait sans doute sur-le-champ…

— Il se trouve que j'habite le quartier, fit Alix, et que j'espère pouvoir y rester quand ils auront fini de saccager la rue.

— Ne me regarde pas comme ça ! marmonna Jacqueline. Je n'ai rien à voir là-dedans.

— Je pense, dis-je en me levant, que nous pourrions à

présent discuter des différents types de fil à tricoter, pour cette première leçon.

Il fallait que je détourne l'attention d'Alix, même si je soutenais le projet Linus avec ferveur.

— Le modèle que j'ai choisi est l'un de mes préférés. Il est suffisamment captivant pour qu'on ne s'ennuie pas en le réalisant, et assez facile pour éviter de se décourager. Il exige une laine assez épaisse en qualité *worsted* qui « monte assez vite », comme on dit.

J'avais un grand panier en osier plein d'échantillons de différentes couleurs.

— Je vais peut-être vous donner l'impression de prêcher pour ma paroisse, mais voici un bon conseil : achetez toujours du fil de qualité. Quand on investit du temps et de l'énergie dans un ouvrage, il serait dommage de partir sur de mauvaises bases avec du fil bon marché.

— Je suis totalement d'accord avec toi, déclara Jacqueline d'un ton ferme.

Je me doutais qu'elle adhérerait sans difficulté à ce principe.

— Et quand on n'a pas les moyens de s'offrir des trucs hors de prix? demanda Alix.

— Eh bien, il est vrai que cela peut poser un problème.

— Tu as dit que les élèves bénéficiaient de vingt pour cent de remise sur les pelotes. Ça tient toujours ou bien tu as changé d'avis?

— Ça tient toujours, répondis-je.

— Tant mieux, parce que j'ai pas grand-chose dans mon porte-monnaie.

Elle prit un joli fil chiné blanc et rose en laine et acrylique.

— C'est combien?

— Cinq dollars la pelote.

— La pelote ? répéta-t-elle, visiblement horrifiée.

Je hochai la tête.

— Il m'en faudrait combien pour tricoter la couverture ?

Je consultai le modèle, et pris ma calculatrice.

— Apparemment, cinq pelotes suffiraient. Si tu n'en utilises que quatre, je te rembourserai entièrement la cinquième.

Alix se leva et sortit un billet de cinq dollars froissé de sa poche.

— Je ne peux en acheter qu'une seule, cette semaine, mais je devrais pouvoir en prendre une autre la semaine prochaine, si ça ne pose pas de problème.

— Il est important de prendre des pelotes issues du même bain. Je vais donc te les mettre de côté et tu paieras au fur et à mesure.

Alix parut satisfaite.

— Ça marche. Je suppose que la dame qui est mariée avec le prestigieux architecte a les moyens d'acheter toute la boutique.

— Mon prénom est Jacqueline et je préférerais que tu m'appelles ainsi.

— J'aimerais que vous choisissiez toutes votre laine dès maintenant, m'empressai-je d'ajouter avant qu'Alix ne se jette sur Jacqueline.

J'avais un peu de mal à l'admettre, mais cette Jacqueline n'était pas la plus humaine des femmes. Quoique différente, son attitude ne valait pas mieux que celle d'Alix.

Jacqueline était assise seule et occupait la moitié de la table. En arrivant, Carol avait été obligée de s'asseoir à côté d'Alix. Il était manifeste que Jacqueline s'attendait à être servie, non seulement dans ma boutique mais dans la vie en général.

J'en venais à me demander ce qui m'avait pris de me lancer dans ces cours. Franchement, j'étais inquiète. J'espérais me lier d'amitié avec mes clientes, mais c'était mal parti.

Durant les deux heures de cours, nous en sommes à peine arrivées à monter les points. J'avais choisi la méthode la plus simple, qui consistait à apprendre pas à pas. Je ne tenais pas à ce que mes trois élèves se sentent dépassées dès le premier cours.

A l'issue de ces deux heures, j'avais de quoi douter de mes capacités à enseigner. Si Carol saisit immédiatement la technique, Alix était un peu maladroite. Jacqueline ne comprenait pas très vite non plus. Finalement, je sentais poindre un mal de tête et j'avais l'impression d'avoir couru le marathon.

Pour couronner le tout, Margaret m'appela au moment où j'allais fermer.

— Au fil des jours ! annonçai-je d'une voix enjouée et pleine d'espoir.

— C'est moi ! lança ma sœur de son petit ton sec. Je voulais parler avec toi de la fête des Mères.

Elle avait raison. J'étais si absorbée par la boutique que j'avais complètement oublié.

— Bien sûr ! Il faut préparer quelque chose de spécial pour maman.

Ce serait notre première fête des Mères sans papa, et c'était difficile pour nous toutes, surtout pour maman. En dépit de nos différences, Margaret et moi faisions toujours quelque chose ensemble pour la fête des Mères.

— Les filles ont suggéré de l'emmener au restaurant, samedi. Nous voyons la mère de Matt, dimanche.

— Excellente idée, mais ma boutique est ouverte, le samedi.

Je savais que c'était le meilleur jour pour le commerce, et je ne pouvais me permettre de fermer.

Ma sœur hésita. Quand elle reprit la parole, elle jubilait. Je ne mis guère de temps à comprendre pourquoi.

— Puisque tu ne peux pas te libérer, tu n'auras qu'à passer le dimanche avec elle.

Cela signifiait que Margaret n'aurait pas à partager cette occasion avec moi, qu'elle aurait l'attention de notre mère pour elle seule. De toute évidence, c'était la raison pour laquelle elle avait pris de telles dispositions. Pourquoi fallait-il que la vie entière soit une compétition, à ses yeux ?

— Tu ne travailles pas dimanche, n'est-ce pas ? reprit-elle.

— Non, mais... Si c'est ce que tu veux...

— Je n'ai pas le choix, il me semble, rétorqua Margaret de ce ton maussade et hostile que je détestais. C'est toi qui ne peux pas déjeuner avec nous samedi. Tu voudrais sans doute que je m'adapte à tes horaires, mais c'est hors de question.

— Je ne t'ai rien demandé.

— Pas directement, mais je sais lire entre les lignes. J'ai un mari, tu sais, et il a une mère, lui aussi. Pour une fois, nous voulons passer la fête des Mères avec elle.

Au lieu de me lancer dans une querelle, je m'efforçai de parler posément.

— On pourrait peut-être trouver un compromis.

— Que veux-tu dire ?

— Je sais que maman adorerait déjeuner au bord de l'eau. Je pourrais vous rejoindre là-bas et fermer la boutique pendant quelques heures. Comme ça, on serait tous ensemble. Et j'irai quand même la voir dimanche.

Je devinai au silence prolongé de Margaret que cette idée ne l'emballait pas.

— Tu veux que j'aille chercher maman, que je vienne à Seattle un samedi, parce que c'est plus pratique pour toi ? Tu sais à quel point on circule mal en fin de semaine !

— Ce n'est qu'une suggestion.

— Je préfère qu'on célèbre la fête des Mères séparément, cette année.

— Très bien. C'est peut-être mieux ainsi.

J'en restai là en me promettant d'appeler ma mère pour m'expliquer.

— Bien. L'affaire est donc réglée.

Je remarquai qu'elle ne me demandait pas comment s'étaient déroulées mes deux premières semaines. Elle ne me donnait pas non plus l'occasion de l'interroger sur sa vie.

— Je dois te laisser, dit-elle. Le cours de danse de Julia commence dans un quart d'heure.

— Embrasse-la pour moi.

Julia et Hailey, mes deux nièces, étaient un vrai bonheur pour moi. Je les aimais profondément et j'étais très proche d'elles. Margaret faisait de son mieux pour me tenir à l'écart de ses filles, mais elles étaient assez grandes pour décider elles-mêmes, maintenant. Nous bavardions souvent et je les soupçonnais de ne pas en parler à leur mère.

Margaret raccrocha sans même me dire au revoir, ce qui n'avait rien d'étonnant.

En allant retourner la pancarte « Fermé », je vis Brad Goetz sortir de l'immeuble où vivait Alix. Visiblement pressé, il courut jusqu'à sa camionnette. J'ignorais où il était garé, mais je devinais les raisons de sa hâte. Il était séduisant et libre. Sans doute avait-il un rendez-vous galant, en ce vendredi soir.

J'aurais pu être celle avec laquelle il allait dîner. Mais non. C'était mon choix. Une décision que je commençais à regretter…

10

Jacqueline Donovan

Pour masquer sa nervosité, Jacqueline se servit un deuxième verre de chardonnay. Après une première gorgée, elle se rendit dans la cuisine pour prendre le plateau d'amuse-gueules. Martha avait préparé de jolis canapés au fromage frais et aux herbes, surmontés d'une crevette minuscule. Au début de la semaine, Paul avait téléphoné pour savoir si Tammie Lee et lui pouvaient leur rendre visite, mercredi soir.

Ils avaient passé le week-end de la fête des Mères en Louisiane, chez la mère de Tammie Lee qui, paraît-il, était souffrante. Jacqueline avait décidé de ne pas s'en offusquer.

C'était la première fois que Paul lui demandait la permission de venir à la maison. Depuis cet appel, elle avait les nerfs à fleur de peau.

— Détends-toi, dit Reese en la suivant dans la cuisine.

— J'ai un mauvais pressentiment, répondit-elle dans un murmure.

En consultant l'horloge du four à micro-ondes, elle constata que son fils et sa belle-fille n'allaient pas tarder. Elle redoutait de devoir échanger des banalités avec Tammie Lee et craignait que Paul ne leur annonce qu'il avait accepté une mutation à la succursale de La Nouvelle-Orléans afin de permettre à sa femme de se rapprocher de sa famille.

— Paul n'est pas du genre à prendre rendez-vous pour venir ici.

— Il cherchait simplement à être gentil, assura Reese en s'asseyant sur un tabouret. Je croyais que le tricot avait le don de détendre les gens.

— Justement ! rétorqua Jacqueline. Je laisse tomber ces cours ridicules.

Sa véhémence surprit Reese.

— Qu'est-ce qui te prend ?

— J'ai mes raisons.

Elle n'aimait pas le regard que son mari posait sur elle. Il semblait déçu. Mais ce n'était pas lui qui était confronté à cette sauvageonne insolente. Alix avec un I lui faisait peur, tout simplement.

— Qu'est-ce que ça peut te faire ? demanda-t-elle en s'appuyant sur le comptoir.

— Tu semblais très enthousiaste, la semaine dernière, répondit-il simplement. J'y ai vu un geste de conciliation de ta part. Je croyais que tu t'étais inscrite à ces cours pour montrer à Paul que tu comptais être une bonne grand-mère.

— Je suis déterminée à être une grand-mère formidable, pour l'amour du ciel, mais quelle chance peut avoir cet enfant, dans la vie, avec une mère comme Tammie Lee ? Il ou elle va apprendre à faire des pieds de porc en saumure, comme dans le Sud.

Cette perspective la fit frémir d'effroi.

— Allons, Jacqueline…

— En fait, c'est ta faute.

— Ma faute ? fit Reese en se redressant vivement.

Elle crut qu'il allait éclater de rire.

— Qu'est-ce qui est ma faute ? demanda-t-il.

— C'est à cause de toi que je me retrouve dans cet horrible cours de tricot.

Reese fronça les sourcils.

— Et si tu m'expliquais ce qui se passe ?

— Il y a une jeune femme, là-bas... Je me demande bien pourquoi elle veut apprendre à tricoter, mais peu importe. Elle est immonde, Reese. Je ne vois pas d'autre mot. Elle a les cheveux teints en violet et une coiffure ridicule dans le genre punk. En apprenant que tu étais responsable des travaux de Blossom Street, elle m'a tout de suite détestée.

Reese prit la bouteille de vin.

— La plupart des gens sont ravis de ces travaux de rénovation.

— Cette Alix vit dans l'immeuble situé au bout de la rue.

A ses yeux, c'était un taudis infesté de rats. S'il était rasé, tant mieux. Alix et ses semblables devraient chercher un autre logement ailleurs. Les filles de son genre n'avaient rien à faire dans un quartier huppé, ce que Blossom Street allait devenir dans peu de temps.

— Ah ! murmura Reese en buvant une gorgée de vin. Je comprends mieux.

— Qu'est-ce qui est prévu, pour cet immeuble ?

— On ne sait pas encore, répondit-il en faisant tournoyer son vin dans son verre. La municipalité est en train de discuter avec le propriétaire. Mon idée était de le transformer en appartements de standing, mais certains défenseurs des logements sociaux semblent avoir capté l'attention du maire.

— Dommage ! Ces gens-là vont pourrir le quartier. Autant dire adieu à tous tes efforts.

Elle ne voulait pas sembler pessimiste, mais si Alix était représentative des autres occupants de l'immeuble, toute la rue était en péril.

— Tu devrais peut-être faire une nouvelle tentative de tricot, suggéra Reese, ignorant sa colère.

En réalité, Jacqueline avait envie de continuer. Elle n'avait pas trouvé ce cours désagréable, au contraire. Si elle exagérait, c'était uniquement pour impressionner Reese. Mis à part l'affrontement avec Alix, elle avait passé un bon moment. Lydia leur avait demandé de faire le tour de la boutique et de choisir trois pelotes dans leurs coloris favoris. Sur le moment, elle avait jugé cet exercice inutile. Jacqueline avait opté pour un argenté scintillant, un violet foncé et un rouge vif. Ensuite, Lydia leur avait dit de sélectionner la couleur qu'elles aimaient le moins. Jacqueline avait aussitôt opté pour une pelote jaune acidulé. Lydia évoquait le contraste des couleurs, expliquant qu'elles se complétaient souvent. En fait, le jaune semblait totalement différent du violet, et le contraste était étonnamment efficace. Lydia avait raison.

Elle avait découvert que le choix des textures et des coloris était essentiel, dans le tricot, ce à quoi elle n'avait jamais songé. En partant, Jacqueline avait l'impression d'avoir appris bien plus que les points de base. Mais rien de tout cela n'avait réussi à apaiser son malaise vis-à-vis d'Alix.

— J'irai peut-être à la deuxième session pour débutants, plus tard cet été, marmonna-t-elle, toujours hésitante.

Elle avait payé pour les six semaines, mais elle ne supportait pas l'idée de se laisser intimider par une sauvageonne insolente.

Le carillon de la porte retentit. Jacqueline ressentit aussitôt une extrême tension. Néanmoins, pendant que Reese allait ouvrir, elle se força à sourire en entrant dans le salon, les mains crispées. Elle attendit que Reese ait salué Paul et Tammie Lee dans l'entrée.

— Quel plaisir de vous voir tous les deux ! dit-elle en minaudant et en tendant les bras vers le couple, dès qu'ils eurent franchi le seuil.

Elle étreignit brièvement sa belle-fille et effleura la joue de

Paul. Comment n'avait-elle pas deviné plus tôt que Tammie Lee était enceinte ? Cela se voyait vraiment, au point qu'elle portait une tunique de maternité.

Paul et Tammie Lee s'installèrent sur le canapé. Ils étaient si proches l'un de l'autre que leurs épaules se touchaient. Ils se tenaient par la main, comme pour affirmer que rien ne pouvait les séparer.

Pendant que Reese servait un verre de vin à Paul, Jacqueline apporta le plateau d'amuse-gueules. Tammie Lee sourit à sa belle-mère.

— J'adore les crevettes. Depuis que je suis enceinte, j'en ai une envie folle, fit-elle d'une voix à la fois douce et nasillarde. Demandez donc à Paul ! Je pense qu'il en a plus qu'assez de manger des crevettes, mais il ne se plaint jamais.

Elle posa sur son mari un regard plein d'amour et de fierté. Jacqueline eut toutes les peines du monde à garder une contenance. Elle ne comprenait vraiment pas ce que Paul pouvait trouver à cette fille.

— Qu'est-ce que je vous sers à boire ? demanda Reese à la jeune femme, tout en tendant un verre à Paul.

— C'est gentil, mais je ne prendrai rien, merci.

Jacqueline se dit qu'elle pouvait au moins se réjouir du fait que Tammie Lee prenait soin d'elle-même durant cette grossesse. Elle avait assez de bon sens pour ça.

Reese et Jacqueline s'assirent en face du couple, dans des fauteuils en cuir, séparés par une tablette en acajou. Ils utilisaient si peu le salon de réception que les sièges sentaient encore le cuir neuf alors qu'ils étaient là depuis cinq ans.

— Je crois qu'il faudrait le leur dire, murmura Tammie Lee à son mari.

Paul opina et serra sa main dans la sienne.

— Tammie Lee a passé une échographie, cet après-midi, et il semble que ce soit une petite fille.

— Une fille ! répéta Reese avec un bonheur évident.

Il se leva et donna une tape dans le dos de son fils.

— Tu entends ça, Jacquie ? On va l'avoir, finalement, notre petite fille !

Jacqueline se figea.

— Une petite-fille, dit-elle, prise de tremblements.

Elle qui avait tant rêvé d'avoir une fille !

— Nous n'avons pas encore choisi de prénom, reprit Tammie Lee avec son accent qui donnait l'impression qu'elle parlait sous l'eau. Vous êtes les premiers à connaître le sexe du bébé.

— Ta mère et moi avons toujours désiré une fille, dit Reese, en écho aux pensées de sa femme.

— C'est… formidable, déclara enfin Jacqueline.

— On voulait que tu le saches, maman, dit Paul en lui accordant pour la première fois de l'attention. Comme ça, tu sauras quelle couleur choisir pour la couverture.

— Madame Donovan, je vous assure que quand Paul m'a dit que vous alliez tricoter une couverture pour le bébé, ça m'a fait vraiment plaisir. Vous avez tous été si gentils avec moi.

Posant les mains sur son ventre, elle soupira.

Sa voix nasillarde agaçait copieusement Jacqueline. Certains la trouvaient peut-être charmante, mais Jacqueline y voyait le signe d'un manque d'instruction, de raffinement.

— Il y a une autre nouvelle, reprit Paul en s'avançant.

— Ah bon ? fit Reese. Ne me dis pas que ce sont des jumeaux.

— Non, rien à voir avec ça, répondit Paul en riant.

Tammie Lee adressa un large sourire à son mari.

— Des jumeaux ! Je suis déjà angoissée avec un bébé, alors deux, je n'imagine même pas !

Paul la regarda avec une telle tendresse que Jacqueline dut se détourner. Elle perdit tout espoir qu'il regrette ce mariage.

— Alors, quelle est cette autre nouvelle ? demanda Reese.

Le visage de Paul s'illumina.

— Tammie Lee et moi, nous sommes acceptés au country club de Seattle.

Ce club, duquel Reese et Jacqueline faisaient partie, était le plus prestigieux de la région. Quelques nouveaux membres étaient admis chaque année, pas plus. Il va sans dire que seules les personnes d'un certain milieu étaient admises. En rencontrant Tammie Lee pour la première fois, Jacqueline s'était tout de suite dit que Paul avait anéanti ses chances d'y entrer.

— J'en suis ravie, déclara-t-elle avec un sourire forcé.

De toute évidence, Tammie Lee n'avait pas été pénalisée par ses discussions interminables et inopportunes sur la cuisine du Sud.

— On m'a demandé de travailler au comité du livre de cuisine, renchérit Tammie Lee avec fierté. Si vous saviez combien de personnes m'ont demandé les recettes de ma mère, de ma tante Thelma ou de ma tante Frieda !

— Des recettes de quoi ? demanda Jacqueline, incapable de se retenir.

— Les gens s'intéressent en général à nos *hush puppies*. Quatre ou cinq dames veulent la recette.

— Des *hush puppies* ?

— Un genre de galettes de maïs, maman, expliqua Paul.

— Je sais, maugréa Jacqueline.

— Paul adore mes *hush puppies*, précisa Tammie Lee avec enthousiasme. Maman m'a dit que c'était une spécialité des femmes de chasseurs.

— C'est donc cette recette que vous allez proposer au country club ? fit Jacqueline en songeant qu'elle n'oserait plus jamais se montrer au club.

— Oui. J'ai aussi demandé à ma grand-mère sa recette du ragoût Brunswick, le plat préféré de papa. Ma grand-mère a grandi en Georgie avant de se marier et de s'installer dans le Tennessee. J'avais presque dix-huit ans quand nous sommes partis en Louisiane, mais je me considère surtout comme une fille du Kentucky.

— Le ragoût Brunswick, répéta Jacqueline, un peu plus rassurée.

— C'est une sorte de *chili con carne*. Maman en servait à chaque barbecue. Grand-mère a la recette traditionnelle, mais je vais devoir la modifier un peu. De nos jours, on utilise du porc ou du poulet, et non de l'opossum ou de l'écureuil, comme autrefois.

Un mot de plus et Jacqueline allait défaillir.

— J'espère que tu leur donneras ta recette des beignets de gambos, dit Paul qui n'avait jamais rien goûté de meilleur. Vous n'imaginez pas ce que Tammie Lee peut confectionner avec des gambos. C'est divin.

Jacqueline n'avait goûté qu'une seule fois ces légumes verts et gluants qui baignaient dans une sorte de potage. Elle avait été dégoûtée par l'aspect de cette chose dégoulinante dans sa cuillère. Elle avait failli avoir un haut-le-cœur, et voilà que son fils lui disait qu'il adorait ce légume répugnant !

— J'ai aussi une recette de tarte aux noix de pécan, une spécialité familiale, que je leur donnerai volontiers.

— En fait, je crois que c'est grâce aux talents de cuisinière de Tammie Lee que nous sommes acceptés au country club.

Jacqueline dut se faire violence pour ne pas lui rappeler qu'elle-même était bénévole depuis des années dans ce club. Ses projets caritatifs comptaient parmi les plus fructueux du club. Le nom de Reese était également très influent. Mais, visiblement, Paul ne prenait pas en compte leur excellente réputation. A ses yeux, c'étaient les talents de Tammie Lee pour faire cuire des bêtes sauvages qui lui avaient ouvert les portes du club.

— Vous avez décidément un tas de bonnes nouvelles, dit Reese avec un sourire ravi.

— Nous sommes très heureux, affirma Tammie Lee. Aucun homme n'est plus amoureux que Paul, surtout depuis que nous avons appris, pour le bébé.

— Nous sommes ravis de vous avoir dans la famille, assura Reese.

— Je ressens votre amour, assura la jeune femme en regardant Reese. Et je ne vous remercierai jamais assez pour votre accueil.

Paul croisa le regard de sa mère. Il connaissait ses sentiments. Elle parvenait peut-être à tromper Tammie Lee, mais pas lui. Jusqu'à présent, Paul avait protégé sa jeune épouse de la réprobation de sa mère. A une époque, mère et fils étaient complices. Depuis l'arrivée de Tammie Lee, ces rapports privilégiés n'existaient pratiquement plus.

En cet instant, Jacqueline lut un défi féroce dans le regard de son fils. Si elle prononçait une parole blessante contre Tammie Lee, Paul ne le lui pardonnerait jamais.

11

Carol Girard

Carol posa le bouquet de fleurs fraîches au centre de la table et recula pour admirer son œuvre. En début d'après-midi, elle s'était rendue au marché de Pike Place pour acheter des lis blancs et des astromérias rouges, ainsi que du saumon sauvage et des pointes d'asperges. Elle avait elle-même créé son bouquet dans un vase en porcelaine que Doug lui avait offert pour leur dernier anniversaire de mariage. Il contenait alors des roses.

Pendant tant d'années, ils avaient mis toute leur énergie et tous leurs efforts au service de leur carrière. En quittant son emploi, Carol n'avait su comment occuper ses journées. Elle aurait été totalement perdue sans son groupe de soutien en ligne. Ces femmes lui étaient désormais aussi proches que des sœurs. Elles avaient toutes affronté un problème de stérilité, et elles échangeaient témoignages et encouragements. Elle avait appris avec plaisir que plusieurs autres femmes s'étaient mises au tricot pour se détendre et faire quelque chose de concret. Carol partageait ces envies, mais le tricot était aussi pour elle un symbole de la vie qu'elle voulait mener, qu'elle *allait* mener. Celle d'une mère.

Depuis le jour où elle avait découvert la boutique de Blossom Street, tout avait changé pour elle.

La semaine dernière, après avoir rencontré Lydia et les autres, elle avait eu l'impression qu'un monde nouveau s'ouvrait à elle. A ses yeux, son appartement n'était plus simplement un lieu où dormir et recevoir ses amis. C'était son foyer, et elle voulait y ajouter des touches féminines afin d'exprimer son amour pour son mari et son enfant à venir.

En général, quand son frère passait en ville, ils dînaient au restaurant. Ce soir-là, Carol avait fait la cuisine. Au téléphone, Rick semblait troublé. Elle tenait à lui offrir une atmosphère chaleureuse et intime afin de lui permettre de parler librement. Elle avait passé la majeure partie de l'après-midi à faire ses courses, mais elle en avait apprécié chaque seconde. Six mois plus tôt, elle aurait ri à l'idée de composer un bouquet ou de faire son marché. Désormais, ces petites activités domestiques étaient source de plaisir et de satisfaction, parce qu'elle le faisait pour sa famille.

A l'arrivée de Rick, Carol se précipita pour l'accueillir, et elle l'étreignit longuement dès qu'il eut franchi le seuil.

— Tiens, tiens ! fit-il. Je ne m'attendais pas à un tel accueil.

— Je suis juste contente de te voir.

Rick se mit à rire.

— Où est Doug ? demanda-t-il.

— Il a appelé : il est en retard. Mais je suis sûre qu'il sera bientôt là.

Elle entraîna son frère dans le salon, tout en se rappelant que Doug n'avait manifesté aucun enthousiasme à propos de ce dîner avec Rick.

— Tu veux une bière ?

— Volontiers.

Rick s'assit face à la mer, et admira longuement le paysage sans dire un mot. Il accepta la bière avec un sourire.

— Je peux t'aider dans la cuisine ? dermanda-t-il.

— Non, tout est prêt.

— Tu as bien réussi, petite sœur, fit-il d'une voix triste.

— Toi aussi.

— Tu trouves ?

— Allons, Rick ! Tu es pilote de ligne. Tu as réalisé ton rêve.

Son frère avait gravi les échelons peu à peu. Il avait toujours rêvé de devenir pilote. Son permis de conduire en poche, il avait pris des cours de pilotage et traîné dans les aéroports pour discuter avec les professionnels.

— Je devrais être heureux, donc ? demanda-t-il d'un air désabusé.

— Tu ne l'es pas ?

Elle abandonna la salade qu'elle avait posée sur le comptoir. Les touches finales attendraient. Elle alla s'asseoir à côté de son frère.

— Qu'est-ce qui ne va pas ?

— Désolé ! lança-t-il, esquivant la question. Je ne sais pas ce qui m'a pris. Je vais bien. Oublie ça.

— Non, je n'oublierai pas. Dis-moi ce qui te tracasse. Tu n'es pas venu jusqu'ici pour admirer la vue.

Il haussa les épaules et éluda encore sa question.

— En fait, j'étais de bonne humeur, jusqu'à ce que je voie ce que tu as fait de cet appartement.

— Et qu'est-ce que j'ai fait, au juste ? demanda Carol avec un sourire. En quoi cela peut-il te mettre de mauvaise humeur ?

Rick balaya les lieux du regard et fronça les sourcils.

— Je ne sais pas, mais il y a quelque chose de changé.

Il avait remarqué. En fait, rien n'avait changé depuis sa dernière visite. Les meubles étaient les mêmes. Pourtant, l'appartement était transformé. Les fleurs, le bois ciré et le verre étincelant étaient des petits détails, mais ils exprimaient un nouvel état d'esprit. C'était désormais un foyer plein d'amour, prêt à accueillir un enfant.

— Il y a bien une différence, confirma-t-elle. Mais c'est moi qui ai changé. Je suis heureuse, Rick. Vraiment heureuse.

L'expression maussade de son frère fit monter des larmes aux yeux de la jeune femme.

— Et toi, tu ne l'es pas, ajouta-t-elle doucement.

— Non, souffla-t-il. Sans Ellie, plus rien ne va.

Ils avaient divorcé un an plus tôt. Rick n'avait jamais évoqué la rupture, et le fait qu'il accepte d'en parler en disait long sur sa tristesse.

— Je suis toujours amoureux d'elle, avoua-t-il. Mais j'ai tout foiré.

Carol retint son souffle. Elle aimait et respectait à la fois Rick et Ellie, et elle avait fait de son mieux pour ne pas se mêler de leurs affaires. La seule conversation qu'elle avait eue avec Ellie depuis le divorce avait été troublante et pénible. Depuis, Carol ne lui avait plus téléphoné.

Et elle n'était pas la seule à rester dans l'ignorance. Ses parents ne savaient pas ce qui avait provoqué la dissolution du couple. En tout cas, Rick semblait regretter son divorce et vouloir reconquérir son ex-femme.

— Tu as des nouvelles d'Ellie ?

Rick opina.

— Elle a dit qu'il valait mieux qu'on parte chacun de son côté. J'ai essayé, Carol. J'ai fait des efforts, mais ma vie ne vaut rien, sans elle. Je ne me doutais pas que ce serait si dur.

Il leva les yeux au ciel et poussa un soupir.

— Il paraît qu'elle fréquente quelqu'un, reprit-il.

— Ça doit faire mal.

Rick et Ellie s'étaient connus quand ils étaient étudiants. Carol se rappelait sa première rencontre avec cette blonde charmante. Elle l'avait tout de suite appréciée, au point d'espérer qu'elle devienne un jour sa belle-sœur.

— Ça me rend dingue d'imaginer Ellie avec un autre homme. Je me dis que j'ai été stupide. Je donnerais n'importe quoi pour tout réparer. Je serais même prêt à démissionner.

— Je suis désolée, déclara Carol, qui se sentait impuissante, d'autant plus qu'elle ignorait ce qui s'était vraiment passé.

— Moi aussi.

— Comment en êtes-vous arrivés là ?

— Ellie ne t'a rien dit ? fit-il en écarquillant les yeux. Je pensais que si.

Carol secoua négativement la tête.

— Je l'ai appelée, quand tu m'as annoncé qu'elle demandait le divorce, mais elle n'avait pas envie d'en discuter.

Elle se garda d'ajouter qu'Ellie était en larmes.

— J'étais si souvent absent de la maison, reprit Rick. La solitude était parfois pesante… Ellie a fini par s'imaginer des choses.

C'était ce que sa belle-sœur avait suggéré, en effet, mais Carol avait réfuté cette idée. D'après elle, Rick n'aurait jamais fait une chose pareille. Il était son frère aîné, son héros. Pourtant, il fallait qu'elle en ait le cœur net.

— Tu… Tu as eu une liaison, c'est ça ?

— Non, répondit-il. Ce n'est pas ça… Mais Ellie… Eh bien, elle ne peut pas accepter le fait que je sois entouré de femmes superbes. Ce manque de confiance est devenu un problème.

Carol ne serait pas rassurée, elle non plus, si Doug était toujours entouré de femmes superbes, mais elle n'en dit rien. Son frère n'avait pas besoin de connaître ses doutes.

— Je ne sais pas pourquoi elle a eu une idée pareille, reprit Rick. En vérité, c'est elle que j'aime.

Il se passa une main sur le visage d'un geste las.

— J'ai tenté de la convaincre qu'elle était la seule à mes yeux, mais elle a refusé de me croire. Je n'arrive pas à digérer le fait qu'elle ait détruit notre couple par son manque de confiance en moi.

Carol avait peine à le croire, elle aussi, mais elle garda pour elle ses pensées. Il y avait deux solutions : soit Ellie était jalouse injustement, soit Rick ne lui disait pas tout.

— J'ai fait tout ce que j'ai pu pour la dissuader de demander le divorce, reprit-il. D'accord, j'ai parfois été tenté de la tromper, mais qu'étais-je supposé faire, tout seul, le soir ? Rester dans ma chambre d'hôtel, à regarder la télévision ? Je sortais de temps en temps. Elle ne peut pas m'en vouloir pour ça, quand même !

Ellie avait peut-être des raisons d'être jalouse. Toutefois, Carol trouvait presque inconcevable que Rick trompe sa femme. Il était honnête, certes, mais ce n'était qu'un homme. Et s'il prenait un verre avec une hôtesse, de temps à autre, quel mal y avait-il à cela ? Ellie exagérait peut-être.

— Je devrais sans doute me réjouir que nous n'ayons pas fondé une famille tout de suite, marmonna Rick.

Carol était d'accord avec lui sur ce point. S'il y avait un aspect positif dans cette histoire, c'était bien celui-là.

— Ellie voulait des enfants, mais je n'étais pas prêt.

Carol hocha la tête.

— Qu'est-ce que je peux faire, maintenant, d'après toi ? demanda-t-il en la regardant dans les yeux, comme si elle détenait la solution.

Elle lui tapota gentiment le bras, ne sachant comment réagir. Rick pouvait être son propre ennemi, parfois.

— Tu dois faire tes preuves auprès d'Ellie.

— Mais comment ? s'écria-t-il. Je suis à bout. Ellie dit qu'elle ne veut plus me voir.

— Tu pourrais lui écrire.

— Lui écrire quoi ?

— Une lettre, répondit Carol. Ou un e-mail. Dis-lui que tu es un imbécile.

— Je crois qu'elle est déjà au courant.

Pour la première fois depuis le début de leur conversation, Carol crut déceler l'esquisse d'un sourire.

— Et si elle ne me répond pas ?

— Ne baisse pas les bras. Dis-lui que tu refuses de la perdre.

— Je lui envoie des fleurs, par exemple ?

— Apporte-lui plutôt des fraises et des fruits frais du marché de Pike Place.

Les fruits frais étaient hors de prix, à Juneau.

— Une corbeille pleine, précisa Carol. Si je me souviens bien, elle adore les myrtilles.

— Ah bon ?

— Rick ! Tu devrais le savoir. Elle était ta femme.

— Justement ! Je ne lui ai pas accordé assez d'attention. J'ai compris à quel point je l'aimais au moment où il était trop tard.

— Alors, tu dois rattraper le temps perdu.

Il afficha son sourire juvénile dont Carol gardait le souvenir.

— Ton enthousiasme est contagieux. Tu crois vraiment que je peux la reconquérir ?

— Bien sûr !

C'était bon de voir Rick se tourner vers elle pour chercher du soutien. Il avait commis une erreur. Il ne s'était pas battu pour sauver son couple. Mais Carol était prête à tout pour le soutenir.

12

Alix Townsend

Quand elle vit que Jordan était sur le point de quitter le magasin, Alix sortit à son tour, comme si elle prenait sa pause. Elle alluma une cigarette d'une main tremblante et s'appuya contre le mur pour aspirer une longue bouffée, espérant que la nicotine la calmerait.

Lorsque Jordan sortit enfin, elle l'interpella.

— Salut ! lança-t-elle.

Il regarda par-dessus son épaule.

— Ça va ?

— Ça va. J'ai mis *Matrix* de côté pour toi, si ça t'intéresse toujours.

— Bien sûr. Merci.

Elle prit son paquet de cigarettes et lui en proposa une en silence.

— Non, merci.

Elle aurait dû se douter qu'il ne fumait pas. Elle fixa l'extrémité de sa cigarette.

— J'essaie de réduire. Ce sont des cigarettes à faible taux de nicotine. Mais je vais me faire une hernie à force de chercher un peu de goût là-dedans.

En entendant Jordan rire de sa plaisanterie stupide, elle fut submergée d'une vague de bonheur.

— Je te vois souvent dans le quartier, dit-il.

— Je m'appelle Alix Townsend. Alix avec un I, précisa-t-elle en tendit une main qu'il serra. Et toi, tu es Jordan Turner, poursuivit-elle avant qu'il ait eu une chance de se présenter. Ton permis de conduire est dans nos fichiers. Tu habites du côté de la Cinquième Avenue, non ?

Elle faisait tout pour qu'il comprenne qu'elle s'intéressait à lui... Elle pensa au garçon qu'elle avait connu et qui portait le même nom. Elle avait le béguin pour lui. Aujourd'hui, elle avait l'impression que c'était arrivé en d'autres temps et en d'autres lieux.

— Oui, c'est bien moi.

Pouvait-il s'agir du même Jordan Turner ? Elle le dévisagea et tira de nouveau sur sa cigarette pour tenter de se calmer.

Non, ça ne pouvait pas être le même. Toutefois, ses souvenirs de lui étaient vagues et elle ne pouvait en avoir la certitude absolue. Elle aurait pu rassembler son courage et lui poser la question, mais ce fut lui qui reprit la parole.

— Je travaille près d'ici.

Ainsi, il passait au vidéoclub en quittant son boulot.

— Les films que les gens louent en disent beaucoup sur eux, déclara-t-elle d'un ton désinvolte.

Elle jeta sa cigarette sur le trottoir et l'écrasa du bout de sa botte.

— Je m'en doute.

— Tu veux savoir ce que j'ai appris sur toi ?

C'était l'un de ses points forts, lors d'une conversation : l'analyse de la personnalité à travers le choix des films. Mais elle n'avait guère l'occasion de s'en servir.

Jordan sourit. Il était mignon quand il souriait. La jeune femme en fut frappée. Laurel ne comprenait pas ce qu'Alix pouvait trouver à ce type tellement normal. Mais une fille attirée par un homme qui louait des films porno pervers ne pouvait pas comprendre, de toute façon.

Jordan s'appuya contre le mur, à côté d'elle.

— Vas-y, dis-moi quelles ont été tes conclusions.

Les joues empourprées, Alix eut soudain du mal à s'exprimer. Elle hésita, chercha ses mots et, pour sa plus grande humiliation, n'y parvint pas. Dans une ultime tentative pour se ressaisir, elle fit un geste et bredouilla :

— C'est cool. Enfin, tu vois, quoi.

— Cool ? répéta Jordan. Tu veux dire que je choisis des films cool ?

— Oui, c'est ça.

Elle eut soudain envie de disparaître.

— Merci pour le compliment, dit-il.

Le visage d'Alix était brûlant.

— Il faut que je retourne travailler, marmonna-t-elle sans un mot de plus, avant de rentrer précipitamment.

Pour couronner le tout, Laurel l'attendait.

— Comment ça s'est passé ? demanda-t-elle avec enthousiasme.

Alix la foudroya du regard.

— A ce point-là ? fit Laurel en levant les mains au ciel.

Alix sentit son estomac se nouer. Ce fut comme les nausées qu'elle ressentait, étant enfant, chaque fois que ses parents commençaient à se disputer. Cette sensation douloureuse lui rongeait l'estomac, comme si elle était responsable de tous les malheurs du monde. Jordan était peut-être le Jordan Turner qu'elle avait connu, mais elle n'avait pas eu le temps de lui poser la question. Et c'était impossible, désormais, car elle s'était enfuie !

— Tu vas bien ? demanda Laurel en l'observant.

Alix éluda la question d'un geste, et gagna les toilettes au fond du magasin. Elles étaient dégoûtantes. Mieux valait ne pas savoir depuis combien de temps elles n'avaient pas été nettoyées. L'eau bleue de la cuvette ne parvenait pas à masquer les traces de tartre. C'était bizarre qu'elle le remarque en cet instant.

Debout devant le lavabo, Alix fixa le miroir. Des voix familières vinrent alors la tourmenter. Des voix laides et négatives qui criaient, des voix qu'elle essayait d'ignorer. Des voix qui riaient en lui disant qu'elle n'était bonne à rien. Sa vie était fichue. C'était son destin. Elle ne gagnerait jamais plus que le salaire minimum, elle ne serait jamais aimée, elle n'aurait jamais un vrai foyer avec des choses qui, pour les gens normaux, allaient de soi, comme le téléphone ou un lave-vaisselle.

Portant ses mains à son visage, Alix ferma les yeux. Elle se sentit accablée d'une immense tristesse. Un fardeau lui oppressait les épaules, l'enfonçant plus bas que terre. Elle tenta en vain de chasser cette dépression, de faire taire ces paroles qui résonnaient à sa mémoire.

Mais c'était impossible : elle entendait les insultes de sa mère, puis les réprimandes d'un enseignant, les commentaires méprisants. L'humiliation revint à la charge, aussi violente que douze ans plus tôt. Elle eut envie d'enterrer ces paroles blessantes. Au contraire, elles rebondirent dans son esprit avec une telle violence que la jeune femme faillit s'écrouler sur le sol.

Des coups frappés à la porte la firent sursauter. Alix leva vivement la tête.

— Alix, tu es là ?

— Qu'est-ce que tu veux, Laurel ? lança-t-elle sèchement.

— Il est revenu.

— Qui ?

— Le type à qui tu parlais. Je connais pas son nom.

— T'as qu'à le servir ! fit Alix en se mordant la lèvre.

— Il te demande.

— Pourquoi ?

— J'en sais rien, moi ! Je suis censée lire les pensées ou quoi ?

— J'arrive dans une minute, d'accord ?

Alix se redressa et se passa les mains dans les cheveux tout en réfléchissant. Que pouvait donc lui vouloir Jordan ?

Elle s'aspergea le visage d'eau froide et trouva enfin le courage de se montrer.

Jordan l'attendait au comptoir. En la voyant approcher, il sourit.

— Tu voulais me voir ? demanda-t-elle comme s'il l'avait interrompue dans quelque tâche importante.

Elle ne voulait pas lui donner l'impression qu'elle se réjouissait de sa présence. En vérité, ce n'était pas le cas. Elle s'était ridiculisée une fois, et elle ne tenait pas à recommencer. Pas si vite, en tout cas.

— Tu m'as dit que tu m'avais mis *Matrix* de côté.

Le soulagement de la jeune femme fut intense.

— Ah oui, j'avais presque oublié !

Elle passa devant lui et alla chercher le DVD.

— C'est gentil d'avoir fait ça pour moi.

— Pas de problème, assura-t-elle en s'affairant devant l'écran de l'ordinateur.

Elle fit le total et lui demanda sa carte. Quand il eut réglé la location, elle plaça le DVD dans son boîtier et glissa le tout dans un sac en plastique.

— On fait une promotion sur le pop-corn, cette semaine, si ça t'intéresse.

— Non, merci. J'ai des réserves pour au moins dix ans.

Elle posa les coudes sur le comptoir, un peu mal à l'aise. Que lui dire ? Que lui demander ? Si elle lui parlait du Jordan Turner qu'elle avait connu en primaire, elle lui donnerait l'impression de le draguer.

— Euh… Tu veux que je te mette d'autres films de côté ?

Ce n'était pas génial, mais, au moins, c'était cohérent.

— Je n'en vois pas pour l'instant, mais je te préviendrai à l'occasion.

— D'accord.

Jordan s'en alla après un dernier signe de tête. Dès que la porte vitrée se fut refermée, Laurel réapparut comme par magie.

— Qu'est-ce qu'il voulait ?

— Un film. Quoi d'autre, d'après toi ?

— Il aurait pu me le demander !

— Oui, c'est vrai.

La porte se rouvrit et, à la grande surprise d'Alix, Jordan passa la tête à l'intérieur.

— Alix, à quelle heure tu termines ton travail ?

Prise au dépourvu, la jeune femme ne put répondre tout de suite.

— 23 heures. Je fais la fermeture trois fois par semaine.

— Et demain ?

— Le mercredi, je finis à 21 heures.

— On peut se retrouver pour boire un café, demain, après ton travail ?

— Euh…

Elle avait du mal à croire qu'il l'invitait à sortir. Enfin, en quelque sorte.

— Oui, pourquoi pas ? répondit-elle comme si cela n'avait guère d'importance.

— Génial ! Alors, à demain !

Sur un geste de la main, il s'en alla.

Alix sentit un tourbillon de joie naître au plus profond d'elle-même. Elle dut se retenir pour ne pas hurler de bonheur.

13

Le tricot : ce refuge merveilleux.

NANCIE M. WISEMAN,
rédactrice en chef du magazine *Cast On*,
auteur de *Classics Knitted Vests* et de
The Knitter's Book of Finishing Techniques

Lydia Hoffman

Ma mère m'appela au début de la semaine pour me proposer de venir avec Margaret sur la tombe de papa. Nous ne l'avions emmené vers sa dernière demeure que quelques mois plus tôt. C'était une période difficile pour ma mère qui avait du mal à s'habituer au veuvage.

J'ai accepté, bien sûr, tout en me demandant quelle serait la réaction de Margaret. Elle avait manœuvré pour que nous ne nous voyions pas, le jour de la fête des Mères. A chaque réunion de famille, ma sœur se montre irritable et distante. J'ai l'impression qu'elle regrette que nous ayons les mêmes parents. Plus d'une fois, je me suis dit qu'elle aurait sans doute préféré que je meure à la place de notre père. Ce n'est pas une idée très plaisante, mais, compte tenu de son comportement, je me dis que c'est la triste vérité. Néanmoins, je poursuis mes efforts. Une partie un peu perverse de moi-même refuse de laisser tomber. C'est ma sœur, après tout. Et puis, même si on ne s'aime pas, je me dis qu'on a besoin l'une de l'autre.

En arrivant chez maman, en début d'après-midi, je l'ai trouvée en train de boire du thé sur la terrasse. Elle avait mis sa longue jupe et son chemisier de soie noirs, et elle profitait du soleil dans son fauteuil en rotin.

Les rosiers étaient en fleur. Le doux parfum du lilas embaumait le jardin. Je vis au mouchoir que ma mère serrait dans ses mains qu'elle avait pleuré.

Je me suis approchée d'elle en silence et j'ai posé une main sur son épaule. Elle a levé la tête et a réussi à me sourire avant de poser une main sur la mienne.

— Il me manque encore, tu sais?

— A moi aussi, ai-je murmuré, la gorge nouée par l'émotion.

— Papa ne serait pas content de nous voir tristes. Il fait si beau et j'aurai bientôt mes deux filles avec moi. Comment puis-je être triste?

Elle prit la théière et je vis qu'elle avait sorti une seconde tasse pour moi. Sans un mot, elle me servit tandis que je m'asseyais à côté d'elle.

Nous avons bavardé un moment. Maman avait un tas de questions à me poser sur ma boutique, mes cours, mes élèves. Je lui ai beaucoup parlé de Jacqueline, Carol et Alix, ainsi que de mes autres clientes. Peu à peu, je commençais à me faire une clientèle et, plus important encore, des amies. Chaque jour, mon univers s'étendait davantage et j'étais heureuse. Moustache aussi. Il s'aventure désormais dans le magasin et adore prendre le soleil dans la vitrine. Mon chat me permet souvent d'engager la conversation, et il ne cesse de séduire mes clientes.

A cause du week-end férié, mes élèves débutantes avaient décidé de ne pas venir le vendredi. Jacqueline et Carol quittaient la ville. Alix ne m'avait pas confié ses projets, mais j'avais l'impression qu'elle n'avait guère l'occasion de partir.

J'étais satisfaite de leurs progrès. J'avais eu un peu de mal avec Jacqueline, qui voulait renoncer avant le troisième cours, mais que j'ai persuadée de rester. Je sentais qu'au fond elle en avait envie, et je me suis félicitée d'avoir insisté. Il y a eu quelques moments difficiles quand Alix a perdu une maille durant le deuxième cours et qu'elle a lancé une bordée de jurons qui a failli faire sombrer Jacqueline dans le coma. J'ai immédiatement suggéré à Alix de trouver un autre moyen d'exprimer sa colère. A ma grande surprise, elle s'est excusée, et je l'en ai appréciée davantage. Une fois qu'on la connaît, Alix n'est pas si mal.

Carol est ma meilleure élève. Elle a déjà tricoté la moitié de sa couverture, et elle envisage de s'attaquer à d'autres ouvrages. Elle vient au magasin au moins deux fois par semaine, et reste souvent pour bavarder avec moi. Moustache s'est installé sur ses genoux plusieurs fois, ce qui est très bon signe.

Maman adore que je lui parle de mes clientes. Nous en discutons presque tous les jours. Elle en a besoin et, franchement, moi aussi. J'ai beau avoir trente ans, une fille a toujours besoin de sa mère.

— Margaret et les filles viennent à 13 heures, m'annonça-t-elle sur le ton de la conversation.

Mais je n'étais pas dupe. C'était une façon de me mettre en garde. Elle posa sa tasse en porcelaine sur sa soucoupe et plaça ses mains sur ses genoux. Ma mère possède une grâce naturelle que je lui envie. Sur ce plan, Margaret lui ressemble beaucoup.

Comment décrire ma mère ? A la voir, on pourrait croire qu'elle est fragile, mais ce n'est pas le cas. J'admire sa force. Face aux médecins et aux assureurs, elle a plaidé ma cause avec ferveur. C'est une femme aimante et généreuse qui cherche toujours à faire plaisir. Son seul problème est sa difficulté à gérer la maladie. Ne supportant pas de me voir souffrir, elle avait tendance à fuir. Heureusement, papa a toujours été là pour moi.

— Julia et Hailey viennent aussi ? demandai-je d'un air surpris.

Mes chances d'avoir un jour des enfants étant pratiquement nulles, mes deux nièces occupent une place essentielle dans mon cœur. Si seulement Margaret n'avait pas tendance à les éloigner de moi à la moindre occasion, par jalousie, peut-être…

Julia et Hailey perçoivent néanmoins la sincérité de mon affection, et elles m'aiment tout naturellement, ce qui semble consterner leur mère. Leur joie, lors de chacune de nos rencontres, a toujours contrarié Margaret.

— Grand-mère !

Hailey, neuf ans, surgit dans le jardin. En me voyant, elle poussa un cri de joie et, après avoir embrassé ma mère, elle se jeta dans mes bras, m'étranglant presque.

A quatorze ans, Julia est un peu plus réservée. Mais son regard exprimait son plaisir de me voir. Je tendis la main vers elle et elle s'approcha. Comme elle avait grandi ! Et comme elle était belle ! J'avais le cœur gonflé de fierté.

— Tante Lydia, tu m'apprendras à tricoter ? implora Hailey en s'accrochant à moi.

Je regardai par-dessus mon épaule. Ma sœur et mon beau-frère arrivaient sur la terrasse. A en juger par les sourcils froncés de Margaret, je compris qu'elle avait entendu la question de sa fille.

— J'aimerais bien, dis-je, mais ça dépend de ta mère.

— On en reparlera plus tard, fit sèchement Margaret.

Hailey posa un bras autour de mes épaules, refusant de me lâcher.

— Bonjour, Matt ! dis-je.

Mon beau-frère me sourit et m'adressa un clin d'œil. Je me rappelle le temps où Margaret et lui ont commencé à sortir ensemble. Elle a cinq ans de plus que moi. Je considérais Matt, alors âgé de dix-sept ans, comme un garçon mûr et sophistiqué : un homme, en quelque sorte. Ils s'étaient mariés jeunes, contre l'avis de mon père, qui aurait préféré voir Margaret terminer ses études. Elle avait obtenu son diplôme, mais n'avait pas utilisé son savoir, comme mon père l'aurait voulu. Elle avait exercé un tas de petits métiers sans jamais trouver un poste qui lui convienne. Elle était actuellement employée à temps partiel dans une agence de voyages. Cependant, elle ne me parlait jamais de son travail. J'approuve son choix d'être à la maison le plus souvent possible, pour ses filles. Je ne lui ai jamais fait part de mes pensées, par crainte de sa réaction.

Après quelques banalités, nous sommes partis vers le cimetière à bord de deux voitures. Maman avait pris un gros bouquet de lilas de son jardin, que les filles disposèrent dans un vase, sur la tombe de leur grand-père.

Pour moi, les cimetières ont toujours été des endroits particuliers. Quand j'étais petite, j'éprouvais une fascination presque morbide pour les pierres tombales. J'aimais surtout lire les épitaphes du XIXe siècle et du début du XXe. Pendant que Margaret et mes parents se recueillaient, je vagabondais dans les allées. A cinq ans, je me suis cassé la jambe quand une statue de la Vierge m'est tombée dessus. A l'époque, je n'ai pas avoué à mes parents que j'avais grimpé sur la statue pour mieux voir son visage.

Je n'ai jamais vraiment connu mes grands-parents. Les uns vivaient sur la côte est et ne venaient que rarement nous voir. Quant à ma famille maternelle, elle s'était installée à Seattle à l'époque de la Grande Dépression, mais mes grands-parents étaient morts peu de temps après ma naissance. Pour la fête des Défunts, nous allions toujours déposer des fleurs sur leurs tombes. Je ne ressentais guère de tristesse envers ces ancêtres disparus depuis si longtemps : quelques regrets de ne pas garder de souvenirs d'eux, mais rien de plus.

En regardant la tombe si récente de mon père, je fus submergée par le chagrin. La pierre en disait si peu sur lui : son nom, James Howard Hoffman, et ses dates de naissance et de décès : 20 mai 1940 — 29 décembre 2006.

Entre ces deux dates, il n'existait qu'un tiret, qui ne révélait rien de ses états de service militaire au Viêt-nam, de son amour profond pour sa femme et ses filles. Ce tiret ne pouvait évoquer les nombreuses heures passées à mon chevet, à me réconforter, à me faire la lecture, à m'aider de son mieux. Il n'y a pas de mots pour décrire la profondeur de l'amour que mon père avait pour moi.

Une douleur aveuglante me frappa de nouveau. Ce sont les séquelles de ma tumeur, qui se manifestent sous la forme de migraines. Grâce à de nouveaux médicaments, je peux presque toujours l'arrêter dès les premiers signes, qui sont faciles à identifier. Cette crise, cependant, me prenait par surprise.

Je fouillai dans mon sac en quête des cachets dont je ne me séparais jamais. Consciente de ma situation, ma mère vint vers moi dès qu'elle me vit trébucher.

— Lydia, qu'est-ce que tu as ?

Je pris une longue inspiration.

— Il faut que je rentre à la maison, murmurai-je en fermant les yeux car le soleil m'éblouissait.

— Margaret ! Matt ! appela-t-elle vivement.

Elle me prit par la taille. En quelques minutes, elle me fit monter en voiture et, au lieu de demander à Matt de me conduire jusqu'à mon petit appartement, au-dessus de la boutique, elle insista pour qu'il m'emmène chez elle.

Très vite, je me suis retrouvée au lit, dans ma chambre d'enfant. Les rideaux étaient tirés. Ma mère a posé des linges imbibés d'eau froide sur mon front avant de sortir à pas de loup pour me laisser dormir.

Quand le médicament commencerait à faire effet, je dormirais quelques heures. Ensuite, j'irais mieux. Mais le début était toujours difficile.

Peu après le départ de ma mère, la douleur atteignit son paroxysme. J'entendis la porte s'entrouvrir. J'étais allongée, les yeux fermés, mais je devinai que c'était ma sœur qui venait d'entrer.

— Tu n'as pas pu t'en empêcher, hein? fit-elle d'un ton chargé d'amertume. Tu ne peux décidément pas passer une journée sans chercher à attirer l'attention sur toi!

Comment ma sœur pouvait-elle croire un instant que j'avais déclenché cette migraine dans le dessein d'avoir quelques minutes d'attention? Si elle avait souffert autant que moi, elle ne dirait pas cela… Mais je n'étais pas en état de discuter.

— Un jour, on va se retrouver juste toutes les deux, tu sais?

Je le savais, et je voulais vraiment avoir de bons rapports avec ma sœur. Si j'avais été dans mon état normal, j'aurais essayé de le lui expliquer.

— Si tu crois que je vais prendre le relais de nos parents, tu te trompes, ajouta-t-elle.

Je faillis sourire. Je n'imaginais pas Margaret faire quoi que ce soit de ce genre.

— Je refuse de te bichonner, de te gâter. Il est temps que tu grandisses et que tu deviennes une adulte, Lydia. En fait, il est plus que temps que tu acceptes d'être responsable de ta propre existence. En tout cas, ce n'est pas auprès de moi que tu devras chercher de la compassion.

Ayant terminé sa grande déclaration, elle quitta la chambre.

Le bruit de la porte qui claquait résonna dans ma tête, et des larmes coulèrent sur mes joues.

Plus que jamais, j'étais persuadée que toute relation avec Margaret était impossible.

14

Jacqueline Donovan

Jacqueline vérifia son apparence dans le miroir de l'entrée et soupira. Pourvu qu'elle trouve la patience nécessaire ! Paul et Tammie Lee l'avaient invitée, avec Reese, pour un barbecue. Elle ne pouvait refuser sous un prétexte fallacieux. Paul se douterait de la vérité. Prise au piège, Jacqueline n'avait d'autre solution que serrer les dents et tirer le meilleur parti de ce repas.

— Tu es prête ? lui demanda Reese pour la troisième fois.

Jacqueline le rejoignit en maugréant. Il agitait ses clés de voiture et faisait les cent pas devant la porte de la cuisine menant au garage.

— On ne peut vraiment pas éviter cette corvée ? demanda-t-elle, tout en sachant que c'était impossible.

Reese posa sur elle un de ses regards éloquents. Au fil des années, elle avait appris à les identifier. Celui-ci était assorti d'un sourire sans humour exprimant son mécontentement face à ce qu'elle venait de dire ou faire.

— Qu'est-ce qui ne va pas, encore ? lança-t-elle. Ne me dis pas que tu as envie d'y aller, à ce maudit barbecue !

Dieu seul sait ce que Tammie Lee allait leur donner à manger. De l'opossum grillé ? Des brochettes d'écureuil ?

— Tu ne vois donc pas que Paul cherche à nous rapprocher de sa femme ? rétorqua Reese.

Jacqueline secoua la tête dans un geste de déni et de colère.

— Il aura beau nous inviter à une centaine de barbecues, ça n'arrivera pas.

— Tu pourrais au moins accorder une chance à Tammie Lee !

Jacqueline commençait à en vouloir à Reese. Son mari savait pourtant à quel point il était important d'épouser une personne de son milieu. Il ne l'avait pas choisie, elle, uniquement pour son sourire charmant. Leurs parents respectifs étaient amis, elle avait fréquenté les meilleures écoles, comme lui. Oui, elle avait aimé Reese, mais l'amour ne suffisait pas pour trouver le bon mari. Et puis, de toute façon, cette notion d'amour était très surfaite.

Elle craignait que Paul ne soit en train de devenir comme son père, dont le cerveau se situait au-dessous de la ceinture. Sauf que Paul était allé jusqu'à épouser cette fille, au lieu de la prendre comme maîtresse, de l'installer quelque part et de lui rendre visite une fois par semaine. Jacqueline ignorait combien Reese avait dépensé pour entretenir la femme du mardi soir. Elle n'avait pas vérifié ses comptes, préférant ignorer l'ampleur du drame.

Ils roulèrent en silence vers la maison de Paul et Tammie Lee, une bâtisse respectable de deux étages, près de Kirkland, avec une jolie vue sur le lac Washington. De la fumée s'élevait en spirale du jardin. Jacqueline en conclut qu'ils avaient déjà mis la viande à griller. Tant mieux ! Plus vite cette réunion de famille serait terminée, mieux cela vaudrait.

Reese sonna à la porte. Tammie Lee vint leur ouvrir. Avec ses pieds nus, son short en jean effiloché et sa tunique de maternité, elle semblait tout droit surgie d'un feuilleton télévisé des années 1960.

— Je suis tellement contente de vous recevoir ! s'exclama-t-elle en prenant les mains de Jacqueline pour l'entraîner à l'intérieur.

— Maman, papa ! fit Paul qui arrivait derrière sa femme.

Jacqueline ne comptait pas commencer sur une note négative, mais elle était surprise que Tammie se promène pieds nus dans la maison. Elle risquait de marcher sur un objet tranchant ou de glisser.

— Si je peux me permettre, ne devriez-vous pas porter des chaussures ? demanda-t-elle à sa belle-fille avec une sollicitude authentique.

En voyant les lèvres pincées de Paul, elle comprit qu'il était agacé.

— Je sais, vous avez raison, admit Tammie Lee en les conduisant dans le jardin, sur la pelouse fraîchement tondue. Paul ne cesse de me dire la même chose, ce trésor ! Mais je déteste les chaussures. Je les enlève dès que je franchis le seuil. La semaine dernière, j'ai commis l'erreur de marcher pieds nus dans le jardin et j'ai écrasé une limace.

Jacqueline frémit.

— Je me suis mise à hurler comme si j'avais eu le diable à mes trousses.

Paul s'esclaffa.

— Je n'avais jamais couru aussi vite, dit-il. J'ai cru qu'elle avait été attaquée par un essaim d'abeilles, ou quelque chose comme ça.

La table était dressée. Tammie Lee prit deux pichets de thé glacé.

— Sucré ou pas ? demanda-t-elle.

Selon Jacqueline, le thé glacé ne se servait que d'une seule façon : non sucré. Libre à chacun d'ajouter du sucre.

— Non sucré, répondit-elle en s'asseyant.

— Moi aussi, dit Reese.

Tammie Lee tendit un verre à Jacqueline, qui fronça les sourcils en voyant une feuille flotter à la surface du thé.

— Je crois qu'il y a quelque chose dans mon thé, déclara-t-elle en prenant une cuillère pour l'enlever.

— C'est une feuille de menthe, expliqua la jeune femme. Ma mère ne me laisserait jamais servir du thé glacé sans une feuille de menthe et une rondelle de citron.

Se sentant un peu ridicule, Jacqueline s'adossa à sa chaise, déterminée à ne plus prononcer un mot. Bien sûr que c'était de la menthe, elle aurait dû s'en rendre compte mais, avec Tammie Lee, on ne savait jamais à quoi s'attendre.

— C'est gentil de nous avoir invités, dit Reese.

Jacqueline le foudroya du regard. Rien n'était agréable dans cette journée, et il le savait aussi bien qu'elle.

— En fait, c'est une idée de Tammie Lee, dit Paul, debout devant le barbecue.

Jacqueline devait admettre que ce qu'il était en train de faire cuire sentait divinement bon. Il nappa les pièces de viande grillée d'une sauce à l'ail.

— Oui, fit Tammie Lee en revenant sur la terrasse avec un calepin et un stylo.

Elle prit une chaise et s'attabla en compagnie de ses beaux-parents. Puis elle ouvrit son calepin sur une page blanche.

— Je voulais vous demander de me parler des traditions familiales, déclara-t-elle avec enthousiasme. C'est tellement important, pour Paul et moi, d'avoir à notre tour des traditions familiales ! Je voulais y inclure les vôtres, dans la mesure du possible.

— Des traditions ? répéta Jacqueline comme si elle n'avait jamais entendu ce mot.

— Oui, vous savez, comme le jour du Derby.

Jacqueline échangea un regard perplexe avec son mari.

— Le Derby du Kentucky, expliqua la jeune femme en les observant tour à tour, s'attendant à ce qu'ils disent : « Ah oui, le Derby du Kentucky ! ». Papa et tous mes oncles mettaient leur costume blanc et leur chapeau. Maman et mes tantes faisaient la cuisine pendant plusieurs jours.

— Ici, à Seattle, nous ne sommes pas aussi attachés au Derby du Kentucky, chérie, dit Paul en les rejoignant autour de la table.

Il échangea un sourire avec son père, et reprit :

— Parle-lui de Noël, maman.

— Noël, dit Jacqueline. Oui, et alors ?

— Explique-lui comment tu accrochais des chaussettes sur la cheminée, la veille de Noël.

— Oui, mais je ne le fais plus depuis des années.

— Et le football ? lança Tammie Lee avec ferveur. Vous aimez le football, ici, n'est-ce pas ?

Son enthousiasme ne faisait que souligner son accent chantant.

— Oh ! oui, répondit Paul. Papa et moi sommes supporters des Huskys.

— C'est formidable ! Chez nous, on faisait des fêtes autour du stade, avant les matches. Maman dit que ça ressemble beaucoup à une messe. Les femmes mettent leurs habits du dimanche, et on passe des heures à prier pour qu'un miracle se produise.

Paul et Reese se mirent à rire, mais Jacqueline ne voyait rien de drôle là-dedans.

— Pourquoi prier ?

— Pour que notre équipe gagne ! répondit Tammie Lee avec un sourire.

Jacqueline parvint à esquisser un sourire forcé.

Finalement, ce barbecue se révéla moins pénible qu'elle ne le redoutait. Elle avait imaginé que sa belle-fille ornerait sa table de quelque bête empaillée, or elle y avait disposé un superbe bouquet de fleurs.

En fin de compte, ce fut un après-midi agréable — pour reprendre le terme de Reese. Ils dégustèrent un délicieux guacamole avec des chips de maïs, ainsi que des pièces de bœuf grillées accompagnées d'une salade de pommes de terre étonnamment savoureuse. Les galettes de maïs au piment étaient un peu corsées, mais Jacqueline n'en prit qu'un petit morceau. Reese ne cessa de faire des compliments à Tammie Lee sur ses talents de cuisinière, ce qui lui valut un sourire radieux de la part de la jeune femme. Maintenant qu'elle avait réduit son temps de travail, elle avait le loisir de préparer des repas somptueux pour son mari. Jeune mariée, Jacqueline en avait fait autant. Mais, désormais, la cuisine ne l'intéressait plus du tout.

Reese et Jacqueline demeurèrent muets durant une partie du trajet de retour. Lors du repas, la conversation avait tourné autour des traditions familiales. De toute évidence, la famille de Tammie Lee en possédait un certain nombre, qu'elle s'était fait une joie de décrire dans les moindres détails, citant fréquemment « tante Thelma » et « tante Frieda », sans oublier ses chers « maman » et « papa ». Jacqueline en était venue à se demander si sa belle-fille ne se languissait pas des siens.

Si tel était le cas, elle n'avait qu'à faire ses bagages et rendre visite à sa chère maman. Si sa femme n'était plus là, Paul retrouverait peut-être la raison.

— Nous n'avions pas beaucoup de traditions, avec Paul, dit Reese, tandis qu'ils s'engageaient sur l'autoroute.

— Bien sûr que si ! répliqua Jacqueline. On préparait des maisons en pain d'épice pour Noël, tu te souviens ?

— Oui, mais c'était il y a des années, quand il était petit.

— Et il y avait aussi la chasse aux œufs de Pâques, au country club.

— Oui, et Paul et moi, on t'apportait le petit déjeuner au lit, pour la fête des Mères.

— C'est vrai, répondit Jacqueline, soudain soulagée à l'idée qu'elle n'avait pas totalement échoué, dans son rôle de mère.

— Ce n'est pas parce qu'on ne s'affublait pas d'un horrible costume blanc et d'un chapeau ridicule pour regarder le Derby du Kentucky qu'on n'avait pas des traditions pleines de sens avec notre fils.

Reese se tourna vers elle.

— Tu te rappelles l'année où Paul a insisté pour te préparer des œufs Bénédicte ?

— Oh, mon Dieu ! Martha a mis des semaines à récurer la cuisinière.

— Mais tu as tout mangé. Tu as eu du courage, reconnut Reese. Je crois que je ne t'ai jamais autant aimée que ce jour-là.

Le sourire de Jacqueline s'effaça tandis qu'elle regardait par la vitre. Ils s'étaient aimés et, à leur façon, ils s'aimaient encore. Cette discussion sur les traditions familiales avait soulevé la poussière du passé pour faire resurgir un tourbillon de souvenirs heureux. C'était un peu troublant.

— Je me réjouis que Paul et Tammie Lee souhaitent transmettre des traditions à leur fille, reprit Reese. Pas toi ?

— Si, répondit Jacqueline à mi-voix.

C'était effectivement ce qu'elle souhaitait pour cette enfant. Elle imagina une petite fille brune comme Paul, qui tendait les bras vers elle. Ce n'était peut-être pas Tammie Lee qu'elle aurait choisie comme belle-fille, mais Paul semblait heureux. Bientôt, il ferait d'elle une grand-mère. Oui, elle pouvait trouver quelques bons côtés à son couple.

Etrangement, Jacqueline ne s'était pas sentie aussi bien depuis des mois. Peut-être Reese avait-il raison en affirmant qu'elle était trop sévère vis-à-vis de sa belle-fille.

15

Carol Girard

Carol avait été d'excellente humeur toute la semaine. La veille, sur une impulsion, Doug et elle étaient allés dîner dans un restaurant thaïlandais. La jeune femme avait eu des conversations très encourageantes avec les membres de son groupe de parole, et elle faisait des progrès quotidiens au tricot. Elle attendait avec impatience l'atelier du lendemain : le quatrième. Au cours des trois premières semaines, elle avait commencé à vraiment apprécier le tricot, et elle y mettait la même énergie et le même enthousiasme que dans tous les aspects de sa vie. Sa première couverture présentait quelques défauts, quelques points irréguliers. Elle l'avait donnée au projet Linus et avait acheté de la laine pour en tricoter une autre. Elle maîtrisait de mieux en mieux la tension du fil, et elle était satisfaite de ce nouvel ouvrage.

En posant le courrier sur la table, elle vit une enveloppe qui lui était adressée, sur le dessus de la pile. Elle reconnut le nom d'une amie d'université partie s'installer en Californie. Elle l'ouvrit, ravie d'avoir des nouvelles de Christine. Mais il ne s'agissait pas d'une lettre, comme elle l'espérait : c'était un faire-part de naissance.

Aussitôt, le moral de Carol sombra. Elle retint son souffle et s'écroula sur une chaise de la cuisine. Le bébé de Christine, un petit garçon, était né deux semaines plus tôt, le 27 mai.

Christine était le genre de femme à tout programmer, y compris son mariage avec l'homme idéal, sa grossesse au moment précis qu'elle avait choisi, jusqu'à son accouchement.

Carol déglutit. Peu de gens auraient pu comprendre qu'elle se sente aussi mal en cet instant. Seules ses amies du groupe de parole pouvaient l'imaginer.

Elle fixa longuement le mur, cherchant à surmonter son impuissance et sa frustration. Elle était sincèrement heureuse pour Christine et Bill mais, en même temps, elle avait envie de s'arracher les cheveux et de demander au ciel pourquoi elle n'était pas enceinte, elle. Pourquoi son corps ne fonctionnait-il pas comme celui des autres femmes ? Elle avait posé ces questions des dizaines de fois à tous les spécialistes qu'elle avait rencontrés, sans obtenir de réponse.

Elle finirait pas l'avoir, ce bébé. Il fallait y croire. Mais cela prenait bien plus de temps qu'elle ne l'aurait imaginé. Cette attente la rendait folle. Les rendez-vous chez les médecins, les analyses, les injections, les traitements complémentaires. Autant d'expériences désagréables qui exigeaient qu'elle abandonne toute pudeur.

Les cycles de Carol étaient devenus bien plus qu'un désagrément mensuel. C'était comme si le monde entier tournait autour de ce rendez-vous. Chaque fois, elle avait le cœur brisé et devait lutter contre sa déception et son amertume.

Chaque mois écoulé, la venue de ses règles ressemblait à un coup sonné par l'horloge de son grand-père. Au mieux, elle avait douze possibilités par an d'être enceinte. Si elle voulait un deuxième enfant, voire un troisième, Dieu sait combien d'années il lui faudrait attendre !

Carol savait que nombre de ses amies la trouvaient obsessionnelle et lunatique. C'était la vérité. Mais elle avait peur, aussi. Très peur.

Faire l'amour avec Doug était devenu une routine. Du sexe sur ordonnance, en quelque sorte…

Il fallait que cette FIV soit couronnée de succès. Il le fallait absolument !

Si seulement quelqu'un pouvait lui apporter une réponse ferme. Si seulement le Dr Ford pouvait leur dire s'ils auraient un jour un enfant. En cas de pronostic négatif, ils feraient leur deuil et échafauderaient d'autres projets.

Mais il leur avait permis d'espérer et, par deux fois, ils avaient sombré dans le désespoir à la suite d'une fausse couche. Puis ils s'en étaient remis, déterminés à poursuivre leurs efforts, à tout sacrifier pour avoir un bébé.

Carol se frotta les yeux et se leva pour se préparer une tasse de thé. Du déthéiné, bien sûr. Elle évitait certains produits, surtout par superstition. Sa liste de courses était un inventaire d'aliments sains. Certains spécialistes considéraient que ce régime était essentiel, d'autres se prononçaient contre. Non seulement Carol ne voulait prendre aucun risque, mais elle était prête à tout tenter si ça lui permettait de mener une grossesse à son terme.

A bien des égards, elle avait l'impression que sa vie était en jeu. Elle avait quitté une carrière prometteuse, consulté les meilleurs spécialistes, consommé tous les bons aliments, écouté toutes les cassettes de motivation, et elle s'était répété les formules d'autopersuasion qu'elle avait apprises. Elle voulait avoir la certitude que son esprit pouvait contrôler son corps et que sa détermination finirait par lui apporter ce qu'elle voulait.

Elle emplit la bouilloire, la posa sur le feu, puis se rassit. Une petite note écrite à la main par Christine attira son attention, au bas du faire-part.

« Je n'ai pas eu de nouvelles de toi depuis très longtemps ! »

Il existait une bonne raison à cela. L'amitié qui unissait Carol à Christine n'était pas la seule qu'elle avait laissée s'étioler. Elle négligeait beaucoup de ses amies proches, surtout parce que son combat lui prenait énormément d'énergie. La plupart des femmes de son entourage étaient déjà mères de famille, et leurs amies jouissaient du même statut.

Carol et Doug ressemblaient de moins en moins à ces gens-là, dont la vie semblait graviter autour des enfants, des terrains de jeux et des fêtes d'anniversaire. Leurs anecdotes tournant autour de l'école ou de la crèche les excluaient des conversations.

Et puis il y avait les prétendus amis qui banalisaient leurs difficultés et leur désir d'enfant. Au bureau, une collègue de Carol lui avait proposé en riant d'élever l'un de ses quatre garnements. D'autres cherchaient à la réconforter en affirmant qu'elle n'attendrait plus longtemps et que la médecine moderne faisait des miracles. Résultat : elle n'était toujours pas enceinte et sa peur avait pris racine. Doug et elle n'auraient peut-être jamais de bébé, et cette idée lui était insupportable. Mais mieux valait affronter la vérité que continuer de cette façon.

Quand la bouilloire se mit à siffler, Carol se leva lentement et versa l'eau dans la théière. Il ne fallait pas que ces pensées négatives envahissent son esprit. Cela ne faisait qu'empirer la situation. Il fallait qu'elle y croie. Elle ne pouvait permettre à un faire-part de naissance de produire sur elle un tel effet. Dieu lui avait envoyé un signe : elle devait s'y accrocher, repousser toute pensée négative. Elle avait la foi…

La porte s'ouvrit. Carol se retourna d'un air surpris.

— Doug ! Mais quelle heure est-il donc ?

Elle ne parvenait même pas à paraître enjouée.

— Tu vas bien ? demanda-t-il en l'observant.

— Oui, très bien.

Il ne semblait pas convaincu.

— Et toi, mon chéri, tu as passé une bonne journée ?

— Oui. Pas de problème.

Doug se jeta aussitôt sur le courrier. Il se rendit dans le salon et découvrit le faire-part de Christine et Bill. Elle observa son expression, tandis qu'il en prenait connaissance. En lisant sa souffrance dans ses yeux, elle eut envie de crier de douleur. Au bout d'un moment, Doug posa le faire-part comme s'il n'avait aucun intérêt. Elle savait que ce n'était pas le cas.

— Ils ont eu un petit garçon, dit-elle en s'efforçant de ne pas trahir son émotion.

— Je vois ça.

Ils auraient dû envoyer des faire-part de naissance, eux aussi. Après tout, ils formaient un couple uni. Ils feraient des parents merveilleux…

Cette stérilité mettait une pression permanente sur leur couple. Doug avait géré au mieux les aspects sordides, les dons de sperme dans les toilettes du Dr Ford, tandis que le médecin l'attendait dans la pièce voisine, les examens post-coïtaux. Tout cela avait dû être atroce pour lui.

Autour d'eux, les gens affirmaient qu'un jour ils riraient de tout ça, mais Carol n'en croyait rien.

— J'en suis presque à la moitié de ma deuxième couverture pour bébé. J'ai un cours de tricot, demain.

Doug hocha la tête et prit son journal. Puis il se dirigea vers son fauteuil favori, dans le salon.

Carol aurait aimé qu'il lui parle. Mais elle n'en dit rien et se mit à préparer le dîner, bien qu'elle n'ait aucun appétit.

16

Alix Townsend

Assise près de la fenêtre, chez Starbucks, Alix se concentrait sur son tricot. Elle passait chaque maille d'une aiguille à l'autre pour terminer son rang. Aucune autre élève ne semblait avoir de problème avec les bases du tricot. Carol en était déjà à sa deuxième couverture. Jacqueline avait un peu de mal, mais bien moins qu'Alix. Elle avait beau se concentrer, la jeune femme commençait avec cent soixante et onze mailles et se retrouvait avec dix mailles de plus à la fin. Ou dix mailles de moins, selon les erreurs qu'elle avait commises.

Lydia la rassurait régulièrement en affirmant que c'était un problème fréquent. Elle lui expliquait avec une patience infinie qu'elle n'effectuait pas correctement le point. Toujours pas ? Elle lui montrait une nouvelle fois comment procéder. Et Alix répétait la même erreur stupide. Elle s'en moquait. Elle ne laisserait pas tomber tant qu'elle ne saurait pas tricoter. Elle avait déjà investi trente dollars dans son ouvrage !

A la fin du rang, Alix s'arrêta et but une gorgée de son *frappuccino* — un plaisir qu'elle s'offrait rarement — avant de recompter ses mailles… Cent quatre-vingt-trois ! Elle avait remis ça !

— Mince, mince, mince ! maugréa-t-elle pour ne pas dire autre chose.

De toute évidence, la bonne éducation de Jacqueline déteignait sur elle. Elle n'utilisait presque plus de mots réellement grossiers.

Posant son ouvrage sur ses genoux, Alix ferma les yeux pour tenter de maîtriser sa colère. Ces cours étaient censés l'aider à se contrôler, non ? Tu parles !

Pire encore, Laurel se trouvait dans leur appartement avec John, et elle lui avait demandé de ne pas rentrer avant minuit. Que se passait-il entre ces deux-là ? Certainement rien de bon, à son avis. Leurs relations étaient torrides, ces derniers temps. John faisait des apparitions régulières au vidéoclub, et Alix détestait la façon dont Laurel vénérait cette ordure. John ne valait rien, c'était évident.

Une fois calmée, Alix défit doucement son rang, une maille à la fois, ce qui lui demanda plus d'efforts que de tricoter. A deux mailles de la fin du rang, elle lâcha son aiguille et perdit une maille. Cette fois, elle ne put réprimer un juron.

Heureusement, Jacqueline n'était pas là pour l'entendre.

Jusqu'à présent, Alix avait évité toute confrontation avec elle, mais le drame couvait. Au mieux, Jacqueline tolérait Alix, et c'était réciproque.

Selon Alix, Jacqueline avait une vision déformée des choses. Seuls l'arrogance et le prestige semblaient compter pour elle. A chaque cours, elle bavardait en prenant des grands airs, comme si les gens s'intéressaient à tel ou tel événement mondain qu'elle relatait. La plupart du temps, Alix ne savait même pas de qui elle parlait. Jacqueline passait la majeure partie du cours à citer des noms prestigieux ou à raconter une soirée huppée…

Se mordillant la lèvre, Alix parvint à récupérer la maille perdue. Hélas, avant de pouvoir la glisser sur l'aiguille, elle la perdit encore et se retrouva deux rangs plus bas.

Elle marmonna des injures encore plus féroces et fut même tentée de tout mettre à la poubelle et de s'en aller.

Sentant une présence, elle leva les yeux. Jordan Turner se tenait près de sa table. La gorge sèche, elle oublia son tricot. Jordan était la dernière personne qu'elle s'attendait à voir.

— On dirait que tu as du mal.

Il retourna une chaise et s'assit en face d'elle.

Alix ne put que le fixer, bouche bée. Elle ne l'avait pas vu depuis deux semaines. Après avoir suggéré qu'ils prennent un café ensemble, il avait disparu. Depuis, la jeune femme était déprimée. C'était toujours comme ça. Dès qu'elle s'intéressait à un garçon, soit il se retrouvait en prison, soit il s'évanouissait dans la nature.

— Qu'est-ce que tu fais là ? lui demanda-t-elle sèchement.

— En fait, je te cherchais.

Il croisa les bras sur le dossier de sa chaise et se pencha vers elle.

— Mais oui, c'est ça !

C'était le genre de baratin que John servait à Laurel. Alix n'allait pas s'y laisser prendre.

— C'est la vérité. Danny pourra te le dire : je suis allé au magasin pour lui demander où tu étais.

Danny, qui travaillait à temps partiel, était un chic type, digne de confiance.

Ignorant Jordan, Alix rattrapa sa maille et termina son rang avant de lever de nouveau les yeux vers lui.

— Pourquoi tu me cherchais ?

— Je voulais t'offrir un café. Tu es toujours aussi inaccessible ?

Elle le regarda droit dans les yeux.

— Pas vraiment.

— Donc, c'est pour moi que tu joues celle qui s'en fout.

Malgré sa colère, elle sourit.

— On peut dire ça.

Son manque d'enthousiasme ne semblait pas le déranger outre mesure.

— Tu as une raison particulière de te comporter ainsi?

Alix reprit son tricot. Elle trouvait puéril et mesquin de dire qu'elle était déçue parce qu'il lui avait fait croire qu'il l'emmènerait boire un café. Pourtant... Elle se remit à tricoter, concentrée sur ses mailles, en faisant glisser la laine sur l'autre aiguille.

— Je ne t'ai pas vu dans le coin, dernièrement, fit-elle d'un ton désinvolte.

— Tu sous-entends que je t'ai manqué? J'ai beaucoup pensé à toi, tu sais?

Elle haussa les épaules.

— Moi aussi, reconnut-elle avec l'esquisse d'un sourire.

Il fut ravi de l'entendre. Alix le devina à sa façon de remuer sur son siège et de se pencher davantage. Il l'observa un long moment, puis reprit :

— Qu'est-ce que tu tricotes?

— Une couverture pour bébé. C'est dans le cadre du projet Linus.

Jordan hocha la tête.

— J'en ai entendu parler. Il y avait une affiche à l'église, il y a quelques mois.

Il allait à l'église, en plus? Décidément, elle savait les choisir...

— Ne va pas t'imaginer que j'agis par bonté d'âme! bougonna-t-elle.

— Alors, pourquoi?

Autant lui dire la vérité. Elle l'observa pour jauger sa réaction.

— C'est un moyen d'effectuer mes heures de travaux d'intérêt général pour le tribunal.

Si cette révélation ne lui faisait pas peur, rien ne l'effrayerait.

Elle croyait en la franchise. Si ce type propre sur lui pouvait s'intéresser encore à elle, tant mieux. Sinon, autant qu'elle le sache tout de suite.

— Des travaux d'intérêt général ? Pourquoi ?

— J'ai eu affaire à la loi et c'est elle qui a gagné, expliqua-t-elle en terminant son rang sans faire attention. C'était une erreur judiciaire et le juge le savait. J'ai évité la prison… Tu es choqué ?

— Non.

Elle était perplexe, mais elle n'en dit rien.

— Ma mère tricote, reprit-il.

Alix s'interrompit juste avant de lui répondre que sa mère, à elle, était en prison. Elle avait été assez franche pour aujourd'hui. Inutile de l'accabler. Son intérêt la flattait et elle appréciait qu'il soit venu la chercher. Elle eut envie de lui demander quelle école primaire il avait fréquentée. Elle se demandait encore s'il était le Jordan Turner qu'elle avait connu. Mais son camarade de classe portait des lunettes. Pas celui-ci. Au moment où elle aurait pu lui poser la question, il reprit la parole.

— Tu as faim ? Ils ont des scones délicieux ici. Tu en veux un ? proposa-t-il.

— Oui. Pourquoi pas ?

Jordan se dirigea vers le comptoir. Alix l'observa un instant, cherchant à calmer les battements de son cœur. Elle revint à son tricot et termina son rang. Elle dénombra bientôt cent soixante et onze mailles, et se sentit très fière.

Jordan revint, une tasse dans une main. Une assiette était posée en équilibre dessus. De l'autre main, il portait une autre assiette.

— On a de la chance, dit-il en posant le tout sur la table ronde. C'étaient les deux derniers.

— Merci, dit-elle en acceptant le scone.

Jordan but une gorgée de café.

— Danny ne savait pas où tu étais. Je t'ai vue par hasard, dans la vitrine, en passant.

Elle rompit le scone en deux, se réjouissant de n'avoir trouvé que cette table de libre en arrivant, une heure plus tôt. En général, elle ne s'installait pas si près de la baie vitrée. La métamorphose de son quartier la déprimait. Ce n'était plus qu'une question de temps avant que Laurel et elle ne soient expulsées de leur appartement. Si cela se produisait, elle devrait recommencer à dormir dans des bouis-bouis bon marché et infestés de rats. Pour trouver un autre logement, elle devrait prendre un second emploi, être serveuse dans des endroits que les types honnêtes comme Jordan ne fréquentaient pas.

— Où tu étais ? lui demanda-t-elle.

Il but son café et reposa sa tasse.

— Je dirigeais une retraite pour adolescents à Warm Beach.

Alix n'avait pas la moindre idée de ce que cela pouvait signifier.

— Pendant tout ce temps ?

— Pas seulement. La paroisse avait besoin d'aide pour l'organisation, alors j'ai travaillé à la paroisse de Stanwood pendant quelques semaines.

— Ah…

C'était la deuxième fois qu'il évoquait l'église, au point qu'Alix commençait à avoir des soupçons.

— C'est bon de savoir que je t'ai manqué, murmura-t-il.

— Je n'ai pas dit ça, répliqua-t-elle, un peu trop sur la défensive.

Il se mit à rire.

Alix fut soulagée de voir qu'elle ne l'avait pas blessé.

— Enfin, tu m'as peut-être un peu manqué.

— Tant mieux.

— Tu as d'autres retraites à organiser?

Il soupira.

— Je ne sais pas. Franchement, j'espère que non. Quand j'ai accepté ce poste de pasteur chargé de la jeunesse, je m'attendais à passer mon temps avec les adolescents, ici, à Blossom Street.

Alix eut l'impression que le monde s'écroulait autour d'elle.

— Tu... Tu es prêtre?

— Pasteur, corrigea Jordan. Je travaille actuellement à l'église méthodiste du quartier, celle qui donne sur Blossom Street.

Il pinça les lèvres, comme s'il se retenait de rire.

— Qu'est-ce qu'il y a de si drôle? demanda Alix, irritée.

— Rien, mais à t'entendre, un pasteur, c'est presque pire qu'un trafiquant de drogue.

— C'est juste que...

Alix chercha ses mots, comme toujours lorsqu'elle était troublée.

— Je suis pasteur, Alix, répéta-t-il en lui prenant la main avec un sourire. Tu ne te souviens pas de moi, n'est-ce pas?

— C'est toi?

Elle s'en doutait. Elle regretta de ne pas en avoir parlé la première.

— Tu te souviens de la classe de CM2 de l'école élémentaire de Jackson? J'ai mis un certain temps à faire le rapprochement.

— Je me demandais si c'était toi... Je n'arrive pas à y croire.

Son esprit revint à l'école primaire. Elle l'observa, les yeux plissés.

— On était dans la même classe, tu te souviens?

— Ce dont je me souviens, dit Jordan avec un sourire, c'est que tu étais assise à côté de Jimmy Burkhart.

Alix se rappelait Jimmy comme si c'était hier. Un jour, elle l'avait fait saigner du nez et avait fini dans le bureau du directeur, tout cela parce que Jimmy s'était moqué d'elle en affirmant qu'elle voulait épouser Jordan Turner. Comme elle, une bonne moitié des filles de la classe étaient amoureuses du fils du pasteur. Apparemment, Jordan avait suivi les traces de son père. Elle aurait dû s'en douter…

— J'avais acheté une carte de la Saint-Valentin pour toi.

Elle leva les yeux vers lui, submergée par le souvenir de cette année funeste, quand sa mère avait essayé de tuer son père.

— Je l'avais apportée à l'école, mais tu étais absente, ce jour-là, et tu n'es plus jamais revenue.

Alix ne répondit pas. La veille de la fête organisée pour la Saint-Valentin, sa mère avait tiré sur son père. Tous deux avaient beaucoup bu et, naturellement, ils s'étaient disputés. La police avait débarqué, suivie d'une ambulance. Ils avaient emmené sa mère menottes aux poignets et, comme aucun parent ne pouvait s'occuper d'eux, Alix et son frère avaient été placés dans des familles d'accueil. La mère d'Alix avait été incarcérée et son père était parti. Il avait perdu tout contact avec ses enfants. Tom et elle étaient vite devenus pupilles de l'Etat. Avec tous ces problèmes, Alix n'était jamais retournée à l'école…

— Donc, fit Jordan en se penchant vers elle, je me demandais ce que tu aurais dit si je t'avais demandé d'être ma fiancée, à l'école primaire.

Elle faillit éclater de rire. C'est ça… La fille de deux ivrognes avec le fils d'un pasteur ! Quelque chose lui disait que cette histoire ne durerait pas.

17

Avec un peu de pratique et de patience, nos mains apprennent à tricoter, puis notre esprit est libre d'apprécier cette activité.

BEV GALESKAS, *Fiber Trends*

Lydia Hoffman

Les affaires commençaient à marcher et j'étais ravie. J'avais vendu presque toute ma marchandise et j'en étais déjà à ma deuxième commande. Ma série de cours pour débutants touchait à sa fin mais, comme mes trois élèves souhaitaient rester, j'avais accepté de continuer. Maintenant, chacune travaillait sur son propre ouvrage. Malgré leurs différences, ces trois femmes étaient en train de devenir des amies. Amies entre elles et avec moi, aussi.

Pour le tricot, Carol était la plus douée. Elle avait commencé un bonnet.

Alix et Jacqueline se débattaient encore avec les bases. Alix n'avait pas beaucoup de temps pour tricoter et Jacqueline… Eh bien, son attitude me dérangeait un peu. De toute évidence, elle n'appréciait pas sa belle-fille, même si elle n'avait jamais parlé d'elle ouvertement. Elle commençait à s'intéresser à d'autres modèles et était attirée par les fils plus coûteux. Alix avait payé sa laine petit à petit, chaque semaine, ce qui prouvait qu'il s'agissait d'une grosse dépense pour elle. Mais, sans cette gamine, le groupe n'aurait plus été le même.

Mardi soir, alors que j'allais fermer, j'ai vu arriver ma sœur. Elle n'était venue qu'une seule fois, le jour de l'ouverture. Elle avait été si fière de prévoir mon échec... Mais je refuse de me laisser impressionner. Je me préparai donc à un affrontement.

Dès son entrée, je sentis que quelque chose clochait. Elle n'était pas venue pour me saper le moral ou me faire la leçon. Elle était livide, au bord des larmes.

— Margaret, qu'est-ce que tu as ? demandai-je en me précipitant vers elle.

— Je... Je...

Elle serra ma main si fort que je faillis crier de douleur.

— Viens, lui dis-je en l'entraînant dans l'arrière-boutique, là où je donnais mes cours. Assieds-toi. Tu veux un verre d'eau ?

Elle secoua la tête. Je ne l'avais jamais vue aussi bouleversée. Qu'est-ce qui pouvait la mettre dans cet état et l'inciter à venir vers moi ?

— Le cabinet du Dr Abram m'a appelée, dit-elle en levant les yeux vers moi, comme si je pouvais deviner la suite.

Je ne connaissais pas le Dr Abram. Matt était-il malade ou bien avait-il eu un accident ? Une autre possibilité me vint à l'esprit, qui m'emplit d'effroi.

— C'est maman ? demandai-je.

La pensée qu'il lui arrive quelque chose si peu de temps après la perte de notre père me terrifiait.

— Non ! cria Margaret. Il s'agit de moi ! Le Dr Abram voulait que je refasse une mammographie. Il semble... Il semble que j'aie une zone dense dans le sein.

Elle me fixa, les yeux écarquillés.

J'admets que je fus secouée par cette nouvelle. Je m'assis

à côté d'elle. En réalisant que j'avais compris, elle serra ma main plus fort.

— J'ai tellement peur ! murmura-t-elle.

— Ça ne signifie pas que tu as un cancer, dis-je d'un ton qui se voulait rassurant.

C'était difficile. Margaret pensait à la même chose que moi. Je connaissais bien le cancer. Mes parents avaient toujours redouté chez nous une prédisposition génétique. Deux de nos grands-parents en étaient morts. Lors de mon premier diagnostic, maman avait tenu à ce que ma sœur subisse un examen complet. Tout semblait normal, à l'époque, mais maintenant…

— Quand dois-tu faire cette mammographie ?

— Je… J'en viens. La manipulatrice n'a rien voulu me dire. C'est le Dr Abram qui doit interpréter les résultats. Ensuite, il voudra me voir.

— Margaret, je suis désolée pour toi. Comment t'aider ?

— Je… Je ne sais pas. Je n'en ai parlé à personne.

— Et Matt ?

Elle soupira.

— Je n'ai pas voulu lui faire peur.

— Mais c'est ton mari ! Il a le droit de savoir.

— Je lui en parlerai quand j'aurai des informations précises.

Elle s'exprimait d'un ton froid. Mieux valait ne pas discuter avec elle. Ma sœur agissait comme bon lui semblait, après tout. Il ne servait à rien de la harceler.

— Qu'est-ce que tu as ressenti quand tu as appris que tu avais un cancer ? me demanda-t-elle.

Je dus me forcer à lui répondre. J'avais seize ans, la première fois, et je ne savais pas ce que je sais maintenant. Le pire moment de ma vie, c'est quand j'ai appris que la tumeur avait repoussé. Je savais trop bien ce qui m'attendait et, à certains égards, la peur me semblait préférable.

Je comprenais ce que cela signifiait pour ma sœur, et je ne pouvais masquer ma réaction.

— J'ai eu peur, moi aussi, avouai-je.

Elle serra ma main plus fort.

— Ça fait combien de temps que tu gardes ça pour toi ? demandai-je en écartant doucement les cheveux de son visage.

— Cinq jours, murmura-t-elle. Ecoute, je veux que tu me promettes quelque chose.

— Bien sûr !

Margaret ne m'avait jamais rien demandé. J'étais prête à lui donner ce qu'elle voulait.

— Ne dis rien à maman.

Je détestais cacher des choses à ma mère mais, dans ce cas précis, j'étais d'accord. Il ne servait à rien de l'inquiéter avant d'avoir des informations précises.

— Merci, murmura Margaret, visiblement soulagée.

— Je ferai tout ce que tu voudras. Tu le sais.

Elle soutint mon regard.

— Est-ce que... Je sais que je ne devrais pas te demander ça, mais tu veux bien m'accompagner chez le médecin ?

— Bien sûr !

— Mais ça va t'obliger à fermer le magasin.

— Je ne te laisserai pas affronter ça toute seule.

Ses yeux s'embuèrent de larmes. Je lui tendis un mouchoir en papier. Puis je la pris dans mes bras, car j'avais toujours déploré que nous ne soyons pas plus proches.

— Je serai avec toi, Margaret.

— Merci.

Elle sanglota sur mon épaule pendant un moment, puis se ressaisit. S'écartant de moi, elle se moucha.

— Je ferai de mon mieux pour avoir rendez-vous un lundi, mais si je ne peux pas…

— Peu importe quel jour ou à quelle heure, je t'assure.

J'avais l'intention de soutenir ma sœur dans cette épreuve, quoi qu'il arrive.

Margaret allait dire quelque chose quand le carillon de la porte retentit. Je me sentis contrariée par cette interruption, mais mon travail était de servir les clientes, même à 17 h 15.

Un sifflotement joyeux m'indiqua qu'il s'agissait de Brad Goetz, mon livreur. Il déposa trois gros cartons près de la caisse.

— Comment ça va ? demanda-t-il en me tendant le bordereau, appuyé sur le comptoir.

— Très bien, répondis-je en signant rapidement, impatiente de le mettre dehors.

— Chaque fois que je viens, je vois des femmes dans le magasin, surtout le vendredi après-midi.

— Je donne un cours.

— Voilà qui explique tout !

Il ne semblait pas remarquer mes efforts pour l'entraîner vers la sortie.

— Vous devez être crevée, à la fin de la journée.

— Parfois, oui.

Il me sourit, comme s'il venait de marquer un point.

— Alors, pourquoi ne pas prendre un verre avec moi, histoire de vous détendre ?

C'était la deuxième fois qu'il m'invitait et, comble de malchance, il fallait que cela se produise en présence de ma sœur.

— Tu devrais y aller ! dit Margaret, depuis l'arrière-boutique.

— Oui, renchérit Brad avec enthousiasme. On restera dans le quartier. Il y a un bar sympa, à deux rues d'ici. Ça ne nous engage à rien. Quelques minutes, histoire de se détendre, rien de plus.

— J'apprécie votre proposition, mais c'est non, dis-je en gagnant la porte.

Je faillis l'ouvrir, mais il ne saisit toujours pas l'allusion. Brad leva les mains en signe de frustration, et regarda en direction de Margaret.

— J'ai dit quelque chose de mal ?

— Non… Non.

Je ne voulais pas qu'il pense une chose pareille.

— Alors, quel est le problème ?

— Ce n'est pas vous, déclara Margaret. C'est ma sœur. Elle a peur.

J'eus envie de crier à Margaret de la fermer, mais j'en fus incapable. J'aurais préféré révéler la vérité à Brad autrement, à un autre moment, mais je n'avais plus le choix. Il me semblait cruel de le repousser sans cesse. Et puis je lui devais d'être honnête.

— J'ai eu un cancer, dis-je sans préambule. Pas un, mais deux. De plus, je n'ai pas la moindre garantie que la tumeur ne va pas repousser. La prochaine fois, j'aurai peut-être moins de chance.

— Un cancer ? répéta-t-il.

A son expression choquée, je compris qu'il ne s'attendait pas du tout à ça.

— Du genre méchant et qui fait peur, repris-je, incapable de renoncer au sarcasme. Mieux vaut ne pas miser sur moi parce qu'il y a peu de chances que je sois rentable. C'est le problème, avec le cancer.

— Je… Je ne savais pas.

— Bien sûr. Comment auriez-vous pu savoir ? En tout cas, j'apprécie votre proposition, dis-je sincèrement. En fait, je suis même flattée. Mais je préfère nous épargner à tous les deux du chagrin, alors restons-en là.

Je m'éloignai de lui pour retourner auprès de ma sœur, et m'écroulai sur une chaise.

Margaret me foudroya du regard.

J'entendis la porte se refermer lorsque Brad quitta la boutique.

— Pourquoi tu as fait ça, Lydia ?

— Quoi donc ?

— Pourquoi l'as-tu repoussé ? Quel mal y avait-il à prendre un verre avec lui ?

Je pris mon visage dans mes mains. Il y avait si longtemps... Je ne savais plus comment me comporter avec un homme.

— Il est mignon et il s'intéresse à toi.

— Je sais, murmurai-je.

— Tu m'as dit que tu avais ouvert cette boutique pour affirmer que tu étais en vie.

J'opinai.

— C'est vrai...

Margaret m'interrompit.

— Alors, vis ! Implique-toi, Lydia ! Qu'est-ce qui te prend ?

— Je... Je...

J'étais si déconcertée que je n'arrivais pas à aligner deux mots.

— Vis, Lydia ! répéta Margaret. Fais-le pendant qu'il en est encore temps !

18

Jacqueline Donovan

Jacqueline était membre du « club des anniversaires » depuis son entrée au country club. Une fois par mois, neuf amies se réunissaient pour festoyer. Celle dont l'anniversaire tombait pendant le mois en cours était fêtée.

En juin, elles choisirent un restaurant mexicain. Si l'ambiance n'était pas à la hauteur de leurs critères habituels, la nourriture était excellente. Quand toutes les convives eurent terminé un repas détendu arrosé de plusieurs margaritas, quatre serveurs se présentèrent à leur table, coiffés de sombreros. Il était temps de célébrer l'événement. L'un d'eux avait une guitare, un autre brandissait des maracas.

— *Señoritas*, vous fêtez un anniversaire, *si*?

— *Si*, répondit Bev Johnson. C'est l'anniversaire de Ginny.

Bev la désigna, de l'autre côté de la table. Ginny rougit et se mit à glousser comme une écolière.

L'homme joua quelques accords à la guitare en se dirigeant vers elle.

— Vous souhaitez la version longue ou courte? demanda-t-il.

Jacqueline était ravie de voir son amie, d'ordinaire si posée et si réservée, troublée par toute cette attention.

— La version courte!

Les quatre serveurs se mirent à genoux et entonnèrent la chanson traditionnelle à la mode mexicaine. Les amies se mirent à rire et à applaudir, y compris Jacqueline.

Elle avait besoin de cette sortie pour chasser Tammie Lee de son esprit. Malgré tout, Paul semblait sincèrement amoureux de sa femme. Et Reese l'appréciait beaucoup, lui aussi. De sorte que Jacqueline avait l'impression d'être la méchante. Même si la jeune femme était loin d'être aussi manipulatrice et dénuée de goût qu'elle l'avait pensé au départ, ce n'était pas l'épouse qu'il fallait à Paul.

Quand Ginnie eut soufflé sa bougie et que chacune eut goûté au gâteau, le groupe se dispersa. Jacqueline faisait la queue pour régler à la caisse quand Bev vint la rejoindre.

— J'ai rencontré Tammie Lee, la semaine dernière, déclara la présidente du club des femmes.

Jacqueline se figea. Bev était le membre le plus influent de l'association. Que pouvait-elle bien penser de sa pittoresque belle-fille ? se demanda Jacqueline en sentant déjà la honte monter en elle. Comment expliquer le manque de jugement de son fils ?

— Haywood m'a dit qu'il approuvait leur candidature au club.

Haywood, le mari de Bev, était responsable des admissions.

— Naturellement, Reese et moi sommes ravis.

Il était bon de savoir que leurs années de bénévolat au sein du country club portaient leurs fruits.

— Nous avons toujours apprécié Paul.

Jacqueline sourit. Qui n'aurait pas été impressionné par son fils ? Il était charmant, intelligent et promis au succès. Elle dut se retenir pour ne pas vanter ses exploits.

— Je crois savoir que Tammie Lee va travailler au comité de cuisine.

Le moral de Jacqueline sombra. Elle avait espéré s'entretenir en privé avec la directrice du comité et lui faire comprendre que Tammie Lee serait peut-être plus utile ailleurs. La perspective de voir les recettes de sa belle-fille, ses arachides bouillies et galettes au fromage, dans le livre de cuisine du country club lui faisait froid dans le dos. Quelle honte ! Il ne fallait pas que cela se produise.

— Je voulais justement en parler à Louise.

— C'est un coup de génie, reprit Bev.

Jacqueline régla son repas, le souffle court. Elle avait dû mal comprendre les propos de Bev. En prenant sa monnaie, elle s'écarta et attendit que son amie ait payé à son tour.

— Un coup de génie ? répéta-t-elle, tandis qu'elles quittaient l'établissement.

— Mais oui ! Je ne connais Tammie Lee que depuis quelques mois, mais je peux affirmer qu'elle est la bouffée d'air frais dont notre club féminin avait besoin. Elle est si dynamique. Et son accent du Sud ! N'est-il pas adorable ? Je pourrais l'écouter pendant des heures !

Jacqueline dut se retenir pour ne pas avouer à Bev que cet accent l'agaçait au plus haut point.

— Pas étonnant que Paul soit tombé amoureux d'elle. Je crois d'ailleurs que Haywood a un peu le béguin, lui aussi.

— Oh ! fit Jacqueline, ne sachant comment réagir.

— Le comité publie un livre de cuisine tous les deux ans. Ce sont toujours les mêmes intervenants, toujours les mêmes recettes. Combien de recettes de tourte aux canneberges nous faut-il donc ?

Jacqueline eut envie de lui signaler qu'elle avait elle-même proposé une version sans gélatine, l'une des préférées du club.

— Tammie Lee a des idées formidables. Franchement, j'envisage de lui demander de diriger le comité. Louise occupe cette place depuis plusieurs années et elle souhaite s'essayer dans un autre domaine.

— Je ne sais pas si c'est une bonne idée, déclara Jacqueline, incapable de se taire.

Elle respectait l'opinion de Bev, mais son amie se trompait. Tammie Lee allait mettre tout le monde dans l'embarras.

— Je sais qu'avec la naissance du bébé dans quelques mois je ne peux pas lui demander d'endosser d'autres responsabilités, admit Bev en se dirigeant vers le parking.

Sa BMW décapotable était garée à côté de la Mercedes de Jacqueline.

— Je ne veux pas l'accabler. Paul m'en voudrait, même si je pense que Tammie Lee s'en sortirait à merveille.

— Oui, elle va avoir de quoi s'occuper, renchérit Jacqueline, figée sur place, trop abasourdie pour bouger tandis que Bev montait en voiture.

Etaient-ils tous devenus fous ? Etait-elle donc la seule à voir en Tammie Lee la petite manipulatrice hypocrite qu'elle était ?

L'esprit tourmenté, Jacqueline rentra chez elle. Une fois dans le garage, elle réalisa avec stupeur qu'elle n'avait aucun souvenir de ce trajet. Elle semblait être passée directement du restaurant à son garage.

Une autre surprise l'attendait dans la cuisine : Reese. Il portait l'un de ses plus beaux costumes. Soit il rentrait de bonne heure, soit il s'apprêtait à sortir sa blonde pour la soirée. Jacqueline ne lui posa pas la question. Elle préférait l'ignorance à un nouveau mensonge.

Elle rangea son sac à main et consulta le courrier. Puis, quand elle eut terminé, elle alla se servir un gin au bar.

— Tu en veux un ?

— Je conduis.

Jacqueline haussa les épaules.

— Pas moi.

L'effet des margaritas s'était estompé depuis longtemps.

— Qu'est-ce que tu as ? demanda-t-il.

— Qu'est-ce qui te fait croire que quelque chose ne va pas ?

Reese fronça les sourcils.

— Je ne t'ai jamais vue boire de si bonne heure.

— Parfois, la situation l'exige.

Elle se retourna pour observer cet homme avec qui elle avait passé la majeure partie de sa vie. Elle le connaissait si bien et, pourtant, elle ne le connaissait pas du tout.

— Où étais-tu ?

Elle ignorait si ça l'intéressait vraiment ou bien s'il voulait simplement entretenir la conversation. Jacqueline trouva étrange qu'il l'interroge sur ses allées et venues. Depuis quelque temps, c'était arrivé plusieurs fois, et elle ne savait pas pourquoi.

— J'étais avec les filles. C'était notre déjeuner d'anniversaire mensuel.

— Tu devrais inviter Tammie Lee à se joindre à vous, un de ces jours.

Il plaisantait, probablement.

— Pourquoi ferais-je une chose pareille ?

— Parce qu'elle est ta belle-fille et que ce serait une façon de l'intégrer.

— Je refuse d'être hypocrite. Elle n'est pas la bienvenue. Elle est tolérée et, franchement, même ça, ça devient difficile.

Si quelqu'un lui chantait encore les louanges de Tammie Lee, Jacqueline allait se mettre à hurler.

— Pourquoi est-ce que tout le monde la trouve si formidable ? Je ne comprends pas.

Reese dévisagea sa femme longuement.

— Tu ne t'es jamais demandé pourquoi Paul était tombé

amoureux d'elle ? lança-t-il d'un ton froid et contenu qui indiquait qu'il maîtrisait sa colère.

— Bien sûr que je comprends pourquoi Paul l'a épousée. Il a obéi à ses hormones plutôt qu'à sa raison.

— Pas du tout ! cria Reese en frappant le plan de travail du plat de la main.

Jacqueline sursauta face à ce geste de colère si inhabituel chez son mari.

— Tammie Lee est tendre, attentionnée et généreuse. La seule personne à ne pas s'en rendre compte, c'est toi. Tu nourris tellement d'ambitions pour ton fils que tu refuses d'ouvrir les yeux.

Jacqueline le fixa.

— Serais-tu en train de suggérer que je ne suis qu'une garce froide et égoïste, Reese ?

— Tu ferais peut-être mieux de répondre toi-même à cette question, dit-il.

Et il sortit en claquant la porte derrière lui.

19

Le tricot est un moyen apaisant d'exprimer sa créativité, qui peut se transformer en un vêtement chaud confectionné avec amour. Quel avantage !

MEG SWANSEN, *Schoolhouse Press*

Lydia Hoffman

Mes trois élèves étaient attablées, impatientes de suivre leur dernière leçon officielle. Avant que je ne commence, Jacqueline prit la parole :

— J'aimerais annoncer à tout le monde que je ne viendrai pas à la prochaine session.

Elle parlait de notre club de tricot, pour lequel je demandais une participation de cinq dollars par semaine.

Comme personne ne protestait, je me sentis obligée de dire quelque chose.

— Je suis désolée de l'apprendre, Jacqueline.

Je l'étais vraiment, et pas seulement pour des raisons commerciales.

— Pas moi ! lança Alix sans la moindre hésitation.

— Je n'en attendais pas moins de toi, marmonna Jacqueline sans dissimuler son mépris.

En vérité, j'étais soulagée de ne plus avoir à jouer les arbitres entre ces deux-là, même si leurs prises de bec donnaient parfois lieu à des échanges cocasses. Je n'avais jamais vu deux femmes se détester à ce point. J'avais cru que leur animosité s'estompait, ces dernières semaines, mais je m'étais trompée, apparemment. Là encore, mon inexpérience des relations humaines était flagrante.

Si Jacqueline était difficile à connaître et à apprécier, je lui trouvais des qualités. Elle avait fourni des efforts sincères pour apprendre à tricoter, et elle avait presque terminé la couverture destinée à sa petite-fille.

— Je me disais que, pour mon dernier cours, je devais annoncer ma décision à toutes.

— Comme si ça nous intéressait ! grommela Alix.

Je posai une main sur son épaule pour lui demander tacitement de ne pas faire de commentaire. Au cours des six semaines écoulées, j'avais découvert une fille sensible sous sa carapace. La moindre critique avait le don de la faire rentrer dans sa coquille.

— Je crois que je n'arriverais plus à me passer du tricot, même si je le voulais, dit Carol.

Elle tricotait un pull pour son frère. Son fil en cachemire d'un joli gris perle était le plus cher du magasin.

— Moi aussi, je continue ! annonça Alix en foudroyant Jacqueline du regard, comme pour lui signifier qu'elle manquait de volonté. Je terminerai cette couverture coûte que coûte.

J'admirais la détermination d'Alix. Elle était encore un peu maladroite, mais elle refusait de baisser les bras. Je la soupçonnais d'avoir recommencé bon nombre de rangs, au cours des premières semaines. Par chance, elle savait identifier ses erreurs et faisait des progrès réguliers. Son plus gros problème était le manque de temps.

— Tu me soupçonnes de lâcheté ? demanda Jacqueline d'un air de défi.

— Y a que la vérité qui blesse. Je suis pas de la haute, moi. Je vais pas pleurer ton départ.

Leurs querelles incessantes commençaient à m'énerver. Avant que je puisse réagir, Carol intervint :

— J'ai du nouveau, dit-elle, cherchant visiblement à détourner la conversation.

— Tant mieux, dis-je, soulagée.

— Lundi matin, Doug m'emmène faire ma dernière tentative de FIV.

Elle avait beau afficher un air enjoué, je sentis, comme les autres, qu'elle était terrorisée. J'espérais que tout irait bien pour elle.

A ma grande surprise, Jacqueline fut la première à réagir.

— Je te souhaite de réussir, Carol. Reese et moi n'avons eu qu'un enfant, mais nous aurions tant voulu en avoir un deuxième !

— Doug et moi, nous serions fous de bonheur si nous avions déjà un bébé, répondit Carol avec un sourire tremblant.

— J'ai tant rêvé d'avoir une fille ! reprit Jacqueline.

— Tu n'as pas dit que ton fils et ta belle-fille attendaient une petite fille ? lui demandai-je.

— En effet.

Ces derniers temps, Jacqueline s'était totalement abstenue de parler de son fils et de Tammie Lee. J'en arrivais à me demander s'il ne s'était pas passé quelque chose dont elle préférait ne pas discuter. Avec elle, c'était difficile à dire. Si Carol et Alix étaient à l'aise ensemble, Jacqueline demeurait plus réservée. J'avais l'impression qu'elle n'acceptait vraiment que les membres de son country club.

Alix gardait la tête baissée sur son ouvrage.

— Je trouve que seuls les gens qui désirent vraiment être parents devraient avoir des enfants.

Elle avait déjà tenu de tels propos. Elle semblait en tout cas convaincue, sans doute à cause de son expérience personnelle.

— Moi aussi, admit Carol. Ce que je ne comprends pas, c'est pourquoi tant de couples qui adorent les enfants rencontrent tant de difficultés à en avoir. Quand je pense aux années que j'ai perdues à repousser l'échéance, j'ai envie de pleurer. Je croyais avoir le temps, mais comment pouvais-je me douter ?

— Et toi ? demanda Alix en me regardant.

Je dus rougir violemment, même si j'ignorais pourquoi ce sujet me mettait si mal à l'aise. Je secouai la tête.

— Tu ne veux pas d'enfant ? me demanda Alix.

— Je ne suis pas mariée.

— Ça n'a pas gêné ma mère. Elle était enceinte de mon frère quand elle s'est décidée à épouser mon père. La plus grosse erreur de sa vie, d'après elle. Ça ne l'a pas empêchée de me mettre au monde.

— On ne peut pas reprocher à quelqu'un les circonstances de sa naissance, dit Carol.

— Ouais, enfin, c'est pas la version qu'on m'a donnée, fit Alix en tirant brutalement sur sa pelote. Mais c'est pas grave. J'ai survécu.

— Une délicieuse jeune femme comme toi finit toujours par se marier, dit Jacqueline en s'adressant à moi.

C'était un compliment inattendu.

— Merci, mais…

Ma voix s'éteignit. Mieux valait ne pas révéler trop de détails de ma vie privée.

— Mais quoi ? demanda Carol.

— Eh bien, je ne crois pas que je ferais une très bonne épouse.

— Pourquoi ? reprit Alix. Tu serais certainement une meilleure épouse que ne l'était ma mère.

Cette conversation commençait à me déranger.

— Les maris ont des… des attentes.

Alix fronça les sourcils.

— Qu'est-ce que tu veux dire par là ?

Les autres étaient tout aussi curieuses.

— J'ai eu deux cancers. Il est possible qu'il y ait une prédisposition familiale.

— Tu as un cancer, en ce moment ?

— Non, Dieu merci, mais ma sœur aînée a eu une grosse frayeur, récemment.

Heureusement, la deuxième mammographie de Margaret n'avait rien révélé de suspect. Je l'avais accompagnée chez le médecin et l'avais soutenue. Ensuite, elle m'avait invitée à déjeuner pour fêter cette bonne nouvelle.

Depuis mon adolescence, je ne m'étais jamais sentie aussi proche de ma sœur. Cela peut sembler pervers, mais je me réjouis de cette fausse alerte. Pour la première fois depuis des années, nous avions quelque chose en commun : la peur. Et pour la première fois de ma vie, c'était moi qui en savais plus qu'elle et qui avais de l'expérience.

— Pourquoi tu ne pourrais pas te marier ? demanda Alix.

Je soupirai. Je ne tenais pas à en parler.

— Rien ne dit que je ne serai pas victime d'une récidive, répondis-je simplement.

Toutes les trois posèrent sur moi un regard vide.

— Au cas où tu ne l'aurais pas remarqué, on n'a aucune garantie sur rien, dans la vie, déclara Alix. J'en sais quelque chose.

— Si tel était le cas, je serais déjà mère, ajouta Carol.

— Elle a raison, admit Jacqueline en désignant Carol.

Ma sœur m'avait tenu les mêmes propos. Notre déjeuner s'était bien déroulé jusqu'à ce qu'elle évoque Brad. Je ne l'avais pas vu depuis plusieurs jours et il n'était pas question que je sorte avec lui. De toute façon, après deux refus, je doutais qu'il m'invite de nouveau. Pourquoi insisterait-il ? Je lui avais dit clairement que je n'étais pas intéressée.

— Je ne suis pas sortie avec un homme depuis si longtemps que je ne sais plus vraiment comment me comporter, avouai-je à mes amies.

— Conduis-toi normalement, me conseilla Carol, comme si elle comprenait.

— Sois toi-même, ajouta Jacqueline.

A ma grande stupeur, elle sortit son tricot.

— Dis donc, tu es attirée par un mec ?

Naturellement, il fallait qu'Alix me pose ce genre de question.

— Bien sûr que non ! répondis-je fermement.

Une fois de plus, je rougis de honte.

— Mais si ! lança Carol en m'observant. Allez, crache le morceau ! Qui est-ce ?

Je secouai la tête.

— De toute façon, c'est trop tard.

— Il n'est jamais trop tard, affirma Jacqueline en se penchant vers moi.

— Dis-nous comment il s'appelle, insista Alix.

Elles ne laisseraient pas tomber et je ne savais pas comment détourner la conversation.

— Allez, Lydia, dis-le-nous ! implora Alix.

J'hésitai, puis, avec un nouveau soupir, je leur parlai de Brad.

— Il ne m'invitera plus, conclus-je.

— Probablement pas, admit Alix. Maintenant, c'est toi qui vas devoir l'inviter.

Jacqueline et Carol opinèrent. Apparemment, Brad avait trouvé une alliée en la personne de Margaret, mais aussi parmi mes élèves.

20

Carol Girard

Le dimanche soir précédant la FIV, Carol attendit d'être certaine que Doug soit endormi. En entendant sa respiration lourde et régulière, elle se glissa hors du lit et gagna le salon sur la pointe des pieds.

Elle adorait la vue sur le Puget Sound, la nuit. De sa fenêtre, elle voyait les eaux sombres et scintillantes. Au-delà de l'ouest de Seattle s'étendaient Vashon Island et les lumières de la péninsule de Kitsap.

Installée dans son fauteuil favori, elle pencha la tête en arrière et ordonna à son esprit et à son corps de se détendre. Il ne fallait pas qu'elle entame ce processus de FIV dans un état de tension. Il fallait que son corps accepte les ovules fécondés, qu'il accepte ce ou ces bébés qu'elle désirait tellement.

Que lui arrivait-il ? Si elle voulait tant avoir un enfant, pourquoi son corps rejetait-il toute grossesse ? Quelle que soit la manière dont elle analysait la situation, elle n'y trouvait pas de sens.

Son propre corps était devenu son pire ennemi. Son utérus l'avait trahie de la pire des façons : en lui refusant la capacité de se reproduire. Elle atteindrait bientôt un âge où elle ne pourrait plus concevoir. Déjà, sa production d'ovules avait commencé à chuter.

Si tout le monde se montrait plein de compassion, Carol

savait que ses amis en avaient assez de l'entendre ressasser. Elle savait aussi combien sa mère désirait avoir des petits-enfants. Elle en parlait sur le ton de la plaisanterie, mais Carol sentait sa déception aussi vivement que la sienne.

Jusque-là, les parents de Doug les avaient soutenus, mais ils en avaient assez d'attendre. Par chance, ils étaient grands-parents deux fois grâce à la jeune sœur de Doug. Mais son père espérait un petit-fils pour assurer la pérennité de son nom. Si la pression n'était pas explicite, elle était présente, et Carol pliait sous son poids.

Ses yeux s'embuèrent de larmes. Elle n'avait jamais autant pleuré qu'au cours des dernières années. Elle se retrouva vite avec un paquet de mouchoirs en papier à la main.

Ce n'était pas faute d'avoir essayé, pourtant. Elle avait subi toutes les thérapies imaginables et ingéré tous les médicaments possibles. Tous ces traitements... Dieu seul sait ce qu'elle avait infligé à son organisme et les risques qu'elle avait pris. Cela n'aurait eu aucune importance si elle s'était retrouvée enceinte, mais...

— Qu'est-ce que tu fais là ?

Doug apparut, vêtu de son seul bas de pyjama à rayures. Il avait toujours dormi dans cette tenue. Il s'assit en face d'elle.

— Qu'est-ce qu'il y a ? Tu n'arrives pas à dormir ?

De peur qu'il ne perçoive les larmes dans sa voix, elle hocha la tête.

Il ne dit rien de plus. Ils demeurèrent silencieux un moment. Au bout de quelques minutes, Doug se leva et tendit un bras vers elle pour l'attirer contre lui.

— Tu devrais essayer de dormir, dit-il.

— Je sais.

Il n'essaya pas de l'entraîner vers le lit, ce dont elle lui fut reconnaissante.

— Et toi, Doug ?

— Je crois que je ne pourrai pas dormir sans toi.

Elle sourit, rassurée de savoir qu'elle faisait partie de lui, comme il faisait partie d'elle.

Un ferry voguait en direction de Vashon Island. Carol se concentra sur sa progression lente, de Fauntleroy à Southworth. Puis le stress revint à la charge. Elle se sentit obligée de poser la question qui la hantait depuis des mois.

— Qu'allons-nous faire si je ne suis pas enceinte, cette fois-ci ? Adopter ?

— On verra bien le moment venu.

— Je ne veux pas attendre. Il faut que je sache maintenant.

— Pourquoi ?

— Et si les agences d'adoption décident que nous ne sommes pas de bons parents potentiels ? Et si cette FIV était un échec, une fois de plus ? Oh, Doug, je ne devrais pas penser à tout ça, mais je ne peux pas m'en empêcher.

Doug soupira.

— Si la FIV échoue, nous adopterons. Et si l'agence nous rejette, nous n'aurons pas d'enfant, voilà tout. D'autres couples ont survécu sans enfant, et nous y arriverons.

— Non.

— Carol…

— Notre couple finira par sombrer. Un jour, tu regarderas un petit garçon ou une petite fille et…

Sa gorge se serra.

— Ne dis pas ça !

Elle haussa les épaules.

— Qu'est-ce qui te fait croire qu'on ne pourra pas adopter ? reprit Doug. D'autres couples de notre âge adoptent. Pourquoi pas nous ?

— Parce que c'est trop tard.

— Trop tard ? Trop tard pour quoi ?

— L'attente peut durer des années. Quand notre tour viendra, nous aurons quarante-cinq ans.

— Tu vois des obstacles là où il n'y en a pas.

Carol ne put lui répondre, tant sa tristesse était immense. Il était facile pour Doug d'affirmer qu'elle se posait des questions inutiles. Ce n'était pas son corps qui les trahissait mois après mois.

— On aura un bébé, affirma-t-il.

— Qu'est-ce que tu en sais ? cria-t-elle.

— Carol, arrête ! Tu deviens hystérique.

— Je *suis* hystérique ! J'ai peur, je suis déprimée et…

— Abattue. Pourquoi prendre la peine de faire cette FIV si tu as déjà décidé qu'elle allait échouer ?

— Parce qu'il faut que je sache.

— Tu veux savoir que tu ne peux pas être enceinte ? demanda-t-il doucement.

Doug pensait l'aider, mais ce n'était pas le cas. En fait, il ne faisait qu'aggraver la situation.

— Laisse-moi tranquille.

— Carol, pour l'amour du ciel…

— Laisse-moi. J'ai besoin d'être un peu seule.

C'était comme ça, avec ses médicaments. Elle avait des sautes d'humeur. On les avait prévenus. Toutefois, Carol se sentait prise au dépourvu.

Doug se dirigea vers la fenêtre. En observant le clair de lune, il se passa les mains sur le visage, comme s'il réfléchissait à ce qu'il devait faire.

— Je ne veux pas te laisser seule, dit-il sans la regarder.

— Je t'en prie, va-t'en !

— Tu as besoin de moi.

— Pas maintenant… J'ai envie d'être seule.

— Carol…

Il se tourna vers elle.

— S'il te plaît, Doug!

Il hésita, puis regagna la chambre à contrecœur.

Dès qu'il fut parti, Carol eut envie qu'il revienne. Elle voulait qu'il la prenne dans ses bras, qu'il la rassure, qu'il lui dise qu'il l'aimerait jusqu'à la fin des temps, avec ou sans enfant.

Fermant les yeux, elle chassa les voix qui la harcelaient de toutes parts, et tenta d'avoir des pensées positives. C'était une méthode qu'elle avait apprise avec son groupe de parole. Il s'agissait de créer une image de ce que l'on souhaite et de la voir dans ses moindres détails, au point de commencer à en accepter... la réalité.

Elle se vit enceinte, le ventre gonflé, portant une tunique de maternité aux couleurs vives. La main de Doug était posée sur son ventre. Il se pencha pour l'embrasser. Quand il se redressa, il avait les yeux pleins d'amour et de fierté... C'était l'image à laquelle elle s'accrochait. Elle refusait de se laisser abattre par ses doutes.

Au cours de la nuit, elle dut s'assoupir sur le canapé. Avant l'aube, elle remua et retourna se blottir contre Doug.

A son réveil, il l'enlaçait.

— Ça va mieux? lui demanda-t-il.

— Maintenant, oui.

Elle parvint à sourire.

— Tant mieux.

Elle entendit la cafetière se mettre en marche.

— Il est déjà l'heure de se lever?

— Je le crains.

Elle s'assit et offrit à Doug un sourire las.

— Je t'ai dit combien je t'aimais, dernièrement? demanda-t-il.

Il le lui avait dit de bien des façons.

— Oui, fit-elle en bâillant.

— C'est un jour très important, tu sais ?
— Je sais, murmura Carol.
C'était le jour où elle allait accueillir l'enfant de Doug dans son ventre.

21

Alix Townsend

Alix sortit du vidéoclub et alluma une cigarette. Elle réduisait sa consommation, mais arrêter de fumer était difficile. Prenant une longue inspiration, elle savoura l'apaisement immédiat de la nicotine et rejeta la tête en arrière. Ce fut au moment de prendre une deuxième bouffée qu'elle vit Jordan Turner arriver sur le trottoir opposé. Une crainte l'envahit aussitôt. Elle n'avait pas envie de lui parler.

A quoi bon ? Il ne s'intéressait pas réellement à elle. Bien sûr, elle l'amusait, mais il ne voyait en elle que la pauvre fille qu'il aurait voulu sauver, à l'école primaire.

Depuis l'âge de seize ans, elle se débrouillait seule. La vie lui avait appris qu'elle ne pouvait compter que sur elle-même. Et elle ne risquait pas de l'oublier.

Après avoir écrasé sa cigarette, Alix retourna à son poste. Elle espérait que Jordan comprendrait et la laisserait tranquille.

— Je vais dans l'arrière-boutique, annonça-t-elle à Laurel.

— Pourquoi ?

— Si tu le vois, dis-lui que je ne travaille pas ce soir.

— Tu veux parler de Jordan ?

— Exactement.

Elle gagna le fond du magasin avant que le pasteur ne la repère. Ça faisait deux semaines qu'ils s'étaient croisés au

Starbucks et qu'il avait lâché le morceau. La nouvelle avait fait l'effet d'une bombe dont la détonation résonnait encore dans ses oreilles. Jordan était pasteur ! Elle n'avait rien à voir avec lui ou avec son Dieu.

Une minute plus tard, Laurel apparut, l'air mécontent.

— Il t'a vue.

— Alors, dis-lui que je suis occupée.

— J'ai essayé.

— Trouve autre chose ! fit Alix qui commençait à s'énerver. Je ne veux pas lui parler.

— Tu ne pourras pas toujours te cacher, tu sais ?

— Je ne me cache pas ! répliqua Alix, sans grande conviction.

— Fais ce que tu veux, conclut Laurel. Mais il a dit qu'il allait attendre que tu sortes.

Sur ces mots, sa colocataire et prétendue amie regagna le magasin.

Alix patienta dix longues minutes, puis retourna à son poste en se disant qu'il devait avoir compris. Pas de chance : les bras croisés, Jordan se tenait près du présentoir de pop-corn, à côté de la caisse. En la voyant, il plissa les yeux.

Au lieu de l'éviter, elle se dirigea droit sur lui.

— Tu ne saisis pas, ou quoi ? lui demanda-t-elle.

— Pas facilement, je l'avoue. On peut discuter ?

— Non.

Elle avait déjà pris sa pause d'un quart d'heure, sa dernière de la soirée. Il n'y avait pas trop de clients, mais elle avait tout de même de quoi s'occuper.

— Rejoins-moi après le travail.

Alix haussa les épaules. Autant en finir une fois pour toutes, songea-t-elle.

— D'accord.

— J'ai ta parole ?

Son ton méfiant heurta la fierté de la jeune femme.

— Bien sûr ! Je serai au Starbucks cinq minutes après la fermeture.

— Chez Annie's, plutôt.

— D'accord. Chez Annie's.

— Je t'attendrai.

Etait-ce l'imagination d'Alix, ou bien adressa-t-il un clin d'œil à Laurel, en partant ? Qu'est-ce qui pouvait bien se passer ? Et puis, quelle importance, finalement ? Si Jordan s'intéressait à Laurel, pas de problème. Qu'ils soient heureux ! Jordan valait bien mieux que ce vendeur de voitures à la noix.

Sauf que cela avait de l'importance pour Alix. Elle fulmina jusqu'à la fin de la soirée. A 23 heures, Laurel partit en coup de vent. Alix fut ravie d'être débarrassée d'elle.

Dix minutes après la fermeture du magasin, Alix entra chez Annie's, un café situé tout près du vidéoclub. Chaque jour de paie, Alix s'offrait un dîner là-bas. La nourriture y était bonne, copieuse et bon marché.

Jordan étudiait le menu quand elle le rejoignit.

— Je ne te dois rien, dit-elle d'un air maussade.

Il haussa les sourcils.

— C'est vrai, mais tu me dois une explication pour la façon dont tu m'as largué, autrefois, en primaire.

— Je ne t'ai pas largué. J'ai… J'ai été embarquée dans une situation indépendante de ma volonté.

— Très bien, mais tu pourrais au moins m'expliquer ce qui s'est passé : c'est la moindre des politesses.

De toute évidence, on lui avait enseigné les bonnes manières. Elle-même n'y connaissait rien.

— Ecoute, fit-elle d'un ton agressif, on peut passer le reste de la soirée à se chamailler pour une histoire qui remonte à l'école primaire ou bien on peut discuter. A toi de décider.

De toute évidence, Jordan entendait la harceler jusqu'à ce

qu'il ait obtenu les réponses qu'il voulait. Alix était déterminée à ne pas sortir avec un homme d'Eglise, mais il ne lui facilitait pas les choses. Elle s'assit quand même à côté de lui.

— Qu'est-ce qui te prend, Alix?

C'était une approche intéressante. Avant qu'elle puisse lui répondre, Jenny, la serveuse, se présenta. Alix la connaissait bien. Jenny les observa sans dissimuler son étonnement.

Prenant son calepin, elle déclara :

— Qu'est-ce que je vous sers?

Jordan referma la carte.

— Je prendrai un cheeseburger bacon avec des frites. Et toi?

Alix en eut l'eau à la bouche, car leurs cheeseburgers étaient énormes. Mais elle devait d'abord vérifier un détail.

— Tu m'invites ou bien je dois payer ma part?

— Je ne t'aurais pas fait venir ici si je n'avais pas l'intention de t'inviter.

Alix glissa la carte derrière le sucrier.

— Je prendrai la même chose, annonça-t-elle.

— Deux cheeseburgers bacon, dit Jordan. Et deux Coca.

Il interrogea Alix du regard. Elle opina.

Jenny nota la commande et s'éloigna.

— Donc ? fit Jordan en posant les mains sur la table.

Alix croisa son regard et soupira.

— Donc, je ne m'intéresse pas à l'église, dit-elle.

— Pourquoi pas?

— Au cas où tu ne l'aurais pas remarqué, je ne suis pas vraiment du genre religieux.

— C'est comment, le genre religieux?

Alix leva les yeux au ciel.

— Des dames avec des chapeaux et des gants qui échangent des propos polis tout en louant le Seigneur.

Jordan éclata de rire.

— Ce que tu décris, c'est une *garden party*, pas l'église. On voit que tu n'y as pas mis les pieds depuis un moment.

— Peu importe. Je te l'ai dit : ça ne m'intéresse pas.

Jenny leur apporta leurs boissons. Jordan attendit qu'elle se soit éloignée pour répondre.

— Qu'est-ce que tu en sais ? lança-t-il vivement.

— Jordan, je te trouve génial, dit-elle en buvant une gorgée de soda. Je me souviens de ton père. Il était sympa, lui aussi.

Le père de Jordan était venu chez elle pour parler à sa mère, une fois. Mais il n'était jamais revenu.

— Comment peux-tu savoir que l'église ne t'intéresse pas si tu n'essaies pas ? Et si tu venais voir, dimanche ?

— Ecoute, fit Alix en s'efforçant d'être le plus honnête possible, je n'ai pas besoin d'être sauvée.

— C'est ce que tu crois ?

— Ouais.

— On peut dire que tu as compris mes intentions, dit-il d'un ton chargé de sarcasme.

D'instinct, elle eut envie d'être impolie, mais elle tenait à maintenir la paix tant qu'elle n'aurait pas mangé son cheeseburger. Après tout, c'était lui qui payait. Et elle avait faim.

— Pourquoi est-ce si important pour moi d'aller à l'église ? demanda-t-elle avant de répondre à sa place : parce que tu veux me changer ?

— Non. Je veux te voir.

« Tu parles ! »

— Je t'aimais bien à l'école primaire, et je t'aime bien aujourd'hui. J'ai donc besoin d'une excuse ?

Il se pencha en avant sans la quitter des yeux.

— Je ne suis pas ton genre.

— Tu as trouvé ça toute seule ou quelqu'un d'autre a décidé à ta place ?

Cette question la hérissa.

— Je suis assez grande pour prendre mes décisions.

Elle voyait bien qu'il était en colère, car il crispa la main sur la serviette en papier.

— Voyons si j'ai bien compris : tu avais envie de me fréquenter jusqu'à ce que tu découvres que je suis pasteur.

Alix baissa les yeux, refusant de répondre.

— Tu me trouvais à ton goût en primaire, et plus maintenant ?

Ce maudit cheeseburger avait intérêt à arriver sans tarder, car elle avait de plus en plus de mal à tenir sa langue.

— Tu pourrais au moins me répondre, insista-t-il.

— Qu'est-ce que tu veux que je te dise ? Que ça n'a pas d'importance ? Eh bien, si, ça en a.

— Qu'est-ce qui a changé ?

Elle ouvrit la bouche, mais hésita.

— Tu es… Tu es…

Elle dessina des cercles de sa main en le désignant.

— Tu es… bon.

— Bon ? répéta Jordan. Qu'est-ce que tu veux dire par là ?

Elle croisa les bras, cherchant désespérément Jenny des yeux. En général, les plats arrivaient plus vite. Son estomac se mit à gargouiller, lui rappelant qu'elle n'avait rien avalé depuis son café de l'après-midi. Dès que son assiette arriverait, elle manifesterait le désir d'emporter son cheeseburger chez elle. Mais il la troublait. Elle ne pensait plus qu'à son impatience, à l'idée d'aller à cette fête de la Saint-Valentin. Elle ne le lui avait pas dit, mais elle avait une carte pour lui, elle aussi.

— Tu sais ce que je veux dire ! lança-t-elle d'un air de défi.

— Non, je ne le sais pas, dit Jordan. Alors, tu ferais bien de me l'expliquer. Qu'est-ce qui me rend si *bon* ?

Elle cligna les yeux. Il parlait sérieusement.

— Dieu, répondit-elle.

— Dieu ? répéta-t-il d'un air vague.

Elle hocha la tête.

— Tu es ce type propre sur lui qui a grandi dans une famille parfaite. Pas moi. Tu avais des parents qui t'aimaient, pas moi. Tu…

— Tout ça n'a aucun rapport, coupa-t-il.

— Ma mère a fait de la taule pour avoir tiré sur mon père. Tu le savais ?

Il opina lentement.

— On en a beaucoup parlé. Tout ce que je voulais savoir, c'est ce qui t'était arrivé.

— Ah…

Elle ne s'y attendait pas.

Elle faillit pousser un soupir de soulagement quand Jenny apparut avec deux assiettes. Le cheeseburger était ouvert et le fromage avait fondu à souhait. Les frites semblaient croustillantes et fraîches. Elle en eut l'eau à la bouche.

— A l'époque, j'ai demandé à mon père de se renseigner pour savoir où tu étais. Il a essayé, mais il n'a rien trouvé. Apparemment, ton frère et toi aviez déjà été placés dans des familles d'accueil dans un autre quartier de la ville.

Alix prit la salière, mais soutint le regard de Jordan tout en salant ses frites.

— Ah bon ?

Il opina et mangea une frite.

Malgré sa faim, Alix n'avait encore rien avalé.

— Qu'est-ce qui t'a incité à entrer en religion ? Tu voulais suivre les traces de ton père ?

— C'est une longue histoire. On en parlera un autre soir.

Il ajouta de la salade et une rondelle de tomate dans son cheeseburger, et mordit dedans.

Alix commença elle aussi à manger.

— Souviens-toi que je n'ai pas besoin d'être sauvée, dit-elle.

— Je ne pourrais pas, même si je le voulais.

Elle but une gorgée de soda.

— Pourquoi pas ?

— Ce n'est pas mon boulot. Je laisse le salut à Dieu. Moi, je montre le chemin, c'est tout.

Il prit une autre frite et la trempa dans le ketchup.

— Je ne comprends pas, dit-elle, toujours méfiante.

— Qu'est-ce que tu ne comprends pas ?

— Toi, répondit-elle. Que tu veuilles me voir.

Il posa sur elle un regard étrange.

— Il y a une loi qui m'interdit d'être attiré par toi ? Tu me plaisais en primaire et je te trouve toujours très mignonne.

Elle lui plaisait ? Il la trouvait mignonne ?

— C'est vrai ? demanda-t-elle, mortifiée par le léger tremblement de sa voix.

— Je ne le dirais pas si c'était un mensonge.

Il lui vola une frite.

— Hé ! s'exclama-t-elle en lui donnant une tape sur la main.

Il rit et lui offrit sa rondelle de cornichon.

Ils terminèrent leur repas en parlant des films qu'ils avaient vus, et quittèrent le café une heure plus tard.

— Tu vas arrêter de m'éviter, maintenant ? demanda Jordan.

Alix se dit qu'elle allait la jouer *cool*.

— Je n'ai pas encore pris de décision.

— Dépêche-toi.

— Pourquoi ?

— Parce que je ne sais pas combien de temps je vais pouvoir continuer à louer des cassettes.

Alix se mit à rire.

— Tu viendras à la messe, dimanche ? lui demanda-t-il.

— Sûrement pas !

Elle ne se voyait pas assise à côté d'une dame patronnesse. D'ailleurs, elle doutait que ces âmes bien-pensantes apprécient ses cheveux violets.

L'église, c'était pour les gens qui menaient une vie normale, qui avaient des objectifs, des rêves. D'accord, Alix avait des rêves, mais bien peu de chances de les voir s'accomplir. Elle aurait voulu être chef dans un grand restaurant. C'était ça son idéal sur le plan professionnel.

Elle soupçonnait Jordan de se moquer d'elle. Avant qu'elle puisse deviner ses intentions, il l'entraîna dans l'ombre de la ruelle et la plaqua contre le mur de brique.

Ils se dévisagèrent un long moment, retenant leur souffle, sans dire un mot.

Puis sa bouche s'empara de celle d'Alix. Elle manqua défaillir sous l'effet de ce baiser. Sa tête se mit à tourner et ses jambes se dérobèrent. Elle dut s'accrocher à lui, enrouler les bras autour de son cou.

— Pourquoi tu as fait ça ? demanda-t-elle d'une voix rauque.

Jordan releva la tête et murmura :

— Tu me devais ce baiser parce que j'ai eu le cœur brisé, à l'école primaire.

Alix s'humecta les lèvres.

— Oui… Eh bien, tu n'es pas le seul.

22

Dans les mains d'une tricoteuse, le fil devient le lien qui unit le cœur et l'âme.

ROBIN VILLIERS-FURZE, *The Needleworks Company*,
Port Orchard, Washington

Lydia Hoffman

Encore un vendredi de passé ! Cette réunion du club de tricot avait été l'une des meilleures. Alix riait beaucoup et Jacqueline était plus détendue et tolérante que jamais. Carol était restée chez elle sur ordre du médecin. Quand je retournai la pancarte indiquant que le magasin était fermé avant de monter chez moi, j'étais épuisée. Mais c'était une bonne fatigue.

Je me promis de remercier Jacqueline, la prochaine fois que je la verrais. Elle avait parlé à ses amies de ma boutique et deux d'entre elles, des femmes très aisées, étaient passées. En dépit de ses menaces de quitter le groupe, elle était présente tous les vendredis. Ses amies du country club avaient acheté pour quatre cents dollars de laine. Avec de telles ventes, je n'avais pas à me soucier de mon loyer, qui constituait mon plus gros souci, au départ.

Je ne gagnais pas assez d'argent pour me verser un salaire,

mais je trouvais quand même l'aventure exaltante. Ma stratégie était de vivre simplement et de croire en moi.

En arrivant à l'étage, je laissai les fenêtres du salon ouvertes. Une douce brise entrait. Moustache se faufila entre mes jambes pour attirer mon attention. J'adore mon chat, qui est un excellent compagnon mais, certains jours, j'aimerais avoir un moment pour moi. Toutefois, les exigences de Moustache étaient prioritaires.

J'ouvris une boîte de thon et la posai par terre. Tandis que Moustache dévorait son repas, je passai en revue mon courrier du jour. Je trouvai une enveloppe portant une écriture familière, celle de Margaret.

J'hésitai un instant avant de l'ouvrir. Elle contenait deux petits mots de remerciement, un de chacune de mes nièces, qui me remerciaient pour les pulls que je leur avais tricotés. C'était la première fois qu'elles me remerciaient de façon si formelle. Spontanément, je composai le numéro de ma sœur.

Hailey décrocha à la deuxième sonnerie.

— J'ai reçu ton petit mot, lui dis-je.

— Il est cool, ton pull, tante Lydia ! J'adore les couleurs.

— Tant mieux.

J'avais choisi un fil vert pour l'ensemble et un orange vif du meilleur effet pour les revers.

— Voilà maman ! dit Hailey.

Avant que je puisse lui dire qu'il était inutile de déranger sa mère, Margaret prit le combiné.

— Tout va bien ? demanda-t-elle de ce ton bourru qu'elle me réserve.

— Bien sûr ! Je viens de recevoir les petits mots des filles et…

— En général, tu appelles quand il y a un problème.

C'était absolument faux, mais je ne la contredis pas. Si

j'évitais de l'appeler, c'était parce que, souvent, nos conversations me bouleversaient.

— Ça va bien, vraiment, dis-je avec un rire qui sonnait faux.

— Tu as vu le beau coursier de chez UPS, dernièrement ?

A la mention de Brad, je me sentis rougir. Je n'avais pas appelé pour parler de lui.

— Il est passé, l'autre jour.

Je cherchai désespérément un moyen de détourner son attention de Brad Goetz, en vain.

Le coursier se montrait aussi sympathique qu'avant, mais il ne m'invitait plus à sortir. Je lui savais gré de ne pas m'obliger à inventer des prétextes. Après sa dernière visite, j'avais ressenti un soupçon de regret. Cette sensation manifeste de perte qui ne m'avait pas quittée de l'après-midi.

— Tu lui as proposé de sortir ? insista Margaret.

— Non. Je…

— Pourquoi pas ?

— Je…

— Tu ne cesses de répéter que cette boutique est pour toi l'affirmation que tu es en vie.

— Oui, je sais, mais…

— Pourquoi tu ne mets pas tes théories en pratique ?

Ma sœur semblait prendre plaisir à me tourmenter.

— C'est ma vie, Margaret.

— Ta vie ? Quelle vie ? Tu la passes à tricoter ! C'est même ton métier. Bien sûr, tu vas voir maman, tu as quelques amies, mais…

Ce fut à mon tour de lui couper la parole.

— C'est à moi de décider avec qui je veux sortir.

Margaret fit comme si elle ne m'avait pas entendue.

— Propose-lui d'aller boire une bière.

— Non !

— Pourquoi pas ?

— Parce que…

Je ne savais pas vraiment pourquoi.

— Tu as peur.

— D'accord, j'ai peur ! criai-je. Mais ça ne change rien.

— Tu dois surmonter ta peur.

— Oh, Margaret, à t'entendre, tout est si facile !

— Invite-le à sortir et ne me rappelle pas tant que tu ne l'auras pas fait.

— Tu es sérieuse ?

Je n'en croyais pas mes oreilles.

— Je n'ai jamais été aussi sérieuse.

Sur ces mots, elle raccrocha.

Je fixai le combiné un long moment. Margaret était un tyran, parfois. Mais je n'allais pas céder.

Résolue, je partis en quête de quelque chose à manger.

Etant persuadée que la diététique est indispensable pour rester en bonne santé, j'évite dans la mesure du possible les produits industriels. Je réchauffe parfois un plat au micro-ondes, mais c'est rare. C'est en tout cas ce que je fis, ce soir-là, parce que j'avais le tournis. Margaret voulait que j'invite Brad à boire un verre. D'accord, elle pensait à mes intérêts. Elle avait peut-être raison, après tout. Il était temps pour moi de jeter mes appréhensions aux orties. Mes amies du club de tricot partageaient cet avis. Mais comment procéder ?

A 9 heures, je rappelai ma sœur.

La connaissant, je m'attendais à ce qu'elle me raccroche au nez, mais je ne lui en donnai pas l'occasion.

— Qu'est-ce que je dois lui dire ? Après mon aveu, il risque de me repousser.

— Peut-être. Et je le comprendrais.

— Merci de m'encourager ! marmonnai-je.

Margaret se mit à rire, à mon grand étonnement.

— Je suis sincère, lui dis-je.

— Tu es en train de me demander de t'aider ?

— Oui. Tu peux au moins me dire comment m'y prendre.

— OK. Dis-lui que tu as changé d'avis.

— C'est tout ?

— Mais oui ! Invite-le et la balle sera dans son camp.

Cela semblait raisonnable.

— Tu vas le faire ? me demanda Margaret.

Je m'appuyai contre le mur.

— Je crois que oui.

Le vendredi soir, j'étais pleine d'audace mais, quand vint le lundi matin, ce fut une autre histoire. Les choses auraient été plus faciles si Brad était venu me livrer plus tard dans la semaine. Pas de chance. Il apparut le lundi après-midi, alors que je ne l'attendais pas.

— Salut ! lançai-je. En général, on ne se voit jamais le lundi.

« Voilà une remarque intelligente ! », me dis-je, furieuse contre moi-même.

— C'est vrai, répondit-il en posant les cartons sur la caisse. Comment ça va ?

— Bien, répondis-je, la gorge sèche.

Brad me tendit le bordereau, comme toujours, pour que je le signe. Je l'observai comme si je ne l'avais jamais vu.

— J'ai besoin d'une signature, dit-il.

Heureusement, je parvins au moins à signer. Brad sourit et s'en alla.

— Brad !

Il se retourna.

Je quittai le comptoir pour m'approcher de lui. Les conseils de Margaret se mélangeaient dans ma tête. Portée par l'enthousiasme, je laissai les paroles sortir n'importe comment.

— J'ai changé d'avis, enfin, si vous êtes toujours partant. Sinon, je comprends parfaitement, et je suis ridicule… Si on prenait une bière, un soir ? Oh, et c'est moi qui vous invite ! Margaret a dit que je devais vous inviter et…

Il écarquilla les yeux et s'écria :

— Ouah !

Je me tus.

— Si vous repreniez depuis le début, et doucement, cette fois ?

Je devais avoir les joues en feu.

— J'ai reconsidéré votre invitation à boire un verre après le travail.

Un sourire apparut sur son visage. Je vis qu'il était ravi.

— Avec plaisir.

Une impression de chaleur remplaça le frisson qui m'avait fait claquer des dents.

— Tant mieux.

— Vendredi, après la fermeture du magasin, ça vous irait ?

— D'accord.

Il prit son diable et regagna sa camionnette en sifflotant. Quelques minutes après son départ, je me rendis compte que je chantonnais. J'avais un rendez-vous !

Seigneur ! j'avais un rendez-vous. C'est Margaret qui allait être surprise !

23

Jacqueline Donovan

Jacqueline avait un programme bien établi pour sa journée. A 9 heures, rendez-vous chez l'esthéticienne, suivi d'un déjeuner entre amies, puis d'une virée dans les magasins. Le mardi était sa journée la plus chargée. C'était délibéré : cette activité débordante lui permettait d'oublier que son mari allait passer une partie de la nuit avec une autre femme.

Quelques minutes avant son départ pour le salon d'esthétique, le téléphone sonna.

— Il faut que tu me rendes un service, lui dit son mari d'un ton pressant. Je suis en réunion et j'ai oublié ma mallette à la maison.

— Tu veux que je te l'apporte au chantier ?

— Oui, s'il te plaît, Jacquie.

— Bon, j'arrive.

Dans le bureau, Jacqueline trouva sans difficulté la mallette. Elle s'aventurait rarement dans cette partie de la maison, qui était le territoire de son mari. Elle s'attarda un instant et glissa le doigt sur les livres rangés sur les étagères en acajou. Parfois, Reese fumait un cigare. Il flottait dans la pièce un parfum de tabac et de cuir qui ne se retrouvait dans aucune autre pièce de la maison.

Jacqueline fut soudain envahie d'une mélancolie qu'elle ne s'expliquait pas. Comment avaient-ils pu laisser dériver leur amour ? La tristesse l'enveloppa comme un lourd manteau trempé de pluie.

Quand cette rupture était-elle intervenue, et pourquoi ? C'était difficile à dire. La maîtresse du mardi soir n'était qu'un symptôme de leur éloignement, et non son origine. Ils étaient déjà distants quand cette rivale était entrée en scène. Au fil des années, Jacqueline et Reese avaient perdu leur intimité. Ils en étaient tous deux responsables. Si Reese était entêté… elle ne l'était pas moins.

Leur couple s'était usé au point qu'ils étaient désormais colocataires plus que conjoints, amis plus qu'amants. Cela arrivait à de nombreux couples. Elle avait entendu des allusions voilées et des aveux plus francs de la part d'autres femmes, mais ces confidences n'amoindrissaient en rien son profond sentiment de solitude.

Chassant ses pensées moroses, elle prit la mallette et partit à la hâte.

Elle prévint le salon d'esthétique de son retard et se rendit directement à Blossom Street. Les travaux avançaient, mais il était toujours impossible de se garer. Et Reese ne lui avait pas dit où laisser la voiture.

Jacqueline tenta de l'appeler, mais il avait éteint son portable. Résignée, elle fit deux fois le tour du pâté de maisons. En vain. Au bout de quelques minutes, elle s'engagea dans la ruelle située derrière le Fil des jours. Ce n'était pas l'endroit le plus sûr pour garer une voiture de luxe, mais elle n'avait pas le choix. Elle frémit malgré elle en verrouillant les portières.

Ce fut le chef de chantier qui l'accueillit. Jacqueline avait oublié son nom, mais elle était certaine que Reese lui avait parlé de ce jeune homme. Depuis longtemps déjà, elle ne retenait plus les noms de ses employés.

— Merci, dit-il en prenant la mallette. Je sais que Reese était contrarié de l'avoir oubliée.

— Ce n'est pas un problème, murmura-t-elle avant de s'éloigner.

Elle traversa la rue en maugréant pour rejoindre sa voiture. La boutique de Lydia n'ouvrait que dans vingt minutes. Dommage ! songea-t-elle. Elle y aurait volontiers fait un saut.

Dans la ruelle sombre, Jacqueline ne décolérait pas. Pas étonnant que son couple soit en péril. Au lieu de l'accueillir personnellement, Reese lui avait envoyé son assistant… La prochaine fois, il n'aurait qu'à venir la chercher lui-même, sa maudite mallette !

Contrariée, Jacqueline avait parcouru la moitié de la ruelle quand elle eut une sorte de pressentiment. Elle s'arrêta pour scruter les alentours d'un œil méfiant. Rien. Elle se détendit. Comme elle pouvait être bête, parfois ! Si le soleil tapait encore sur le haut des bâtiments, la ruelle était dans l'ombre. Au bout de deux pas, elle s'arrêta encore, car son malaise était de plus en plus fort.

Son imagination lui jouait des tours. Elle regardait trop de séries policières à la télévision. Pourtant, sa peur persistait. Il fallait qu'elle regagne sa voiture. Elle n'avait pas le choix. Elle n'allait pas rester là toute la matinée.

Elle se trouvait à quelques mètres de la Mercedes quand deux hommes surgirent. Ils se placèrent devant elle, à demi dissimulés par la pénombre, l'air menaçant. Elle ne voyait pas leur visage, mais devina leur violence potentielle. Des paumés, songea-t-elle avec dégoût. Des types sales et négligés.

— Regarde un peu ça ! dit l'un des deux à son compagnon, qui se précipita pour bloquer toute retraite.

Jacqueline en eut des sueurs froides. Son instinct lui dictait de s'enfuir, mais elle avait peu de chances de s'échapper s'ils décidaient de la poursuivre.

— Soyez gentils, laissez-moi passer ! lança-t-elle, fière de son audace.

— Gentils ? répéta l'homme d'une voix de fausset.

Il agita la main d'un air précieux.

— C'est qu'on a trouvé une vraie dame.

— Une bourge.

— Bourrée de fric.

— Allez, donne, salope !

Jacqueline serra son sac contre elle.

— Vous n'oseriez pas !

— On adore les défis, pas vrai, Larry ?

— Ta gueule ! cracha l'autre, visiblement furieux que son complice ait prononcé son nom.

Il sortit un couteau à cran d'arrêt et le brandit devant le visage de Jacqueline. La lame étincela dans le peu de lumière qui régnait dans la ruelle.

Il tendit le bras comme s'il s'attendait à ce qu'elle lui remette tranquillement son sac. Jacqueline se rendit compte que ce n'était pas une requête, mais un ordre. Toute résistance n'engendrerait que de la violence.

Sans qu'elle s'en rende compte, le sac à main tomba à terre.

— J'y toucherais pas, si j'étais vous ! fit brusquement une voix féminine, juste derrière Jacqueline. T'es pas en conditionnelle, Ralph ? Ce serait dommage que tu retournes en taule aussi vite.

Jacqueline mit un certain temps à reconnaître la voix d'Alix Townsend. Alix, cette fille qu'elle considérait comme une ennemie, une sauvageonne grossière, était prête à risquer sa vie pour voler à son secours.

— Te mêle pas de ça ! grommela Larry.

— Désolée, les gars, fit Alix en s'avançant, mais il se trouve que cette dame est une amie à moi.

Jacqueline était incapable du moindre mouvement. Larry regarda le sac.

— Tu préfères garder le fric pour toi, hein ? marmonna-t-il.

Il leva le couteau. Un cliquetis métallique suivit. Jacqueline comprit alors qu'Alix possédait son propre couteau à cran d'arrêt.

— Qu'ils prennent l'argent ! dit-elle.

Jacqueline s'en moquait. Elle voulait simplement s'en sortir sans encombre.

— Non ! cria Alix, tandis que les deux hommes s'approchaient. Cours jusqu'au magasin de Lydia !

— Non !

Rassemblant tout son courage, Jacqueline ramassa son sac et le projeta sauvagement en direction des malfrats. Ce sac de grand couturier lui avait coûté la bagatelle de sept cents dollars. Elle en avait eu pour son argent, à en juger par le bruit sourd qu'il fit en heurtant la tête du dénommé Ralph, qui se mit à hurler de douleur.

— Qu'est-ce qui se passe ? demanda Lydia, sur le pas de la porte de service.

— Appelle la police ! lança Jacqueline, prise de panique.

Alix fonça en avant, le bras tendu, tenant fermement le couteau dans sa main gauche. Les agresseurs observèrent les deux femmes, puis la porte de service du magasin, où Lydia se tenait quelques secondes plus tôt. Ils échangèrent un regard, et prirent leurs jambes à leur cou.

Dès qu'ils eurent disparu, Jacqueline se mit à trembler de tout son corps.

— Ça va ? lui demanda Alix.

Elle secoua la tête.

— La police est en route ! cria Lydia.

— Larry et Ralph ont filé, répondit Alix en prenant Jacqueline par la taille pour la guider vers le magasin.

En atteignant enfin la table qui servait à leurs cours de tricot, Jacqueline s'écroula sur une chaise.

— Je… J'aurais pu me faire tuer.

Elle avait vu le regard des deux hommes. Dieu seul sait ce qu'ils lui auraient infligé si Alix n'était pas apparue dans la ruelle.

— Alix ! souffla-t-elle. Tu m'as sauvé la vie.

Elle eut envie de retirer toutes les mauvaises pensées qu'elle avait eues à propos de la jeune femme. Peu lui importait qu'Alix se teigne les cheveux en violet. Elle lui avait évité un sort qu'elle n'osait imaginer.

Quand Alix s'installa à côté d'elle, Jacqueline remarqua qu'elle était secouée, elle aussi. Elle avait fait bonne figure face aux deux malfrats, mais elle avait eu une peur bleue.

Une sirène retentit dans la rue. Lydia se précipita à la rencontre des policiers. Quelques minutes plus tard, deux agents entrèrent.

Les trois femmes parlaient en même temps. Jacqueline se dit qu'elle devait être la seule à témoigner. C'était elle la victime de l'agression, après tout. Elle haussa donc le ton pour se faire entendre.

— Une à la fois, mesdames ! implora le premier agent en levant une main.

Jeune et propret, il lui rappelait Paul, son fils. Celui-ci serait scandalisé en apprenant qu'elle avait failli se faire détrousser.

L'agent interrogea d'abord Jacqueline, puis il posa quelques questions à Alix et enfin à Lydia. Chacune donna une description légèrement différente des deux hommes. Alix semblait réticente. Ce fut Jacqueline qui révéla leurs prénoms.

Avec ces renseignements, les policiers allaient probablement appréhender les deux voyous rapidement. Jacqueline était bien décidée à porter plainte. En parlant, elle serrait son sac contre elle.

— Vous vous connaissez, toutes les deux? demanda le policier.

— Bien sûr! répondit Jacqueline. Nous prenons des cours de tricot ensemble.

— Ouais, marmonna Alix avant de lever la tête d'un air de défi. Jacqueline et moi, on est amies.

— Elle m'a sauvée de Dieu sait quoi! murmura Jacqueline.

L'agent secoua la tête.

— Il aurait été plus raisonnable de leur donner votre sac, vous savez?

Il avait raison. Tous les manuels d'autodéfense conseillaient de céder ses biens et de s'enfuir.

Après le départ des policiers, Jacqueline se tourna vers Alix.

— Je ne sais pas comment te remercier.

— Tu m'es redevable, maintenant.

Jacqueline opina. Elle ne savait toujours pas ce qui avait amené la jeune femme dans cette ruelle. Alix avait simplement expliqué aux policiers qu'elle avait vu son amie s'y engager et qu'elle avait jugé que ce n'était pas très sûr. Alors, elle l'avait suivie. Quoi qu'il en soit, Jacqueline lui en serait toujours reconnaissante.

Son seul souci était sa dette envers Alix. En quoi allait-elle consister?

24

Carol Girard

Les deux jours qui suivirent la FIV furent les plus pénibles. Le médecin avait recommandé à la jeune femme de rester immobile pendant quarante-huit heures. Ce repos forcé l'agaça rapidement mais, à chaque souffle, à chaque battement de son cœur, elle s'efforçait d'avoir des pensées constructives.

Elle n'était que trop consciente d'avoir atteint les limites de ce que lui permettait la science. Doug et elle avaient décidé de ne pas aller plus loin. Ils avaient utilisé les trois tentatives prises en charge par la compagnie d'assurances. La FIV était une méthode coûteuse, longue, imprévisible, aléatoire. Certains aspects, hélas, ne changeaient pas : les injections, les prises de sang, les échographies. On l'avait piquée et examinée si souvent qu'elle ne s'en rendait presque plus compte.

Carol refusait de s'attarder sur les aspects négatifs. Cette fois, elle aurait un bébé. Cette fois, l'un des œufs implantés dans son utérus survivrait, et elle mènerait sa grossesse à terme. Dans neuf mois, elle tiendrait son bébé dans ses bras et connaîtrait enfin le bonheur que la vie lui refusait depuis tant d'années.

Doug avait été merveilleux. Il avait fait tout son possible pour la mettre à l'aise. Carol connaissait si bien ce regard, ce désir non exprimé et la peur que, en dépit de tout, ils n'aient jamais d'enfant. Ce n'était pas facile pour lui. Même s'il essayait de le cacher, Carol savait qu'il était inquiet.

Le deuxième jour, elle eut plus de mal à rester positive, d'autant que Doug ne la lâchait pas… La dispute qui éclata entre eux n'était imputable qu'à un trop-plein d'émotions et de frustrations. Doug avait quitté la maison sur un coup de colère et n'était rentré qu'après minuit. Carol fut soulagée qu'il n'ait pas pris le volant, car son haleine était chargée d'alcool.

Comme elle s'y attendait, ils se réconcilièrent le lendemain matin. Doug partit travailler après avoir bu deux tasses de café, mais sans rien manger. Maintenant, il ne leur restait plus qu'à attendre trois semaines pour confirmer la grossesse, et trois mois pour être vraiment rassurés. D'ici là, leur patience serait mise à rude épreuve.

Dix jours après la FIV, Lydia téléphona. C'était la première fois qu'elle appelait Carol chez elle. C'était bon d'entendre une voix amicale.

— Je n'avais pas de nouvelles de toi et je me demandais comment tu allais.

— Très bien, répondit Carol d'une voix trop stridente qui trahit son angoisse.

— Je voulais dire, comment vas-tu *vraiment* ? murmura Lydia.

— Eh bien… Oh, Lydia, si tu savais comme c'est dur ! Pour l'instant, c'est l'attente. Doug et moi sommes très tendus.

— Je t'invite à déjeuner. On discutera.

C'était tentant, mais Lydia avait du travail.

— Et le magasin ?

— Ma mère va venir me remplacer quelques heures. On se retrouve sur le front de mer ? C'est une journée idéale.

Carol accepta. Le soleil brillait et le Puget Sound était d'un bleu saphir. Rien ne pouvait lui faire plus plaisir que de s'échapper de son appartement pendant quelques heures.

Elles optèrent pour un petit restaurant de poisson, spécialisé dans les coquilles Saint-Jacques et les crevettes. A l'arrivée de Carol, Lydia était déjà installée en terrasse. La brise du large embaumait l'atmosphère. Les mouettes étaient toujours aussi exubérantes. Les cimes blanches des Olympic Mountains dominaient, au loin, et un ferry était amarré à la jetée, tout près du restaurant. C'était pour tout ça que Carol aimait le Nord-Ouest Pacifique.

— C'est une bonne surprise, dit-elle en s'asseyant en face de son amie.

— Il fait si beau que je ne pouvais pas rester enfermée une minute de plus. Ma mère insiste pour que je prenne un peu de repos. Aujourd'hui, je me suis dit qu'elle avait raison.

— Elle tricote ?

— Elle se débrouille. Elle est contente de me remplacer. Ça lui donne l'impression de se rendre utile. Et c'est vrai.

— Tu la remercieras de ma part.

Lydia sourit.

— En fait, je suis heureuse de souffler un peu, moi aussi. J'en avais besoin. C'est bien que tu aies pu venir comme ça, à la dernière minute.

Carol ne connaissait Lydia que depuis peu de temps, mais elle la considérait comme une amie. Depuis ses études, elle n'avait guère eu le temps de s'investir dans des relations amicales. Lydia avait déclaré vouloir se faire de nouveaux amis, elle aussi. Elles en étaient toutes les deux à un tournant de leur vie, mais pour des raisons différentes. Elles avaient beaucoup discuté et Lydia encourageait Carol à tricoter. Comment ne pas apprécier Lydia ? Elle était si gentille, si calme, si posée. Jamais Carol ne l'avait entendue hausser le ton ou perdre patience. Quand elle parlait de tricot, elle s'animait. Carol admirait sa façon de gérer les escarmouches entre Alix et Jacqueline. Il ne devait pas être facile de les avoir pour élèves. Bien des fois, Carol s'était retenue pour ne pas leur dire qu'elles se comportaient comme des gamines.

Assise à l'ombre d'un parasol, Carol parcourut la carte. Elle opta pour des *fettuccini* aux fruits de mer, l'un de ses plats favoris. Elle n'en commandait que rarement au restaurant, car personne ne les préparait aussi bien que sa mère. Elle-même ne faisait guère la cuisine, ces derniers temps, mais Doug adorait ses spaghettis au basilic.

Elles discutèrent de tricot et d'amitié, partagèrent des anecdotes et évoquèrent leurs lectures. Le récit du sauvetage de Jacqueline par Alix passionna Carol.

Celle-ci décida de faire un saut au marché, sur le chemin du retour, afin d'acheter quelque chose pour le repas du soir. Depuis sa FIV, elle avait perdu l'appétit, et ses dîners étaient préparés sur le pouce. Sans Doug, elle aurait volontiers sauté les repas.

En quittant le front de mer, elle se sentait bien mieux. C'est fou le bien que peut procurer l'amitié. Elle acheta un rôti de bœuf au marché et rentra chez elle en profitant du soleil.

Dès qu'il arriva à la maison, Doug remarqua sa bonne humeur et sourit. Il l'embrassa et alla dans la chambre se changer. Quand il réapparut, il portait sa veste et sa casquette à l'effigie des Mariners.

— Tu avais oublié, n'est-ce pas ? dit-il en voyant son expression. Je vais au match avec Bill.

— Ah oui ! dit Carol en cachant sa déception.

Son après-midi avec Lydia lui avait fait un bien fou. Elle ne pouvait reprocher à son mari de passer la soirée avec un ami de longue date.

Quelques minutes plus tard, il s'en alla. C'était la première fois de la semaine qu'elle faisait la cuisine, et Doug ne serait pas là pour dîner. La vie était ainsi.

Elle ne s'apitoyait pas vraiment sur son sort, mais son moral était bien retombé quand son frère téléphona. Ils ne s'étaient pas parlé depuis la visite de Rick, un mois plus tôt.

— Je peux passer te voir ? demanda-t-il, manifestement déprimé.

— Bien sûr, mais je suis toute seule. Doug est parti voir le match des Mariners avec Bill.

Rick poussa un soupir.

— En fait, ça vaut peut-être mieux.

— Qu'est-ce qui se passe ? demanda Carol.

— Je te raconterai en arrivant.

Son frère apparut moins d'une demi-heure plus tard. Carol ne l'avait jamais vu dans cet état : mal rasé, les yeux cernés. Il s'écroula dans un fauteuil.

— Tu n'as rien de plus fort ? demanda-t-il quand elle lui proposa une bière.

— Désolée. Je n'ai que du vin.

— Je prendrai une bière, alors.

— Bon. Tu vas me dire ce qui se passe ou bien je dois le deviner ? demanda Carol en lui tendant une bière.

Rick but une première gorgée.

— Je suis débile de naissance ou bien ça m'est venu récemment ?

— Tout dépend de ton problème, répondit-elle en s'asseyant en face de lui.

Rick pouvait être irritant, mais elle était incapable de lui en vouloir très longtemps.

— Lisa est enceinte, annonça-t-il.

Carol le regarda fixement.

— Lisa ? Quelle Lisa ?

Il se frotta les yeux.

— Une hôtesse avec laquelle je suis sorti plusieurs fois.

— Manifestement, tu ne t'es pas contenté de *sortir* avec elle ! rétorqua Carol, incapable de dissimuler sa colère.

C'était incroyable. L'espace d'un instant, elle crut que c'était peut-être une mauvaise blague. D'un regard, elle comprit que c'était sérieux. Quelques semaines auparavant, il jurait un amour indestructible pour son ex-femme.

— Et Ellie ? lança-t-elle. La dernière fois qu'on s'est vus, tu espérais te réconcilier avec elle. Coucher avec une autre femme n'est pas le meilleur moyen de prouver son amour, tu sais ?

— Je sais… J'aime Ellie et je veux la reconquérir.

— Alors, que faisais-tu avec Lisa ?

— C'est arrivé comme ça, marmonna-t-il d'un ton morne.

Carol secoua la tête, incapable d'entendre ce que disait son frère.

— Vous vous êtes retrouvés au lit par hasard ?

Elle était de plus en plus agitée. Voilà donc pourquoi Ellie n'avait pas confiance en lui. Elle y avait fait allusion, mais Carol avait refusé de l'écouter. Comment croire que son frère, si merveilleux, si fort, puisse faire preuve d'une telle faiblesse ?

— Dis quelque chose ! implora Rick.

Carol secoua la tête. Elle voyait son frère sous un jour nouveau. Pendant toutes ces années, il avait été un héros. Soudain, elle ne voyait plus que le vil séducteur qu'il était en réalité.

— Tu as vraiment foiré, cette fois.

— Fais-moi confiance, petite sœur, je me suis déjà fait un maximum de reproches. Cette histoire a tout gâché.

— Et par la faute de qui, au juste ?

Carol se leva et se mit à arpenter nerveusement la pièce.

— Tu es trop intelligent pour avoir des rapports sexuels non protégés, quand même !

Rick ferma les yeux.

— Ellie est au courant ?

— Non ! cria-t-il. Je ne le lui dirai pas, c'est sûr.

— Et Lisa ?

— Quoi, Lisa ? Elle est sous le choc, elle aussi. De toute évidence, son moyen de contraception n'a pas fonctionné.

— Pas possible !

Carol était furieuse contre lui et se moquait de ce qu'il pensait.

Elle mit quelques minutes à encaisser la nouvelle. Elle se rassit et posa la main sur sa bouche. Son frère n'était pas venu la voir pour se faire incendier. Il cherchait des conseils, même si elle ne savait que lui suggérer.

— Tu es absolument certain que l'enfant est de toi ?

Il hocha la tête et examina ses mains.

— On s'est vus souvent, ces derniers temps.

— Et où en est-elle de sa grossesse ?

— Elle vient de l'apprendre. Un mois, je crois.

Carol écarta ses cheveux de son visage et tenta de se concentrer.

— Tu le sais depuis quand ?

— Hier. Elle m'a appelé, en pleine panique. Et je n'ai pas su comment réagir. Qu'est-ce que je pouvais dire ?

— Tu l'aimes ?

Rick réfléchit un moment, puis secoua lentement la tête.

— Je tiens à elle, je l'aime bien, mais je ne suis pas vraiment amoureux d'elle. En tout cas, je ne veux pas l'épouser sous prétexte qu'elle a oublié de prendre sa pilule !

Rick avait l'air effondré, choqué et furieux à la fois.

— J'aime Ellie, murmura-t-il. C'est avec Ellie que je veux vivre.

— Tu aurais pu garder ton pantalon, dans ce cas, répliqua Carol, qui ne voulait pas se montrer grossière.

Si son frère aimait Ellie, il devait être disposé à tout faire pour la reconquérir. Coucher avec une hôtesse était une très mauvaise idée.

— Si tu ne comptes pas épouser Lisa, qu'est-ce qui va se passer ?

— Je ne sais pas.

Quand il rouvrit les yeux, Carol le mit au défi de lui dire la vérité.

— Ce n'est pas la première fois, hein ?

— La première fois pour quoi ? J'ai toujours fait attention, si c'est ce que tu veux savoir, mais Lisa m'avait dit…

Sa voix s'éteignit.

— Ça signifie que tu as déjà trompé Ellie.

En théorie, ils étaient divorcés, donc ce n'était pas vraiment un adultère.

— C'est pour ça qu'elle a demandé le divorce ?

Rick leva brièvement les yeux et opina.

Il resta une heure. Ils discutèrent pendant que le dîner refroidissait. Il était encore sous le choc. Franchement, elle aussi. Rick avait toujours été son idole. En quelques minutes, il était tombé de son piédestal.

Elle finit par préparer des sandwichs au rôti de bœuf et du café. Après le repas, Rick regagna son hôtel. Il avait grand besoin de dormir, et Carol avait l'intention de lui reparler dès le lendemain.

Doug rentra une heure plus tard, ravi car les Mariners avaient écrasé les Yankees. Carol lui raconta la visite de son frère et sa nouvelle dévastatrice.

— Ça ne m'étonne pas, dit Doug en l'enlaçant sur le canapé. Rick a toujours été un coureur.

Carol avait peine à croire que son frère pouvait à ce point être dépourvu de morale. C'était comme si elle avait grandi à côté d'un inconnu.

— Tu le savais et tu ne m'as rien dit ?

— C'était impossible. Tu as toujours été persuadée qu'il était parfait.

Carol en eut la nausée.

— Il est comme ça depuis toujours, ajouta Doug. Il court deux lièvres à la fois. En vérité, je ne l'ai jamais beaucoup aimé, conclut-il en serrant sa femme contre lui.

— Doug ! Comment peux-tu dire une chose pareille ?

C'était Rick qui lui avait présenté son futur mari. Ils étaient étudiants et partageaient la même chambre. En y réfléchissant, Carol se rendit compte que Doug n'avait jamais montré autant d'enthousiasme qu'elle lorsqu'il s'agissait de passer une soirée avec Rick.

— C'est vrai, chérie. La seule chose bien qu'il ait faite, c'est de nous présenter l'un à l'autre. A part ça, je n'ai jamais apprécié sa vision de la vie.

Carol réfléchit à ces paroles. Pour la première fois, elle voyait le vrai visage de son frère. Il n'était qu'un gamin égoïste qui refusait de grandir. Combien de personnes l'avaient compris avant elle ?

Plus tard, au lit, blottie dans les bras de Doug, Carol ne put s'empêcher de penser aux injustices de la vie.

— Comment se fait-il, murmura-t-elle, que des femmes qui ne veulent pas être enceintes le deviennent aussi facilement ?

Doug hocha la tête.

— J'aimerais bien avoir la réponse, mais la vie est injuste, c'est tout.

25

Alix Townsend

Vendredi matin, Alix se réveilla tard et traîna au lit, le temps d'émerger tranquillement du sommeil. Les yeux fermés, elle laissa son esprit s'attarder sur le baiser qu'elle avait échangé avec Jordan. Jamais elle n'aurait cru qu'un baiser puisse être aussi bon.

Elle avait connu bien d'autres baisers, et bien d'autres expériences, aussi. Mais aucune ne l'avait touchée à ce point. Les hommes qu'elle connaissait avaient tendance à se montrer brutaux et pressés, dans leur besoin de dominer. Alix n'avait jamais tiré un plaisir aussi doux d'un simple baiser. Cependant, sa réaction était peut-être liée à ce rêve d'enfant qui s'était écroulé, un soir, quand elle était à l'école primaire.

Encore maintenant, plus d'une semaine après, elle se rappela chaque détail de ce baiser. Jordan avait pris son visage entre ses mains et l'avait regardée dans les yeux. L'espace d'un instant, il avait eu l'air surpris, hésitant. Ils s'étaient séparés peu après, comme s'ils devaient s'éloigner l'un de l'autre pour digérer ce qui venait de se passer entre eux.

Depuis, Alix n'avait pas revu Jordan. Elle ne lui avait pas non plus parlé au téléphone. Mais elle refusait de s'attarder là-dessus. Le dimanche matin, sans savoir vraiment pourquoi, elle s'était rendue à l'église méthodiste. Sur le trottoir opposé, elle avait fumé trois cigarettes en observant le cortège des fidèles qui entraient un à un.

Jordan avait raison sur un point : seules quelques personnes âgées portaient un chapeau, des gants et de beaux habits. Plusieurs familles étaient accompagnées de jeunes. Ils avaient tous une bible à la main. Alix n'en avait possédé qu'une seule, et elle ignorait où elle était passée. Elle ne put que constater que la plupart de ces gens étaient en tenue décontractée. Néanmoins, ce n'était pas une raison suffisante pour qu'elle entre à son tour.

Elle avait traîné au coin de la rue, espérant sans doute que Jordan remarquerait sa présence. Mais elle ne l'avait même pas vu.

La musique entraînante ne correspondait pas du tout à l'idée qu'elle s'en faisait. Etant enfant, Alix avait entendu de la musique religieuse qui lui avait paru d'un autre temps. Ce n'était pas le cas maintenant. Elle se surprit même à chantonner, mais elle s'arrêta vite.

Au bout d'environ quarante minutes, elle était partie, les mains dans les poches de son blouson. Il n'y aurait eu aucun mal à se faufiler au fond de l'église pour jeter un coup d'œil, mais elle n'avait pas osé. En analysant sa réaction, avec le recul, presque une semaine plus tard, Alix ne savait pas très bien de quoi elle avait eu peur. De la possibilité que quelqu'un s'intéresse à elle, peut-être…

Alix rejeta les couvertures et se leva. Laurel était assise devant la télévision. Elle regardait un dessin animé.

— Bonjour ! marmonna Alix en entrant dans leur cuisine minuscule.

Laurel l'ignora.

— C'est quoi, ton problème ? lui lança Alix, irritée.

Elles étaient censées être amies, mais sa colocataire ne lui adressait pratiquement plus la parole.

Laurel secoua la tête, lui signifiant qu'elle refusait de discuter. Alix ignorait ce qui la contrariait à ce point, mais ça devait avoir un rapport avec cette ordure de vendeur de voitures d'occasion. John n'était pas passé au vidéoclub depuis un certain temps. Pendant un moment, ces deux-là ne se quittaient plus, puis John avait disparu de la circulation. Ce qu'il devenait était un mystère. Laurel ne lui en parlait pas, en tout cas.

— D'accord, fais la gueule ! lança Alix en prenant une banane. Je m'en fous !

Une fois de plus, Laurel l'ignora.

Epluchant sa banane, Alix s'assit dans l'unique fauteuil de l'appartement. Quelqu'un l'avait abandonné sur un terrain vague. Alix et Laurel l'avaient rapporté chez elles, trois rues plus loin. Il était miteux, mais Alix l'avait recouvert d'un drap imprimé. Avec quelques épingles çà et là, il n'était pas si mal. Cette housse de fortune n'était pas un travail de créateur, mais c'était suffisant, dans l'immédiat.

Mordant dans sa banane, Alix remarqua que la couverture pour bébé qu'elle était en train de tricoter gisait à terre.

— Qu'est-ce qui s'est passé, là ? demanda-t-elle.

Elle se leva d'un bond pour aller récupérer son ouvrage. La pelote de laine avait roulé jusqu'à la porte d'entrée.

Laurel n'y prêtait aucune attention.

Debout devant la télévision, Alix foudroya la jeune femme du regard.

— Je ne sais pas quel est ton problème, mais tu as intérêt à le surmonter.

— Fous-moi la paix, avec ton tricot !

— Quoi ? Et qu'est-ce qu'il t'a fait, mon tricot ?

— Il me dérangeait !

— C'est pour ça que tu l'as balancé par terre ?

Ce n'était pas très raisonnable de la part de Laurel, qui ne dit rien.

Alix examina sa couverture, qui était presque terminée, de peur que Laurel n'ait fait sauter quelques mailles, ou, pire, arraché les aiguilles. Laurel commençait vraiment à chercher la bagarre. Alix en avait assez de ses humeurs, assez de son je-m'en-foutisme, assez de la voir se pâmer devant ce raté de John.

— Ressaisis-toi ! lança-t-elle en revenant dans la chambre.

Elles partageaient l'unique chambre à coucher, ce qui rendait la vie plus difficile encore. Selon les dernières rumeurs, l'immeuble avait été vendu. Où iraient-elles ensuite ? Leur avenir était aussi nébuleux que les points qu'Alix devait encore maîtriser pour devenir une experte en tricot.

— Tu ne serais pas si dure si tu…

Laurel ne termina pas sa phrase. Elle prit son visage dans ses mains et fondit en larmes.

Alix s'en voulait terriblement. Elle s'assit près de Laurel et soupira.

— C'est ton mec, hein ?

Laure opina.

— Il… Il ne veut plus me voir.

Tout ce qu'Alix aurait pu lui dire, en cet instant, n'aurait servi à rien. Laurel n'avait pas envie d'entendre que John était un salaud. Tout le monde s'en rendait compte, sauf elle.

Laurel se recroquevilla sur elle-même, les bras autour de ses jambes repliées. Elle était déjà en surpoids lorsque les deux jeunes femmes s'étaient connues, mais elle avait encore grossi, ces derniers temps.

— C'est pas en t'empiffrant que tu vas arranger les choses ! lui dit Alix d'un ton qu'elle espérait plein de compassion.

— Tu veux dire que je suis grosse ?

— Non, je... Enfin...

— D'accord, je suis grosse et moche. Tu crois que je ne le sais pas ?

Son ton était chargé de venin. Elle enfouit son visage dans ses mains.

— Et je suis méchante, en plus, ajouta-t-elle.

— Méchante ? répéta Alix, soudain prise de soupçons.

Laurel opina.

— Jordan est passé au magasin, mardi. Il m'a demandé de te transmettre un message et je ne l'ai pas fait.

Alix fut parcourue d'un frisson.

— C'était quoi, ce message ?

— Il... Il voulait t'emmener faire du roller.

— Quand ?

— Cet après-midi, avec une bande de gosses de sa paroisse. Et je ne te l'ai pas dit... J'aurais dû, je sais, mais ça me fait mal que tu aies un mec et pas moi. Je suis grosse, moche, et personne ne veut de moi.

Laurel se leva et prit un morceau de papier dans la poche de son jean.

— Je devais te donner ça.

Alix déplia le prospectus. Il annonçait une partie de roller, dans l'après-midi, sur une piste située à cinq rues de là. Alix le retourna pour découvrir un petit mot écrit de la main de Jordan : « Alix, je cherche une partenaire. Ça t'intéresse ? »

Son cœur était sur le point t'exploser de joie. La réponse était oui ! Du roller ? Alix n'en avait jamais fait de sa vie. Quand elle avait cinq ou six ans, tous les enfants de son immeuble en avaient, et elle en rêvait, bien sûr. Mais ses parents n'avaient pas assez d'argent pour acheter à la fois la bière, les cigarettes, la drogue et des rollers en plus.

— Tu veux venir ? proposa-t-elle à Laurel, sachant ce que l'on ressentait lorsqu'on était exclu.

Laurel leva les yeux vers elle et secoua la tête.

— Non. Tu vas vraiment y aller, toi ? demanda-t-elle sans masquer son étonnement.

— Peut-être, fit Alix en haussant les épaules.

Elle s'accorda une heure pour y réfléchir. Jordan disait qu'il l'appréciait pour elle-même. Devait-elle le croire ? Il gardait le souvenir d'une fille de onze ans qui n'avait rien à voir avec la femme qu'elle était devenue. Malgré ses doutes, elle avait envie de lui faire confiance. Elle avait envie d'être avec lui, comme autrefois.

Il faut dire que la vie n'avait jamais été facile pour Alix. Elle avait dû se battre pour tout. Si elle voulait mener une existence heureuse, il faudrait qu'elle se la crée elle-même. Ce constat ne fit que renforcer sa détermination à accorder une chance à sa relation avec Jordan.

Quand le bus jaune de la paroisse arriva, Alix attendait devant l'entrée de la piste de roller, appuyée contre le mur. Lorsque les portes s'ouvrirent, un flot de préadolescents déferla sur le trottoir. Nul ne prêta vraiment attention à la jeune femme, jusqu'à ce que Jordan apparaisse, affichant le plus large sourire qu'elle ait jamais vu.

— J'espérais que tu viendrais !

— Que ce soit bien clair : je ne ferai pas de roller, prévint-elle. Je suis venue pour regarder.

Elle n'avait aucune envie de se ridiculiser devant une foule de gamins hilares.

— Dommage ! Tu vas le regretter.

Elle s'en moquait. Personne ne l'obligerait à chausser des rollers.

Dès l'ouverture, les gosses se ruèrent vers la piste. Alix s'attarda sur le trottoir pour fumer une cigarette, puis elle entra d'un pas lent. Déjà, les jeunes tournaient sur la piste de bois ciré au son d'une musique tonitruante. Alix ne connaissait pas ce morceau. En fait, si, à la réflexion. Elle avait entendu cette chanson dimanche matin, quand elle était devant l'église. De toute évidence, on jouait du rock chrétien, ici.

Alix chercha Jordan des yeux. Enfin, elle le vit, entouré de gosses. Ils le suivaient partout — tel Moïse, songea-t-elle avec un sourire. Certains épisodes de la Bible lui étaient restés. Jordan aidait les enfants à mettre leurs rollers tout en chaussant les siens. Avant de se lancer sur la piste, il prit le temps de regarder autour de lui. En la voyant, il esquissa ce sourire désinvolte et heureux qu'elle aimait tant. Elle lui répondit d'un hochement de tête. Soudain, elle eut l'impression que le soleil ne brillait que pour elle.

Malgré sa curiosité, Alix demeura en retrait pour observer tout ce qui se passait. Jordan finit par se lancer. Il eut d'abord du mal à trouver son équilibre, puis il se mit à patiner avec aisance et assurance. C'était un spectacle agréable. Quelques gosses patinaient autour de lui. Les plus doués évoluaient à reculons en faisant des figures, comme s'ils dansaient sur la musique.

Ayant perdu Jordan de vue, Alix s'avança vers la balustrade. Jordan passa devant elle et lui fit signe. Les enfants ne mirent pas longtemps à se rendre compte de l'attention qu'il accordait à Alix. Certains d'entre eux s'arrêtèrent pour l'observer. La jeune femme les ignora.

— Jordan est votre ami ? demanda une brune au teint mat qui ne devait pas avoir plus de treize ans.

Une autre, une blonde qui portait un appareil dentaire, se tenait à côté d'elle.

Alix acquiesça.

— Il nous a parlé de vous, confia la blondinette.

— Et qu'est-ce qu'il a raconté ? demanda Alix, incapable de masquer sa curiosité.

Ce fut l'autre qui répondit :

— Jordan a dit qu'il vous avait invitée à venir aujourd'hui. Et que vous étiez son amoureuse, à l'école.

— C'était il y a très longtemps, déclara la jeune femme en haussant les épaules.

— Il est plutôt mignon, vous ne trouvez pas ? demanda la blondinette.

Alix haussa de nouveau les épaules. Ses moindres propos seraient certainement répétés à Jordan.

— Vous ne patinez pas ? demanda la première.

— Tout à l'heure, peut-être.

Jordan avait fait le tour de la piste une bonne dizaine de fois. Plaidant la fatigue, il s'arrêta près d'Alix.

— Je t'avais perdue de vue depuis un moment.

— J'étais là.

— J'ai cru que tu ne viendrais pas, tu sais ?

Elle avait bien failli lui faire faux bond, mais elle n'en indiqua pas la raison.

— Tu n'as jamais patiné, n'est-ce pas ?

— Tous les enfants font du patin, répliqua-t-elle au lieu d'avouer la vérité.

Une heure plus tard, Alix avait chaussé une paire de rollers. Ses deux nouvelles amies avaient réussi à la persuader d'essayer au moins une fois. Les filles l'entraînèrent sur la piste, la tenant chacune par une main.

— Ne vous inquiétez pas. On ne vous laissera pas tomber ! promit la blonde.

Elles lui serraient les mains si fort qu'Alix la crut volontiers. Elle n'aurait pas dû.

Au bout de un mètre ou deux sur le bois ciré, Alix chancela. Dix secondes plus tard, elle tomba sur les fesses. Avant qu'elle puisse réagir, Jordan apparut derrière elle et l'aida à se relever.

— Ça arrive à tout le monde de faire une chute.

Un bras autour de sa taille, il lui prit la main et ils firent un tour complet de la piste. Les enfants fusaient à une vitesse étourdissante autour de la jeune femme, qui n'osait les regarder. Elle avait besoin de toute sa concentration pour rester debout.

— Tu vois, ce n'est pas si difficile.

Elle commençait à s'enhardir. Elle rit, comme si elle avait de nouveau six ans et que le Père Noël lui avait enfin apporté la paire de rollers dont elle rêvait.

— Cherie te trouve plutôt cool, reprit il.

Alix se moquait de ce que pensait la petite blonde.

— Qu'est-ce que tu en dis ? demanda-t-elle.

Il lui sourit.

— Je te trouve très cool, moi aussi.

Ces paroles furent plus mélodieuses à ses oreilles que toutes les musiques.

26

Les gens qui disent qu'ils n'ont pas assez de patience pour tricoter sont précisément ceux qui auraient le plus à gagner à apprendre sans tarder !

SALLY MELVILLE,
auteur de la série *The Knitting Experience*

Lydia Hoffman

Quelle semaine ! Je n'avais jamais eu deux rendez-vous en si peu de temps. Mon déjeuner de mercredi avec Carol nous a fait beaucoup de bien à toutes les deux. Je sens que j'ai tissé des liens avec elle en lui tendant la main de l'amitié. Elle a bien réagi et je suis sûre que nous resterons en contact, qu'elle continue ou non le tricot.

Le cours de cet après-midi fut le meilleur de tous. Après l'incident de la ruelle, Alix et Jacqueline se sont montrées cordiales, presque amicales. Jacqueline nous a relaté l'agression dans ses moindres détails. Alix ajoutait un commentaire de temps à autre. A les voir, on aurait juré qu'elles étaient amies de longue date.

Quand j'ai demandé à Jacqueline comment son mari avait réagi, elle s'est terrée dans un mutisme suspect. Je ne sais qu'en penser, mais j'ai l'impression que tout ne va pas pour le mieux entre Jacqueline et Reese Donovan.

Le temps est passé très vite. A 18 heures, j'avais rendez-vous avec Brad au *Pour House* pour boire un verre. Malgré le crachin incessant, j'étais de fort bonne humeur.

Le *Pour House* n'est qu'à deux rues de Blossom Street. Les gens s'y retrouvent souvent à la sortie des bureaux. C'est un lieu sombre et bruyant. Le juke-box hurlait dans le brouhaha des conversations. Au-dessus du bar, le téléviseur diffusait un match. Je ne m'intéresse pas beaucoup au sport, mais je sais que la plupart des hommes sont des passionnés. Dans ce vacarme, j'étais un peu désorientée.

Brad avait trouvé une table tout au fond de la salle. En me voyant, il se leva et agita le bras. Je souris et lui fis signe à mon tour, puis je me frayai vivement un chemin entre les chaises.

— Je commençais à me demander si vous alliez venir, dit-il en se rasseyant.

— Je suis en retard ?

En consultant ma montre, j'eus la surprise de constater qu'il était presque 18 h 15. Je secouai mon imperméable trempé. Brad le suspendit pour moi.

— Ce n'est pas grave. Ne vous en faites pas. Mais je n'ai qu'une demi-heure. La garderie ne peut prendre Cody que jusqu'à 19 h 15 et pas un instant de plus, et il me faut vingt minutes pour arriver là-bas.

— Quel âge a votre fils ?

— Huit ans. Il me répète sans cesse qu'il est trop grand pour aller à la garderie, mais je refuse qu'il reste seul toute la journée.

A en juger par son air soucieux, Brad avait souvent rencontré ce problème, durant l'été.

— Parfois, je me dis que ce gosse a dix-huit ans, et non huit.

Je songeai à mes nièces, et compris ce qu'il voulait dire.

— Puisqu'on n'a pas beaucoup de temps, reprit Brad, autant ne pas le perdre à parler de moi. Je veux en savoir davantage sur vous.

Je ne me considère pas comme un sujet de conversation très passionnant, mais sa curiosité me flatta.

— Ce n'est pas un peu risqué d'ouvrir une boutique de fil à tricoter, par les temps qui courent ? demanda-t-il avant que je ne puisse l'interroger.

Je ne savais pratiquement rien de lui, à part ce que me disaient mes yeux : il était beau comme un dieu. Grâce à des bribes de conversation, je savais aussi qu'il était divorcé et qu'il avait la garde de son fils. Mais c'était à peu près tout.

Il n'était pas le premier à s'inquiéter du risque que j'avais pris. Tout le monde redoutait que je ne sois une nouvelle victime de la conjoncture économique défavorable. Mais j'étais en danger depuis l'âge de seize ans, alors cette entreprise n'était pas plus périlleuse qu'une autre. Margaret avait décrété que je commettais une erreur mais, si j'avais attendu le moment idéal, il ne serait jamais venu. Après mes deux cancers, je savais qu'il ne fallait pas trop en demander. Il fallait que je trouve mon bonheur moi-même et que j'arrête d'attendre qu'il vienne à moi.

— Mon père est mort juste après Noël, dis-je, comme si cela avait tout expliqué. Je devais faire mon deuil. Un jour, en tricotant furieusement, j'ai pensé à une conversation que j'avais eue avec lui, des années plus tôt.

J'avais la bouche un peu sèche, mais je refoulai vite l'émotion qui m'étreignait chaque fois que j'évoquais mon père. M'habituerai-je un jour à son absence ?

Je dus marquer une pause.

— Je vous écoute, dit Brad.

— A l'époque, je croyais que c'était moi qui n'avais plus longtemps à vivre.

— Ah oui. Vous m'avez expliqué que vous aviez eu un cancer.

— Deux fois, précisai-je pour m'assurer qu'il avait bien compris.

J'attendis une réaction de sa part, mais il n'en manifesta aucune.

— Continuez, dit-il. Vous parliez de votre père.

Je bus une gorgée de bière, une bière brune qui me plaisait.

— J'étais à l'hôpital. C'était la veille de ma deuxième opération du cerveau. Mes parents sont venus passer la soirée avec moi. Maman lisait tandis que je discutais avec papa.

Je me rappelle très bien ce soir-là, parce que j'étais persuadée de mourir avant la fin de l'année. C'était mon père qui croyait en moi, qui affirmait que j'allais l'emporter sur la maladie une deuxième fois.

— Il m'a demandé de décrire une journée parfaite, dis-je à Brad. En fait, il voulait m'obliger à reconnaître que j'avais envie de vivre. C'était une façon de me projeter dans l'avenir, un avenir auquel je ne pensais pas avoir droit.

— Qu'est-ce que vous avez répondu ? demanda Brad en se penchant vers moi.

Je fermai les yeux un instant.

— Que je voulais me réveiller dans mon lit, et non à l'hôpital.

— Je vous comprends.

Je souris. Avec Brad, il m'était étonnamment facile de parler de moi.

— Ensuite, je voulais sentir le parfum des fleurs, me promener au bord de l'eau, savourer la chaleur du soleil sur mon visage.

— Ici ? Dans cette région ? demanda-t-il en souriant.

Je ne pus m'empêcher de rire.

— Ma journée idéale se déroule à la fin de l'été, une période très ensoleillée par ici.

Le mercredi qui venait de s'écouler en était un exemple parfait.

— Mais vous me faites perdre le fil, repris-je.

— Désolé, répondit-il avec une lueur malicieuse dans le regard.

J'étais si fascinée par lui que je dus me forcer à détourner les yeux.

— Je me réveillerais au soleil, au son du chant des oiseaux, poursuivis-je, et ma journée idéale commencerait avec une tasse de café bien fort et un croissant chaud. Je ferais une promenade sur le front de mer.

— Et ensuite ?

— Je tricoterais.

Je me rappelai l'air éberlué de mon père lorsque je lui dis ça. Il aurait pourtant dû s'y attendre. Je tricotais depuis des années. Je me rappelais combien mon désir de tricoter, et le fait de considérer cette activité comme faisant partie de ma journée idéale, l'avait troublé. A ses yeux, le tricot était une activité si solitaire qu'elle ferait vite de moi une recluse.

— Maintenant, vous tricotez dans votre propre boutique, murmura Brad.

— En quelque sorte.

L'un des aspects du tricot que je préfère est le contact avec les autres. Chaque fois que je croise une personne qui tricote, j'ai l'impression de retrouver un ami de longue date. Le lien se crée automatiquement, parce que nous partageons le même goût. J'ai discuté avec d'autres tricoteuses dans des salles d'attente de médecins, au supermarché, n'importe où. Nous avons échangé des anecdotes sur les conséquences fâcheuses d'une erreur d'impression dans un modèle, ou sur le destin de nos ouvrages inachevés. Et nous aimons tous nous vanter de nos achats de laines, tout en discutant, bien sûr, de nos travaux en cours.

— Je voulais permettre aux autres d'avoir la même satisfaction et la même fierté que moi quand je termine un ouvrage pour quelqu'un que j'aime.

C'était le meilleur moyen de décrire ma pensée.

— Et comment se terminait cette journée parfaite ?

— En musique, avec du champagne, des bougies..., répondis-je timidement, ce qui n'était vrai qu'en partie.

En réalité, j'avais affirmé à mon père que je voulais danser. Il m'avait promis que je vivrais cette journée idéale. Ce que nous ignorions, c'est qu'il ne la partagerait pas avec moi.

— Qu'est-ce qui ne va pas ? demanda Brad en m'observant d'un air inquiet.

Je secouai la tête.

— Mon père me manque tellement...

A ma grande surprise, Brad me prit la main.

— Vous avez vécu des moments difficiles, n'est-ce pas ?

Je me crispai légèrement. Je ne voulais pas de sa compassion ou de sa pitié. Ce que je voulais avant tout, c'était être normale. L'une de mes pires craintes était de ne plus savoir distinguer ce qui était normal, dans la vie.

— Le cancer fait partie de moi, mais je ne me limite pas à ça. Aujourd'hui, je suis en rémission, et je ne sais pas de quoi demain sera fait. Si, entre vingt et trente ans, je vivais dans l'attente, ce n'est plus le cas. Ce ne sont pas seulement les médecins, les traitements ou la chirurgie qui m'ont sauvée. Sur le plan affectif, je suis morte le jour où j'ai appris la récidive.

Je marquai une pause et pris une profonde inspiration.

— Mon père a refusé que je baisse les bras. En découvrant le tricot, j'ai eu l'impression d'avoir trouvé le Saint-Graal, parce que c'était quelque chose que je pouvais faire sans l'aide de personne. Je pouvais même tricoter allongée dans un lit, si je le voulais. C'était un moyen de me prouver que je n'étais pas seulement une victime.

Le regard de Brad se fit plus sombre. Je crois qu'il m'a vraiment comprise, à ce moment-là.

— Vous avez d'autres questions ? fis-je en me redressant, prête à m'en aller.

Il esquissa un sourire.

— Comment se fait-il que vous ayez mis si longtemps à accepter de prendre une bière avec moi ?

— Les rapports humains ne font pas partie de ma journée idéale, plaisantai-je, même si c'était loin d'être la vérité.

— Non, sérieusement, j'aimerais bien savoir.

— J'avais surtout peur du rejet, je crois.

— Vous accepteriez de sortir de nouveau avec moi ? demanda-t-il en me regardant droit dans les yeux.

Je hochai la tête.

— Tant mieux, parce que je n'ai plus que quelques minutes à vous consacrer, et je veux que nous apprenions à nous connaître.

Nous avons discuté encore un peu. J'ai enfin eu l'occasion de lui poser quelques questions personnelles, notamment sur son couple et son fils.

Quarante minutes plus tard, j'ai garé ma voiture devant la maison de Margaret et Matt. Bizarrement, c'était la première fois que je débarquais à l'improviste. En y réfléchissant, je crois qu'elle ne m'a jamais vraiment invitée chez elle. Et pourtant j'étais là, complètement surexcitée. Je ne tenais pas en place. Je mourais d'envie de parler à quelqu'un. Comme ma sœur m'avait pratiquement forcée à me jeter à l'eau, c'était à elle que je devais en parler.

Je sonnai à la porte et reculai d'un pas, redoutant presque qu'elle ne me fasse pas entrer. Hailey vint m'ouvrir. En me voyant, elle poussa un cri de joie et me laissa sous le porche pendant qu'elle allait chercher sa mère.

— Lydia ! fit Margaret en surgissant derrière la porte moustiquaire. C'est bien toi ?

— Je te l'avais dit ! lança Hailey.

Ma sœur ouvrit enfin la porte moustiquaire.

— Je n'ai pas l'habitude de débouler sans prévenir, dis-je, mais il fallait que je te raconte mon rendez-vous avec Brad.

— Ah oui ! C'était ce soir ?

Les yeux pétillants, Margaret me fit entrer. Avant que je ne me rende compte de ce qui se passait, elle m'installa à la table de la cuisine et sortit une bouteille d'alcool du placard.

— Qu'est-ce que tu fais ? lui demandai-je.

— Un jour comme aujourd'hui s'arrose avec des margaritas maison, répondit-elle, une bouteille dans chaque main : une de tequila et une de Cointreau.

Je gloussai comme une écolière. Hailey sortit des glaçons pendant que Margaret découpait un citron vert, avant de prendre le mixeur et des verres.

En quelques minutes, ma sœur prépara les cocktails et trempa le bord des verres dans du sel. Elle confectionna aussi un cocktail sans alcool pour Hailey.

— Où sont Matt et Julia ? demandai-je.

— Ils assistent à un match de base-ball, répondit Margaret en me tendant un verre. Maintenant, raconte-nous tout.

Après deux bières et ce cocktail, je ne savais plus par où commencer.

— J'ai rejoint Brad au *Pour House*.

Elles s'approchèrent toutes les deux.

— Nous n'avions pas beaucoup de temps parce qu'il devait aller chercher son fils à la garderie.

Sinon, nous aurions sans doute passé une partie de la nuit à discuter.

— Il paie des heures supplémentaires à la garderie, un vendredi soir ? fit Margaret. Je parie que ça lui a coûté cher.

— Il ne me l'a pas dit.

J'observai ma sœur et ma nièce qui buvaient mes paroles.

— Qu'est-ce qu'il a dit ?

— Pas grand-chose. Il m'a posé un tas de questions, mais il n'a guère parlé de lui. Il a surtout évoqué son fils.

Margaret haussa les épaules. Elle semblait surtout impressionnée par le fait qu'il ait payé un supplément à la garderie.

— Et son ex-femme ?

Je dus réfléchir quelques instants, ce qui me permit de boire une gorgée de margarita. Ma sœur avait des talents cachés. C'était le meilleur cocktail que j'aie bu depuis des années.

— Il a surtout parlé du divorce. Ils s'étaient mariés très jeunes. Elle a décidé qu'elle ne pouvait plus assumer cette vie et la responsabilité d'un enfant. Brad n'a pas prononcé une parole négative sur la mère de Cody.

— Il me plaît, ton Brad, tu sais ? dit Margaret avec un sourire.

A moi aussi, mais j'étais trop prudente pour l'avouer. Et trop nerveuse aussi.

— Tu lui as parlé de ta maladie ? s'enquit ma nièce.

— Oui. C'était plus honnête.

— Tu vas le revoir ? demanda Margaret en plongeant les yeux au fond des miens.

— Oui, répondis-je après avoir bu une autre gorgée. Avec un second cocktail, j'accepterais sans doute de l'épouser.

Ma sœur éclata de rire. Jamais je ne l'avais vue aussi chaleureuse et, même si ça peut paraître stupide, son approbation me faisait un bien fou.

27

Jacqueline Donovan

— Tout va bien, entre vous et Reese ? demanda Tammie Lee en débarrassant la table de la salle à manger.

Jacqueline soupira et fit mine de ne pas avoir entendu la question. Elle aurait préféré que personne ne remarque la tension qui régnait entre elle et son mari. D'autant plus que le maire et deux conseillers municipaux avaient été conviés à ce dîner, avec leurs épouses et trois autres couples.

A la dernière minute, sans prendre la peine d'en informer Jacqueline, Reese avait également invité Paul et Tammie Lee. La présence de Paul l'enchantait, bien sûr, mais Jacqueline redoutait de voir sa belle-fille imposer son humour provincial à deux membres de l'équipe municipale. Enfin, elle ne pouvait rien faire pour l'en empêcher.

Par chance, la soirée s'était étonnamment bien déroulée. Seul un incident mineur était survenu, lorsque le maire avait demandé à Tammie Lee ce qu'elle pensait du country club. Sans réfléchir, la jeune femme avait répondu avec son accent coloré que ce n'était que tennis et bridge, dîners et jérémiades. Après une seconde de silence durant laquelle Jacqueline avait eu envie de descendre six pieds sous terre, le maire avait éclaté de rire, affirmant que c'étaient les propos les plus honnêtes qu'on lui ait tenus depuis longtemps. Jacqueline ignorait s'il était sincère ou bien s'il cherchait juste à être poli.

Reese avait foudroyé sa femme du regard, comme pour lui rappeler à quel point elle se trompait sur Tammie Lee.

Mais l'invitation du jeune couple n'était pas à l'origine de leur dernière querelle. Jacqueline et Reese se disputaient rarement : ils n'avaient aucune raison de le faire. Pourtant, en apprenant que sa femme avait été victime d'une agression, Reese avait explosé de colère. Quelle idée vraiment de garer la voiture dans cette maudite ruelle ! Il avait eu le culot d'insinuer qu'elle avait cherché à se faire agresser. Et il l'avait traitée d'imbécile.

Jacqueline était toujours furieuse. Comment Reese osait-il formuler de telles accusations, alors qu'elle venait de lui rendre service ? A cause de lui, sa journée avait été gâchée. Elle avait raté son rendez-vous chez l'esthéticienne, elle était arrivée en retard à son déjeuner et elle était si bouleversée qu'elle n'avait rien acheté lors de sa virée shopping.

Outre les échanges indispensables, cela faisait cinq longues journées que Reese et elle ne s'étaient pas adressé la parole. Sans ce dîner, ils n'auraient pas communiqué du tout. Il était prévu depuis des semaines. Impossible d'annuler à la dernière minute. Ils avaient donc mis leur vie privée de côté pour adopter un comportement exemplaire. Jacqueline était abasourdie que sa belle-fille ait deviné ce qui se passait.

— Vous m'avez entendue ? insista Tammie Lee en la suivant dans la cuisine avec une pile d'assiettes.

Toute autre personne aurait compris le message et laissé tomber. Pas Tammie Lee.

— Posez ces assiettes sur le plan de travail, ordonna Jacqueline. Vraiment, il est inutile de m'aider. Martha vient demain matin.

La gouvernante habitait le petit pavillon situé derrière la maison. Vu son grand âge, elle n'avait plus l'énergie nécessaire pour servir lors des réceptions mondaines. Elle rêvait de prendre sa retraite, mais Jacqueline comptait toujours sur elle.

— Ce fut une soirée merveilleuse, déclara Tammie Lee.

— Merci.

Jacqueline se retint de lui dire qu'un jour elle devrait organiser des soirées similaires, elle aussi. Le moment venu, Tammie Lee aurait appris quelques leçons de sa belle-mère. Mais Jacqueline en doutait.

— Vous êtes une hôtesse si merveilleuse, continua la jeune femme en revenant avec d'autres assiettes.

— Merci.

Jacqueline faillit lui faire remarquer que chacune de ces assiettes en porcelaine valait davantage que toute sa garde-robe.

— Où sont Reese et Paul ? demanda Tammie Lee.

Jacqueline était fatiguée. Le dîner l'avait épuisée et elle avait envie de se coucher. Elle était impatiente de voir Paul et Tammie Lee s'en aller.

— Ils discutent dans le bureau.

Toute la vaisselle devait se trouver dans la cuisine, maintenant, car Tammie Lee s'assit et posa les pieds sur la chaise opposée. Puis elle se caressa doucement le ventre. Sa grossesse était de plus en plus visible. Jacqueline n'avait toujours pas pardonné à son fils et sa femme de la leur avoir cachée pendant six mois.

Jacqueline se demandait de quoi Reese et Paul discutaient depuis si longtemps. Elle entreprit de ranger les assiettes dans le lave-vaisselle.

— J'espère que vous ne m'en voulez pas d'avoir montré au maire la couverture que vous avez tricotée pour le bébé, murmura Tammie Lee. Je trouve que c'est adorable d'avoir fait ça pour votre première petite-fille.

Jacqueline fronça les sourcils, mais tourna la tête pour masquer sa réaction.

— Non, pas de problème.

— Paul et moi sommes si contents que vous ayez tricoté quelque chose pour notre fille.

Jacqueline hocha la tête au lieu de répondre.

Quand elle eut chargé le lave-vaisselle, elle se servit un verre de vin et s'assit à côté de Tammie Lee. Puisqu'elle devait rester enfermée dans la cuisine avec sa belle-fille, elle avait besoin d'un remontant.

Tammie Lee la dévisagea.

— Je ne vous ai jamais raconté la fois où ma mère a roulé sur la boîte aux lettres avec le tracteur de mon père ?

Jacqueline eut une grimace à peine perceptible.

— Je ne crois pas l'avoir entendue, celle-là, dit-elle en faisant tourner son vin dans son verre.

Si Tammie Lee perçut le sarcasme, elle n'en montra rien.

— C'est la seule fois où j'ai entendu papa crier après maman. Ma mère s'est précipitée dans la maison en pleurant, et moi, j'étais choquée de voir mon père hausser le ton.

— Les hommes ont tendance à crier, dit Jacqueline.

Elle but une gorgée de vin et le garda un moment dans sa bouche. A cinquante dollars la bouteille, il fallait prendre le temps de l'apprécier.

— Plus tard, ma mère m'a expliqué que, s'il avait crié, c'était uniquement parce que le tracteur aurait pu se retourner sur elle. Il se moquait bien de sa boîte aux lettres. C'était ma mère qu'il aimait, et elle aurait pu être écrasée car elle était très près du fossé d'irrigation. Ses hurlements exprimaient en fait l'intensité de son amour pour elle.

Jacqueline était certaine qu'elle lui racontait cette histoire dans un but précis mais, pour l'heure, la raison lui échappait. Elle but son vin.

— J'espère que je n'ai pas trop parlé, tout à l'heure, fit doucement Tammie Lee, les yeux écarquillés.

Jacqueline haussa les épaules.

— Je crois que le maire était… amusé.

— Il ne s'agit pas du maire, précisa Tammie Lee. Je voulais dire quand je vous ai demandé si tout allait bien entre vous et votre mari.

— Tout va parfaitement bien entre mon mari et moi, déclara Jacqueline d'un air pincé.

Elle vida son verre et le posa sur la table.

— Tant mieux, fit la jeune femme, parce que Paul et moi, nous vous aimons beaucoup et notre bébé aura besoin de sa grand-mère et de son grand-père.

Jacqueline parvint à esquisser un sourire.

— Donc, votre mère a vraiment roulé sur la boîte aux lettres ?

— Deux fois.

— Deux fois ?

Peut-être à cause du vin, Jacqueline éclata de rire.

— Papa était tout aussi furieux la seconde fois.

Jacqueline l'imaginait sans peine.

— Mais mon père aime ma mère comme Reese vous aime.

Jacqueline cessa de rire. Reese ne l'avait pas vraiment aimée depuis des années. Leur couple était une union de convenance et de confort. Elle ne se plaignait pas de ses rendez-vous du mardi soir, et il ne parlait pas de ses relevés de carte de crédit. Ils avaient trouvé une sorte d'arrangement, mais l'amour sincère qu'ils avaient partagé était mort.

— Tammie Lee !

— Je suis là ! répondit la jeune femme d'une voix stridente.

Reese et Paul apparurent dans la cuisine.

— Tu dois être épuisée, dit Paul en lui souriant avec amour. Tu es prête à rentrer ?

Tammie Lee hocha la tête. Paul l'aida à se lever, et elle se jeta au cou de sa belle-mère.

— Merci, murmura-t-elle en l'étreignant avec chaleur.

Jacqueline ne savait pas très bien comment réagir. Elle enlaça la jeune femme à son tour. Cela faisait si longtemps que personne ne l'avait touchée avec tant d'affection qu'elle fut au bord des larmes.

— Vous êtes une belle-mère merveilleuse, dit Tammie Lee. Je suis la plus heureuse des femmes.

Jacqueline observa Reese par-dessus l'épaule de la jeune femme. Elle vit une lueur pétiller dans ses yeux. Reese avait-il encore des sentiments pour elle ? Etait-ce pour cela qu'il lui reprochait d'avoir garé la voiture dans la ruelle ? C'était ce que suggérait l'histoire de Tammie Lee.

Cette pensée lui parut presque inconcevable.

28

Carol Girard

Vendredi après-midi, Carol arriva la première pour le cours de tricot. Elle voulait trouver un modèle pour un nouvel ouvrage.

— Je croyais que tu tricotais un pull pour ton frère, dit Lydia, tandis que la jeune femme feuilletait un classeur de pulls pour hommes.

— Oui, mais je suis trop énervée contre lui pour lui tricoter quoi que ce soit.

Carol n'avait pas parlé à Rick depuis plus d'une semaine. Cela n'avait rien d'inhabituel en soi, mais elle pensait qu'il l'appellerait, après son aveu.

Le carillon de la porte d'entrée retentit. En levant la tête, Carol n'en crut pas ses yeux. Alix apparut, vêtue d'un jean et d'un T-shirt. C'était la première fois que Carol la voyait sans son blouson noir et son pantalon de cuir ou bien sa minijupe ridicule. Et ses cheveux étaient... moins hirsutes. Carol ouvrit la bouche pour faire un commentaire, mais elle se ravisa. Alix n'aimait pas attirer l'attention, même si elle faisait tout pour se démarquer. C'était contradictoire, mais c'était ainsi.

— Salut ! dit Alix en s'approchant de la table.

Un peu gênée, elle foudroya Carol et Lydia du regard, comme si elle les défiait de commenter son changement d'apparence. Puis elle s'assit et sortit son tricot de son sac en plastique.

— Salut ! répondirent les deux femmes.

— Alors, comment se passe la grossesse ? demanda Alix d'un ton neutre, comme si c'était une question parfaitement normale.

Carol vit Lydia les observer d'un œil méfiant. Personne n'osait interroger Carol sur son état.

— Jusqu'à présent, ça va, répondit-elle. Je fais toujours pipi bleu.

— Quoi ? lança Alix en levant la tête.

— Le test de grossesse est positif, expliqua Carol.

L'embryon était implanté dans son utérus, et le problème était désormais qu'il y reste. Par deux fois, elle avait perdu le bébé avant la troisième semaine. Le fait qu'elle tienne depuis si longtemps indiquait qu'il y avait de l'espoir. Mais rien n'était certain. Les trois premiers mois sont les plus risqués pour n'importe quelle grossesse. Dans son groupe de soutien en ligne, Carol avait appris que l'une des participantes avait fait une fausse couche au bout de deux mois et demi. C'était une grande douleur, et tous les membres du groupe étaient tristes pour Susan.

La porte s'ouvrit de nouveau. Jacqueline entra, faisant tinter ses bracelets. Elle était vêtue d'un tailleur-pantalon que Carol trouvait bien trop habillé pour l'occasion, et portait non seulement son sac Gucci mais un autre sac en cuir dans lequel elle rangeait son tricot. Elle aimait faire une entrée remarquée. C'était comme si elle s'attendait à ce que tout le monde la remarque et réagisse en conséquence. En fait, cela ne dérangeait pas Carol, qui avait appris à apprécier ses compagnes de tricot.

Jacqueline et elle travaillaient désormais sur un nouvel ouvrage. La seule à ne pas avoir terminé sa couverture pour bébé était Alix. Carol se disait que c'était parce qu'elle n'avait pas les moyens de s'offrir de nouvelles pelotes de laine.

— Je commence un autre pull, annonça Carol en feuilletant toujours le classeur.

— Et l'autre ? s'enquit Alix, qui appréciait le cachemire gris.

— J'en ai assez, dit-elle en adressant un sourire conspirateur à Lydia. Tu veux récupérer la laine ?

— Tu n'en veux plus ? fit Alix, dont les yeux s'illuminèrent.

— Pas vraiment.

— Et le modèle, tu en as besoin ?

— Pas particulièrement.

— Génial ! s'exclama Alix en rangeant son tricot dans son sac en plastique. J'ai presque fini ma couverture et j'aimerais tricoter un pull pour… un copain.

— Qui ça ? demanda Jacqueline, naturellement.

— Je l'ai dit, pour un copain, marmonna Alix.

— Ne prends pas tes grands airs avec moi ! rétorqua Jacqueline. Je m'intéressais, c'est tout.

Jacqueline exprimant de l'intérêt pour Alix ? Quelques semaines plus tôt, cela aurait été inimaginable. Ce changement d'attitude était spectaculaire et remontait à l'agression dans la ruelle. Leurs prises de bec relevaient désormais plus de l'habitude que de la conviction profonde.

— J'ignorais que tu avais un petit copain, fit Lydia avec un sourire.

— Pas du tout ! affirma Alix, trop vite pour être crédible.

— Alors, pour qui est ce pull ?

— Je l'ai dit : pour un ami.

— C'est ça ! marmonna Jacqueline, tout sourires.

Elle fit un clin d'œil à Alix, dont les joues s'empourprèrent.

— Si vous tenez à le savoir, c'est un type que j'ai connu au vidéoclub, fit-elle d'un ton bourru.

Carol eut toutefois l'impression qu'elle avait envie d'en parler.

— Tu lui plais ? demanda Jacqueline.

Alix haussa les épaules.

— Je lui plaisais quand on était au CM2, mais... il est pasteur et j'ai du mal à nous imaginer tous les deux, au soleil couchant, si vous voyez ce que je veux dire.

— Pourquoi pas ? demanda Lydia. Les pasteurs ont une vie, eux aussi.

Alix baissa la tête et se concentra sur son tricot.

— Il embrasse bien, avoua-t-elle doucement.

Naturellement, la curiosité de ses camarades fut piquée au vif. Une discussion animée s'ensuivit.

— Reese embrassait bien, en son temps, raconta Jacqueline. Je me rappelle notre premier baiser. Toutes les cellules de mon corps ont pris vie.

Carol sourit en voyant l'expression rêveuse de Jacqueline.

— J'ai bien cru mourir et monter au paradis lorsque Doug m'a embrassée pour la première fois, confia-t-elle.

Elle se rendit compte que Lydia s'affairait dans le magasin, redressant des catalogues qui étaient déjà alignés.

— Et toi, Lydia ? demanda-t-elle.

Celle-ci se retourna vivement, presque comme si elle était contrariée d'être exclue de la conversation. Puis elle soupira.

— Je crois n'avoir jamais rien ressenti de... bouleversant.

— Ça t'arrivera un jour, tu verras ! assura Jacqueline.

— Vous ne pensez pas que vous accordez un peu trop d'importance à un simple baiser ? lança Lydia. C'est agréable, d'accord, mais ce n'est pas si terrible, finalement.

Jacqueline désigna Alix.

— C'était terrible, pour toi, quand ce pasteur t'a embrassée ?

Alix était visiblement mal à l'aise.

— Oui, je crois, dit-elle, mais je n'y pense pas.

Son expression indiquait pourtant qu'elle ne pensait qu'à ça.

L'espace d'un instant, le silence s'installa dans la pièce. Chacune se concentra sur son ouvrage. Carol ignorait sur quoi Jacqueline travaillait. Elle s'était mise à tricoter des écharpes avec une laine hors de prix, puis elle était passée aux bonnets. Il était un peu difficile de la suivre. Carol la soupçonnait de devenir l'une des meilleures clientes de Lydia.

— Je ne t'ai pas vue sortir du *Pour House*, vendredi dernier ? demanda Alix à Lydia. Avec ce livreur de chez UPS ?

— Moi ? fit Lydia en rougissant, une main sur sa poitrine. Oui… J'ai bu un verre avec Brad Goetz.

Alix émit un petit sifflement approbateur.

— Il est canon.

Lydia se concentra comme par hasard sur ses étagères.

— On va dîner ensemble, cette semaine.

— Ai-je senti la naissance d'une romance ? fit Jacqueline d'un ton amical.

— Ce serait bien, intervint Carol.

La timidité de Lydia envers les hommes l'amusait. Brad était le premier dont elle parlait. Quant au jeune pasteur d'Alix… Carol était touchée que la jeune femme se soit confiée à elles.

— Tu veux passer chez moi chercher la laine, un jour de la semaine prochaine ? lui proposa-t-elle d'instinct.

— Ça ne te dérangera pas ?

— Pas du tout. Ou bien je peux l'apporter au cours, si tu préfères.

— Non, non, je ferai un saut chez toi.

Carol avait l'impression qu'Alix n'était pas souvent invitée.

— Et si tu venais déjeuner, lundi ? Ça te convient ?

— Oui, bien sûr.

Malgré son indifférence apparente, Alix ne pouvait dissimuler son enthousiasme.

Carol sourit aux autres. Il y avait Alix, bien sûr, qui était moins sur la défensive, et Jacqueline, qui ne cherchait plus à les éblouir en faisant allusion à ses relations haut placées. Lydia, elle, était de moins en moins réservée. Sa chaleur et son esprit étaient plus visibles au fil des semaines.

C'était étrange comme les choses évoluaient, songea Carol. Elles formaient un groupe de quatre personnalités hétéroclites, quatre femmes n'ayant rien en commun, et qui avaient réussi à devenir amies en quelques mois.

29

Jacqueline Donovan

Le lundi matin, en rentrant chez elle après son rendez-vous chez le coiffeur, Jacqueline trouva une douzaine de roses que lui avait livrées le fleuriste du quartier. Martha, la gouvernante, les avait disposées sur une tablette, dans la salle à manger.

— Qui m'a envoyé ces roses ? s'enquit-elle, étonnée.

— Je n'ai pas lu la carte, répondit Martha.

Jacqueline prit une fleur entre ses doigts. Les boutons étaient superbes, humides de rosée, sur le point d'éclore. Leur parfum était exquis. Il s'agissait de roses anciennes qui avaient dû coûter une fortune. Qui pouvait bien les lui avoir envoyées, et pourquoi ?

Elle prit la carte, mais n'ouvrit pas la petite enveloppe pour ménager le suspense. Ce n'était pas son anniversaire ni son anniversaire de mariage. Son mari se souvenait rarement de ces événements, de toute façon. Cela faisait des années que Reese ne lui avait pas offert de fleurs. Quant à Paul, il ressemblait trop à son père pour faire un tel geste.

Impatiente, elle finit par déchirer l'enveloppe et lire la carte.

Reese.

Son mari ! Il n'y avait ni explication ni message. Troublée, Jacqueline s'assit sur le divan, tenant toujours la carte. Martha la dévisageait, sans masquer sa curiosité.

— Alors ? fit la gouvernante.

— Elles sont de Reese.

Martha afficha un large sourire.

— Je m'en doutais.

Malgré elle, Jacqueline sourit également. Sa gouvernante en savait plus qu'elle-même sur sa propre vie.

— Vous voulez que je mette le dîner en route, ce soir ? demanda Martha en s'éloignant vers la cuisine.

— Non, je crois que je vais cuisiner.

La gouvernante ne broncha pas, mais Jacqueline perçut son étonnement. Elle s'aventurait peu dans la cuisine et n'avait pas préparé un repas depuis très longtemps. Au cours des premières années de leur mariage, elle confectionnait un poulet au curry que Reese appréciait particulièrement. Elle avait découpé la recette dans un magazine. Elle pensait savoir où elle se trouvait, même si cela faisait longtemps qu'elle ne s'était pas donné la peine de préparer ce plat.

— Martha, on a du curry, dans cette maison ?

— Je crois. Je vais regarder.

— Il y a du poulet au congélateur ?

— Normalement, oui.

Jacqueline l'écoutait à peine. Elle se rendit dans la cuisine et ouvrit le tiroir contenant ses trésors.

— Vous vous rappelez ma vieille recette de poulet au curry ?

Martha fronça les sourcils.

— Non, pas vraiment. Vous allez semer le désordre dans ma cuisine ?

Jacqueline sourit.

— Ne vous en faites pas, dit-elle. Vous la récupérerez demain matin.

Martha hocha la tête, mais elle ne semblait pas rassurée pour autant.

Après avoir feuilleté six livres de cuisine, Jacqueline trouva ce qu'elle cherchait dans le livre de recettes de Julia Child, avec bon nombre de pages découpées dans des magazines au fil des années. Elle s'attabla pour dresser une liste de courses à faire.

Quand Reese rentra, à 6 heures, la cuisine embaumait le lait de coco, le poulet et le curry.

— Qu'est-ce que c'est ? demanda-t-il en dénouant sa cravate.

Jacqueline ne l'avait pas entendu arriver. Elle fit volte-face, une cuillère de bois à la main.

— Le dîner ! annonça-t-elle avec entrain.

Oubliant ses griefs, elle s'approcha de lui et l'embrassa sur la joue.

— Les roses sont superbes. Merci.

— Je te devais des excuses, murmura-t-il. Je t'ai fait des reproches assez durs pour t'être garée dans la ruelle. Je n'aurais pas dû te dire des choses pareilles.

— Tu étais inquiet. C'est comme si j'avais renversé la boîte aux lettres avec le tracteur.

— Quoi ? fit-il en fronçant les sourcils.

Jacqueline se mit à rire et lui raconta l'histoire de Tammie Lee.

— Voilà pourquoi son père a hurlé sur sa mère, conclut-elle. Par deux fois.

Reese s'esclaffa et, stupeur, l'embrassa. Elle avait la certitude qu'il ne voulait qu'effleurer ses lèvres d'un baiser, mais, quand leurs bouches se trouvèrent, un courant merveilleux et excitant passa entre eux.

La cuillère de bois heurta le sol. Jacqueline noua les bras autour du cou de Reese, qui l'embrassa avec l'ardeur des premiers rendez-vous.

Jacqueline perdit toute notion du temps. Quand ils se

séparèrent enfin, ils semblaient perdus, ne sachant que dire. C'était leur baiser le plus passionné depuis une éternité.

Ce qui étonnait le plus Jacqueline était l'ardeur avec laquelle elle avait réagi. Elle se disait que, après des années de solitude, son désir sexuel s'était endormi. Ce fut un choc pour elle de réaliser combien elle pouvait se sentir vivante et sensuelle.

— Je vais prendre une douche, dit Reese en reculant, visiblement en état de choc.

Jacqueline n'osa pas prononcer un mot. Elle se contenta d'un hochement de tête. Elle s'appuya sur le plan de travail et ferma les yeux.

— Ouah ! murmura-t-elle, une fois seule.

C'était quelque chose ! Dès que ses tremblements cessèrent, elle prit deux assiettes et les disposa sur la table de la salle à manger.

Quand Reese réapparut, les cheveux humides, vêtu d'un jean et d'un polo, Jacqueline venait d'allumer les chandelles, très fière de ses efforts. Elle pouvait être une maîtresse de maison, quand elle le voulait, et elle venait de redécouvrir combien ça lui plaisait.

— Je peux faire quelque chose ? proposa Reese.

Elle l'observa par-dessus son épaule. C'était ridicule d'être intimidée ainsi par son époux après plus de trente ans de mariage. Jamais elle ne l'aurait cru, mais elle avait l'impression que ce baiser était le premier. Comme si leur intimité était quelque chose de totalement nouveau.

— Tu veux bien servir le vin ?

— Volontiers.

Il ouvrit le réfrigérateur et en sortit une bouteille de chardonnay bien frais, qu'il déboucha. Quand il eut servi deux verres, il mit de la musique.

Tout en chantonnant, Jacqueline remplit les assiettes de poulet au curry et de riz. Puis elle les apporta à table. Reese tira une chaise à son intention, un geste galant qu'il n'avait pas eu pour elle depuis longtemps.

— Ça faisait un moment que tu n'avais pas fait de poulet au curry, dit-il quand il fut installé en face d'elle. Ça sent très bon. Merci.

Il leva son verre.

— Et si on portait un toast ?

— D'accord.

Elle était tellement heureuse qu'elle en avait presque le tournis. Elle avait perdu tout espoir de retrouver leur amour. Ivre d'impatience, elle trinqua avec son mari.

— A l'avenir ! dit Reese.

— A l'avenir !

Après avoir bu une gorgée de vin, Reese prit sa fourchette. Jacqueline retint son souffle, guettant sa réaction.

Elle sut qu'elle avait réussi quand il ferma les yeux et murmura son approbation.

— Il est encore meilleur que dans mes souvenirs.

Jacqueline se détendit et goûta à son tour. Son curry était aussi bon qu'elle l'espérait. Pourquoi avait-elle rangé ses recettes alors qu'elle savait combien Reese les appréciait, et combien elle aimait les préparer ? Autrefois, elle s'occupait de tous leurs repas, même lorsqu'ils recevaient. Plus récemment, elle avait fait appel à un traiteur. Elle en avait parlé lors du cours de tricot, alors qu'elles évoquaient des repas mémorables. A son grand étonnement, elle avait entendu Alix confier qu'elle rêvait de devenir traiteur et d'avoir sa propre entreprise. C'était une révélation inattendue, mais qui la fit réfléchir. Elle était redevable envers Alix…

— J'ai un aveu à te faire, dit Reese, interrompant ses pensées.

Jacqueline n'était pas certaine de vouloir l'entendre. Mais il reprit :

— C'est Tammie Lee qu'il faut remercier, pour les roses. C'est elle qui en a eu l'idée.

Jacqueline prit son verre.

— Je me doutais que cette initiative ne venait pas uniquement de toi.

— A Tammie Lee ! dit Reese en levant son verre.

— A Tammie Lee ! répéta Jacqueline.

Le téléphone se mit à sonner. Elle soupira.

— J'y vais, dit Reese en se levant aussitôt.

Pour une fois, rien qu'une fois, elle aurait voulu qu'ils puissent dîner tranquillement. Elle regretta de ne pas avoir décroché.

En écoutant son correspondant, Reese fronça les sourcils, puis hocha la tête.

— Il faut que j'y aille, marmonna-t-il en raccrochant.

— Où ça ? demanda Jacqueline malgré elle.

— Un problème de travail.

Il prit ses clés de voiture et sortit.

— On me demande sur un chantier. Pas celui de Blossom Street : le chantier de Northgate. Apparemment, ils n'ont plus de courant.

Seule à table, comme assommée, Jacqueline écouta la voiture démarrer.

Quelques instants plus tard, elle jeta violemment sa serviette et alla s'appuyer contre le bord de l'évier, les dents serrées.

— On le demande sur le chantier, répéta-t-elle.

Elle savait parfaitement qui venait d'appeler et où il était parti, et ce n'était pas sur un chantier.

30

Alix Townsend

Dimanche matin, Alix se retrouva au coin de la rue, comme tous les dimanches depuis quelques semaines, à regarder les fidèles entrer dans l'église. Des gens ordinaires, des riches, d'autres pas. Des gens comme ceux de son club de tricot. Des gens comme Carol Girard et son mari.

Le déjeuner chez Carol lui avait ouvert les yeux, dans tous les sens du terme. La vue était superbe. Elle vivait à Seattle, mais elle n'avait jamais eu un tel point de vue sur la ville. Puget Sound était sublime. Alix avait eu l'impression d'être dans un de ces magazines de décoration que les gens oubliaient à la laverie automatique. L'appartement était spacieux. Les meubles simples et classiques, avec un tas de touches chaleureuses. Une chose était certaine : Alix n'avait aucune intention de lui rendre l'invitation. Que penserait Carol si elle voyait son logement ? Surtout depuis que Laurel se laissait aller.

Carol avait préparé un délicieux repas : une soupe froide à la tomate, une recette espagnole, d'après ce qu'elle lui avait expliqué, et une salade de fruits de mer. Elle avait dressé la table avec une jolie vaisselle et des serviettes en tissu. Quelques semaines plus tôt, Alix aurait jugé que ces détails étaient inutiles, mais elle commençait à leur accorder de l'importance. C'était exactement le genre de choses qu'elle devrait connaître si elle espérait monter son entreprise, un jour. Au départ, Alix était inquiète : elle redoutait de commettre un impair en se trompant de fourchette. Si Jacqueline avait été là, elle se serait sentie encore plus nerveuse, mais Carol était une personne normale. C'était bizarre : malgré sa richesse, elle avait quand même des problèmes.

Tout le monde avait des problèmes, Alix s'en rendait compte, même quand on vivait dans un appartement superbe avec une vue imprenable. Au cours du déjeuner, Carol et elle avaient abordé un tas de sujets et, au bout d'un moment, elle eut l'impression qu'elles étaient au club de tricot. Alix ne s'attendait pas à devenir l'amie de ces femmes ; pourtant, c'était exactement ce qui s'était produit. Même avec Jacqueline…

Toutes l'avaient encouragée à poursuivre ses relations avec Jordan.

Après l'expérience des rollers, Alix ne l'avait revu qu'une fois. Il était passé au vidéoclub pour lui dire qu'il participait à une sorte de camp et qu'il emmenait des enfants dans l'est de l'Etat de Washington. Il avait promis de lui envoyer une carte postale, mais elle n'avait toujours rien reçu. Cette idée la hantait depuis qu'il était parti.

Debout au coin de la rue, face à l'église méthodiste, elle entendit la musique filtrer par les portes ouvertes. Elle reconnut la chanson qu'elle avait déjà entendue plusieurs fois. Sans savoir vraiment pourquoi, elle traversa la rue et gravit les marches. Ce faisant, elle scruta les alentours, s'attendant presque à ce que quelqu'un l'empêche d'entrer.

Jordan lui manquait. Si entrer dans cette église était pour elle le seul moyen de se sentir proche de lui, alors elle allait entrer. Quiconque oserait lui poser des questions pouvait s'attendre au pire.

Tandis qu'elle se glissait au dernier rang, elle vit les gens se lever pour chanter. Elle saisit ce qu'elle prenait pour un livret de cantiques, mais c'était une bible. Quelqu'un avait-il remarqué son geste ? Aussi discrètement que possible, elle reposa la bible et prit le livret rouge pour l'ouvrir à la page indiquée sur un panneau.

L'église était bondée. Alix ignorait que tant de personnes assistaient à la messe. Si les membres de sa famille avaient prié ensemble, ils ne se seraient peut-être pas séparés... Une amertume familière monta en elle. Ces gamins avaient de la chance. Leurs parents les aimaient. Alix avait choisi de ne plus avoir de contacts avec sa mère, et elle n'avait pas vu son père depuis des années. Il n'avait même pas pris la peine de venir aux funérailles de Tom. En pensant à son frère, elle crispa la main sur le livret. Tom voulait seulement que quelqu'un l'aime. Dans ce domaine, ils étaient à égalité tous les deux. Leur père préférait boire avec ses copains que s'occuper de ses enfants, et leur mère ne valait pas mieux. Pas étonnant qu'ils aient eu de gros problèmes. Mais Alix était déterminée à mener une vie meilleure.

Elle étudia les paroles imprimées sur la page, mais ne chanta pas. L'une de ses craintes était de ne pas savoir quand se lever et se rasseoir. C'était l'avantage d'être installée au fond. Elle se contentait d'imiter les autres.

A la fin du cantique, l'assemblée s'assit et le pasteur, un homme âgé, se présenta aux fidèles. Alix se dit qu'elle partirait après le sermon. Elle ne voulait offenser personne en s'en allant tout de suite.

Le pasteur s'inspira de l'Ancien Testament et du livre de Néhémie, dont Alix n'avait jamais entendu parler. Le sermon évoquait les murs de Jérusalem, qui symbolisaient la vie des gens. C'était intéressant, même si elle ne comprenait pas tout.

Alix allait s'éclipser quand elle vit Jordan se diriger vers l'avant de l'église. De toute évidence, il était de retour de son camp, même s'il n'était pas passé au vidéoclub.

Elle s'efforça d'ignorer sa déception et sa douleur. Le voir à l'église ne fut pas son unique choc. Jordan n'était pas seul. Une beauté blonde l'accompagnait. Elle le regardait comme s'il était Jésus en personne.

Ils tenaient tous deux un micro. La musique démarra et leurs voix se mêlèrent comme s'ils avaient chanté en chœur toute leur vie. Alix ne supportait pas de les écouter. En tentant de partir le plus vite possible, elle faillit trébucher sur sa voisine. Sans se retourner, elle se précipita vers la sortie.

S'il lui fallait une preuve qu'elle se berçait d'illusions, elle l'avait. Atterrée, elle courut dans une ruelle. Elle ferma les yeux et se traita de tous les noms. Le dos appuyé contre le mur de brique, elle se laissa glisser vers le sol et pencha la tête.

Naturellement, il fallait que Jordan chante à l'église avec Miss Amérique ! Et pourquoi pas ? Il était fils de pasteur. Il avait grandi dans la foi. Il n'avait jamais mis les pieds en prison, il n'était jamais passé au tribunal. Elle imaginait ce que dirait son père s'il savait qu'il fréquentait une fille comme elle.

Alix demeura accroupie, en proie à la tristesse la plus profonde, incapable de bouger.

— Hé, Alix ?

Une voix la fit émerger de sa torpeur. En levant les yeux, elle reconnut Tyrone Houston, surnommé T-Bone dans le quartier. Il était membre d'une bande de trafiquants de drogue. Aux dernières nouvelles, il était en prison. Apparemment, il venait de sortir.

— Qu'est-ce que tu fous ? demanda-t-il à Alix.

— Ça te regarde pas !

En général, personne ne répondait à T-Bone. Elle risquait sa vie. L'espace d'un instant, elle s'en moqua.

— Une fête, ça te branche ? dit-il en la toisant.

Alix n'était pas d'humeur à faire la fête.

— J'ai la marchandise, dit-il pour l'amadouer.

Ça signifiait qu'il avait de la drogue. Sans doute de la méthadone ou de la cocaïne ou n'importe quelle substance susceptible de faire taire les voix qui résonnaient dans la tête d'Alix.

— Peut-être, dit-elle.

Elle était clean depuis longtemps, depuis l'overdose de son frère, mais elle détestait ce sentiment sombre et moche qui lui rongeait les tripes. Si elle pouvait avaler quelque chose qui lui ferait du bien, elle était prête à accepter, parce que tout ce que pouvait lui donner T-Bone valait mieux que ces voix horribles.

La maison se trouvait à quelques rues de là. Dans le quartier, tout le monde savait que, quand on voulait se défoncer, T-Bone avait ce qu'il fallait. A condition d'y mettre le prix, bien sûr.

Lorsqu'elle entra dans la maison, les volets étaient fermés et la pièce était sombre. Cinq ou six types se trouvaient là. L'air était lourd d'une fumée douceâtre. Alix enfouit les mains dans les poches de son blouson de cuir et observa lentement la scène.

Dans un coin, elle remarqua une autre fille assise avec un type. Il l'enlaçait et semblait complètement défoncé. Alix regarda de plus près. Cette fille lui semblait familière, mais Alix n'arrivait pas à se souvenir où elle l'avait vue. Dans son travail, elle voyait beaucoup de monde. Si elle ne retenait pas forcément les noms, elle n'oubliait jamais un visage.

Cette fille n'était pas venue au vidéoclub. Alix en était certaine. Elle était jeune, quatorze, quinze ans, peut-être, et cherchait à paraître plus. Alix connaissait les signes car, quelques années plus tôt, elle en faisait autant.

Puis elle se rappela : elle avait vu cette fille à la piste de roller, avec Jordan. C'était l'une des gamines de la paroisse. Elle reconnut Alix et détourna les yeux.

Alix sentit la colère monter en elle. La place de cette

gosse n'était pas au milieu de cette bande de paumés et de camés.

Elle se dirigea vers le canapé où la gamine était vautrée dans les bras de son petit ami, et s'assit sur l'accoudoir pour les fusiller du regard.

— Qu'est-ce que tu fais là ?

L'adolescence lui lança un regard plein de défi.

— La même chose que toi.

Le garçon qui était avec elle tourna lentement la tête et désigna Alix.

— Qui c'est, Lori ?

Oui, Alix se souvenait parfaitement d'elle, maintenant. Un jour, elle faisait du roller avec les gosses de la paroisse ; le mois suivant, elle se défonçait avec des criminels et des paumés. Sacré contraste !

Lori leva les yeux vers Alix, l'expression dure et le regard froid.

— Ça, c'est personne, dit-elle avec mépris.

— C'est là que tu te trompes ! fit Alix en se levant. Désolée, il faut qu'on y aille.

Elle saisit Lori par le bras.

— Qu'est-ce que tu fais ?

— Je te sors d'ici.

— Pas question !

— Tu n'es pas à ta place, et moi non plus.

— Chéri ?

Son petit ami était si largué qu'il ne protesta pas, ce qui valait mieux. T-Bone, lui, n'était pas content. Il bloquait la sortie, les bras croisés sur sa poitrine massive, les yeux plissés, rivés sur Alix. Elle fut parcourue d'un frisson de peur. T-Bone pouvait lui trancher la gorge s'il avait l'impression qu'elle nuisait à ses affaires. Il n'hésiterait pas une seconde.

— C'est une gamine de l'église, dit Alix en soutenant son

regard. Si tu la gardes ici, tu vas voir débarquer une meute de petites vieilles qui manifesteront devant la porte et qui feront un scandale.

T-Bone observa tour à tour Alix et Lori, qui cherchait à échapper à son regard perçant.

— Si tu cherches les embrouilles, libre à toi ! fit Alix en feignant l'indifférence.

— Dégage ! ordonna-t-il à Alix. Et emmène-la avec toi.

Alix prit l'adolescente par le bras et l'entraîna dehors.

Sur le trottoir, Lori se dégagea de son emprise.

— Mais qu'est-ce que tu fous ? cria-t-elle.

— Qu'est-ce que je fous ? répéta Alix en riant. Je suis en train de te sauver la vie, pauvre imbécile !

— J'ai pas besoin qu'on me sauve.

C'était exactement ce qu'Alix avait déclaré quand Jordan lu avait annoncé qu'il était pasteur. Pour Lori, c'était faux, et ça l'était peut-être aussi pour elle. Lori n'avait aucune idée du danger qui la guettait. Elle ne se rendait pas compte des risques qu'Alix avait pris pour la faire sortir. En réalisant qu'elle avait résisté à T-Bone, Alix sentit ses genoux trembler. Il était temps de filer.

— Rentre chez toi ! ordonna-t-elle à Lori.

L'adolescente leva les yeux au ciel et retourna dans la maison, mais on lui en interdit l'entrée. Alix n'entendit pas ce qui se disait, mais Lori comprit le message et ressortit presque aussitôt. Elle s'éloigna vivement dans la rue, sans se retourner.

N'ayant nulle part où aller, Alix regagna son appartement. Laurel était absente. Dans son malheur, sa colocataire mangeait tout ce qui lui tombait sous la main et laissait un désordre qu'Alix dut nettoyer une nouvelle fois. Laurel rentrait-elle encore dans ses jeans ? Elle avait dû prendre dix kilos depuis sa rupture avec John. Si Laurel n'était pas au travail, en train de manger des chips en douce, ou à la maison, devant la télé, avec un pot de glace, Alix ignorait où elle pouvait se trouver. En tout cas, elle se réjouissait d'être seule, pour une fois.

Elle prit son tricot et poussa un soupir. Voyant ce qu'elle faisait, elle jeta son ouvrage, dégoûtée. Carol lui avait donné la laine grise et le modèle, ainsi que la partie déjà tricotée. Alix avait continué le pull pour Jordan, au prix de gros efforts. Comme s'il s'en souciait ! Comme si quelqu'un s'y intéressait !

Allongée sur le canapé, Alix fixa le plafond pendant une heure, jusqu'au moment où elle dut partir travailler. Le vidéo-club marchait bien le dimanche après-midi. Elle avait du travail, surtout quand Laurel manquait à l'appel.

Une heure après le début de son service, Jordan apparut. Alix tenta désespérément de l'ignorer.

— Alix, dit-il.

— Tu es rentré, répondit-elle d'un air indifférent.

— Quelque chose ne va pas ?

Elle haussa les épaules et tendit avec un large sourire deux vidéos au client qui se trouvait au comptoir. Quand elle se tourna de nouveau vers Jordan, son sourire avait disparu.

— Quelque chose devrait mal aller ?

— J'espérais dîner avec toi, ce soir, dit-il en fronçant les sourcils.

Elle réfléchit à son invitation. Une partie d'elle était folle de joie, mais une autre partie lui disait qu'elle devait l'oublier.

— Qui est Miss Amérique ? demanda-t-elle froidement.

— Quoi ? fit Jordan, abasourdi.

— Tu as chanté avec elle, ce matin.

— Tu es venue à la messe ? fit-il, les yeux écarquillés.

— Assez longtemps pour voir Miss Amérique et toi échanger des sourires. Vous semblez très bons amis.

— Nous le sommes.

— Je m'en doute.

— Vous pouvez me servir ? demanda le client suivant.

Alix s'empara des DVD et tapa les codes avant d'encaisser le règlement. Elle rendit la monnaie au client et lui sourit. Une fois encore, elle se tourna vers Jordan, veillant à ne pas montrer le plaisir qu'elle avait à le voir.

— Tu es jalouse de la fille du pasteur Sutton, qui a dix-sept ans ? dit-il.

Cette fille n'avait que dix-sept ans ? De là où elle se trouvait, c'était difficile à dire. Toutefois…

— Je n'ai pas le temps de supporter les petites jalousies mesquines. Si tu veux bouder, tant pis. Moi, j'ai autre chose à faire.

Alix allait répondre, mais il tourna les talons et quitta la boutique.

31

Tant qu'on peut dénombrer les ouvrages que l'on a en cours, il faut en commencer un autre, pour obtenir une gamme variée de difficultés, des plus simples qui ne demandent aucune réflexion, à ceux qui exigent toute notre concentration.

LAURA EARLY, tricoteuse

Lydia Hoffman

J'ai passé tellement de temps dans les cabinets médicaux que j'en suis venue à redouter les rendez-vous de routine. C'est presque toujours la même chose. Je suis assise sur un siège inconfortable dans une salle d'attente pleine d'inconnus où tout le monde évite de se regarder. En général, j'apporte mon tricot ou je feuillette des magazines vieux de plusieurs mois.

L'avantage, dans mon cas, c'est que tout le monde me connaît, surtout Peggy, l'infirmière du Dr Wilson, qui était déjà là quinze ans plus tôt, quand je suis venue à mon premier rendez-vous. A cette époque-là, elle était enceinte. Je me rappelle très bien m'être demandé si je serais encore en vie pour voir son enfant. Avec le cancer, on apprend à ne rien considérer comme acquis. Pas une journée, pas même une minute. A seize ans, j'avais hâte d'en avoir dix-sept pour aller au bal du lycée. J'ai survécu, mais personne ne m'a emmenée au bal.

— Lydia.

Peggy se tenait dans le couloir avec dans les bras mon dossier médical, qui doit bien peser dix kilos. Il est plein des détails, des symptômes et des procédures, ainsi que des divers traitements que j'ai suivis.

Quand je me suis levée, j'avais l'impression que tous les regards étaient rivés sur moi. Si j'avais été du genre à me faire remarquer, je me serais dressée en annonçant que j'avais gagné deux fois à la loterie de la vie. Mais comme je suis plutôt réservée, j'ai glissé calmement mon tricot dans mon sac et j'ai suivi Peggy.

— Comment ça va ? me demanda-t-elle après m'avoir pesée.

— Très bien.

Je descendis de la balance et poussai un soupir de soulagement. Mon poids n'avait pas varié de plus de un kilo depuis ma dernière visite. Peggy me conduisit dans la cabine, au bout du couloir. Elle plaça un thermomètre sous ma langue et prit mon pouls. Elle regarda sa montre et nota le résultat sur mon dossier.

— C'est un bon pouls, dit-elle d'un ton satisfait.

Puis elle prit ma tension.

— Très bien, fit-elle en hochant la tête.

Enfin, elle ôta le thermomètre.

— Comment vous sentez-vous ?

— Je me sens en pleine forme.

Peggy sourit.

— Vous avez les yeux qui pétillent. Vous avez rencontré quelqu'un, c'est ça ?

— Oh, pas vraiment !

Je voulus ignorer sa clairvoyance, mais j'avais envie

de lui parler de Brad, en réalité. Je n'en fis rien parce qu'il n'y avait pas grand-chose à raconter. Pas encore, en tout cas. Nous avions pris un verre par deux fois, nous nous étions téléphoné… Il passait au magasin pendant sa tournée, et il nous était arrivé de nous embrasser.

Brad et moi commencions seulement à nous connaître. Ce n'était pas sérieux. C'était même loin d'être sérieux. Brad était profondément impliqué dans l'éducation de son fils, et moi dans ma boutique. Nous étions amis comme je l'étais avec Carol Girard. Enfin, pas exactement de la même façon, mais amis tout de même. Dans l'immédiat, je me sentais bien comme ça, et lui aussi, apparemment.

— Alors, vous avez rencontré quelqu'un ? insista Peggy.

Je hochai la tête, hésitante.

Je crus qu'elle allait applaudir.

— J'ai toujours su que ça vous arriverait, dit-elle avec un sourire ravi.

— Franchement, Peggy, j'ai trente ans.

— Et alors ?

Le développement social est retardé pour ceux qui doivent se battre pour survivre. Je ne voudrais pas donner l'impression de m'apitoyer sur mon sort, parce que ce n'est pas le cas, mais c'est un fait dont je dois tenir compte dans ma relation aux autres.

Je connaissais assez bien ces visites de routine pour savoir que je devais ensuite tendre le bras pour que Peggy prélève plusieurs flacons de sang. Quatre tubes en tout : deux grands et deux petits.

Je bronchai à peine au contact de l'aiguille. Au début, je vacillais. Un jour, j'ai failli m'évanouir, mais c'était il y a des années. Comparée à certains traitements que j'avais subis par la suite, la prise de sang était un jeu d'enfant.

En remplaçant un tube plein par un vide, Peggy leva les yeux.

— Je crois bien que je ne vous ai jamais vue aussi heureuse.

— C'est vrai que je suis heureuse.

Ce nouveau bonheur avait plusieurs origines. L'ouverture de mon magasin avait joué un rôle prépondérant, de même que ma rencontre avec Brad.

— Je suis ravie pour vous, dit Peggy en inscrivant mon nom sur les flacons. Je vous appelle dans quelques jours.

Je hochai la tête.

Elle s'éloigna pour aller chercher un autre dossier.

En quittant le cabinet, j'avais le moral au beau fixe. C'était un superbe après-midi du mois d'août. Le magasin était fermé le lundi, mais j'avais quand même envie d'y aller. J'adorais ma boutique. J'éprouvais une satisfaction intense à me trouver au milieu de ce qui, quelques mois plus tôt, n'était encore qu'un rêve.

Je portais ma robe d'été préférée, et j'espérais croiser Brad comme par hasard. Le lundi, il faisait des livraisons dans le quartier et frappait toujours à la porte pour voir si j'étais là.

Tout en écoutant la radio, je gardai un œil sur la vitrine au cas où il serait passé dans la rue. Blossom Street était de nouveau ouverte à la circulation et les affaires marchaient bien mieux, depuis. De nombreuses personnes venaient dans le quartier pour constater les changements. Toutes les boutiques avaient sorti le tapis rouge.

Comme je l'espérais, la camionnette marron de Brad arriva. J'eus toutes les peines du monde à ne pas me mettre en vitrine, comme un mannequin. Je dus me retenir de sautiller en agitant les bras. J'étais dans un état d'esprit un peu bête…

Je vis mon homme descendre de son véhicule avec deux cartons destinés au fleuriste. J'ignorais s'il m'avait vue, jusqu'à ce qu'il ressorte, tenant une rose rouge. Je lui fis signe, malgré mes résolutions, et il m'adressa un clin d'œil.

J'ouvris la porte pour le laisser entrer.

— C'est pour moi ?

— Elle va te coûter cher, dit-il sur le ton de la plaisanterie.

— Ton prix sera le mien.

— Un baiser, répondit-il avec un sourire juvénile. Deux, peut-être.

Je sais que ça peut sembler ridicule, mais je rougis. Il me prit par la main et m'entraîna derrière un présentoir de laine. Là, au moins, nous avions un peu d'intimité.

— Comment s'est passée ta visite chez le médecin ?

— Je ne l'ai même pas vu. C'était juste une prise de sang.

— Tu es angoissée ?

Je secouai la tête. J'aurais peut-être dû l'être, mais le cancer me laissait tranquille depuis un certain temps, et je commençais à gagner en assurance. Je me sentais trop bien pour être de nouveau malade. Et je n'avais aucun des symptômes du passé, à part une migraine de temps à autre. De plus, pour la première fois de ma vie, j'étais pleine d'espoir.

— Je suis libre, samedi soir, dit Brad en me regardant d'une façon si intense et provocante que j'en eus presque le souffle coupé.

— C'est bien.

— Et si je t'emmenais dîner ?

Je souris et hochai la tête.

— Où tu voudras, sauf dans un fast-food.

Puis, avec un tel naturel que je me rendis à peine compte de ce qu'il faisait, Brad me prit dans ses bras et m'embrassa.

La terre ne trembla pas, le ciel ne me tomba pas sur la tête, mais je ressentis ce baiser dans tout mon corps. Si un homme pouvait me donner de telles sensations avec un simple baiser, je ne pouvais qu'imaginer ce que ce serait si… Quand… nous ferions l'amour. Je fermai les yeux, désireuse de prolonger ce moment merveilleux aussi longtemps que possible.

— Tu sens bon, murmura-t-il en m'embrassant dans le cou.

— C'est mon parfum.

Je penchai la tête en arrière tandis qu'il déposait des baisers dans mon cou. Je ronronnais presque comme Moustache quand il se couche sur le bord de la fenêtre, en plein soleil.

— Je me moque de ce que c'est, mais promets-moi de porter le même samedi soir !

— D'accord, murmurai-je.

— Je passerai te prendre à 19 heures. Ça te va ?

— C'est parfait, répondis-je.

C'était bien le terme que j'aurais choisi pour décrire mon existence, en cet instant.

32

Carol Girard

Les trois semaines critiques qui suivent l'implantation de l'embryon s'étaient écoulées sans encombre. Carol était enceinte de cinq semaines et ressentait pleinement tous les aspects de cette grossesse.

Après une longue conversation avec sa mère, qui vivait dans l'Oregon, elle raccrocha et se prépara un déjeuner très sain à base de fromage frais et de fruits. Carol n'aimait pas beaucoup le fromage frais, mais elle était prête à tous les sacrifices pour son bébé.

Un sourire aux lèvres, elle ajouta quelques tranches d'ananas dans son assiette. L'un des membres de son groupe de soutien lui avait dit que l'ananas contenait une substance qui augmentait les chances que l'embryon reste attaché à l'utérus.

Au moment où elle allait attaquer son repas, la sonnerie du téléphone retentit. C'était Doug. En général, il était trop occupé pour l'appeler du bureau, mais il avait pris l'habitude de le faire au moins une fois par jour, depuis la FIV.

— Je viens de parler avec ma mère, dit-elle.

— Quoi de neuf ?

— Papa et elle veulent nous acheter un berceau.

— Tu lui as dit que nous en avions déjà un ?

— Je n'ai pas eu le courage.

Trois semaines après l'implantation, Carol avait reçu une

publicité pour des meubles d'enfant. Elle avait traîné Doug au grand magasin et, tout excités, ils avaient acheté tout ce dont ils pouvaient avoir besoin.

— On va se retrouver avec deux berceaux.

— J'aurai peut-être des jumeaux.

Doug se mit à rire, ce rire insouciant dont elle était tombée amoureuse, des années plus tôt. Il ne riait presque plus jamais ainsi. Elle savait sans le moindre doute que sa grossesse était à l'origine de sa joie.

— De toute façon, si on a un berceau en trop, on pourra toujours le donner à Rick.

Elle s'en voulait de gâcher la bonne humeur de son mari, mais, après tout, son frère allait avoir, lui aussi, un enfant, quelques semaines avant elle.

— Tu as de ses nouvelles ? demanda Doug.

— Pas un mot.

— J'imagine qu'il n'a rien dit à tes parents ?

— Pas que je sache, mais je n'ose pas poser la question.

— Tu as raison. Ce n'est pas à toi d'en parler.

Elle s'assit.

— J'espère que Rick fera ce qu'il faut et qu'il épousera cette jeune femme.

Doug hésita.

— D'après ce que tu m'as raconté, il a déjà décidé que non.

— Il est question d'un enfant, tout de même !

— Je sais, mais je connais Rick.

Carol soupira. Que diraient ses parents en apprenant ce qui se passait ? Sa mère était impatiente d'être grand-mère. Elle serait ravie que Rick donne son nom à l'enfant.

— Je mange du fromage frais, à midi, annonça-t-elle à Doug, songeant qu'il apprécierait ce sacrifice.

— J'espère que le bébé aime ça !

— Je l'espère aussi.

Ils bavardèrent encore quelques minutes, puis Carol revint à son déjeuner.

Plus tard dans l'après-midi, elle perdit le bébé.

Juste au moment où le rêve commençait à devenir réalité… Où elle s'était autorisée à y croire… Où elle était sûre que tout allait se dérouler comme prévu.

A 16 heures, en décelant des traces de sang, elle crut défaillir. De fortes contractions s'ensuivirent. Il n'y avait plus de doute possible : c'était une fausse couche.

— Non, murmura-t-elle en serrant les poings. Non, ce n'est pas possible, oh non, pas ça…

Sa gorge se noua. Assise sur le lit, elle se couvrit les yeux.

Depuis le temps, elle connaissait la marche à suivre. Après avoir téléphoné au cabinet du médecin, elle prit son sac à main. Elle n'appela pas Doug pour ne pas gâcher le reste de sa journée. Elle préférait lui accorder un après-midi d'insouciance avant de bouleverser sa vie en lui annonçant qu'ils n'auraient pas d'enfant.

En l'examinant, le Dr Ford lui confirma ce qu'elle savait déjà. Son corps avait rejeté le fœtus. Le bébé était mort, expulsé de son utérus. Le Dr Ford semblait à la fois inquiet et plein de compassion. Quand elle se fut rhabillée, il posa doucement une main sur son bras.

— Je suis navré.

Carol regarda droit devant elle d'un air indifférent.

— Vous voulez qu'une assistante prévienne Doug ?

Elle secoua la tête.

— Je peux appeler quelqu'un ?

Ses paroles résonnèrent étrangement dans la tête de Carol, qui dut faire un effort pour les comprendre. Elle était en train de se noyer dans un océan de chagrin. Il lui était alors impossible de fonctionner normalement.

— Je veux ma mère, murmura-t-elle.

Son corps avait refusé trois grossesses, et elle n'aurait pas d'autre chance d'être mère. C'était fini, pour elle et Doug. Terminé.

— Vous voulez que quelqu'un lui téléphone ?

Elle leva enfin les yeux vers le médecin, en se demandant de qui il parlait, et elle comprit enfin qu'il évoquait sa mère. Carol secoua la tête.

— Elle habite dans l'Oregon.

Le Dr Ford lui présenta ses condoléances. Au bout de quelques minutes, il sortit. Carol quitta à son tour la salle d'examen. Elle marcha d'un pas lent et chancelant, sans but précis, et se retrouva sur le front de mer, près du Seattle Aquarium. Le trottoir grouillait de touristes. Elle eut l'impression d'être un obstacle dans une rivière : elle interrompait le flot d'hommes, de femmes et d'enfants qui circulaient autour d'elle.

Quand elle fut enfin trop fatiguée pour marcher, elle s'assit sur un banc. Alors, les larmes coulèrent en sanglots rauques et douloureux, venus du plus profond de son âme. Elle avait encore échoué, déçu son mari, déçu ses parents et tous ceux qui croyaient en elle.

Son téléphone se mit à sonner. Carol ignorait pourquoi elle était tellement en colère. Sans vérifier qui l'appelait, elle jeta le portable dans la rue. Elle ressentit une satisfaction morne à voir un bus rouler dessus. Il n'en restait plus qu'un bout de plastique écrasé dont surgissaient des fils.

— Tout va bien, madame ? lui demanda un jeune agent de police.

— Non, répondit-elle, le visage ruisselant de larmes, les yeux pleins de douleur. Rien ne va.

— Vous voulez que j'appelle quelqu'un ?

— Non, merci.

— Vous êtes sûre ?

Elle se leva, prise d'un besoin subit de fuir.

— J'apprécie votre sollicitude, mais vous ne pouvez pas m'aider. Personne ne peut m'aider.

Si elle ne partait pas tout de suite, elle finirait peut-être aux urgences, voire à l'hôpital psychiatrique. S'échapper était essentiel. Elle se remit donc en marche. Elle marcha, marcha.

Il faisait nuit quand elle se rendit compte qu'elle se trouvait à des kilomètres de chez elle. Doug devait être fou d'inquiétude, mais elle ne se sentait pas encore le courage de l'affronter. Elle ne voulait pas voir ses yeux, quand il apprendrait qu'il n'y avait plus de bébé.

Une heure plus tard, Carol rentra chez elle en taxi.

Quand elle franchit le seuil, Doug se précipita vers elle.

— Où étais-tu passée ?

— J'ai perdu le bébé.

Il ne semblait pas l'écouter.

— Pourquoi n'as-tu pas répondu au téléphone ?

— Tu m'entends ? sanglota-t-elle en se mettant à trembler. J'ai perdu le bébé !

— Je sais, murmura Doug en la prenant dans ses bras.

Carol ne pouvait s'arrêter de pleurer. Ses larmes venaient du plus profond d'elle-même. Des sanglots à fendre l'âme. Seuls ceux qui avaient connu une telle épreuve pouvaient comprendre sa souffrance. Elle avait l'impression qu'on venait de lui arracher le cœur. Elle ne connaîtrait plus aucune joie, plus rien de bon, désormais. Son avenir s'annonçait sombre et sans espoir.

— Je voulais tellement avoir des enfants..., gémit-elle dans les bras de son mari.

Doug la serra contre lui, la tête sur son épaule. Puis elle se rendit compte qu'il pleurait, lui aussi. Ils s'accrochaient l'un à l'autre, vides, à l'agonie.

— Pardonne-moi ! hoqueta-t-elle. Je regrette tant...

— Je sais, je sais.

— Je t'aime.

Il hocha la tête.

— J'ai essayé...

Elle ne voyait pas ce qu'elle aurait pu faire de plus.

— Je t'aimerai toujours, assura Doug.

Epuisée, Carol prit une douche et alla se coucher. Elle s'endormit dans les bras de Doug.

A 3 heures du matin, elle se réveilla, la poitrine serrée de douleur, et se rappela qu'il n'y avait plus de bébé en train de pousser dans son ventre. Les larmes revinrent.

Elle se glissa hors du lit, se rendit dans la chambre d'enfant et demeura au milieu de la pièce, dans la pénombre. Elle crispa les doigts sur le bord du berceau et ravala ses sanglots.

C'est alors qu'elle remarqua le mur. Elle plissa les yeux, se demandant si elle n'avait pas des hallucinations. Allumant la lumière, elle regarda de plus près. Ses jambes se dérobèrent et elle s'écroula à terre, les yeux rivés sur l'endroit où le poing de son mari avait traversé le mur.

33

Jacqueline Donovan

Vendredi après-midi, Jacqueline arriva au Fil des jours avec cinq minutes de retard, comme de coutume. Cela faisait longtemps qu'elle avait pris cette habitude « branchée », et elle semblait incapable d'y renoncer. Elle fut étonnée de ne pas voir Carol. Quant à Alix, elle était affalée sur sa chaise, l'air morose.

— Où est Carol ? demanda-t-elle à Lydia, debout, ses aiguilles à la main.

— Elle a décidé de rester chez elle, cet après-midi, expliqua Lydia. Les nouvelles sont mauvaises, hélas. Elle a perdu le bébé.

Jacqueline le redoutait.

— Je suis vraiment désolée pour elle.

— Elle prend quelques jours pour se remettre du choc, mais j'espère qu'elle reviendra.

Jacqueline opina. Elle était très triste pour Carol, dont le désir d'enfant était si fort qu'il frôlait le désespoir. Jacqueline se faisait du souci pour elle et espérait qu'elle se remettrait de cet échec. Elle songea à sa propre déception quand elle n'avait pas réussi à avoir un deuxième enfant. Au moins, elle avait Paul. Carol et Doug avaient peu de chances de pouvoir adopter. Jacqueline soupira. C'était triste, mais personne n'y pouvait rien.

— J'ai peur que Carol nous quitte, dit Lydia.

— Pourquoi ? Qu'est-ce que tu veux dire ? demanda Alix d'un ton plein d'angoisse.

— Elle n'a rien dit, mais je crois qu'elle va retourner travailler.

Alix parut encore plus déprimée.

Jacqueline se demanda ce qui la contrariait à ce point. De toute évidence, la jeune femme s'inquiétait pour Carol, mais il y avait autre chose.

— Comment ça va, Alix ? murmura Jacqueline en prenant son tricot dans son sac.

Elle tricotait une écharpe pour son fils, dans une superbe laine chinée du même ton qu'un poney que Paul adorait quand il était petit. Allait-il se souvenir de Brownie et faire le rapprochement ?

— Salut ! chuchota Alix, la tête baissée.

Jacqueline regarda Lydia, qui haussa les épaules, indiquant qu'elle ignorait ce qui se passait. Le silence se fit, rompu uniquement par le bruit des voitures, dans la rue.

Jacqueline remarqua qu'Alix ne travaillait plus sur le pull pour homme qu'elle avait repris à Carol. En fait, elle tricotait tout autre chose.

— Quel est ton problème ? demanda Jacqueline sans préambule.

— Ça ne concerne que moi.

Le regard d'Alix s'illumina, comme si elle avait envie d'une confrontation verbale.

— Si j'en crois mon expérience, c'est un problème avec un homme, dit Jacqueline à Lydia, qui esquissa un sourire et opina.

Alix pinça les lèvres, mais ne mordit pas à l'hameçon.

— A mon avis, il s'agit de ce pasteur avec qui tu sors.

— On ne sortait pas ensemble… On était juste amis.

— Tu parles au passé ? fit gentiment Lydia. Tu ne le vois plus ?

— Je ne l'ai pas revu depuis un moment. Il a plus d'une amie, si vous voyez ce que je veux dire.

— Tu l'as vu avec quelqu'un d'autre ?

La tête baissée, Alix opina.

— Une fille très jolie, marmonna-t-elle. Une blonde.

— Naturellement ! dit Jacqueline.

Elle avait toujours imaginé que la maîtresse de Reese était blonde. Elle regardait d'un air soupçonneux toutes les blondes qui s'approchaient de lui. Elle prétendait s'en moquer, mais elle devait admettre qu'elle se demandait parfois à quoi ressemblait sa rivale. En même temps, elle ne voulait pas le savoir. En fait, elle s'efforçait de ne pas penser à elle.

Ses relations de couple, du moins ce qu'il en restait, étaient tendues depuis que Reese était parti, au cours de leur dîner. Elle ne le lui avait pas pardonné. Pire encore, elle l'évitait.

Reese n'avait pas essayé de venir vers elle, lui non plus. Apparemment, il avait compris le message en trouvant ses roses dans la poubelle, le lendemain matin.

Toutes trois tricotèrent en silence. Par deux fois, Lydia dut poser son ouvrage pour servir une cliente, laissant Jacqueline seule avec Alix.

Une idée germa dans l'esprit de Jacqueline sans qu'elle sache pourquoi.

— Je te dois un service, annonça-t-elle avec emphase.

— Pourquoi ?

Jacqueline était abasourdie qu'Alix ait oublié l'incident.

— Tu m'as sauvé la vie, voilà pourquoi.

Alix esquissa un sourire qui disparut presque aussitôt. Elle haussa les épaules, comme si tenir tête à ces malfrats faisait partie de son quotidien.

— Il est temps que je te renvoie l'ascenseur, dit Jacqueline.

— Comment ça ?

— Je te propose un *relooking* complet. A mes frais, bien sûr.

— Un quoi ?

— Des soins esthétiques, si tu préfères.

— A quoi bon ? répliqua Alix, les sourcils froncés.

— Ça t'aidera peut-être à te faire remarquer d'un certain jeune homme.

— Quel genre de soins esthétiques ?

Alix tentait de masquer son intérêt, mais Jacqueline n'était pas dupe.

— On commencera par tes cheveux.

Jacqueline examina d'un œil critique les mèches teintées en violet, et réprima un frisson d'effroi. Il fallait que cette couleur horrible disparaisse. Elle fit quelques suggestions en agitant les mains.

— Il te faut une coupe, une autre coloration, peut-être.

— Seulement si ça me plaît ! lança Alix, méfiante.

— Bien sûr !

— Je pourrai avoir la couleur que je veux ? N'importe laquelle ?

— Dans les limites du raisonnable.

Alix fit un geste désinvolte.

— Je suppose que ça peut se faire.

Elle se comportait comme si elle rendait service à Jacqueline. Deux mois plus tôt, celle-ci s'en serait offusquée. Elle savait désormais que ce n'était qu'une façade.

— J'aimerais t'emmener chez ma conseillère en image et…

Alix secoua la tête avant même qu'elle n'ait terminé sa phrase.

— J'ai pas besoin de conseils pour mon image !

— Si tu le dis ! Mais je crois tout de même qu'on devrait t'acheter quelques nouveaux vêtements.

Alix hésitait encore, puis elle hocha la tête un peu à contrecœur.

— C'est toi qui paies, hein ?

— Naturellement !

— Bon, ça marche. Quand ? ajouta-t-elle comme si son emploi du temps était surchargé.

— Bientôt.

Jacqueline posa son tricot et sortit son téléphone portable.

— Je vais appeler Desiree tout de suite. C'est la meilleure coiffeuse de la ville. En général, il faut des semaines pour obtenir un rendez-vous.

— D'accord.

Alix ne masquait plus son enthousiasme. Elle se redressa et se mordilla les lèvres.

— Il me faudrait un rendez-vous avec Desiree le plus vite possible, annonça Jacqueline, espérant que la réceptionniste saisirait l'urgence de la situation au ton de sa voix.

Desiree était une visagiste de haut rang dont les tarifs étaient prohibitifs. Toutefois, elle faisait des miracles, et ses clientes en avaient toujours pour leur argent. Toutes les femmes du country club faisaient appel à elle.

Jacqueline patienta pendant ce qui lui parut une éternité.

— Desiree dit qu'elle va rester plus tard, ce soir. Pouvez-vous venir à 16 h 30 ?

— 16 h 30 ?

Elle regarda Alix, qui hocha la tête.

— Nous serons là.

Triomphante, Jacqueline éteignit son portable et le rangea

dans son sac. Alix ne se rendait sans doute pas compte de la chance qu'elle avait. Jacqueline devait habituellement réserver un mois à l'avance pour une simple coupe.

Lydia revint à cet instant. Elle n'avait pas entendu grand-chose de la conversation, mais elle parut saisir ce qui se passait. Jacqueline était en mission, persuadée qu'un changement de garde-robe et une coupe de cheveux raisonnable allaient transformer Alix en une jeune femme ravissante. Elle fut parcourue d'un frisson d'enthousiasme. Elles allaient bien s'amuser !

Dès la fin de la séance de tricot, Jacqueline emmena Alix chez Nordstrom pour choisir des vêtements.

Victoria, qui s'occupait de Jacqueline depuis plusieurs années, jeta un coup d'œil à Alix et se mit aussitôt au travail. En accompagnant la jeune femme dans la cabine d'essayage, Jacqueline fut choquée par l'état des dessous de la jeune femme. Elle insista pour lui offrir quelques soutien-gorge et culottes, et pas de ces strings ridicules.

Alix résista, mais pas longtemps. Jacqueline avait peut-être remporté cette bataille, mais c'est Alix qui sortit victorieuse. Elle refusa catégoriquement d'essayer un tailleur en laine, ainsi que tout ce que Victoria put lui proposer.

Prise par le temps, Jacqueline dut se résoudre à n'acheter que des dessous de qualité. Mais elle se jura de faire porter à Alix des vêtements de bon goût avant d'en avoir terminé avec elle.

Hélas, la visite dans le salon de coiffure ne se déroula guère mieux. Face aux cheveux violets d'Alix, Desiree demeura bouche bée, puis se mit à marmonner des jurons que Jacqueline préférait ne pas comprendre.

Elle attendit dans le salon en buvant du café tandis que se déroulait une véritable joute verbale. Par chance, la plupart des clientes huppées étaient déjà parties et n'entendirent rien des échanges plutôt vifs entre Alix et Desiree.

Une heure et demie après leur arrivée, Alix se précipita vers la sortie comme si elle venait d'être libérée de prison. Jacqueline la reconnut à peine. Plus de mèches violettes ; elle avait des cheveux châtains bouclés avec des reflets roux du plus bel effet.

— Alix ! lança Jacqueline en se levant.

Encore une fois, Desiree avait fait un miracle.

— Je déteste cette coiffure ! s'exclama la jeune femme en se décoiffant de ses doigts. C'est pas moi !

— Non, ma chère, c'est une nouvelle Alix, répondit Jacqueline.

Elle crut un instant que son amie allait fondre en larmes.

— Je ressemble à… C'est n'importe quoi, voilà !

— Tu es superbe.

— Non, je suis moche.

— Allons, ne dis pas de bêtises ! répliqua Jacqueline.

— Tout le monde va se moquer de moi !

— Tu te trompes.

— Je sais que tu voulais bien faire, mais ce n'est pas moi… Ce n'est pas moi.

Sans un mot de gratitude, Alix quitta le salon, laissant Jacqueline sans voix.

— Où avez-vous rencontré cette fille ? demanda Desiree, atterrée.

— C'est une longue histoire, murmura Jacqueline.

Elle avait voulu faire quelque chose de bien pour elle, quelque chose de gentil, pour la remercier, et elle avait échoué.

En rentrant chez elle, elle trouva Reese en train de prendre une bière dans le réfrigérateur.

— Tu vas bien ? lui demanda-t-il.

Sa question étonna Jacqueline. Ils n'avaient échangé que les banalités d'usage depuis des jours. En d'autres circonstances, elle aurait fait mine de ne pas l'entendre, mais, ce soir-là, elle était troublée et blessée, et elle ne pouvait le cacher.

Comment ses bonnes intentions envers Alix avaient-elles pu mal tourner ? Elle s'assit à la table de la cuisine et accepta le verre de vin que Reese lui proposait. Puis elle lui raconta sa mésaventure avec Alix.

— Je ne comprends pas ce que j'ai fait de mal, dit-elle, désemparée.

— Quel âge a-t-elle ?

— Environ vingt-cinq ans.

— Tu essayais de faire d'elle une autre toi-même, Jacquie.

— Pas du tout ! s'exclama-t-elle, furieuse que son mari lui fasse encore des reproches.

Elle regretta de s'être confiée à lui.

Puis, soudain, elle comprit qu'il avait raison, car elle avait emmené Alix voir sa coiffeuse et sa conseillère.

— Peut-être, admit-elle en regardant son mari.

— La prochaine fois, demande plutôt conseil à Tammie Lee.

— Tammie Lee ? répéta Jacqueline en secouant la tête machinalement. Elle ne ferait pas mieux que moi.

— Peut-être pas, mais elle ressemble plus à Alix, et elle aura peut-être des idées.

— D'accord. Je peux toujours lui poser la question.

Sa belle-fille ne ferait peut-être pas mieux qu'elle, mais elle ne ferait pas pire.

34

Le tricot nous accompagne et nous calme.

MORGAN HICKS, *Sweaters by Design*

Lydia Hoffman

A la fin de la semaine, je n'avais toujours pas de nouvelles du cabinet du Dr Wilson, mais je ne m'en inquiétais guère. En général, Peggy appelait les patients pour leur transmettre leurs résultats à l'heure du déjeuner, pendant la fermeture du cabinet. Par ailleurs, je savais d'expérience que, si j'avais besoin d'un renouvellement d'ordonnance, je devais appeler avant 11 heures.

En ouvrant le magasin, mardi matin, je me rappelai que Peggy ne m'avait pas encore appelée. Elle avait peut-être essayé de me joindre lundi. Dans ce cas, elle serait tombée sur le répondeur. Comme je ne lui avais pas donné mon nouveau numéro, elle ne pouvait me contacter qu'au magasin. J'allai vérifier. Pas de message.

Je faillis l'appeler moi-même, mais je fus interrompue de la plus charmante des façons : Brad passa me voir durant ce qu'il appelait sa « pause-café ».

Mon cœur battait encore à tout rompre chaque fois que je le voyais entrer. Nous avions dîné ensemble deux fois au cours de la semaine, et nous avions passé une grande partie du dimanche après-midi ensemble. Cody était chez sa mère pour le week-end. Nous avons profité de cette occasion rare, même si j'apprécie beaucoup Cody. C'est un petit garçon très éveillé, doté d'un sens de l'humour étonnant. Il m'a demandé de lui tricoter un pull avec un dinosaure sur le devant, et j'ai promis de le faire.

— Salut ! dis-je à Brad.

Il me répondit d'un sourire éblouissant.

— Tu as préparé du café ? demanda-t-il tandis que je le regardais avec adoration.

— Pas encore. Je viens d'arriver.

— Je m'en charge.

Il se rendit dans l'arrière-boutique, où nous avions partagé quelques moments d'intimité. Le café était une excuse pour nous retrouver seuls. Je le suivis sous prétexte de l'aider. Dès que je fus passée derrière le rideau fleuri qui sert de cloison, Brad m'enlaça et m'attira contre lui.

— J'ai passé un week-end merveilleux, murmura-t-il.

— Moi aussi.

Nous avions fait une promenade en canot sur le lac Washington. Il avait sorti sa guitare pour me chanter une sérénade. C'était très romantique. Jamais un homme n'avait fait quelque chose d'aussi mignon pour moi.

— Promets-moi de ne plus jamais chanter.

— Tu n'aimes pas ma voix de baryton ? demanda-t-il en faisant mine de bouder.

— Non, répondis-je. Ce n'est pas ça. J'adore quand tu chantes, mais je risque sérieusement de tomber amoureuse de toi.

Ce n'est pas ce que je comptais dire, mais mon cœur semblait faire ce qu'il voulait.

— C'est bien ce que je souhaite, Lydia.

Il m'attira vers lui et m'embrassa avec ardeur. Je savais que nous avions atteint un stade décisif pendant le week-end. Il serait facile de déraper vers une relation physique. Avant que cela ne se produise, toutefois, je devais être absolument certaine que nous partagions les mêmes valeurs et les mêmes objectifs.

Margaret m'avait mise en garde contre toute précipitation, et ma mère avait ajouté son grain de sel. Elles avaient raison, mais j'étais si bien, dans les bras de Brad...

— Je veux être avec toi de plus en plus souvent, dit-il. En me réveillant, le matin, c'est à toi que je pense. Et c'est aussi en pensant à toi que je m'endors.

Moi aussi, je rêvais à lui jour et nuit. Pour être honnête, ça me faisait peur. Par deux fois, j'avais commencé une relation prometteuse. A l'annonce de ma première tumeur, j'étais trop jeune pour comprendre ce que j'avais perdu, lors de ma rupture avec Brian.

Roger, c'était une autre histoire. Il m'avait brisé le cœur. Lorsqu'il m'avait laissée tomber, j'avais eu envie de mourir. Mais le temps apaise les souffrances, dit-on, et, six ans plus tard, je comprends ce que Roger avait dû ressentir. Il m'aimait. J'en suis persuadée. Et parce qu'il m'aimait, il ne supportait pas l'idée de me voir mourir. Il a réagi comme il pouvait, en fuyant.

J'ai appris qu'il s'était marié quatre mois après notre rupture. J'ai essayé de ne pas penser à lui, mais je ressens de temps à autre une vague de tristesse. Je ne voulais pas avoir de regrets par rapport à Brad, quoi qu'il puisse nous arriver.

— Tu n'es pas très bavarde, dit-il en écartant tendrement mes cheveux de mon front.

— Je préfère avancer doucement, répondis-je.

Je lui avais parlé de Brian et de Roger, et il savait à peu près tout ce qu'il y avait à savoir concernant mon passé. Je lui avais beaucoup parlé pendant la promenade en canot.

Blottie dans ses bras, j'admirais les eaux vertes du lac tandis que nous dérivions. Je trouvais plus facile d'évoquer mes ex sans le regarder en face.

En retour, il m'avait parlé de son mariage. Il avait l'impression de ne pas avoir été à la hauteur de Janice, son ex-femme. C'était impensable, même si je comprenais qu'il veuille endosser les responsabilités de l'échec. Il est humain de se croire coupable d'un drame familial. Mais j'ai appris qu'on ne pouvait contrôler les sentiments des autres.

— Et si on dînait ensemble, vendredi soir ? murmura-t-il tout contre mon oreille.

En entendant la sonnerie du téléphone, je poussai un soupir agacé.

— Excuse-moi une minute, dis-je en quittant ses bras.

Je me précipitai pour décrocher, et arrivai juste avant que le répondeur ne s'enclenche.

— Au fil des jours, annonçai-je, espérant que ma voix ne trahissait pas ce que j'étais en train de faire à l'instant.

— Lydia, c'est Peggy, du cabinet du Dr Wilson.

— Ah, bonjour, Peggy ! Je me demandais quand vous m'appelleriez.

— Excusez-moi.

— Ce n'est rien. J'ai été très occupée.

Peggy hésita. J'aurais dû comprendre à ce moment-là, mais non.

— Je voulais vous appeler plus tôt, mais...

Je perçus enfin une certaine réticence.

— Les nouvelles sont mauvaises ?

Dans ce cas, inutile de tourner autour du pot. Elle m'avait fait cadeau du week-end. Je le compris sans qu'elle ait besoin de le dire.

— J'ai essayé de vous joindre hier, murmura-t-elle. Mais le magasin est fermé, le lundi, n'est-ce pas ?

— Vous n'avez pas laissé de message.

La raison était évidente. Ce qu'elle avait à m'annoncer ne se disait pas par répondeur interposé.

— Non, fit-elle, mal à l'aise.

— Que se passe-t-il ? demandai-je, m'attendant au pire.

— Lydia, je suis désolée. Le Dr Wilson a regardé vos résultats et il a prévu une série de radios. Il tient également à vous voir au cabinet dès que vous le pourrez.

— Très bien.

C'était clair : le cancer était de retour. Une autre tumeur était en train de pousser dans mon cerveau alors même que Peggy me parlait. Elle repoussait et rien ne pourrait l'arrêter, cette fois : ni opération ni traitement. Rien. Si j'avais été seule, j'aurais insisté pour que Peggy me dise la vérité tout de suite. Mais je ne pouvais le faire en présence de Brad.

— Je peux vous prendre un rendez-vous en radiologie demain matin à 8 heures ?

— Parfait, marmonnai-je.

— Le Dr Wilson souhaite que vous apportiez les radios. Il vous verra à 9 heures.

— D'accord, fis-je, anesthésiée.

J'avais eu six ans de répit, et je me sentais lésée de ne pas en avoir davantage. Je voulais vivre encore de nombreuses années.

Par deux fois, mon père avait été ma force. Mais il était parti, et j'étais seule, maintenant. Maman était incapable de me soutenir et Margaret serait furieuse. Je ne pouvais m'empêcher de croire que ma sœur allait trouver un moyen de me rendre responsable de cette récidive. Elle dirait que mon besoin de compassion avait encouragé la réapparition de la maladie…

— Une mauvaise nouvelle ? demanda Brad en me voyant raccrocher.

Je n'avais pas remarqué qu'il n'était plus dans l'arrière-boutique. De toute évidence, le café était prêt, car il en tenait une tasse.

— Non, non, lui dis-je. Mais je crains de ne pas pouvoir dîner avec toi, vendredi.

— Tout va bien, tu es sûre ?

— Oui.

J'ignore comment j'ai réussi à sourire, mais je lui ai souri avec un talent qui méritait un oscar.

Brad s'en alla peu de temps après, comme s'il soupçonnait que quelque chose n'allait pas. Dans une heure ou deux, je l'appellerais sur son portable pour lui annoncer que nos chemins se séparaient. C'était une solution de facilité, mais je n'avais pas envie de me disputer à ce propos ou d'évoquer les détails avec lui. Je ne voulais pas qu'il me donne de faux espoirs. Rien ne vaut l'expérience pour apprendre la vie. Je décidai de faciliter les choses à Brad et de lui épargner des épreuves, pour plus tard.

Au moment où je commençais à me dire que j'avais enfin une chance dans la vie, on me la reprenait, une fois de plus. Je connaissais le processus, car je l'avais déjà vécu. Les analyses, les résultats douteux, les consultations suivies d'autres analyses, plus poussées, nécessitant une hospitalisation…

Puis le pronostic délivré par un Dr Wilson à la mine grave, qui serrerait ma main dans la sienne, avant de quitter la chambre d'hôpital.

Je m'étais toujours demandé ce que signifiait ce geste. D'abord, je croyais que c'était sa façon de me dire d'être courageuse. De me battre de toutes mes forces. Maintenant, je vois les choses autrement. Le Dr Wilson m'indiquait simplement combien il était désolé. Il n'est qu'un être humain, et ses pouvoirs sont limités.

Dès que possible, j'allais rompre tout lien avec Brad. Un jour, il comprendrait. S'il ne me remerciait pas maintenant, je savais qu'il le ferait plus tard.

35

Carol Girard

Une semaine s'était écoulée depuis la fausse couche de Carol. Si Doug dormait à poings fermés à côté d'elle, la jeune femme était bien réveillée. Le cadran lumineux affichait 3 h 27. Sachant qu'elle n'arriverait pas à se rendormir, elle se leva sans faire de bruit et gagna le salon.

Tous ses rêves perdus, tous leurs projets lui tombèrent dessus comme un immeuble qui s'écroule. Il n'y aurait jamais de bébé…

Carol n'avait pas remis les pieds dans la chambre d'enfant. Elle n'y arrivait pas. C'était trop douloureux. La porte était demeurée fermée, et elle était certaine que Doug n'y était pas entré, lui non plus.

Au cours du dîner de la veille, il avait suggéré qu'ils appellent le grand magasin pour rendre le matériel de puériculture. Ils n'avaient aucune raison de le garder. Carol savait que son mari se montrait simplement réaliste, mais elle eut l'impression qu'il lui enfonçait un couteau dans le cœur.

Ce drame ne pouvait pas leur arriver. Pas à eux. Tous ceux qui les connaissaient affirmaient qu'ils seraient des parents merveilleux.

Carol espérait que cette souffrance atroce se dissiperait avec le temps. Cela ne faisait qu'une semaine, mais la douleur, le vide étaient de plus en plus intenses. Sa seule consolation, elle la trouvait au sein de son groupe de soutien. Ses amies la comprenaient et avaient pleuré avec elle.

Elle pencha la tête en arrière et ferma les yeux. Les bras serrés contre elle, elle se balança d'avant en arrière, ivre de douleur.

C'était trop injuste. Rick, son frère si immature, si irresponsable, était capable d'avoir des enfants dont il ne voulait pas avec une femme qu'il n'aimait pas. Où était la justice ? Ce pauvre enfant… Aucun de ses parents ne semblait lui accorder d'importance.

Carol rouvrit vivement les yeux. Une sensation étrange la parcourut tout entière. Rick ! Elle se leva d'un bond et se précipita dans la chambre à coucher. Elle sauta sur le lit pour réveiller son mari.

— Doug ! Réveille-toi ! s'écria-t-elle, agenouillée sur lui.

Il l'ignora et roula sur le côté.

— Doug ! répéta-t-elle, ivre de joie et d'enthousiasme.

L'espoir pouvait être une drogue puissante et elle en débordait, en cet instant.

— Doug, il faut que je te parle ! dit-elle en le secouant.

— Carol ! On est en pleine nuit.

— Je sais… Je sais.

Elle se pencha et l'embrassa dans le cou.

— Réveille-toi !

— Pourquoi ? grommela-t-il.

— Parce que j'ai quelque chose d'important à te dire.

A contrecœur, Doug s'allongea péniblement sur le dos et se passa les mains sur le visage. Puis il cligna les yeux et regarda sa femme fixement, avant de froncer les sourcils.

— Tu as une raison de sourire ?

Elle opina et se pencha encore pour l'enlacer.

— Qu'est-ce qui s'est passé ? demanda Doug.

— J'étais assise dans le salon, à l'instant, raconta-t-elle

avec une énergie féroce, et je me répétais combien la vie était injuste… Et puis j'ai compris quelque chose. Il fallait absolument que je t'en parle.

Doug se redressa pour regarder sa femme dans les yeux.

— Il y a un autre bébé qui nous attend, murmura-t-elle.

— Hein ? fit Doug en secouant la tête. Tu veux parler d'une adoption ?

C'était un sujet récurrent, mais il y avait si peu d'enfants adoptables que leurs chances étaient minces.

— Oui, mais pas de n'importe quel enfant. Je te parle d'adopter l'enfant de Rick.

— Ton frère ?

Elle se mit à rire.

— Tu connais un autre Rick ?

— Non. Mais ce n'est pas lui qui est enceinte.

— Je sais, c'est Lisa. Ou bien Kim ? Je ne me souviens plus très bien. Peu importe. Tu ne comprends donc pas ? C'est le ciel qui voulait que cet enfant soit le nôtre.

Doug ne la suivait pas. Il soutint son regard et dit gentiment :

— Chérie, qu'est-ce que tu racontes ?

— Je suis très sérieuse. C'est parfaitement sensé. Tu ne comprends donc pas ? Mon frère va avoir un enfant dont il ne veut pas. Il m'a dit qu'il n'avait aucune intention d'épouser la mère. Cette grossesse est un choc pour Lisa… Ou Kim. Elle ne s'attendait pas à ce qu'un enfant naisse de leur liaison. Rick m'a dit qu'elle prenait la pilule.

— Oui, mais…

— Je sais que ça paraît incroyable, mais je sens sincèrement que ce bébé n'est pas un accident. C'est *notre* bébé.

Doug poussa un long soupir.

— Chérie…

— Cet enfant fait partie de ma famille. Ce ne sera pas comme adopter un inconnu.

— Et tu crois que Rick va accepter?

De toute évidence, Doug en doutait.

— Accepter? répéta-t-elle en riant. Je crois qu'il va sauter sur l'occasion d'échapper à une pension alimentaire. De plus, je lui garantirai qu'aucun de nous deux ne révélera à Ellie qu'il s'agit de son enfant biologique. Nous lui donnerons notre parole, n'est-ce pas?

— Bien sûr. Mais… Et la mère de ce bébé? Elle a son mot à dire.

— J'y ai pensé, répondit Carol. Elle va devoir prendre plusieurs semaines de congé, et nous la dédommagerons pour sa perte de salaire.

Doug haussa les épaules.

— Nous pouvons toujours faire la proposition, admit-il.

— Je retournerai travailler pour payer les frais que ça impliquera.

— Ce n'est pas une bonne idée.

— Pourquoi?

— Tu ne peux pas retourner travailler seulement pour quelques mois et démissionner de nouveau.

Il avait raison, mais ce n'était qu'un détail pour Carol.

— Je suis disposée à faire ce qu'il faudra pour pouvoir adopter cet enfant. Promets-moi de me soutenir.

— Chérie, tu sais bien que je le ferai.

— Ce bébé est le nôtre. Je le sens dans mon cœur.

Désireuse de le convaincre, elle lui prit la main.

Doug ferma les yeux. Elle ignorait à quoi il pensait. Il avait peur, lui aussi, mais son enthousiasme à elle eut finalement le dessus.

— Tu redoutes une nouvelle déception, n'est-ce pas?

Doug opina.

— Je n'ai pas envie que tu t'infliges encore de la souffrance. Et si c'était une nouvelle impasse ?

— C'est à moi de m'en soucier, tu ne crois pas ?

Malgré l'inquiétude de Doug, elle était persuadée que l'idée séduirait son frère.

— J'appelle Rick ou bien tu veux t'en charger ? demanda Doug.

Carol enroula les bras autour du cou de son mari avec joie.

— Je lui téléphonerai demain matin à la première heure pour tout lui expliquer.

Elle n'avait pas eu de nouvelles de son frère depuis qu'il lui avait annoncé la grossesse. Leurs parents avaient dû lui parler de sa fausse couche. Carol se rendit compte qu'il avait délibérément évité de l'appeler ou de lui écrire. Il n'aurait pas su quoi dire. Il était plus facile d'ignorer sa souffrance. Son frère avait tendance à choisir la solution de facilité, ce qu'elle avait découvert depuis peu.

— Je peux me rendormir, maintenant ? demanda Doug.

Sans attendre de réponse, il remonta la couette sur ses oreilles.

Carol se sentit dériver d'un état d'éveil plein d'énergie à une fatigue soudaine. Elle se glissa sous la couette et posa son oreiller sur sa tête. Elle se blottit contre Doug, un bras autour de sa taille.

Malgré sa fatigue, elle ne pensait plus qu'à cet enfant et à ce que son adoption leur apporterait. Le vieux dicton avait raison : Dieu ne ferme jamais une porte sans ouvrir une fenêtre. Et cette fenêtre était béante. Il lui suffisait de rester devant assez longtemps pour sentir le vent tourner. Elle comprit enfin ce qui aurait dû être évident depuis le départ.

36

Alix Townsend

Alix jeta ses T-shirts sales dans le lave-linge, ajouta de la lessive et inséra des pièces de monnaie dans la fente.

Pour faire des économies, Alix et Laurel se chargeaient chacune à leur tour de la lessive commune. Alix avait horreur de ça. C'était l'une des raisons pour lesquelles elle s'y rendait le lundi matin de bonne heure. Elle aurait l'impression d'avoir réussi dans la vie le jour où elle posséderait son propre lave-linge.

Assise sur une chaise en plastique, elle prit un magazine. C'était le numéro *People* du Noël précédent. Alix l'avait déjà lu la dernière fois. Elle le reposa. En fait, elle avait déjà lu tout ce qu'il y avait sur place.

Elle croisa les bras, étendit les jambes et ferma les yeux. En pensant à Jacqueline, elle sourit. Son amie croyait bien faire, mais jamais Alix n'essaierait un ensemble en laine. En regardant le prix sur l'étiquette, elle avait cru défaillir. La jupe et le pull coûtaient plus de mille dollars. Mille dollars pour un ensemble ? C'était de la folie !

Son expérience chez la coiffeuse avait été encore pire. Cette Française à l'accent prononcé avait refusé de l'écouter. Elle avait sa propre idée de ce qu'il fallait faire, et avait refusé les instructions d'Alix. Quand cette Desiree en eut fini, Alix se retint de hurler. Pour être honnête, sa coiffure était correcte, si elle voulait ressembler à une héroïne de feuilleton des années soixante-dix. Avec tout ce que Desiree lui avait coupé, il lui avait fallu une semaine pour obtenir une coiffure qui lui plaise enfin.

Mais Alix ne voulait pas sembler ingrate. Jacqueline avait voulu lui faire plaisir, après tout, et elle lui en était reconnaissante. Mais ses efforts avaient échoué. Elle ne comprenait rien aux goûts d'Alix, et plus jamais la jeune femme ne la laisserait s'approcher d'elle.

Bonne nouvelle, toutefois : Carol était de retour au Fil des jours. Vendredi dernier, elle était même de très bonne humeur, ce qui pouvait surprendre. Tout le monde s'inquiétait pour elle depuis l'annonce de sa fausse couche. Alix ne savait pas quoi dire. Elle voulait que Carol sache qu'elle était triste pour elle, mais ne tenait pas à évoquer un sujet douloureux, au cas où Carol n'aurait pas été prête à en parler. Jacqueline et Lydia pensaient manifestement comme elle.

Mais Carol était arrivée, plus enjouée que jamais, à la grande stupeur d'Alix et des autres. Elle semblait convaincue que Doug et elle pourraient adopter un bébé. Alix avait un tas de questions à lui poser, mais comme personne ne disait rien, elle avait compris et tenu sa langue. Carol n'ayant fourni aucun détail, elles firent comme si tout allait bien. Alix avait peur que Carol ne soit en plein déni ou prise par quelque délire. Elle s'efforçait de l'encourager, mais, en réalité, elle était inquiète.

Carol n'était pas la seule du groupe pour qui elle s'inquiétait. Quelque chose n'allait pas chez Lydia. Elle n'était plus la même. Elle semblait réservée, distante, comme dans le brouillard. Jacqueline l'avait remarqué, elle aussi. D'abord, Alix avait cru que Lydia s'était disputée avec ce livreur pour qui elle craquait. C'était peut-être ça, mais elle en doutait. Quand on l'interrogeait, Lydia affirmait que tout allait bien.

Mais il ne fallait pas être voyante pour deviner que tout allait de travers.

Quant à Laurel… Laurel était pire qu'avant. Vivre en colocation était une erreur, mais elles n'avaient pas le choix. Depuis trois mois, Laurel était irritable, impatiente. Croyant l'aider, Alix lui avait donné un journal où figurait un régime miracle. Laurel le lui avait lancé à la tête. Depuis, Alix l'évitait. C'était plus facile car Laurel avait démissionné du vidéoclub la semaine précédente, et elle travaillait dans une crèche comme assistante, autrement dit comme baby-sitter et femme de ménage. En gros, elle essuyait le jus d'orange renversé et rangeait les jouets. Elle n'avait pas de formation. Laurel ne semblait pas aimer davantage ce boulot que le précédent.

Quand la machine à laver cessa de ronronner, Alix se leva et mit le linge propre dans le panier en plastique. Au moment de remplir le sèche-linge, elle faillit bousculer Jordan Turner.

Elle ne l'avait pas revu depuis leur querelle. Après s'être ridiculisée, elle ne pensait plus avoir la moindre chance. Si elle avait laissé Jacqueline essayer de la transformer, c'était uniquement dans l'espoir que Jordan remarquerait la différence. Elle aurait ainsi un prétexte pour lui parler. Elle aurait dû savoir à quoi s'attendre. Tout ce qu'elle avait fait dans l'espoir d'accéder à une vie meilleure s'était toujours terminé de la même façon.

— Sa… Salut ! bredouilla-t-elle.

— Je pensais bien que c'était toi, répondit-il en examinant ses cheveux. J'aime beaucoup ta nouvelle coiffure. La couleur est très jolie.

— C'est vrai ?

Alix ne parvenait pas à calmer les battements effrénés de son cœur. On aurait dit un marteau-piqueur.

— C'est ma couleur naturelle. Enfin, presque, d'après mes souvenirs.

Grâce à Jordan, elle se sentait soudain belle et spéciale.

— On devrait parler, dit-il.

Elle haussa les épaules, trop nerveuse pour discuter.

— Tu as une minute ?

— Oui, je crois.

Elle se dirigea vers l'énorme sèche-linge. Il était encore tôt. Il n'y avait pas grand monde à la laverie. A 10 heures, elle serait bondée. Alix préférait éviter les heures d'affluence, quand les gosses échappaient à leurs parents et que les gens se battaient pour le sèche-linge.

Elle baissa la tête, cherchant ses mots pour s'excuser.

— J'ai appris ce que tu avais fait, dit Jordan.

Alix fronça les sourcils, cherchant à quoi il faisait allusion.

— Lori m'a dit que tu l'avais sortie de cette maison de drogués.

— Ah oui ! fit Alix, qui avait presque oublié. Elle voulait en sortir, mais elle refusait de l'admettre.

— Lori est une gosse à problèmes.

— Qui n'en a pas ?

Elle ne voulait pas parler sèchement, mais sa réponse était sincère. Tous les adolescents traversaient une période au cours de laquelle ils pensaient que le monde entier leur en voulait. La seule défense possible était de répliquer. Sa propre rébellion l'avait menée dans bien des galères. Avec le recul, elle regrettait de ne pas avoir eu dans sa vie quelqu'un qui la sorte d'une maison de toxicos.

— Lori te remercie de ce que tu as fait.

Ce n'était pas l'impression qu'Alix avait eue.

— Moi aussi, je t'en suis reconnaissant, ajouta Jordan.

Elle hocha la tête comme si ça n'avait aucune importance.

— Je savais que la place de Lori n'était pas dans cette maison avec ces types.

— La tienne non plus, ajouta Jordan en soutenant son regard.

— Je sais.

Jordan refusait de détourner les yeux.

— Tu as un problème de drogue ?

Cette question la mit en colère. Elle voulut lui adresser une réponse cinglante, mais ravala sa rage. C'était une question légitime, car elle était entrée dans cette maison de son plein gré.

— Plus maintenant.

Il opina, la croyant sur parole.

— Je suppose que je te dois des excuses, reprit-elle d'un ton détaché. Tu as raison : j'étais jalouse.

Voir Jordan à l'église avec cette Américaine idéale avait failli la rendre folle. Elle n'avait pas le droit d'être jalouse, mais son cœur s'en moquait. Elle considérait que Jordan lui appartenait. Les soupçons la consumaient trop pour qu'elle les ignore. Elle était donc revenue à une époque et dans un lieu où elle s'était pourtant juré de ne jamais retourner.

Ce n'était pas à Lori de formuler des remerciements, mais à elle. Le danger encouru par la jeune fille l'avait ramenée à la réalité.

— Excuses acceptées, fit Jordan avec un sourire.

Alix sentit son cœur fondre, et sourit à son tour.

— Amis ? proposa-t-il.

— Amis, répondit-elle, heureuse et un peu mélancolique à la fois.

Cela signifiait-il qu'elle ne pouvait être plus que son amie ?

Jordan lui prit la main.

— Tu m'as manqué.

L'espace de quelques secondes, elle en eut le souffle coupé. Elle lui avait manqué !

— Je suis en train de te tricoter un pull, murmura-t-elle.

— C'est vrai ?

Alix maudit le jour où elle avait hérité du modèle de Carol. Depuis le départ, ce pull ne lui posait que des problèmes. Pendant un moment, elle l'avait abandonné, mais elle l'avait vite repris pour se sentir plus proche de Jordan. Elle se disait que ce pull lui fournirait un prétexte pour le contacter. Elle avait terminé la couverture pour bébé et l'avait montrée à son assistante sociale. Il ne lui restait plus qu'à l'apporter à l'association.

— Tu n'as aucune raison d'être jalouse, tu sais ?

Alix croisa son regard.

— Il n'y a personne d'autre.

— Ah ? fit-elle, la gorge nouée.

Il serra sa main dans la sienne.

— Tu te rappelles le jour où tu as apporté des gâteaux en classe pour ton anniversaire ?

Alix ne risquait pas de l'oublier. Sa mère n'étant pas une fée du logis, Alix les avait préparés elle-même. Avec de vrais ingrédients, et non pas à l'aide d'un sachet tout prêt.

— C'était moi qui les avais faits, dit-elle, surprise qu'il s'en souvienne.

— Tu m'en as donné deux.

Elle baissa les yeux.

— Oui, je sais. Si j'avais un four correct, je t'en confectionnerais tout un tas, maintenant.

— Tu aimes faire de la pâtisserie ?

Alix opina. Elle rêvait d'entrer dans une école de cuisine et d'être chef dans un restaurant comme ceux que fréquentaient Jacqueline et son mari. A moins qu'elle ne crée sa propre société en tant que traiteur. Elle n'en parlait pas souvent. Au fil des années, elle avait travaillé dans plusieurs restaurants et elle aimait l'effervescence des cuisines au moment du coup de feu. Elle avait tenté d'entrer chez Annie's, mais le patron du vidéoclub lui avait proposé une place.

— Tu as des projets pour samedi soir ? demanda Jordan.

— Pas vraiment.

— Tu veux bien dîner avec moi ?

— Chez Annie's ?

— Pas cette fois. Qu'est-ce que tu dirais d'un vrai dîner dans un grand restaurant ?

C'était sans doute un endroit où il fallait s'habiller. Mais l'idée de refuser ne lui vint même pas à l'esprit. Jacqueline lui accorderait peut-être une seconde chance pour un *relooking*.

Elle pouvait toujours le lui demander.

37

Dans le tricot, comme dans tout le reste, on apprend autant de ses erreurs que de ses réussites.

PAM ALLEN, rédactrice en chef, *Interweave Press*

Lydia Hoffman

Cela peut sembler mélodramatique d'affirmer que ma vie était terminée. Pourtant, c'était exactement ce que je ressentais, allongée dans ce lit d'hôpital, avec cette odeur de désinfectant qui flottait autour de moi et à laquelle je n'avais jamais pu m'habituer. Les radios avaient révélé ce que je redoutais : la formation d'une nouvelle tumeur. Par chance, celle-ci était accessible par le sinus, sans avoir à percer le crâne.

Après l'opération, la tumeur avait disparu. Hélas, les résultats de la biopsie n'étaient pas concluants. Un échantillon de tissus avait été envoyé au laboratoire pour un second avis. Avec mon passé médical, les médecins ne voulaient pas prendre le moindre risque.

Le bouquet d'œillets de Margaret posé sur ma table de chevet me remontait le moral. C'était la première fois que ma sœur m'envoyait des fleurs. Nos rapports avaient évolué, mais même son geste de soutien ne suffisait pas à me rendre l'espoir.

Dans mon cœur, je savais ce qui m'attendait et je ne le

supportais pas. Tout en moi avait envie de crier combien c'était injuste. Comme une petite fille, j'étais sur le point de me lever et de piquer une colère.

Sans le soutien de mon père, je me sentais abandonnée. Cela peut sembler irrationnel, mais je lui en voulais énormément d'être mort. J'étais furieuse. Contre mon père. Contre Dieu. Contre le monde entier.

Ayant passé presque deux jours sous l'effet de médicaments, à cause de l'opération, je ne trouvais plus de refuge dans le sommeil. Chaque fois que je fermais les yeux, je voyais le visage de Brad. J'entendais sa voix. Notre dernière conversation me revenait sans cesse à la mémoire. Je lui avais dit tout simplement que je ne souhaitais pas poursuivre notre relation.

Bien sûr, il n'avait pas compris que je lui rendais service. Il voulait discuter, me faire changer d'avis. Je regrette les mots que j'ai prononcés. Comme je ne pouvais pas lui avouer la vérité, j'ai prétendu que je m'intéressais à un autre homme.

Margaret réprouvait ma rupture avec Brad. Je lui ai dit que c'était ma vie et que je prenais mes propres décisions. Ça l'a fait taire, mais j'ai senti qu'elle était furieuse. Je suis capable de gérer son mécontentement. C'est ce que je fais depuis toujours.

Toutefois, je ne crois pas qu'elle me reprochait la récidive du cancer. J'ai fait de mon mieux pour lui être reconnaissante de sa compassion. Quand je lui ai annoncé la nouvelle, elle a été très solennelle et m'a dit combien elle était désolée.

Comme appelée par mes pensées, Margaret apparut sur le pas de la porte.

— Je vois que les fleurs sont arrivées, dit-elle, visiblement mal à l'aise.

Elle scruta les alentours d'un œil méfiant, comme si elle

s'attendait à ce qu'un aide-soignant la jette sur un brancard pour l'emmener en chirurgie subir une opération.

— Elles sont superbes, répondis-je. C'est gentil.

— Alors, fit-elle en s'approchant d'un air hésitant. Comment se sont déroulés les tests ?

Je haussai les épaules. Il n'y avait rien à dire.

— Comme la dernière fois.

— Aussi mal ?

Malgré un effort sincère pour lui sourire, je ne parvins qu'à faire une grimace.

— Maman voulait venir…

Je hochai la tête. Ma mère ignorait la raison de mon admission et c'était mieux ainsi. A la réflexion, le seul aspect positif de la mort de mon père, c'était qu'il était parti très vite. Ma mère n'aurait pas été capable de gérer une longue maladie.

Je soupçonne Margaret d'être comme elle. Le fait qu'elle soit venue me voir était révélateur de l'évolution de nos rapports, au cours des derniers mois.

Quand elle eut l'impression qu'elle pouvait se détendre, elle approcha une chaise du lit.

— Je suis contente que tu sois venue, lui dis-je, parce que j'aimerais discuter avec toi de certaines choses.

Elle fit comme si elle ne m'avait pas entendue.

— Je ne pense pas que le moment soit bien choisi…

— S'il te plaît !

Le ton de ma voix parut la toucher, contrairement à mes mots.

Résignée, elle poussa un soupir.

— Très bien. De quoi s'agit-il ?

— J'ai pensé à ce qu'allait devenir ma boutique.

Margaret eut une expression peinée.

— J'y ai réfléchi, moi aussi. Tu sais que je ne tricote pas, mais je veux bien te remplacer…

— Je ne te demanderai jamais ça.

L'idée qu'elle reprenne mon commerce ne m'était même pas venue à l'esprit.

— C'est pourtant une solution. Maman et moi pourrions nous relayer.

Sa générosité me toucha profondément. Pour la première fois depuis mon admission à l'hôpital, je sentis des larmes me monter aux yeux.

— Je n'arrive pas à croire que tu ferais une chose pareille.

Margaret me dévisagea d'un air étonné.

— Tu es ma sœur. Je ferais n'importe quoi pour t'aider, y compris…

Elle hésita, prit une profonde inspiration et regarda par-dessus son épaule.

— Nous en reparlerons plus tard, d'accord ? Rien n'est certain, alors autant prendre les choses à mesure qu'elles se présentent.

— Mais…

— Tu as de la visite.

Croyant que l'une de mes nièces l'avait accompagnée, je regardai avec impatience vers la porte. J'aurais volontiers réglé tout de suite la question de l'avenir de ma boutique, mais il était plus logique d'attendre le verdict du Dr Wilson. Je ne pensais déjà pas survivre à mon deuxième cancer, je ne me faisais donc aucune illusion pour le troisième. Je n'avais plus envie de me battre et j'étais disposée à accepter mon sort.

La terrible vérité, celle que je ne pouvais pas dire à voix haute à Margaret ou à ma mère, c'était que je préférais la mort aux traitements. Je ne me sentais pas capable de recommencer. Je ne pouvais plus endurer le calvaire de la chimiothérapie. J'étais une adulte capable de prendre mes propres décisions. Et ma décision était prise. Je refuserais tout traitement et laisserais le cancer suivre son cours. La seule personne avec qui je pouvais en discuter était le Dr Wilson, et je ne le verrais plus jusqu'à ce qu'il ait eu l'occasion d'analyser les résultats de mes examens.

— Accorde-moi un instant, dit Margaret.

Elle se leva et disparut dans le couloir.

A son retour, je reçus un choc. Mon visiteur n'était pas Julia ou Hailey, mais Brad. J'eus envie de lui crier de s'en aller, et d'ordonner à Margaret de partir avec lui. Je ne pouvais pas supporter ça. Un regard sur l'expression d'inquiétude et de tendresse de Brad suffit à me faire réagir comme une gamine. Je pris mon visage dans mes mains et fondis en larmes.

Je sentis le bras de Brad sur mes épaules.

— Tu aurais pu me le dire, tu sais ?

Je baissai les mains, refusant de lui parler ou de le regarder. Je concentrai ma colère sur mon intrigante de sœur.

— Comment tu as pu faire ça ? lui criai-je.

— Et toi, comment tu as pu faire ça ? rétorqua-t-elle, comme en écho.

Brad interrompit notre joute verbale d'un ton ferme, déterminé.

— Si tu m'avais expliqué ce qui n'allait pas, on en aurait parlé, Lydia.

— Va-t'en !

Je le regardai droit dans les yeux, le cœur brisé. Il secoua la tête.

— Désolé, mais je ne partirai pas.

— Tu n'as pas le choix.

— Je ne te laisserai pas me chasser.

— Tu ne comprends donc pas ? lançai-je. Tu n'as aucun avenir avec moi !

Avec une expression douce, il voulut prendre ma main.

— Demain est un autre jour, et après-demain aussi.

Je levai la tête. Pourquoi tout le monde s'évertuait-il à me compliquer les choses ?

— Lydia, fit Margaret, tu veux bien arrêter de t'apitoyer sur ton sort et te ressaisir ?

Voilà qui ne m'étonnait pas de ma sœur. Ce n'était pas elle qui vivait ce cauchemar. Ce n'était pas elle qui avait enduré des semaines de chimiothérapie. Elle se conduisait comme si mon cancer n'était qu'un léger désagrément, comme si je pouvais m'en remettre facilement et survivre.

— Je ne sais pas ce que nous réserve l'avenir, déclara Brad, la mine grave. Mais je peux te garantir que, quoi qu'il arrive, j'ai l'intention d'être présent, pour toi et avec toi.

J'avais déjà entendu ça. Les mêmes mots. Mais, après deux jours d'examens et d'injections, je n'étais pas en état de discuter.

— S'il vous plaît, allez-vous-en... Je ne peux pas supporter ça.

Margaret et Brad se regardèrent. Ils ne semblaient pas me croire. Et ils se moquaient de mes souhaits, de mes besoins, car ils ignorèrent ma requête. Ils ne me laissèrent pas le choix, alors j'appuyai sur le bouton d'appel de l'infirmière.

— Vous avez besoin de quelque chose ? fit une voix, dans l'Interphone.

— La paix ! criai-je. J'ai besoin de paix et de silence, et ces gens refusent de partir !

Margaret pinça les lèvres et secoua lentement la tête. A en juger par la mine sombre de Brad, il aurait fallu une intervention militaire pour le faire sortir de la chambre. Je roulai sur le côté pour lui tourner le dos.

— Nous n'avons pas fini de discuter, dit-il.

Je ne lui répondis même pas. Pour ma part, je n'avais plus rien à lui dire. Rien de ce qu'il pouvait me raconter ne me ferait changer d'avis.

J'entendis des pas.

— Nous allions partir, assura Margaret à l'infirmière.

Je dus me forcer pour ne pas me retourner et les regarder sortir.

J'avais peut-être un problème plus grave encore que le cancer. Je venais de chasser les deux seules personnes au monde qui m'offraient leur amour et leur soutien.

38

Carol Girard

Carol et Doug arrivèrent au restaurant du quartier universitaire de Seattle avant Rick. Ils étaient attablés et avaient commandé un verre de chardonnay en attendant le frère de Carol, et peut-être Lisa.

Carol avait mis plusieurs jours à le joindre. Leur conversation avait été brève. Elle avait invité Rick à dîner en lui demandant d'amener Lisa, si possible.

— Tu crois qu'elle sera là ? demanda Carol en serrant le bras de son mari.

C'était peut-être l'une des soirées les plus importantes de leur vie.

Avant que Doug puisse lui répondre, Carol vit l'hôtesse accompagner son frère jusqu'à leur table. Il était seul, mais ça valait peut-être mieux. Après en avoir discuté, Carol et Doug avaient décidé que c'était à Rick de soumettre l'idée à Lisa. Elle aurait pu trouver délicat d'évoquer un sujet aussi personnel avec des inconnus.

Rick embrassa Carol avant de s'asseoir en face du couple. Il évita toutefois le regard de sa sœur.

— Maman m'a dit, pour ta fausse couche. Je suis désolé.

— Merci.

L'arrivée de la serveuse fit diversion. Rick commanda un double whisky.

— Je ne vole pas avant demain soir, expliqua-t-il.

— Comment ça va, dans ta vie ? lui demanda Doug dès que la serveuse se fut éloignée.

— Tout va bien, assura Rick d'un ton désinvolte.

Carol prit la main de son mari, sous la table.

— Comment va Lisa ?

— Bien, je pense. Je ne lui ai pas parlé depuis une semaine, environ.

Il n'avait donc pas pris la peine de lui transmettre l'invitation de Carol. Enfin, ce n'était pas grave.

— Toi, en tout cas, tu as l'air de bonne humeur, déclara Rick à sa sœur. Je m'attendais à te trouver déprimée. Maman m'a dit que tu avais eu du mal à encaisser.

— C'est vrai, admit-elle avec une grimace, mais la vie continue.

Quand son whisky lui fut servi, Rick leva son verre.

— A la vie ! dit-il.

Carol et Doug levèrent leur verre, sans répéter son toast.

— En fait, Lisa et toi êtes pour beaucoup dans l'amélioration de mon moral, commença Carol.

Doug lui adressa un regard de mise en garde. Elle savait qu'il avait raison. Ce n'était pas le moment d'évoquer leur projet.

— Moi ? fit Rick, étonné.

Par chance, la serveuse apporta les plats, épargnant à Carol l'obligation de répondre.

La jeune femme alluma le réchaud à fondue et installa le caquelon de fromage sur la flamme. Puis elle posa sur la table une corbeille de pain.

Au cours de la semaine, Carol avait retrouvé l'appétit. Mais elle avait tellement maigri, ces derniers temps, que beaucoup de ses vêtements ne lui allaient plus. Pour ce dîner, elle avait dû se changer trois fois, car elle flottait dans toutes ses tenues.

— Nous pensons à adopter un enfant, annonça Carol, incapable de se taire, malgré les avertissements tacites de Doug.

— C'est une bonne idée, répondit Rick en hochant la tête.

— Nous le pensons aussi, murmura Carol en plaquant sa cuisse contre celle de Doug.

Rick était si obtus qu'il n'avait pas saisi ce qui devait pourtant être évident.

— J'ai parlé à Ellie, la semaine dernière, dit-il.

— Comment ça s'est passé ?

— Elle était contente d'avoir de mes nouvelles. Je l'ai invitée à dîner la semaine prochaine.

— Elle va venir ?

Rick secoua la tête.

— J'en doute, répondit-il.

— Et avec Lisa ? demanda Carol.

— Nous avons décidé de partir chacun de notre côté. Nous n'avons jamais vraiment formé un couple.

Carol sentit son moral retomber.

— Mais tu vas continuer à la voir, non ?

Son frère leva la tête, tenant un morceau de pain dégoulinant de fondue au-dessus du caquelon.

— Bien sûr ! C'est inévitable, étant donné qu'on travaille sur les mêmes vols. Elle est adorable, et ce qui est arrivé est malheureux, mais je dois avouer qu'elle a bien géré les choses.

Carol poussa un soupir de soulagement.

— Tu sais, parfois, ce qui ressemble à un accident n'en est pas un.

— Sans doute, fit Rick en prenant un autre morceau de pain. C'est bon. Vous savez de quel fromage il s'agit ?

— Non, répondit Doug.

Carol perçut une certaine dureté dans le ton de sa voix. Elle vit qu'il fronçait les sourcils. Elle aurait aimé lui demander ce qui n'allait pas, mais c'était impossible. Le sujet de Lisa étant abordé, elle ne put attendre plus longtemps.

— Tu dois te douter combien cette fausse couche était horrible, reprit-elle en regardant son frère.

Rick but une gorgée de vin.

— C'est vraiment une mauvaise nouvelle, répondit-il.

— Une nuit, la semaine dernière, j'étais assise dans le noir, à penser à tout ça. J'avais l'impression d'avoir tout raté.

— Comment ça?

— J'avais trahi Doug, je m'étais trahie moi-même. Nous savons tous les deux qu'il ferait un père merveilleux. Et je sais à quel point nos parents sont déçus... Bref, j'avais l'impression que le monde s'écroulait autour de moi.

— Pourquoi? demanda Rick en la regardant.

Cela aurait été trop long à expliquer.

— Une femme a cette impression quand elle ne peut mener à terme une grossesse.

Rick regarda Doug et lui fit un clin d'œil.

— Ah, les femmes! On ne peut pas vivre sans elles, on ne les comprend pas, mais elles mettent du relief dans nos vies, pas vrai?

Doug ne prit pas la peine de répondre.

— Si je te parle de ça maintenant...

— Carol! fit Doug en posant une main sur la sienne. Profitons de ce dîner.

Elle hocha la tête, mais dut se faire violence pour ne pas interroger Rick davantage. Sans ce double whisky — Rick en était à son deuxième —, il aurait peut-être saisi ce qu'elle essayait de lui dire.

Le repas dura une éternité. Tout autre soir, Carol aurait savouré ces instants avec les deux hommes qu'elle préférait.

Ils dégustèrent ensuite une cassolette de fruits de mer, puis une tarte aux fraises. Finalement, Carol était si tendue qu'elle se sentait incapable de tenir une minute de plus.

— Tu passes boire un verre à la maison ? proposa Doug.

Rick consulta sa montre.

— Non. Il est déjà tard.

— Mais c'est important ! bredouilla Carol. Doug et moi voulons te parler.

— De quoi ? demanda Rick, étonné.

Carol refusait de laisser cette soirée s'achever sans avoir abordé le sujet de l'adoption.

— Nous voulons te demander quelque chose à propos de Lisa et toi.

Rick plissa le front.

— Je vous ai dit qu'on avait rompu.

— Oui, je sais, mais ce n'est pas en rapport avec vous en tant que couple. Doug et moi…

Elle se tut et regarda son mari, avant de se tourner de nouveau vers son frère.

— On voulait te demander, pour le bébé…

— Quel bébé ?

Rick semblait sincèrement surpris. Carol se pencha vers lui.

— Lisa est enceinte, non ?

— Elle *était* enceinte, tu veux dire.

Carol eut l'impression que le sol s'écroulait sous ses pieds.

— Elle a fait une fausse couche ?

Rick secoua la tête.

— Elle et moi, on a discuté, et on est tombés d'accord. Il n'y avait pas d'autre solution. Aucun de nous n'avait envisagé cette grossesse.

— Oui, mais…

— Je ne pensais qu'à la réaction d'Ellie, quand elle l'apprendrait. Et il faut entretenir un gosse pendant dix-huit ans. Un gosse, ce n'est pas une responsabilité que j'aurais prise à la légère.

— Elle a avorté, c'est ça ? fit Carol d'une voix blanche.

— C'est son corps. C'était à elle de choisir.

— Mais tu lui as dit que tu ne voulais pas du bébé !

— Oui. Franchement, je n'avais pas besoin de ce genre de complication dans ma vie.

— Mais Doug et moi, on voulait l'adopter, ce bébé !

— Chérie, fit Doug d'une voix douce, dans un brouillard d'incrédulité et de désarroi. C'est trop tard. Laisse tomber.

Après le choc initial, elle ne ressentit rien : ni colère ni rage ni déception. Rien. Autant parler de la pluie et du beau temps.

— Je suis désolé, fit Rick mais, même si on l'avait su, je ne crois pas qu'on aurait fait un autre choix.

— Viens, chérie, je crois qu'il est temps de partir.

Doug l'aida à se lever. Si elle ne trahissait pas sa détresse, ce n'était pas le cas de son mari.

— Vous aviez déjà tout prévu, hein ? lança Rick. Seulement, c'est ma vie ! Ce n'est pas à moi de régler vos problèmes.

— Tu as raison, dit Doug. C'est notre problème.

Rick vida son verre.

— Inutile d'en faire une histoire. Ça arrive.

— Oui, répondit Doug en enlaçant Carol.

— Merci pour le dîner ! On se reverra bientôt, conclut Rick, toujours à table, les yeux dans le vide.

39

Alix Townsend

Samedi matin, Jacqueline vint chercher Alix devant chez elle à 10 heures. Durant la séance de tricot du vendredi après-midi, Alix avait mentionné d'un air désinvolte son dîner avec Jordan dans un restaurant chic. Jacqueline avait sauté sur cette occasion pour faire ses preuves.

— Accorde-moi une nouvelle chance, avait-elle dit, et tu ne le regretteras pas.

Alix espérait qu'elle disait vrai. Quand la Mercedes de Jacqueline s'arrêta au bord du trottoir, la jeune femme ouvrit la portière du passager.

— Allez, monte ! On a un emploi du temps chargé.

Trois mois plus tôt, si l'on avait dit à Alix qu'elle serait l'amie de cette bourgeoise, elle aurait éclaté de rire. Elles avaient toujours des prises de bec, mais c'était devenu un jeu entre elles. Elles avaient une réputation à soutenir, et Alix tenait à être à la hauteur. De toute évidence, Jacqueline était du même avis.

Assise dans la voiture, Alix attendit, se demandant pourquoi Jacqueline ne démarrait pas.

— Ceinture !

Alix obéit en grommelant.

— Quoi ? lança Jacqueline.

— Ne sois pas si coincée.

— Je ne suis absolument pas *coincée*. Au fait, on va chez ma belle-fille.

— Chez Tammie Lee ?

C'était inattendu. Alix avait remarqué que Jacqueline s'était adoucie, pas seulement envers elle, mais aussi envers sa belle-fille. Quand Alix avait commencé les leçons de tricot, Jacqueline ne disait que du mal de celle qui lui avait volé son fils adoré. Cette réprobation semblait avoir évolué, au moins un peu.

— Tammie Lee est jeune et branchée. C'est le style que tu recherches, non ?

— C'est mieux que d'être habillée comme Barbara Bush.

A la surprise d'Alix, Jacqueline se mit à rire.

— Ne te moque pas de nos anciennes premières dames. A l'école primaire, j'ai modifié l'orthographe de mon nom à cause de Jacqueline Kennedy.

— Ma mère m'a dit qu'elle avait fait exprès de m'appeler Alix avec un I, avoua la jeune femme. En réalité, elle devait être bourrée en remplissant le formulaire.

Elles bavardèrent durant tout le trajet, notamment sur les couverts à utiliser dans un restaurant chic et autres règles du savoir-vivre que Jacqueline considérait comme essentielles. Elles discutèrent également de Lydia, se demandant pourquoi sa sœur la remplaçait au magasin, ces derniers temps. Quand Jacqueline avait posé la question, Margaret avait simplement répondu que Lydia était mal fichue. Sans leur professeur et amie, la séance de tricot de la veille avait été moins agréable, mais nulle ne s'en était plainte ouvertement. Alix et Jacqueline espéraient que Lydia serait de retour la semaine suivante.

Elles roulèrent pendant vingt bonnes minutes, puis Jacqueline s'engagea dans une allée menant à ce qui ressemblait à un manoir. La maison était moderne, avec un grand jardin fleuri.

Les colonnes blanches de la façade lui rappelèrent des photos qu'elle avait vues dans les magazines. C'était génial.

A peine Jacqueline avait-elle coupé le moteur que la porte d'entrée s'ouvrit. Une fille de l'âge d'Alix apparut. Tammie Lee semblait sur le point d'exploser. Elle portait un short, une tunique de maternité et pas de chaussures. Elle affichait un large sourire, et ses yeux pétillaient de plaisir.

— Vous êtes pile à l'heure ! s'exclama Tammie Lee en ouvrant la porte moustiquaire. Je vous attendais avec impatience.

Alix adora sa façon de parler. Jamais elle n'avait entendu une voix aussi douce et adorable.

Tammie Lee embrassa Jacqueline comme si elle ne l'avait pas vue depuis un an.

— Tu dois être Alix. Jacqueline ne m'avait pas dit que tu étais si belle. Ça va être un jeu d'enfant. Entre, que je te regarde de plus près.

Sans lui laisser le temps de protester, ce qu'elle n'aurait pas fait, Tammie Lee la prit par le bras et la fit entrer dans la maison.

— Où est Paul ? demanda Jacqueline.

— Au golf, avec son père, répondit Tammie Lee, visiblement étonnée que sa belle-mère ne soit pas au courant.

Alix remarqua une lueur étrange dans les yeux de Jacqueline. Comme de la souffrance… Mais elle devait se tromper.

— J'ai tout installé dans la chambre d'amis, expliqua Tammie Lee. J'ai sorti certains vêtements pour que tu les essaies, Alix. Comme ça, on saura dans quel magasin aller, suivant ce qui te plaît.

— Bonne idée ! fit Alix, qui ne s'imaginait pas vêtue comme cette fille du Sud.

En voyant ce que la jeune femme avait sorti, Alix sentit son moral sombrer. Apparemment, il n'y avait que du satin, de la dentelle et des fanfreluches.

— Fouille dans ce qu'il y a sur le lit pendant que je vais chercher du thé glacé.

— Avec de la menthe ! ajouta Jacqueline en s'asseyant.

— Bien sûr, fit Tammie Lee en s'éloignant.

— Elle met de la menthe dans tout, murmura Jacqueline.

Alix lui lança une œillade furtive. La réprobation des débuts était de retour. Mais elle ne fit aucun commentaire. Elle examina une jupe longue en jean. C'était jouable, mais seulement avec un T-shirt et une large ceinture en cuir. Elle la mit de côté et prit une robe à dentelle qu'elle rejeta immédiatement.

Tammie Lee glissa la tête dans l'entrebâillement.

— Quelqu'un préfère un Coca ?

— Moi ! répondit Alix en toute franchise, car elle n'avait jamais été adepte du thé glacé.

— Avec ou sans cacahuètes ?

— Avec.

Elle n'avait pas pris de petit déjeuner. Un en-cas lui ferait du bien.

— Je prendrai du thé glacé, dit Jacqueline. Vous avez besoin d'aide ?

— Oh ! non.

Une fois de plus, Tammie Lee disparut, mais elle revint bientôt.

Elle posa son plateau sur la commode. Jacqueline se leva pour prendre son verre de thé glacé. Alix la vit saisir la feuille de menthe entre le pouce et l'index, comme si elle enlevait un insecte mort.

Tammie Lee servit le Coca dans un verre à l'ancienne. Apparemment, elle avait oublié les cacahuètes, ce qui n'était pas grave. C'est en prenant son verre qu'Alix se rendit compte que les cacahuètes flottaient à la surface du soda. Ne pouvant plus rien dire, elle but une gorgée. C'était intéressant, ce mélange de salé et de sucré. Sans doute l'une de ces pratiques du Sud dont Jacqueline se plaignait sans cesse.

— J'aime bien cette jupe, dit-elle.

— Je m'en doutais.

— Tu ne peux pas t'habiller en jean pour aller dans un restaurant chic ! objecta Jacqueline.

— Ce n'est pas comme un jean traditionnel, déclara Tammie Lee.

Pendant qu'elles débattaient de ce qui se faisait ou non dans un grand restaurant, Alix but son soda avec les cacahuètes.

Une heure plus tard, elles partirent vers le centre commercial dans deux voitures séparées. Alix resta avec Jacqueline. Dans un grand magasin, Jacqueline s'assit et patienta pendant que Tammie Lee proposait divers ensembles à Alix qui en rejeta plusieurs d'office. Finalement, elle choisit une jupe longue noire et un chemisier de soie blanche décolleté.

Il était midi. Alix mourait de faim. Elle se serait contentée d'un hamburger, mais Jacqueline suggéra un café du centre commercial. Elle insista pour qu'elles goûtent les délicats petits sandwichs au concombre. Alix dévora le sien en deux bouchées et en prit plusieurs autres. Avec ce que Jacqueline déboursait pour ce repas, Alix aurait pu manger pendant une semaine. Pas étonnant que les femmes de la haute société soient si minces.

— Je suis épuisée, déclara Jacqueline. Je vais vous laisser continuer sans moi.

— Rentrez à la main vous reposer, dit Tammie Lee. Je prends le relais.

— Mais je tiens à voir Alix quand vous aurez terminé !

— Je vous appellerai moi-même, promit Tammie Lee.

Restées seules, Tammie Lee et Alix ne traînèrent pas pour leurs derniers achats, notamment des chaussures et un collier en argent, le tout aux frais de Jacqueline. Jamais Alix n'aurait cru apprécier à ce point Tammie Lee. Elle était absolument adorable, et très amusante. Franchement, elle ne voyait pas ce que Jacqueline pouvait avoir à lui reprocher.

Elles prirent un soda dans un fast-food du centre commercial. Alix commanda également un cheeseburger et des frites, car elle avait encore faim.

En la regardant, Tammie Lee se mit à glousser.

— Je prendrai la même chose.

— Je ne retournerai pas chez le même coiffeur, déclara Alix.

— Je te comprends, murmura Tammie Lee. Jacqueline voulait me prendre un rendez-vous avec Desiree. Alors, j'y suis allée, peu après mon mariage avec Paul.

— Tu es sortie avec une tête d'héroïne de feuilleton ?

— Non. J'avais plutôt l'air d'un hérisson. Paul éclatait de rire chaque fois qu'il me regardait. J'étais mortifiée.

Elles s'attablèrent dans la salle.

— Parle-moi de Paul et toi, dit Alix en déballant son cheeseburger.

— Oh ! fit Tammie Lee avec un soupir. Je ne sais pas par où commencer. Jamais je n'aurais cru que je quitterais la Louisiane, mais c'est fou ce qu'une femme peut faire par amour.

Elle afficha une expression rêveuse.

— J'ai réalisé que peu m'importait l'endroit où je vivais, du moment que j'étais avec Paul. Le cœur a ses raisons, comme on dit.

Alix comprenait fort bien. Sa présence dans ce centre commercial en était la preuve.

— Tu veux bien que je te coiffe moi-même ? proposa Tammie Lee.

— Tu le ferais ?

— Je n'ai peut-être pas autant de stagiaires que Desiree, mais je ne me défends pas mal. Toutes mes amies me demandent de les coiffer, pour leurs soirées.

— D'accord, je veux bien.

— Ce sera super, tu verras !

Quand les deux jeunes femmes arrivèrent, Paul était rentré de sa partie de golf. Il était assis devant la télévision, une assiette vide sur les genoux et un verre de lait posé sur la table basse.

— Salut, Tam ! dit-il en souriant à Alix.

Il se leva vivement et prit les paquets des mains de sa femme avant de l'embrasser sur la joue.

— Ça s'est bien passé, ce shopping ?

— Génial. Je te présente Alix, l'amie de ta mère, et la mienne, maintenant.

— Bonjour, Alix ! fit Paul en la toisant, comme s'il n'était pas certain de sa réalité. Tu es une amie de ma mère ?

— Exact. On s'est rencontrées aux cours de tricot.

— Ah oui ! dit-il. Je me souviens.

— Je vais coiffer Alix. Elle a un rendez-vous, ce soir.

— Très bien, vas-y.

Il reporta son attention sur sa partie de base-ball.

Tammie Lee tint parole. Quand elle eut terminé, Alix avait l'impression d'être la reine du bal. Regardant son reflet dans le miroir de la salle de bains, elle n'en croyait pas ses yeux.

— Qu'est-ce que tu en penses ? lui demanda Tammie Lee.

— Je… Tu m'as rendue jolie.

Tammie Lee secoua lentement la tête.

— Tu l'étais déjà. Et j'ai bien l'impression que ton Jordan le sait.

« Ton Jordan ». Tammie Lee avait dit ça comme s'ils formaient un couple… Alix en était toute retournée.

Bientôt, Jacqueline arriva et fit un signe de tête approbateur, si bien qu'Alix eut l'impression d'avoir réussi son examen.

Au bout d'un moment, Jacqueline sourit.

— Il va avoir une vraie surprise.

Dans la soirée, en attendant que Jordan vienne la chercher, Alix arpentait nerveusement le salon.

— Arrête de faire les cent pas ! lui lança Laurel.

Elle était installée devant la télévision et se gavait de crème glacée.

En attendant frapper à la porte, Alix faillit céder à la panique. Elle ferma les yeux et pria le ciel, ce qu'elle n'avait pas fait depuis des années. Pourvu que Jordan la trouve belle !

Retenant son souffle, elle ouvrit la porte.

Jordan tenait à la main un petit bouquet de fleurs. En la voyant, il écarquilla les yeux.

— Dis quelque chose ! implora-t-elle. N'importe quoi.

— Ouah ! souffla Jordan. Alix, c'est bien toi ?

— C'est moi, dit-elle avec un sourire. Ça te plaît ?

— C'est toi qui me plais, répondit-il en lui tendant le bouquet.

C'était la première fois qu'on lui offrait des fleurs, et rien n'aurait pu lui faire plus plaisir.

40

Que je tricote pour moi ou pour quelqu'un d'autre, ma passion me permet d'exprimer ma créativité et me donne l'impression d'avoir accompli quelque chose.

RITA E. GREENFEDER, *Knit'N Style Magazine*

Lydia Hoffman

Margaret décida de m'accompagner à mon rendez-vous avec le Dr Wilson. Il avait tous les comptes rendus d'examens, mais le diagnostic semblait poser problème.

J'étais la dernière patiente de la journée, ce que j'interprétais comme un signe négatif, mais je n'en dis rien à ma sœur qui ne cessait de m'exhorter à l'optimisme.

C'était facile pour elle : il ne s'agissait pas de sa vie, de sa maladie, de sa mort potentielle. Qu'aurait-elle pensé si les rôles avaient été inversés ? Je me gardai de lui rappeler qu'elle s'était précipitée chez moi pour me confier ses propres angoisses. Je n'étais pas d'humeur. J'avais déjà du mal à ne pas m'en prendre au monde entier et à tout mon entourage... La personne qui avait essuyé le pire de ma colère était Brad, hélas, alors qu'il était celui qui la méritait le moins. Mais je refusais de m'attarder sur lui ou sur les regrets qui me traversaient l'esprit. Il ne saurait jamais combien il m'avait coûté de le chasser de ma vie, et je porterais ce fardeau pour le reste de mes jours, même s'il ne m'en restait pas beaucoup à vivre.

Je me sentais également contrainte de protéger ma mère. Comme le faisait Margaret. Jusqu'à présent, nous ne lui avions rien dit. Pour expliquer mon hospitalisation, nous avions inventé une histoire de bilan de santé de routine. Ma mère avait volontiers accepté ce mensonge.

Bien avant que je ne sois prête à affronter l'inévitable, Peggy entra dans la salle d'attente. Cette fois, elle ne portait pas mon dossier monstrueux dans les bras.

— Le Dr Wilson va vous recevoir, annonça-t-elle.

J'évitai son regard, mais je perçus de l'espoir et des encouragements dans sa voix. Si je considérais Peggy comme une amie, cette amitié n'était pas exclusive. Elle était formidable avec tous les patients du Dr Wilson. Je me rendais compte à quel point ça devait être difficile, pour elle aussi. Elle voyait si souvent les patients du Dr Wilson perdre leur bataille contre le cancer.

Margaret fut debout avant même que je n'aie posé mon magazine pour prendre mon sac. Personnellement, je n'étais pas pressée de voir confirmer mes pires craintes.

Peggy nous fit entrer dans le bureau du médecin. Les murs étaient tapissés de diplômes, et des photos de famille étaient disposées sur une console. Mon dossier se trouvait sur le bureau en acajou. J'étais déjà entrée deux fois dans cette pièce. Je m'attendais à entendre encore la même histoire.

A notre arrivée, le Dr Wilson n'était pas là, mais il entra juste derrière nous. Ma sœur lui serra la main après s'être présentée dans un murmure.

Le médecin recula son immense fauteuil de cuir et s'assit. Puis il prit mon dossier.

— Le cancer est de retour.

Ce n'était pas une question de ma part. La tumeur avait

été enlevée, mais j'étais certaine que d'autres pousseraient dans des zones moins accessibles, cette fois.

— Alors ? fit Margaret d'une voix étonnamment tremblante.

Si souvent, j'avais voulu prouver à Margaret que j'avais raison et elle tort. Rivalité entre sœurs, sans doute. Cette fois, j'aurais tout donné pour me tromper.

Il n'y avait pas de quoi être optimiste. La maladie refusait de quitter mon corps. J'ouvris la bouche pour annoncer que je refusais tout traitement, car je n'avais ni la force ni la volonté de mener une troisième bataille. Pas sans mon père.

— A cause de votre passé médical, dit le médecin, j'ai jugé doublement important de vérifier les données avant de faire un pronostic. J'ai envoyé la biopsie à la meilleure spécialiste du cancer du cerveau de ce pays.

Je retins mon souffle, n'osant avoir de l'espoir, certaine que la nouvelle allait m'anéantir.

— Qu'a-t-elle conclu ? demanda Margaret en s'avançant sur sa chaise.

— Elle est d'accord avec moi. La tumeur était bénigne.

— Bénigne, répétai-je, sans être certaine d'avoir bien entendu.

— Oui.

Le Dr Wilson me sourit, mais j'étais trop abasourdie pour réagir.

— Tout va bien, cette fois, Lydia. Vous n'avez pas de cancer.

Il se leva et se dirigea vers un écran de lecture des radiographies. Il sortit deux clichés d'une enveloppe et les fixa sur l'écran.

— Voici le premier cliché, et voici celui que nous avons pris après l'intervention, expliqua-t-il en les désignant de son stylo.

— Vous voulez dire que je n'aurai ni radiothérapie ni chimiothérapie ?

— Ce n'est pas nécessaire, répondit-il en secouant la tête.

Je me redressai sur mon siège.

— C'est une très bonne nouvelle, vous ne trouvez pas ?

J'étais trop choquée pour confirmer ou même hocher la tête. A mesure que je réalisais, la voix du médecin s'éteignit. On m'avait rendu ma vie !

J'ignore quand je me suis levée, mais je me suis retrouvée debout. Je posai une main sur ma bouche, de peur de fondre en larmes. Je me rendis compte avec stupeur que Margaret pleurait. Elle se leva, m'étreignit et redoubla de sanglots.

— Tout va bien, dit-elle. Lydia, tu vas bien.

Le Dr Wilson parlait d'un nouveau médicament qu'il m'avait prescrit, et de ses effets secondaires. Sur le moment, rien de ce qu'il disait ne faisait sens. J'étais trop heureuse pour m'en soucier.

De façon parfaitement synchronisée, Margaret et moi sommes passées des larmes au rire nerveux. Nos gloussements devaient sembler hystériques. Puis Margaret posa une main sur sa bouche, refusant de me regarder. Elle tenta de se concentrer sur les propos du Dr Wilson, mais cela n'avait aucune importance. Je ne savais qu'une chose : j'avais récupéré ma vie, une vie merveilleuse.

Ce n'est qu'en quittant le cabinet que je pensai à Brad.

— Margaret, dis-je en la prenant par le bras, soudain très triste.

Nous étions devant l'ascenseur. Margaret dut sentir ma détresse, car son sourire s'effaça.

— Quoi ?

— Brad… J'ai été si méchante avec lui, alors qu'il ne cherchait qu'à m'aider.

Margaret brûlait d'envie de me rétorquer : « Je te l'avais bien dit ! » mais elle se contenta de me conseiller de lui parler.

Brad m'avait terriblement manqué. Je mourais d'envie de l'appeler, mais je n'y arrivais pas. Par deux fois, il avait essayé de venir me voir, pendant que j'étais à l'hôpital, et j'avais refusé de le recevoir. Il avait chargé l'infirmière de me remettre une lettre. Je savais que je changerais d'avis si je la lisais, alors j'avais dit à l'infirmière de la garder.

Plus tard, elle était revenue pour m'informer que Brad attendait une réponse. J'avais été contrainte de lui avouer que je n'avais pas lu sa lettre. Tout cela semble un peu mélodramatique et insensé. J'avais sans doute anéanti la relation la plus prometteuse de ma vie.

Mardi matin, aux aurores, je repris le travail. Comment exprimer le plaisir que j'ai eu à franchir le seuil du magasin pour retourner la pancarte « Ouvert » ? Même le vacarme des travaux, en face, ne parvint pas à atténuer ma bonne humeur.

La réalité revint à la charge avec la liste de recommandations du Dr Wilson. J'étais apparemment une bonne candidate pour un nouveau traitement destiné à éviter l'apparition d'autres tumeurs.

Toute la matinée, les clientes défilèrent, me demandant pourquoi j'avais été absente pendant presque une semaine. Beaucoup d'entre elles avaient eu vent de mon retour grâce au bouche-à-oreille. C'était très gratifiant.

Ma sœur semblait avoir pris plaisir à travailler au magasin. Trois mois plus tôt, je n'aurais pas eu une pensée positive la concernant. J'appréciais donc d'autant plus ce qu'elle avait fait pour moi.

A midi, lors de mon premier moment de calme de la journée, je regardai par la vitrine en espérant apercevoir Brad. En voyant la camionnette s'arrêter devant chez la fleuriste, je me précipitai dehors. Hélas, l'homme qui en sortit était un autre livreur.

— Où est Brad ? lui demandai-je.

Le remplaçant regarda par-dessus son épaule, étonné par cette question abrupte.

— Il ne fait plus cette tournée.

— Comment ça ?

Jamais je n'aurais cru que Brad prendrait une décision aussi drastique.

— Il livre au centre-ville, désormais.

Je compris ce qui s'était passé.

— Il a demandé à changer, c'est ça ?

— Aucune idée, avoua le livreur en haussant les épaules. Désolé.

— Il vous arrive de le voir ? demandai-je au jeune homme avec l'intention de lui confier un message.

— Rarement.

Il semblait préoccupé et je lui faisais perdre son temps, alors je regagnai la boutique d'un pas traînant.

Je savais que ce que j'avais fait à Brad était mal, que j'avais blessé un homme qui n'avait cessé de faire preuve de bonne volonté. Il ne me restait plus qu'à espérer qu'il ne soit pas trop tard pour me faire pardonner.

41

Jacqueline Donovan

— Jacqueline !

La voix semblait venir de très loin.

— Jacqueline !

Cette fois, elle reconnut Reese. Elle ouvrit les yeux et trouva son mari penché sur elle, dans le noir.

— Qu'est-ce qu'il y a ? demanda-t-elle en se frottant les yeux.

Il avait dû se produire quelque chose de grave pour que Reese entre dans sa chambre en pleine nuit.

— Paul vient d'appeler. Tammie Lee a commencé le travail.

— Quoi ? A cette heure-ci ?

— Depuis quand un bébé décide-t-il de l'heure à laquelle il va arriver ?

— D'accord. Tu as raison. Qu'est-ce qu'il a dit ?

— Qu'il était à l'hôpital depuis hier soir.

Elle consulta son réveil. Il était presque 5 heures du matin.

— Elle va bientôt accoucher, conclut Reese.

Jacqueline n'hésita pas. Elle repoussa l'édredon et chercha machinalement son peignoir.

— Tu veux aller à l'hôpital ? lui demanda son mari, visiblement étonné.

— Bien sûr !

Il pouvait faire ce que bon lui semblait, comme il le faisait depuis douze ans, mais rien de ce qu'il dirait ne l'empêcherait d'être là pour la naissance de sa petite-fille. Déjà, elle avait enfilé ses chaussons et se dirigeait vers la salle de bains.

— Je viens aussi, annonça Reese, comme s'il sentait venir une querelle.

— Fais ce que tu veux.

Il ignora cette réflexion.

— Dépêche-toi ! lança-t-il. D'après Paul, c'est pour bientôt.

— Je serai prête dans dix minutes.

Ce serait un exploit, mais Jacqueline était déterminée à tenir parole. Treize minutes plus tard, elle rejoignit Reese qui l'attendait dans la voiture. La porte du garage était ouverte et le moteur tournait.

Ils roulèrent en silence vers l'hôpital. Jacqueline se demanda s'il avait les mêmes pensées qu'elle. C'était par une nuit semblable qu'il l'avait conduite à l'hôpital pour mettre Paul au monde. Elle avait perdu les eaux en pleine nuit. Prise de panique, redoutant que le moindre mouvement ne mette l'enfant en danger, elle s'était accrochée à Reese. Elle avait peur que le cordon ne s'enroule autour du cou de son bébé.

Tel un héros, Reese l'avait soulevée dans ses bras et portée jusqu'à la voiture avant de foncer vers l'hôpital. Par chance, la circulation était quasiment nulle, et il avait pris les virages tel un bolide. Puis, à l'hôpital, son héros était resté avec elle jusqu'à ce que Paul vienne au monde. En fermant les yeux, elle entendait encore le premier cri strident de son fils. A l'époque, elle n'avait jamais rien entendu de plus beau.

En arrivant à l'hôpital, ils se précipitèrent à la réception. Une infirmière les orienta vers le service d'obstétrique, au cinquième étage.

Reese indiqua leur nom à une autre infirmière, qui leur suggéra de s'installer dans la salle d'attente. Tandis que Jacqueline triait les magazines, Reese partit à la recherche d'un distributeur de café.

Il revint cinq minutes plus tard avec deux gobelets fumants. Puis ils s'assirent, un siège vide entre eux, dans la salle d'attente déserte, pour boire leur café sans goût. Une demi-heure et trois magazines plus tard, Paul apparut, vêtu d'une blouse bleu ciel. Il semblait fatigué, mais ses yeux s'illuminèrent quand il les vit.

— Tammie Lee s'en sort très bien, dit-il. Le bébé devrait arriver dans moins d'une heure.

— Formidable.

— Tu veux entrer pour la naissance ? demanda-t-il.

— Moi ? fit Jacqueline en secouant la tête.

C'était un moment intime, et elle ne voulait pas s'imposer.

— Bien sûr, si tu le veux, fit Paul, exalté. Tammie Lee dit que tu es la bienvenue, maman.

Jacqueline n'avait jamais vu Paul aussi heureux.

— Si ça ne t'ennuie pas, je préfère rester ici, mais préviens-moi dès que le bébé sera là, d'accord ?

— Bien sûr ! Vous serez les premiers informés.

Paul retourna auprès de Tammie Lee. Jacqueline se retrouva seule avec Reese. Ils s'ignorèrent, et se plongèrent dans la lecture de vieux magazines.

— Tu te rappelles la nuit où Paul est né ? demanda Reese sans crier gare.

Jacqueline se mit à rire.

— Comme si c'était hier.

— J'étais si fier de toi, cette nuit-là !

— Parce que je te donnais un fils ?

— Non… Enfin, oui, j'étais heureux d'avoir un fils, mais

j'aurais été tout aussi ravi d'avoir une fille. Ce que je voulais dire, c'est que tu m'as impressionné par ta détermination et ton courage.

Il semblait étrangement sérieux. Pourtant, Jacqueline avait du mal à croire qu'il ait jamais été « impressionné » par elle. C'était si incongru...

— Je me souviens que les autres femmes dans la salle de travail geignaient sans cesse en réclamant un antalgique, mais pas toi. Pas ma Jacquie.

Digne jusque dans les affres de l'accouchement, voilà qui lui ressemblait bien. Jacqueline savait qu'il voulait lui faire un compliment. Elle lui sourit brièvement.

— Malgré la douleur, ce fut l'une des plus belles nuits de ma vie.

— Grâce à Paul.

— En fait, non, dit-elle en baissant les yeux. Grâce à toi.

— Moi ?

Il rit, comme s'il n'y croyait pas vraiment, lui non plus. Quand avaient-ils commencé à douter l'un de l'autre ? C'était à peu près au moment où il avait entamé sa liaison.

— En venant ici, j'ai pensé à la nuit où Paul est né.

— Moi aussi, avoua Reese.

— Tu te souviens comment tu m'as portée dans la voiture ? C'était si... héroïque de ta part. Je n'étais pas un poids plume à ce moment-là.

— J'étais ton héros, dit Reese en plaisantant.

Elle fut submergée d'une grande tristesse.

— Tu étais mon héros, murmura-t-elle.

Pour masquer son désarroi, elle finit son café.

— Mais plus maintenant, murmura Reese.

Le silence de Jacqueline était éloquent. Elle détourna les yeux, luttant pour garder contenance. Une partie d'elle-même avait envie de lui demander pourquoi il avait éprouvé le besoin de se tourner vers une autre femme. Mais c'était trop douloureux.

Il ne dit rien, ne regarda pas dans sa direction.

Assise dans cette salle d'attente avec Reese, elle se dit que le moment était peut-être venu de parler, de proposer une ouverture, de tenter de combler le gouffre qui les séparait. Après tout, autant l'avouer : elle l'aimait encore. Etre témoin de l'amour qui unissait Paul et Tammie était presque une souffrance pour elle, car elle voyait ce qu'elle avait perdu. En apparence, elle menait une vie de rêve. L'argent n'était pas un problème, elle avait une maison superbe, un tas d'amis. Et pourtant elle se sentait triste et seule.

— Je…, fit Reese.

Les pleurs d'un bébé retentirent dans le couloir. Etonnés, ils se regardèrent.

— Tu crois que c'est elle ? demanda Jacqueline en se levant d'un bond.

— Je ne sais pas, répondit-il.

— On devrait peut-être se renseigner.

Reese la prit par le bras pour l'entraîner vers le bureau de l'infirmière.

— Nous venons d'entendre un bébé pleurer, dit Reese.

— Nous nous demandions s'il ne s'agissait pas de notre petite-fille, ajouta Jacqueline à voix basse, pour ne déranger personne.

— Je vais vérifier, dit l'infirmière avant de s'éloigner vers la salle de travail.

Au bout d'un moment, elle revint avec deux blouses bleues.

— Enfilez ceci et vous pourrez rejoindre votre famille.

Jacqueline n'hésita pas. Reese non plus. Quand ils furent prêts, l'infirmière les conduisit dans la salle. Elle ne ressemblait en rien à celle où Jacqueline avait mis Paul au monde. Un canapé, des fauteuils, la télévision, et même une baignoire. Elle avait l'impression d'entrer dans une suite d'hôtel.

— Maman, papa ! dit Paul en leur montrant l'enfant emmailloté dans ses bras. Je vous présente Amelia Jacqueline Donovan.

Jacqueline eut l'impression que son cœur cessait de battre. Elle ravala ses larmes.

— Vous l'avez appelée Jacqueline ?

— Oui. Nous avons choisi ce deuxième prénom parce que nous vous aimons, tous les deux, expliqua Tammie Lee.

Les larmes coulèrent sur les joues de Jacqueline, tandis qu'elle admirait sa petite-fille.

— Tu veux la prendre, maman ? proposa Paul.

Jacqueline hocha la tête sans un mot. Son fils plaça le bébé dans ses bras. Etrangement, elle eut l'impression que la petite Amelia ouvrait les yeux pour la regarder. Des liens invisibles se tissèrent entre elles. Elle comprit qu'elle allait aimer cette enfant plus qu'elle-même. Elle sourit à Tammie Lee à travers ses larmes.

— Merci, dit-elle d'une voix rauque.

Elle remarqua alors que Reese était en larmes, lui aussi.

Doucement, son mari se pencha pour embrasser l'enfant sur le front. Puis, après une hésitation, il embrassa Jacqueline sur la joue.

— Tu as enfin la fille dont tu as toujours rêvé, murmura-t-il.

Ce n'est que bien plus tard dans la journée, après avoir dévalisé les rayons layette de trois grands magasins, que Jacqueline comprit enfin les paroles de Reese.

Il ne parlait pas d'Amelia, mais de Tammie Lee.

42

Alix Townsend

— Tu l'aimes bien, Jordan, n'est-ce pas ? demanda Laurel à Alix, le mercredi matin, de bonne heure.

Alix se préparait pour aller travailler. Si elle aimait bien Jordan ? C'était le moins que l'on puisse dire.

— Oui, je pense.

— Tu lui fais confiance ?

Elle opina, puis haussa les épaules.

— Bien sûr.

Mais elle eut aussitôt des soupçons.

— Pourquoi ? demanda-t-elle à Laurel. Tu connais une raison pour laquelle je ne devrais pas ?

— Non.

— Alors, pourquoi cette question ?

— J'en sais rien… J'espère juste que tu as tiré une leçon de mon erreur. Tu as essayé de me dire que John ne valait rien, mais j'ai refusé de t'écouter, et maintenant, regarde-moi, marmonna-t-elle, pleine d'amertume.

En regardant Laurel, Alix voyait une fille obèse aux cheveux blonds et raides qui passait le plus clair de son temps plantée devant la télévision. Mais tant que Laurel payait sa part de loyer, Alix se moquait de ce qu'elle faisait de ses journées. Elle avait laissé tomber deux emplois, le vidéoclub et la crèche, et travaillait désormais dans une teinturerie. Elle n'avait pas tenu un mois à la crèche : elle détestait ce boulot.

— Quand vous êtes allés dîner dans ce restaurant chic, vous avez parlé de quoi ?

Laurel semblait soudain très intéressée par Jordan.

— J'en sais rien, répondit Alix sur un ton désinvolte. De trucs.

— Quel genre de trucs ?

— Pourquoi tu tiens à le savoir ?

Alix s'étonnait même d'avoir une telle conversation. Elle n'était pas vraiment à l'aise avec ce sujet.

— Je veux dire, de quoi on parle avec un pasteur ?

— De tout et de rien. Il s'occupe des jeunes. Je le connaissais déjà à l'école primaire, tu sais ?

Plus d'une fois, il avait prouvé qu'il était un être humain comme les autres, par son tempérament et par la passion qui brûlait entre eux. Jusque-là, tout avait été bien maîtrisé, mais Alix savait qu'elle le tentait tout autant qu'il la tentait. Jordan était peut-être pasteur, mais il n'en était pas moins homme.

— Dis-moi de quoi vous avez parlé, insista Laurel, au bord des larmes.

En quoi était-ce si important ?

— Je lui ai dit que je rêvais d'être chef cuisinier. On a évoqué le fait que je puisse entrer dans une bonne école de cuisine, même si j'ai peu de chances.

Ce n'était qu'une partie infime de leur conversation. Jordan avait le don de faire parler les autres et de leur donner l'impression qu'ils étaient le centre du monde.

— Tu veux être chef ?

Alix haussa les épaules. Cela n'aurait pas dû être une surprise pour Laurel, qui vivait avec elle depuis plus d'un an. C'était toujours elle qui cuisinait. Laurel se contentait d'assurer le ravitaillement en crème glacée, gaufres et autres chips. Alix se rendit compte qu'elles n'avaient pas pris le temps d'être plus que des colocataires. Elle n'avait jamais confié ses espoirs, ses rêves à Laurel. Ni autre chose, d'ailleurs. Alix avait peu d'amis, même si elle se sentait liée avec les membres du club de tricot.

Depuis sa rupture avec le vendeur de voitures d'occasion, Laurel était seule la plupart du temps.

— Il est au courant, pour ta mère ?

Le fait que sa mère purge actuellement une peine de prison à Purdy n'était pas une nouvelle qu'Alix criait sur les toits.

— Je le lui ai dit.

Jordan n'ignorait pas grand-chose d'elle. Elle ne voulait pas qu'il ait de mauvaises surprises. Il savait que sa mère était en prison pour avoir tenté de tuer son mari.

— Tu penses à elle, des fois ?

— Pas souvent.

Alix trouvait ces questions un peu agaçantes, mais Laurel était si morose qu'elle eut envie de l'encourager à bavarder.

— Tu l'aimes ?

— Ma mère ?

Cette question demandait réflexion, mais Alix préférait être franche.

— Je suppose que oui. Je n'ai pas de contacts avec elle parce que, quand elle m'écrit, c'est uniquement pour me demander de l'argent ou des cigarettes. Elle ne me pose jamais de questions sur ma vie. Elle ne montre jamais le moindre intérêt pour moi.

Elle parlait d'un ton désinvolte, comme si elle n'avait besoin de rien.

— Ma plus grande inquiétude, c'est de finir comme elle.

— Pas toi, affirma Laurel. Tu es trop forte pour ça.

Alix ne se croyait pas forte, mais elle était heureuse que Laurel le pense.

— Tu ne laisserais jamais quelqu'un te faire du mal ou t'utiliser, comme John l'a fait avec moi, murmura-t-elle.

— Oublie-le, répéta Alix pour la millième fois.

Elle ne comprenait pas pourquoi Laurel s'était accrochée à un homme qui la traitait si mal. C'était d'autant plus absurde qu'il n'avait donné aucune nouvelle depuis des mois.

Laurel détourna les yeux.

— Tu devrais sortir davantage, reprit Alix.

— Je n'aime pas qu'on me voie. Je suis trop grosse.

— Alors, arrête de t'empiffrer !

— A t'entendre, rien n'est plus simple ! Mais c'est difficile, au contraire. Crois-moi, c'est très dur d'arrêter.

— Tu pourrais au moins faire un peu d'exercice. Marche au lieu de prendre le bus. Tu seras étonnée de voir combien la graisse fond quand on se bouge.

— Comme si tu savais ce que c'est que d'avoir des kilos en trop ! Tu es parfaite.

Alix était surprise de ce compliment, d'autant plus qu'elle ne se trouvait pas parfaite du tout.

— Tu crois que tu vas épouser Jordan ?

Alix esquiva cette question d'un rire sans joie.

— C'est ça !

Elle prit son sac à main et se dirigea vers la porte. Puis elle hésita au moment de partir.

— Promets-moi de sortir, aujourd'hui. Ça ne te fait pas de bien de rester enfermée à te morfondre.

— D'accord.

Alix s'en allait quand Laurel la rappela.

— Alix, merci.

— De quoi ?

Cette question la prit apparemment au dépourvu.

— D'être mon amie.

— Pas de problème.

Ça lui semblait étrange que Laurel la remercie, mais Alix laissa tomber pour se diriger vers le vidéoclub. Sans Laurel, les journées étaient longues. Elle s'en voulait un peu de ne pas lui avoir parlé, ces derniers temps. Mais Laurel était vraiment pénible, alors elle l'avait évitée. Chaque fois qu'elle avait tenté de lui parler, ce qui était rare, Laurel n'avait pas répondu. Seule la crème glacée semblait la consoler. Alix trouvait qu'elle manquait de volonté, mais elle savait aussi qu'il était facile de juger les autres. Cette conversation était la première depuis des semaines, et elle avait pour Laurel davantage de compassion.

Durant sa pause déjeuner, Alix retourna à l'appartement, espérant persuader Laurel de sortir. Elle accepterait peut-être de bouger un peu si Alix proposait de l'accompagner. Bizarrement, Laurel n'était pas là. Soit elle était partie travailler, soit elle avait suivi son conseil.

Alix prit Blossom Street, au cas où elle croiserait la jeune femme. Quand elle trouva Laurel, toutefois, elle n'était pas seule.

Jordan était avec elle.

Ils étaient assis sur un banc, dans une partie ombragée du parc entourant l'église. Leurs têtes étaient proches et ils semblaient en grande conversation.

La première réaction d'Alix fut la colère, puis vint la jalousie. Toutes ces questions sur Jordan n'étaient qu'un moyen de savoir si elle avait des chances de le lui prendre. Alix eut presque envie de les rejoindre et de leur dire qu'elle n'appréciait pas de voir sa colocataire draguer son petit ami. Voilà comment elle était remerciée pour sa compassion envers Laurel, pour ses efforts dans le but de l'aider !

Puis elle vit Laurel fondre en larmes. Jordan posa une main dans son dos. Alix était trop loin pour les entendre, mais elle eut l'impression qu'il priait avec elle.

C'était une qualité qu'elle adorait chez Jordan. On pouvait tout lui dire. Il aimait sincèrement les gens et cherchait toujours à les réconforter. Elle n'avait aucun droit d'être jalouse. Pas plus que de douter de lui. Pas une fois, il n'avait trahi leur amitié ou menti.

Ils avaient beaucoup discuté après l'incident avec la fille du pasteur. Il lui avait demandé de lui faire confiance. Elle n'avait eu aucun mal à accepter, mais il ne fréquentait pas sa colocataire, à l'époque.

Déterminée malgré tout à tenir parole, Alix tourna les talons et se rendit à son travail.

Juste avant la fermeture, Jordan entra au vidéoclub.

— On prend un café quand tu auras fini ? suggéra-t-il.

— D'accord.

Elle ne put s'empêcher d'être heureuse.

A l'heure dite, il l'attendait chez Annie's. Il y avait deux tasses de café sur la table.

— Tu as passé une bonne journée ? demanda-t-il.

— Oui. Et toi ?

Elle l'observa avec attention, malgré ses bonnes résolutions, mais elle voulait savoir pourquoi il avait parlé avec Laurel.

Jordan ne répondit pas tout de suite.

— Tu as quelque chose en tête ?

— Je devrais ? fit-elle sur le ton de la plaisanterie.

Puis elle se dit que c'était injuste.

— Je t'ai vu avec Laurel, tout à l'heure, avoua-t-elle.

Jordan ne lui fournit aucune explication.

— Ça t'ennuie ?

Elle haussa les épaules.

— Au départ, oui, ça m'a contrariée, mais ensuite je me suis dit… Enfin, ça te regarde. Je n'ai pas d'emprise sur toi.

— Tu n'as raison qu'en partie.

— Comment ?

Il prit sa main et la porta à ses lèvres.

— Tu as une forte emprise sur mon cœur.

— Ah ?

De la part d'un autre homme, ça lui aurait paru bidon.

— Tu vas me dire de quoi vous parliez, avec Laurel ?

Il hésita, puis secoua la tête.

— Non. Tu me fais confiance ?

Elle le dévisagea longuement. Son instinct lui disait de chercher à savoir. Mais elle avait envie de le croire. Enfin, avec un sourire, elle hocha la tête.

Elle espérait avoir pris la bonne décision. Une trahison de Jordan ferait plus mal encore que toute autre.

43

Carol Girard

Carol se tenait sur le seuil de ce qui aurait dû être la chambre d'enfant. Son regard s'attarda sur le berceau vide, surmonté d'un mobile. De minuscules animaux de zoo pendaient d'un petit parasol doté d'une boîte à musique. Elle ignorait pourquoi elle se torturait de la sorte. Rien n'allait changer.

Doug apparut derrière elle.

— Je vais appeler le magasin pour qu'ils viennent chercher les meubles.

— Non… S'il te plaît !

— Mais…

— J'ai pris un rendez-vous dans une agence d'adoption, dit-elle vivement, comme pour le convaincre que c'était la suite logique.

Elle sentit Doug se crisper.

— On ne peut pas laisser tomber maintenant ! ajouta-t-elle d'un ton implorant.

Elle ne pouvait oublier son besoin d'enfant. Elle avait essayé. Elle avait dû accepter le fait qu'elle ne mettrait jamais un enfant au monde, mais elle ne pouvait renoncer à leur rêve.

— J'ai tellement envie d'être mère. J'en ai besoin. Tout comme tu as besoin d'être père.

Les épaules de Doug se voûtèrent, mais il ne dit rien.

— Il faut que je le fasse, affirma-t-elle.

Ils avaient parlé de l'adoption à maintes reprises, mais toujours en dernier recours. Carol s'était accrochée à cet ultime espoir, mais elle redoutait la réaction de son mari. Elle était si taciturne, depuis quelque temps. Elle le sentait s'éloigner, et ne pouvait le supporter.

— Tu es sûre de vouloir que je t'accompagne dans une agence d'adoption ? demanda-t-il.

— Bien sûr ! Il est important de prouver que nous sommes de bons candidats.

Doug parut se fermer.

— Qu'est-ce qui ne va pas ?

— Je ne crois pas que le fait d'avoir un berceau et une table à langer suffise à convaincre une agence de nous sélectionner comme parents potentiels.

— Je sais, mais ça ne nous nuira pas non plus. Je veux que l'agence sache que nous sommes prêts et que nous pouvons accueillir un bébé à tout moment.

Doug se détourna et se rendit dans le salon. Debout devant la baie vitrée, il regarda le Puget Sound.

— Tu ne veux pas aller à cet entretien ? demanda Carol en le rejoignant.

Ils restèrent côte à côte, sans se toucher, les yeux fixés sur la mer.

— Combien ça va coûter ?

Carol ne sut que répondre. Le premier entretien impliquait un versement de cinq cents dollars. Quant à l'adoption elle-même, Carol l'ignorait.

— Ça coûtera ce que ça coûtera, dit-elle.

Elle s'en moquait.

Il glissa les mains dans ses poches.

— Tu as une idée de l'argent que nous avons déjà investi dans notre désir d'enfant ?

Elle l'ignorait, mais c'était sans importance, à ses yeux.

— Pas vraiment, répondit-elle.

— Il y a des limites, dit Doug d'un ton sec. Franchement, je les ai atteintes.

— Très bien, rétorqua-t-elle. Je vais reprendre mon travail. Si je ne l'ai pas proposé plus tôt, c'est parce que je pensais que l'agence d'adoption préférerait une femme au foyer, que ce serait un atout. Mais je retournerai travailler, si c'est ce que tu veux.

Doug se tourna vers elle.

— C'est exactement ce que je veux dire ! cria-t-il. Nous ne sommes plus un couple. Tout ce que nous faisons tourne autour d'un enfant qui n'est rien d'autre qu'un fantôme. Avant, on s'amusait, on riait…

— On s'amuse encore !

Mais, en fouillant dans sa mémoire, elle se rendit compte qu'il avait raison.

— J'ai été aussi patient que possible, lors de tous ces traitements ! lança-t-il, ivre de colère. Ça coûte trop cher, et je…

— En d'autres termes, tu ne te soucies que de l'argent ?

— Non, bien sûr que non ! Seulement, je ne supporte plus de te voir dans cet état de souffrance et de tourment quand les FIV échouent. Les injections cinq fois par jour, les innombrables rendez-vous chez les médecins… Tout ça nous bouffe la vie.

Elle admit que le coût affectif, surtout au cours des derniers mois, avait été énorme. Un jour, elle était désespérée, et, le lendemain, elle reprenait espoir. Comme quand elle avait cru pouvoir adopter l'enfant de Rick. Il ne leur restait que cette solution : l'adoption. Il fallait qu'ils essaient. Doug ne pouvait pas la forcer à se résigner !

— Et maintenant tu veux nous embarquer dans une autre épreuve. Carol, malgré mon amour, je ne le supporterai pas.

— Il le faut ! cria-t-elle.

— Pourquoi ? Pourquoi s'agit-il toujours de toi et de ton désir d'enfant ?

Jamais Doug ne lui avait parlé sur ce ton.

— Je… C'est pour nous.

— Il y a moins de cinq minutes, tu as admis qu'il s'agissait de ton besoin d'être mère. Toi, toi, toi. Et moi ? Que fais-tu de mes besoins ? De mes désirs ?

— Je…

— Depuis… Seigneur, ça fait combien d'années ? Cinq, six ? Nos vies sont focalisées sur une grossesse. Apparemment, ça ne se produira pas, alors faisons face et continuons à vivre.

— Mais…

— Je ne veux pas adopter, Carol.

Le monde s'écroula autour d'elle, dans la douleur et l'incrédulité.

— Tu ne penses pas ce que tu dis.

Doug était-il sincère ? C'était impossible. Il était épuisé psychologiquement. Elle le comprenait car elle-même avait touché le fond, mais elle avait relevé la tête, et Doug s'en sortirait aussi, avec le temps.

— Je le pense.

— Mais… tu viens de me dire qu'on pouvait aller à cet entretien !

— Vas-y sans moi.

— Mais… pourquoi ?

— Parce que je constate déjà l'effet que ça te fait.

Elle n'avait jamais vu Doug si inflexible.

— Et qu'est-ce que ça me fait, au juste ?

— Nous devons prouver à des inconnus que nous sommes dignes d'être parents. J'ai l'impression d'être un mendiant qui fait la manche. Tout ça pour qu'une personne que je ne connais pas m'apprécie assez pour envisager de me permettre d'être père.

— Tu seras un père merveilleux !

— Je l'aurais été, marmonna-t-il.

Ces paroles blessèrent cruellement la jeune femme.

— Je n'en peux plus, Carol ! Je ne suis pas l'homme que tu crois. Il faut que ça s'arrête.

— Tu ne veux plus être marié avec moi ? demanda-t-elle, abasourdie, à peine capable de prononcer un mot.

— Ce n'est pas ça. J'ai juré de t'aimer et je t'aime.

— On dirait que tu as fait une promesse que tu regrettes, rétorqua-t-elle amèrement. M'aurais-tu épousée si tu avais su que je ne pouvais pas avoir d'enfant ?

L'hésitation de Doug suffit à répondre à cette question.

La douleur de la jeune femme fut si intense qu'elle chancela.

Quand il la prit dans ses bras, elle enfouit le visage dans le creux de son épaule.

— J'étais fou de toi quand je t'ai épousée, et je le suis toujours. Je veux qu'on reste ensemble, mais je ne peux plus vivre ainsi.

— Je... Je ne pourrai pas avoir de bébé.

— Je sais et je l'accepte.

— Non.

Il le disait peut-être mais, au fond, il lui avait toujours reproché de ne pouvoir lui donner d'enfant.

— Si, dit-il sèchement. Mais il faut que tu l'acceptes, toi aussi. Laisse tomber, Carol. Accepte le fait que nous ne sommes pas destinés à devenir parents.

— Mais nous le serons peut-être un jour. Si nous nous inscrivons dans cette agence, nous...

— Quoi ? Dans trois, quatre, cinq ans, avec un peu de chance, nous serons choisis comme adoptants ? J'aurai quarante-cinq ans, dans cinq ans, et soixante-deux ans quand l'enfant quittera le lycée.

Carol cacha son visage contre le torse de son mari. Ses paroles avaient déclenché en elle une véritable tempête.

Il la relâcha doucement et s'éloigna.

Elle demeura figée et triste, tremblante, en proie à des émotions diverses, et surtout à un sentiment d'échec.

En entendant s'ouvrir la porte d'entrée, elle fit volte-face.

— Où vas-tu ?

— Je sors. J'ai besoin de réfléchir.

— Tu rentres quand ?

Son regard l'implorait de rester, mais elle n'osait pas le lui demander.

— Je… Je ne sais pas.

Elle hocha la tête et se retourna, une main sur la bouche.

— Nous avons tous les deux besoin de réfléchir à tout ça, Carol.

Elle opina en silence. Le choix était clair. Soit elle renonçait à son désir d'enfant, soit elle anéantissait son couple.

Doug ne revint qu'à la nuit tombée. Carol était assise dans la pénombre du salon, recroquevillée sur le canapé, les bras autour des jambes.

— Tu vas bien ? lui demanda Doug en entrant doucement dans la pièce.

Elle n'allait pas encore bien mais, avec le temps, elle s'adapterait.

— J'ai annulé le rendez-vous à l'agence d'adoption.

Il glissa les mains dans ses poches.

— Tu peux en supporter l'idée ?

Elle hocha la tête. Elle devait accepter la réalité.

Doug s'assit en face d'elle et se pencha en avant, les épaules voûtées.

— D'où viens-tu ? lui demanda-t-elle.

— Je suis allé me promener.

— Pendant trois heures ?

Il opina.

— Tu veux manger quelque chose ?

Il secoua négativement la tête.

— J'ai téléphoné chez Bon-Macy's. Ils viennent chercher les meubles de bébé la semaine prochaine.

Il baissa les yeux vers le tapis.

— Je suis désolé, murmura-t-il.

— Moi aussi, dit-elle.

Jamais il ne saurait à quel point.

— On s'en sortira, tous les deux, reprit Doug en tendant un bras vers elle.

— Oui, murmura-t-elle en prenant sa main.

C'était vrai. Ce serait vrai. Il le fallait.

44

Le tricot est un refuge, un lieu sûr où l'on peut toucher l'histoire, danser avec l'art et inventer une vie paisible.

NANCY BUSH, auteur de *Folk Socks*

Lydia Hoffman

D'abord, j'ai été fâchée de ne pas avoir de nouvelles de Brad. Après ses beaux discours sur le fait qu'il serait là pour me soutenir dans mon épreuve, il m'avait laissée tomber comme tous les autres hommes de ma vie, à l'exception de mon père. Mille fois j'ai regretté de ne pas avoir lu sa lettre. Je n'en pouvais plus, il fallait que je sache.

J'ai demandé conseil à ma sœur, comme je le faisais de plus en plus souvent.

— Où es-tu ? me demanda Margaret.

— Au magasin.

— Je croyais que tu ne travaillais pas le lundi !

— C'est vrai, mais j'ai un tas de choses à faire.

C'est lorsque je suis entourée de mes pelotes de laine que je réfléchis le mieux. J'ai toujours considéré chaque pelote comme une promesse, un peu comme les écrivains regardant la page blanche. C'est cette sensation que je trouve exaltante. En fait, j'ai beaucoup réfléchi à cette analogie.

Mes relations avec Brad étaient prometteuses et, à cause

de ma peur, je l'avais laissé partir. Je n'avais pas su exploiter cette promesse de bonheur.

— Tu m'appelles à propos de Brad, je parie !

Parfois, j'avais l'impression que Margaret était extralucide.

— Puisque tu tiens à le savoir, oui.

— Tu as de ses nouvelles ?

— Non.

— Tu vas le contacter ?

Cette idée me trottait dans la tête depuis une semaine.

— Peut-être.

— Alors, pourquoi m'appelles-tu ? demanda-t-elle d'un ton bourru que je connaissais si bien et qui revenait en force.

— Je ne sais pas. Dis-moi que c'est une bonne idée et que je ne vais pas me ridiculiser en lui téléphonant.

Margaret n'hésita qu'un court instant.

— A ta place, je foncerais.

— C'est vrai ? fis-je, reprenant espoir.

— Rappelle-moi après, d'accord ?

— D'accord.

Je dus marquer une pause pour m'assurer que la chaleur de sa voix m'était bien destinée.

— Margaret…, fis-je, la gorge nouée.

— Quoi ?

— Je voulais te remercier d'avoir été si sympa au cours des derniers mois.

Ma gratitude dut la prendre au dépourvu, car elle ne dit rien pendant quelques secondes. Au bout d'un moment, je crus percevoir un soupir.

— C'est très agréable d'avoir une sœur, tu sais ? murmura-t-elle.

Je ne l'aurais pas mieux exprimé.

*
* *

Ayant établi que la seule chose à faire était d'appeler Brad, il était temps de me jeter à l'eau. J'avais répété plusieurs approches avant de l'appeler chez lui, dans la soirée.

Ce fut son fils qui décrocha à la deuxième sonnerie.x— Bonjour, Coty.

— Bonjour, fit-il, comme s'il ne reconnaissait pas ma voix.

— C'est Lydia. Tu te souviens ? On s'est rencontrés, il y a un petit moment.

— Je m'en souviens ! Vous êtes la dame du magasin de tricot. Vous m'aviez promis de me tricoter un pull avec un dinosaure jaune et vert dessus.

— Je l'ai déjà commencé, assurai-je avec un sourire.

J'avais interrompu mon ouvrage au moment d'entrer à l'hôpital, mais, en faisant un effort, je pourrais le terminer pour la fin de la semaine.

— Ton papa est là ?

— Oui, je vais le chercher.

Mon cœur battit à tout rompre, le temps que Brad prenne la communication. Il mit moins d'une minute à venir, mais j'eus l'impression d'attendre une heure avant d'entendre sa voix familière.

— Allô !

— Salut ! fis-je, la bouche sèche. C'est Lydia.

Son silence faillit avoir raison de moi, mais je me lançai, maudissant et bénissant ma sœur tout à la fois pour m'avoir encouragée à faire ça.

— Qu'est-ce que je peux faire pour toi ? demanda-t-il enfin.

— J'aimerais te voir, pour discuter.

— Quand ?

— Quand ça t'arrangera.

J'aurais voulu lui crier : « le plus vite possible ! » Mais tout dépendait de son emploi du temps, pas du mien.

— Très bien. Je te rappellerai.

J'attendais qu'il dise autre chose, mais, comme il se taisait, je n'eus d'autre choix que de conclure la conversation.

— J'attends de tes nouvelles, alors.

— Au revoir.

— Au revoir.

Je me retrouvai avec le combiné en main et la tonalité « occupé ».

C'était bien pire que je ne l'avais imaginé. J'avais secrètement espéré qu'en entendant le son de ma voix Brad serait heureux au point d'oublier les raisons pour lesquelles il m'en voulait. Comme j'avais été stupide de ne pas tenir compte de ses sentiments…

Au fil des années, Margaret n'avait cessé de se plaindre de mon égocentrisme. J'avais toujours trouvé cette accusation injuste, mais je commençais à voir les choses autrement.

Elle avait dû se sentir lésée. Lésée et abandonnée. Pour la première fois, je me demandais si elle n'avait pas raison, à mon propos. J'avais fait du personnage de victime tout un art.

Debout dans ma cuisine, je me demandais si j'allais rappeler ma sœur, quand le téléphone se mit à sonner.

— Allô ! fis-je en décrochant vivement.

— Je peux te retrouver dans une demi-heure au *Pour House*.

— Ce soir ?

— Oui, dit-il, comme si c'était évident.

— D'accord.

Il raccrocha. En cinq minutes, je me brossai les cheveux et je versai sur mes poignets quelques gouttes d'un parfum français que mon père m'avait offert, des années plus tôt.

Celui que je gardais pour les grandes occasions. En sortant, je pris un pull léger.

J'avais trouvé une table dans un coin, et déjà commandé un pichet de bière quand Brad entra. Il balaya la salle du regard et me vit. Il s'installa en face de moi.

Malgré mes efforts, je ne pouvais m'empêcher de le regarder. Soudain, les larmes me montèrent aux yeux. Je fis de mon mieux pour les dissimuler.

Naturellement, il s'en rendit compte.

— Lydia, tu pleures ?

Je hochai la tête et cherchai un mouchoir en papier dans mon sac à main.

— Je regrette tellement…, dis-je entre deux hoquets.

— De pleurer ?

J'opinai.

— De tout. Je t'ai vraiment mal traité.

— C'est vrai.

— J'avais si peur, et…

— Tu n'as pas lu ma lettre ?

— Non.

Je me tus, le temps de me moucher.

— Si je l'avais lue, je n'aurais pas réussi à te chasser de ma vie. Or, il fallait que tu en sortes, pour toi et non pas pour moi.

— Je préfère prendre moi-même mes décisions.

— Je sais, mais…

Toutes mes excuses semblaient creuses et de mauvaise foi.

— Margaret me trouve égocentrique et elle a raison. Je suis vraiment désolée, Brad, pour… tout.

— C'est ce que tu voulais me dire ? C'est pour ça que tu m'as appelé ?

Je hochai de nouveau la tête. C'était ce que je voulais lui

dire, ainsi qu'un tas d'autres choses. Ma gorge se noua et le silence qui s'installa entre nous semblait totalement insupportable.

— Il y a autre chose.

Brad leva les yeux, attentif. Il ne me facilitait pas les choses, mais je l'avais bien mérité.

— Depuis que je t'ai rencontré, depuis qu'on a commencé à se voir, je suis... heureuse.

Il haussa les épaules.

— Ce n'était pas évident.

— Je sais... Tu vois, j'ai du mal à gérer ma vie quand tout va bien. Je n'ai pas l'habitude d'être heureuse et je ne sais pas comment réagir. Alors je fais une bêtise pour tout gâcher.

— Tu as trouvé ça toute seule ?

— Margaret m'a aidée, avouai-je.

Pas très gentiment, d'ailleurs, mais il n'avait pas à le savoir. Mes rapports avec ma sœur sont toujours compliqués, mais je savais désormais qu'elle se souciait de moi.

— Ah oui, Margaret... L'entremetteuse.

— Elle est sympa, dis-je, étonnée de prendre ainsi sa défense.

— Oui, et toi aussi, d'ailleurs.

— Merci, dis-je, au bord des larmes.

Il but une gorgée de bière.

— Bon, maintenant que tu t'es excusée, qu'est-ce qu'on fait ?

Je ne sus que répondre.

— Comment voudrais-tu que nos relations évoluent ? demandai-je, le cœur battant à tout rompre.

— Dans le bon sens, dit-il avec un regard intense, en me prenant la main. Et toi, Lydia ? Qu'est-ce que tu souhaites ?

— Je veux effacer ce dernier mois de ma mémoire et me

sentir de nouveau proche de toi. Mais je tiens à ce que tu comprennes que rien n'est garanti.

— Ta sœur m'a tout expliqué.

— Tout ? Et tu veux quand même…

— Je te veux plus que jamais, Lydia. Je tiens énormément à toi.

— Moi aussi, je tiens à toi.

— C'est un bon point de départ. Même si nous ignorons l'un et l'autre où il nous mènera.

Il me sourit, avec ses yeux bleus et pétillants. Je compris que Brad Goetz n'était pas du genre à prendre la fuite au premier coup dur. C'était un homme fiable, sur lequel je pouvais m'appuyer. Un homme digne de mon père à tous points de vue.

45

Jacqueline Donovan

Jacqueline savait qu'elle devait laisser le jeune couple tranquille, mais elle ne parvenait pas à s'effacer. Elle adorait la petite Amelia. L'amour qui était né dans son cœur s'imposait à elle. Chaque fois qu'elle la tenait dans ses bras, les liens qui l'unissaient à sa petite-fille semblaient se renforcer davantage.

En cet instant, alors qu'elle la berçait doucement pour l'endormir, elle ressentit la nostalgie du temps où elle pouponnait Paul.

— Vous êtes si paisible, dit Tammie Lee en entrant dans la chambre, un paquet de couches à la main.

Elle le posa sur la commode et se tourna pour regarder Jacqueline et Amelia.

Jacqueline leva les yeux.

— C'est ce que je ressens, dit-elle.

Elle se sentait un peu gênée d'accaparer ainsi le temps de Tammie Lee. Elle était venue les voir chaque jour depuis son retour de l'hôpital.

— Je ne voudrais pas devenir pesante, murmura-t-elle.

— Ne dites pas de bêtises ! fit Tammie Lee avec un geste de la main. Un bébé ne reçoit jamais trop d'amour.

Elle alla chercher de la layette neuve dans la commode.

— Mais elle a trop de vêtements. Je ne pense pas qu'elle pourra porter tout ce que vous lui avez acheté.

Jacqueline sourit.

— Je me suis un peu laissée aller, admit-elle.

— Paul dit qu'il ne vous a jamais vue ainsi.

— Je n'imaginais pas que j'aimerais autant ma petite-fille.

Jacqueline se crispait chaque fois qu'elle pensait au ressentiment qu'elle avait longtemps nourri envers Tammie Lee, à sa colère quand elle avait appris sa grossesse. Elle avait alors la certitude que sa belle-fille manipulait Paul. Et puis elle avait fini par voir Tammie Lee telle qu'elle était : une femme authentique et pleine de compassion.

— Vous avez deux rôles de grand-mère à remplir, murmura Tammie Lee. Le vôtre et celui de ma mère. J'aimerais tant qu'elle soit en assez bonne santé pour voyager. Mais vous savez, elle a déjà cinq petites-filles et trois petits-fils.

— Quel bonheur !

— C'est aussi ce qu'elle affirme.

— Amelia est le plus beau bébé du monde, déclara Jacqueline.

Tammie Lee gloussa. Jacqueline n'eut pas à préciser qu'elle ne plaisantait pas. Cette enfant allait pouvoir mener quatre adultes par le bout du nez.

Tammie Lee s'assit au bout du lit.

— Entre vous et Paul, Amelia passe son temps dans les bras de quelqu'un.

Jacqueline sourit à l'enfant qui dormait en faisant des mouvements de succion avec sa bouche.

— Même Reese est fou d'elle.

— Reese est venu ?

— Il vient presque tous les jours. Et, chaque fois, il apporte un cadeau. C'est si gentil de la gâter comme vous le faites tous les deux !

Jacqueline pinça les lèvres. Donc, Reese venait. Elle l'ignorait mais, de toute façon, elle ne savait pas grand-chose de son emploi du temps.

Préférant ne pas s'attarder sur le sujet, elle consulta sa montre. 17 h 30. Paul allait rentrer. Il était temps qu'elle s'en aille.

— Je vais vous laisser, dit-elle à contrecœur.

Sa maison ne lui avait jamais semblé aussi vide qu'au cours des quelques semaines écoulées. Et elle ne s'était jamais sentie aussi seule. Depuis ce soir où Reese était parti brutalement, invoquant une urgence professionnelle, alors qu'elle savait ce qu'il faisait vraiment... Elle refusait de l'imaginer avec cette autre femme.

— Est-ce que Reese est comme son fils ? Est-ce qu'il aime se détendre une bonne heure avant de dîner ?

Tammie Lee avait posé la question sur le ton de la plaisanterie, et c'est ainsi que Jacqueline aurait dû répondre. Mais elle ne se sentait pas d'humeur à mentir avec sa petite-fille dans les bras. Elle mentait depuis si longtemps. Il y avait de quoi se dire que c'était une seconde nature. Mais elle découvrit, à son grand désarroi, que cette enfant innocente rendait tout mensonge inacceptable.

— Reese ne rentre jamais à la maison, le mardi soir, dit-elle brusquement.

— Ah ? Je l'ignorais. Il va au bowling ?

Cette question fit naître un sourire sur les lèvres de Jacqueline. Seule Tammie Lee pouvait croire que Reese faisait partie d'une équipe de bowling. Jacqueline secoua la tête.

— Maman ?

Pendant longtemps, Jacqueline avait détesté que sa belle-fille l'appelle « maman ». Maintenant, c'était la chose la plus naturelle du monde.

— Il… Il a un autre engagement.

Tammie Lee ne dit rien pendant au moins une minute. Puis elle fit quelque chose de totalement inattendu. Elle s'accroupit près du fauteuil à bascule et posa une main sur le genou de Jacqueline. Ce geste simple et réconfortant la toucha profondément.

— Je vous ai déjà parlé de mon oncle Bubba et de ma tante Frieda ? Il semble que Bubba… Enfin, son vrai nom, c'est Othello, mais tout le monde l'appelle Bubba. C'est un truc du Sud. Bref, il a craqué pour une serveuse de Pecan Avenue. Il traînait là-bas toute la journée.

Six mois plus tôt, Jacqueline l'aurait interrompue, mais elle s'était habituée à la sagesse populaire de sa belle-fille.

— Bref, tante Frieda a appris ce qui se passait et elle a fait un scandale.

— Elle s'en est prise à la serveuse ?

— Tante Frieda ? Certainement pas. Elle s'est attaquée à mon oncle Bubba. Elle lui a dit qu'elle était la seule femme qu'il puisse supporter et que, s'il ne le croyait pas, elle allait devoir le lui prouver. Elle a déclaré à ma mère qu'elle avait épousé Bubba et qu'il était hors de question qu'elle laisse une serveuse le lui prendre. A ma connaissance, oncle Bubba n'est jamais retourné du côté de Pecan Avenue.

Cette histoire amusa Jacqueline, mais elle ne trouvait guère de points communs entre elle et Frieda.

— Votre tante a plus de pouvoirs que moi, dit-elle.

— Non, maman. Le pouvoir vous appartient également. Vous pouvez vous en servir, si vous voulez.

Les paroles de sa belle-fille résonnaient encore à sa mémoire pendant le trajet de retour. Elle entra dans la maison sombre et silencieuse. Martha avait laissé une salade composée dans le réfrigérateur. Elle s'attabla dans la cuisine et la mangea en chipotant, mais elle n'avait guère d'appétit. La maison semblait emplie de bruits, de craquements qui ne faisaient qu'amplifier la sensation de vide. Elle mit de la musique pour se distraire.

Vingt minutes plus tard, elle rendit les armes et décida de prendre son bain plus tôt que d'habitude. Ensuite, elle irait se coucher pour lire… et guetter le retour de Reese. Parfois, elle lisait jusqu'à l'aube sans l'entendre rentrer. Elle n'avait jamais admis qu'elle l'attendait, mais cette vérité s'imposait au beau milieu de sa chambre, cette nuit-là.

Après toutes ces années d'infidélité de son mari, la souffrance était encore intolérable. En cet instant, il se trouvait avec une autre femme et elle avait permis à cette liaison de se poursuivre. Elle l'avait presque considérée comme normale. Mais, désormais, elle ne pouvait plus faire semblant. Elle ne pouvait plus et ne devait plus !

A demi dévêtue, tandis que l'eau coulait dans son bain, elle gagna la cuisine, pleine d'une indignation légitime. Elle ouvrit un tiroir et prit l'annuaire du country club. Elle le jeta sur la table et chercha le numéro d'Allan Anderson. Ils étaient amis depuis des années, et il était le meilleur avocat de la ville. S'il s'occupait de son divorce, Reese paierait cher ce qu'il avait fait à Jacqueline et à leurs vies.

Soudain, sa colère l'abandonna et elle referma l'annuaire, mais laissa sa main dessus.

Seigneur, à quoi pensait-elle donc ? Elle ne voulait pas divorcer. C'était son mari qu'elle voulait. Elle voulait Reese !

Il fallait qu'elle le récupère. Il devait y avoir un moyen.

Lentement, perdue dans ses pensées, elle retourna dans la salle de bains et ferma le robinet. Assise au bord de la baignoire, elle se massa les tempes en réfléchissant à ce qu'elle devait faire.

Le bruit de la porte du garage la surprit. Elle se leva, le cœur battant à tout rompre. Ça ne pouvait être Reese. Pas si tôt.

— Reese, c'est toi ? appela-t-elle.

Elle s'en voulut aussitôt.

— Je suis là ! répondit-il d'un ton neutre.

Jacqueline enfila son peignoir et trouva son mari dans la cuisine, en train de trier le courrier. Il parut étonné de la voir.

Jacqueline s'arma de courage et avança vers lui avec audace.

— Oui ? fit-il en levant les yeux.

— C'est fini. Je veux que ce soit clair. Je ne le supporterai pas plus longtemps.

Il la regarda fixement. Heureusement, il ne fit pas semblant de ne pas comprendre à quoi elle faisait allusion.

— Je ne le supporterai plus.

Il la fixa encore, l'air incrédule.

— D'abord, dit-elle, c'est humiliant pour moi. J'ai fermé les yeux trop longtemps. J'ai essayé de faire comme si ça n'avait pas d'importance et, pendant un moment, j'ai réussi à m'en persuader. Mais c'était important. Très.

— Qu'est-ce…

Jacqueline continua. Si elle n'allait pas jusqu'au bout pendant qu'elle en avait le courage, elle n'aurait peut-être pas d'autre occasion.

— Je n'ai jamais été du genre à formuler des ultimatums ou à avoir des exigences, mais je vais le faire maintenant. Quitte cette fille. Peu importe le prix. Je veux qu'elle sorte de ta vie et de la mienne.

Reese secoua la tête, visiblement sans voix.

— Je ne permettrai pas que nos petits-enfants grandissent en me voyant bafouée de la sorte.

C'était sans doute la discussion la plus importante de sa

vie de couple… et elle était pieds nus dans la cuisine, vêtue d'un simple peignoir.

Reese fronça les sourcils et recommença à trier son courrier.

L'histoire de Tammie Lee revint à l'esprit de Jacqueline, qui prit une profonde inspiration. Au point où elle en était, autant aller jusqu'au bout.

— Il y a autre chose, dit-elle aussi dignement que possible.

— Autre chose ?

Elle opina et s'approcha de lui.

— En fait, il y a beaucoup d'autres choses. Il se trouve que je t'aime, Reese. J'ignore ce qui s'est passé entre nous, et je suis prête à assumer ma part de responsabilités. Mais je me sens seule, et je veux que tu reviennes dans mon lit.

Sa voix se brisa. L'espace d'un instant, elle se vit comme la tante Frieda de Tammie Lee. Puis elle murmura d'un ton rauque :

— Je te promets que tu n'auras pas besoin d'une autre femme.

Reese lâcha son courrier, avec dans le regard une lueur indescriptible.

— Jacquie ? Tu parles sérieusement ?

Elle rit d'une façon qu'elle espérait sexy et sensuelle.

— Ne me crois pas sur parole. Viens plutôt vérifier.

Reese en demeura bouche bée. Il affichait une expression si enthousiaste qu'elle faillit s'esclaffer.

— Jacquie ?

Il tendit les bras vers elle et l'embrassa avec la même fougue que quand ils avaient vingt ans. Avant qu'ils ne fassent chambre à part, ils faisaient l'amour de façon retenue. Plus maintenant. Dans son empressement à la déshabiller, il faillit déchirer son peignoir.

Ils entrèrent dans la chambre et tombèrent sur le lit en gloussant comme des adolescents. Les ébats furent explosifs, primitifs, exaltants. Ils n'entendirent que leurs gémissements et leurs soupirs d'aise.

Ensuite, Jacqueline resta blottie dans les bras de son mari, les yeux embués de larmes en écoutant les battements de son cœur. Il y avait tant de choses à dire mais, dans le plaisir de ce moment, rien ne semblait important. Il fallait savourer ces instants, profiter l'un de l'autre. Au moins, Jacqueline aurait eu cette nuit qui lui rappelait qu'elle était vivante et féminine jusqu'au bout des ongles.

— Je n'en aurais jamais rêvé, murmura Reese à son oreille. J'avais abandonné tout espoir de partager de nouveau ton lit. Je t'aime. Je t'ai toujours aimée, mais je ne savais pas comment changer les choses.

Elle soupira et embrassa son torse nu.

— Je ne veux pas renoncer à toi.

— Personne d'autre ne veut de moi.

Jacqueline se raidit.

— Comment ça ?

Il poussa un soupir résigné.

— Nous en parlerons une fois, puis plus jamais, d'accord ?

— D'accord.

— J'ai eu une liaison, il y a dix ans. Je sais que tu étais au courant. Elle s'est terminée rapidement, et mal. Je me sentais plus bas que terre et je n'arrive pas à croire que j'aie pu être aussi stupide.

— Mais tous les mardis soir…

Il l'interrompit :

— Je voulais te faire croire que ça continuait. C'était bête et puéril, et j'ai honte de l'admettre, mais je cherchais à te faire réagir.

— Le soir où je t'ai préparé un dîner et où tu es parti, après un coup de fil…

— Je sais ce que tu as pensé, mais tu avais tort. C'était le travail. On avait perdu un transformateur. Je te jure qu'il n'y avait pas d'autre femme et qu'il n'y en a pas eu depuis très longtemps.

— Toutes ces années…

Elle avait du mal à encaisser le choc.

— On a été aussi stupides l'un que l'autre.

Jacqueline enroula les bras autour de son cou, se demandant comment elle avait pu survivre sans ses étreintes. Pendant tout ce temps, seule la fierté s'était dressée entre eux.

— J'ignore ce qui t'a pris, ce soir, mais je remercie le ciel, dit Reese.

— Tu peux remercier la tante Frieda de Tammie Lee.

— Qui ça ?

— Peu importe.

Elle posa la tête sur son épaule et sourit. Chaque jour, elle trouvait de nouvelles raisons d'être reconnaissante envers sa belle-fille. Reese ne s'était pas trompé sur ce point : elle avait enfin une fille.

46

Alix Townsend

Alix se réveilla au son de grognements étouffés. Appuyée sur son avant-bras, elle dressa l'oreille. Etrangement, les plaintes semblaient provenir du salon. Lorsque ses yeux se furent accoutumés à la pénombre, elle remarqua un détail inhabituel : le lit de Laurel, situé face au sien, était vide.

Ces derniers temps, sa colocataire faisait n'importe quoi. Après un bref épisode de complicité, Laurel l'ignorait de plus belle. Elles n'échangeaient pratiquement plus un mot, bien qu'Alix ait fait de son mieux pour maintenir des relations courtoises. Les rares fois où Laurel lui parlait, c'était pour tenir des propos grossiers ou sarcastiques.

Alix n'avait pas eu de nouvelles du projet immobilier, mais elle sentait qu'elles allaient bientôt se retrouver à la rue. Heureusement, elle avait un plan. Quand elle en aurait les moyens, elle larguerait sa prétendue amie et trouverait une autre colocataire. L'arrestation pour drogue, le printemps précédent, avait eu lieu à cause de Laurel. Et Alix en avait payé le prix fort.

Au départ, Laurel s'était excusée et l'avait soutenue, cherchant à se racheter. Mais tout cela avait changé. La plupart du temps, elle évitait Alix, et même quand elle était là, elle passait son temps devant la télévision. Elle n'était même pas allée travailler à la teinturerie, cette semaine.

Alix remonta les couvertures et ferma les yeux, déterminée à se rendormir. Si Laurel était malade, c'était parce qu'elle mangeait trop de crème glacée. Elle avait bien dû prendre vingt-cinq kilos au cours des six derniers mois. Quant à la relation de Laurel avec Jordan... Alix n'avait jamais eu le fin mot de l'histoire. Jordan n'avait rien dit et elle ne lui avait pas posé de questions. Mais elle avait interrogé Laurel, qui lui avait répondu de se mêler de ses oignons.

Alix était déterminée à ne pas entendre ces bruits étouffés provenant de la pièce voisine. Si Laurel avait besoin d'elle, elle n'avait qu'à venir la chercher.

Au moment où elle allait se rendormir, Alix entendit un cri de douleur, comme si Laurel souffrait atrocement. Furieuse, elle se leva.

Le salon était plongé dans la pénombre, mais elle ne mit guère de temps à repérer Laurel, allongée sur le canapé, la tête sur l'accoudoir. Elle avait les jambes pliées sous une couverture.

— Qu'est-ce que tu as? s'enquit Alix, qui tenait à faire savoir qu'elle était fâchée d'avoir été tirée de son sommeil.

— Rien. Retourne te coucher.

Alix hésita.

— Bon. Comme tu veux.

Elle avait fait deux pas dans la chambre quand elle se ravisa. Elle entendit Laurel se lamenter d'une voix étouffée, comme si elle disait : « Oh! mon Dieu ! Oh ! mon Dieu... »

Elle retourna dans le salon et alluma la lumière.

— Quelque chose ne va pas, dit-elle, les mains sur les hanches. Qu'est-ce que tu as?

— Aide-moi! implora Laurel. J'y arrive pas... Je croyais... Oh, ça fait si mal...

Alix s'agenouilla près du canapé. Soudain, elle comprit.

Tout ce qui aurait dû lui sembler évident explosa dans son esprit.

— Tu es en train d'accoucher ?

Laurel hocha la tête.

— Je ne pouvais pas te le dire… Je ne pouvais le dire à personne.

— John est au courant ?

Les yeux de Laurel s'embuèrent de larmes.

— Pourquoi il m'a larguée, d'après toi ? Il a dit qu'il ne voulait pas du bébé. Ni de moi. Il avait promis de payer l'avortement, mais il n'est pas venu et je n'avais pas les moyens.

— Pourquoi tu n'as rien dit ?

— Comment j'aurais pu le dire ?

— On est amies.

Enfin, Laurel avait quand même laissé Alix se faire arrêter, et elle ne lui faisait pas assez confiance pour lui dire qu'elle était enceinte.

Laurel ferma les yeux et cambra le dos, gémissant de plus belle.

Alix réfléchirait plus tard. Pour l'heure, il fallait que Laurel aille à l'hôpital.

— Je vais sortir téléphoner pour demander de l'aide.

— Non ! cria Laurel en serrant sa main dans la sienne. Ne me laisse pas toute seule ! Ce ne sera pas long… Je ne supporte plus la douleur. Je ne peux pas rester toute seule.

— Qu'est-ce que je dois faire ?

Alix n'avait jamais assisté à un accouchement.

— Je ne sais pas, souffla Laurel, pantelante. Je crois que le bébé arrive ! cria-t-elle, en proie à la panique. Qu'est-ce qu'on fait ? Qu'est-ce qu'on fait ?

— Reste calme, ordonna Alix d'une voix qui se voulait assurée, même si son cœur battait à tout rompre.

En repoussant la couverture, elle vit que Laurel avait placé une pile de serviettes sous ses hanches.

— Je vais me laver les mains.

— Non ! Reste avec moi !

— J'en ai pour une minute.

— D'accord, concéda Laurel en roulant la tête d'un côté à l'autre, le visage moite de sueur.

Alix s'en voulut de ne pas avoir deviné plus tôt. Mais Laurel était en surpoids, si bien que sa grossesse n'était pas évidente. Elle portait encore des jeans, mais Alix pensait qu'elle avait grossi parce qu'elle était déprimée et qu'elle mangeait trop.

Quand elle revint dans la pièce, le visage de Laurel exprimait une douleur intense.

— Regarde ! implora-t-elle. Est-ce qu'il arrive ?

Alix se sentait incapable de mettre cet enfant au monde.

— Tu as quelque chose, pour ce bébé ?

Laurel secoua la tête.

— J'en veux pas.

— Laurel, fit Alix, qu'est-ce que tu comptais faire de lui ?

Dans quel monde vivait-elle ? Elle devait se douter que le bébé aurait besoin de vêtements, de couvertures, de biberons.

— Au départ, j'avais l'intention de le tuer, avoua Laurel en sanglotant.

— Tu ne peux pas faire ça ! s'exclama Alix, le souffle coupé.

— J'en veux pas, de ce bébé !

Elle poussa un cri et se cambra, submergée par la douleur. Elle crispa les doigts sur le tissu du canapé et ferma les yeux en haletant. Elle respirait fort, levant les épaules sous l'effort.

Assise sur le bord du canapé, Alix vit apparaître la tête du bébé, couverte de cheveux blonds plaqués. A la contraction suivante, elle plaça les mains sous le crâne minuscule. Laurel prit une profonde inspiration et voulut regarder l'enfant, mais elle en fut incapable.

— C'est pour bientôt, promit Alix, effrayée et impuissante, espérant ne pas mentir.

Pas plus d'une minute plus tard, Laurel grogna et se remit à haleter. Soudain, l'enfant sortit et parut glisser directement dans les mains d'Alix, avec un flot d'eau et de sang.

Les larmes montèrent aux yeux d'Alix.

— C'est un garçon, annonça-t-elle.

Il ne pleura pas tout de suite. Prise de panique, elle plaça deux doigts dans sa bouche, d'instinct, pour la nettoyer. Puis elle le mit sur le ventre et lui tapota le dos. Aussitôt, il poussa un cri féroce. Alix fut parcourue d'une vague de joie.

— Il est superbe, dit-elle à Laurel, impressionnée par cette nouvelle vie qui venait de commencer.

Laurel refusa de le regarder et détourna la tête.

— Coupe le cordon, dit-elle d'un ton indifférent.

— Je… Je ne crois pas que je devrais…

— Vas-y ou je le fais moi-même !

— D'accord, d'accord.

Alix prit un couteau dans la cuisine et, de peur d'infecter Laurel ou l'enfant, elle mit une casserole d'eau sur le feu. Elle retourna dans le salon juste à temps pour recueillir le placenta.

Dès qu'elle eut coupé le cordon, Alix porta l'enfant dans la salle de bains et le nettoya. Puis elle l'enveloppa dans la couverture qu'elle avait tricotée. Persuadée que son amie changerait d'avis, maintenant que l'accouchement était terminé, elle porta le nouveau-né dans le salon dans l'espoir d'amadouer la jeune maman.

— Regarde-le au moins une fois ! Il est parfait.

Laurel refusa en secouant la tête.

— Débarrasse-toi de lui.

Alix n'en revenait pas que l'on puisse manquer de cœur à ce point.

— Je ne peux pas faire ça.

— Alors, donne-le-moi et je m'en chargerai.

— Qu'est-ce… Qu'est-ce que tu vas faire ? demanda Alix en serrant l'enfant d'un geste protecteur.

— Je vais le déposer dans une benne à ordures.

Laurel ne semblait même pas le considérer comme un enfant.

— Tu parles sérieusement, n'est-ce pas ? fit Alix, horrifiée. Tu n'en veux pas, de ce bébé ?

— Combien de fois il va falloir te le répéter ? cria Laurel. Débarrasse-moi de ça !

Serrant le nourrisson contre elle, Alix s'efforça de mettre de l'ordre dans ses pensées. Si Laurel ne voulait pas de cet enfant, elle connaissait quelqu'un qui en voudrait.

— Il faut que tu me signes un papier.

— Quoi ? fit Laurel d'un air vague.

— J'ai besoin d'une déclaration disant que tu renonces à cet enfant de ton plein gré.

— Tu veux le donner à quelqu'un ? Mais à qui ?

— A un couple qui l'adoptera.

Alix prit une profonde inspiration.

— Je connais quelqu'un qui a désespérément envie et besoin d'un enfant. Je veux que son mari et elle élèvent ton petit garçon. Tu ne l'aimes peut-être pas, mais Carol l'aimera. Je l'ai fait naître. Je me sens responsable de lui. Tu veux que je t'en débarrasse, n'est-ce pas ?

— Fais ce que tu veux. Je m'en fous.

— Tu ne vas pas changer d'avis ?

— Non.

Pour souligner ses propos, elle prit le couteau et le brandit, comme si elle voulait tuer l'enfant.

— Je veux qu'il meure ou qu'il sorte de ma vie, compris ? Débarrasse-moi de ça ! Je me fous de ce que tu en fais, du moment que tu le dégages d'ici.

Tenant dans ses bras l'enfant qui hurlait, Alix prit une feuille de papier, un stylo, et les tendit à la jeune femme.

— Mets ça par écrit.

Laurel se redressa et griffonna quelques lignes avant de signer. Alix lut le texte, puis retourna dans la chambre. Elle posa le bébé sur le lit et s'habilla à la hâte, les mains tremblantes. L'enfant tourna la tête vers elle. Elle se pencha pour l'embrasser sur le front.

— Je regrette que tu n'aies pas été mieux accueilli sur cette terre, murmura-t-elle. Mais je connais quelqu'un qui va t'aimer.

Sans un mot pour Laurel, Alix prit son sac en bandoulière et quitta l'appartement. Il était tôt, en ce vendredi matin, et les rues sombres étaient inquiétantes. Elle marcha le plus vite possible, serrant le bébé contre elle. Elle entra dans le vestibule de chez Annie's, où il y avait une cabine téléphonique. Trouvant des pièces de cinquante cents, elle sortit le papier que Jordan lui avait donné, avec son numéro de téléphone. Elle inséra les pièces et composa le numéro.

— S'il te plaît, décroche ! murmura-t-elle.

Jordan ne répondit qu'à la cinquième sonnerie, au moment où elle allait raccrocher, furieuse et désespérée.

— J'espère que ça vaut le coup, murmura-t-il.

— Jordan, c'est moi, dit-elle, si heureuse d'entendre sa voix qu'elle se mit presque à pleurer. Tu m'avais dit que je pouvais t'appeler en cas de besoin.

— Tu as des ennuis ?

Elle ne savait que lui dire.

— Je suis chez Annie's. Tu peux venir me chercher ?

— Tout de suite ?

— Oui, et dépêche-toi, s'il te plaît.

— Je serai là dans dix minutes.

Il n'avait pas hésité une seconde. Alix ne pouvait plus douter de ses sentiments.

Elle berça doucement le bébé et le cajola en guettant la voiture de Jordan, depuis l'entrée. Quand elle la vit tourner au coin de la rue, elle sortit sur le trottoir.

Jordan s'arrêta et se pencha pour lui ouvrir la portière du passager.

— C'est… un bébé ? bredouilla-t-il, les yeux écarquillés, la voix rauque et ensommeillée.

— C'est celui de Laurel et de cette ordure de John… Je viens de le mettre au monde.

— Donc c'est…

Il s'interrompit.

— Elle m'en a parlé, il n'y a pas si longtemps. Elle m'a dit qu'elle avait des ennuis, mais sans préciser lesquels.

Alix hocha la tête. Elle comprenait tout, à présent.

— Tu veux que j'emmène le bébé à l'hôpital ?

— Non, surtout pas !

— Alix, tu ne peux pas le garder.

— Je l'ai mis au monde. C'est à moi de lui trouver un foyer.

— A quoi tu penses ? demanda Jordan, abasourdi.

— Je connais quelqu'un qui a besoin de ce bébé.

— Qui ?

— Peu importe. Soit tu m'emmènes, soit je prends un taxi.

— Mais c'est illégal…

— J'ai un papier signé de Laurel. Elle ne veut pas de lui et il est hors de question que je le donne aux services sociaux. C'est clair ?

Il arqua les sourcils, puis sourit.

— Rappelle-moi de ne jamais te mettre en colère.

— Ne t'en fais pas. Je crois que tu auras de nombreux rappels, au fil des ans.

— Des ans ?

— On en parlera plus tard.

— Ton amie sait que tu viens la voir ?

— Pas encore.

— Et Laurel ?

— Il faudra que tu l'emmènes à l'hôpital.

Ce qui allait alerter les autorités, mais elle laisserait Carol et son mari se charger du problème.

— Emmène-la à l'hôpital suédois, d'accord ?

— Je suis à vos ordres, madame la tueuse de dragons.

Alix se dit que cela sonnait bien.

47

Carol Girard

La sonnerie stridente du téléphone fit émerger Carol d'un profond sommeil. Doug roula sur le côté et décrocha.

— Allô ! fit-il d'une voix ensommeillée.

N'entendant qu'une partie de la conversation, Carol crut à une erreur. Mais, à sa grande surprise, Doug déclara :

— Oui, elle est là. Qui est à l'appareil ?

Il posa une main sur le combiné.

— Tu connais une dénommée Alix Townsend ?

— Oui. Qu'est-ce qu'elle veut ?

— Te voir tout de suite.

Carol hésita.

— Tu veux que je lui ouvre ? proposa Doug.

Alix devait avoir une bonne raison de débarquer à une heure pareille.

— Oui. Dis-lui de monter.

— Tu es sûre ?

— Elle a sans doute envie de parler, fit Carol.

— A cette heure-ci ?

— Oui, chéri, fit-elle en l'embrassant sur la tempe.

Elle repoussa les couvertures et prit son peignoir, au pied du lit.

— Inutile de te lever, dit-elle.

Carol passa devant la chambre d'enfant. Les livreurs de

chez Bon-Macy's devaient passer dans la matinée chercher les meubles. Avec le berceau, la table à langer et la commode, c'étaient ses rêves qui s'envoleraient. Après les épreuves qu'elle avait endurées, la frustration, la souffrance, le chagrin, la déception, ce désir d'enfant était en train de détruire son couple. Doug avait raison : il fallait que ça cesse. Mais ça faisait mal et la souffrance allait durer.

On frappa à la porte. Pieds nus, Carol alla actionner la serrure de sécurité. En ouvrant la porte, elle retint son souffle. Alix tenait un bébé dans ses bras.

— Tiens, dit-elle en le lui tendant. Ce petit garçon a besoin d'une mère.

Carol fixa le nouveau-né. Puis, bouche bée, elle croisa le regard d'Alix, ne sachant que penser. Parler lui fut encore plus difficile.

— Je l'ai mis au monde, expliqua Alix.

— A qui… ?

Elle fut incapable d'en dire davantage.

— Ma colocataire m'a ordonné de l'en débarrasser. Elle a menacé de le jeter dans une benne à ordures si je ne l'emmenais pas. Il a besoin d'une mère et d'un père, de quelqu'un qui l'aime.

Ça semblait irréel, impossible. Carol voulut appeler son mari, mais sa voix se brisa. Doug l'avait tout de même entendue et il surgit, torse nu, vêtu de son seul pantalon de pyjama.

— Salut ! dit Alix, si bizarrement que Carol se tourna vers elle. Je suis Alix. Vous m'avez laissée monter.

— Alix nous a apporté un bébé, annonça Carol, les yeux embués de larmes.

Doug les dévisagea tour à tour. Lui non plus ne savait pas comment réagir. Mais il se ressaisit vite.

— Je crois que nous devrions nous asseoir pour en discuter.

— C'est légal, assura Alix. Laurel a tout écrit noir sur blanc.

Elle tendit la feuille à Doug.

— Il faut que Laurel aille à l'hôpital. La police sera donc avertie, mais je me suis dit que vous pourriez vous occuper de ça.

— On devrait peut-être faire du café, suggéra Carol, dont l'esprit tournait à plein régime.

Elle avait du mal à saisir ce qui se passait. Mais elle avait un nouveau-né dans les bras.

— Je mets le café en route, dit Doug.

Carol hocha la tête en observant le bébé endormi. Elle avait le cœur serré. Songer que sa mère était prête à le jeter dans une benne à ordures, comme un vulgaire détritus ! Elle ne comprenait pas qu'on puisse ne serait-ce qu'imaginer une chose pareille.

— Il n'a pas de vêtements, expliqua Alix. Je l'ai enveloppé dans la couverture, mais je n'avais pas de couche à lui mettre.

— Je vais l'habiller, dit Carol.

C'était plus un rêve que la réalité. Elle le porta dans la chambre d'enfant et le déposa sur la commode pour ôter délicatement la couverture. Le tenant d'une main, elle prit une couche.

Logiquement, elle aurait dû vider ces tiroirs pour que les employés du grand magasin puissent emporter les meubles. Heureusement qu'ils n'étaient pas encore passés ! Elle lava l'enfant et lui mit une couche, puis un minuscule body. Enfin, elle l'emmitoufla dans une couverture en flanelle.

Il se mit à couiner quand elle prit un biberon stérile. Elle ne s'autorisait pas à penser que c'était son bébé, son fils. Alix était venue chercher de l'aide auprès d'elle, rien de plus.

— Quel âge a-t-il exactement ? demanda-t-elle en regagnant le salon.

Alix avait oublié de mettre sa montre.

— Environ une heure.

— Comment es-tu arrivée ici ?

— C'est Jordan qui m'a déposée. Il retourne à l'appartement pour conduire Laurel à l'hôpital.

Les deux femmes rejoignirent Doug dans la cuisine. Ils attendirent que le café soit passé.

— Il a faim, dit Carol.

Sans lui demander son avis, elle tendit l'enfant à Doug, et prit une boîte de lait maternisé dans un placard.

Elle remplit le biberon et le réchauffa au micro-ondes. Après avoir vérifié la température, elle reprit le bébé. Il s'empara de la tétine immédiatement, blotti dans ses bras comme dans ceux de sa mère.

— Bon, il faut qu'on parle, dit Doug.

Ils allèrent s'installer dans le canapé du salon. Quand le bébé saisit le petit doigt de Carol, elle faillit fondre en larmes. « Il est à moi ! » avait-elle envie de crier. Elle éprouvait une profonde satisfaction. Jamais elle n'avait rien ressenti de tel.

— Je l'ai mis au monde, déclara fièrement Alix. Laurel ne veut pas de lui, et je lui ai dit que je connaissais quelqu'un qui l'aimerait.

Elle se tut, attendant une réaction de la part de Carol.

— Ça ne peut pas être légal, dit Doug, répondant à sa place d'un ton hésitant, troublé. Je n'ai jamais entendu une telle histoire.

— Vous avez le bébé, non ? dit Alix. Il est à vous, maintenant.

— Je sais, mais…

— Elle a signé un papier disant qu'elle ne voulait pas de lui.

Pour la première fois, Alix parut douter de la décision qu'elle avait prise.

— Je pensais que vous voudriez de lui !

— Moi, je le veux ! s'écria Carol.

Doug avait des inquiétudes, et elle aussi, mais ce bébé comblait un vide en elle. Elle n'allait pas le lâcher ! Elle refusait de céder à la peur de perdre aussi cet enfant.

— Doug ?

Elle se tourna vers son mari, l'implorant du regard de faire le nécessaire.

Doug se pencha en avant, les bras sur les genoux, le menton dans la main.

— Tu le veux, ce bébé, oui ou non ? demanda Carol. Parce que moi, je le prends sans discussion. Je l'aimerai, je l'élèverai, mais j'ai besoin de savoir que tu es d'accord à cent pour cent.

Il croisa son regard. Carol y lut de l'appréhension.

— Je ne sais pas si nous pourrons le garder, Carol. Je le répète : ça ne peut pas être légal. Une femme ne peut pas confier son enfant à des inconnus, comme ça…

Carol se moquait de ce que cela coûterait, des sacrifices qu'il faudrait faire, elle était prête à se battre pour que cet enfant devienne officiellement le sien. Au moment où elle avait abandonné tout espoir, un miracle s'était produit. Et elle allait accepter ce miracle, quoi qu'il arrive.

— D'abord, il faut consulter un avocat.

Il était évident que Doug avait pris sa décision.

— Comme l'a dit Alix, reprit-il, quand Laurel sera à l'hôpital, la police sera avertie. Il faut donner l'impression qu'elle avait l'intention de nous donner son enfant à adopter depuis le départ.

Face à sa détermination, Carol eut envie de pleurer de joie.

— Nous avons un fils, murmura-t-elle à travers ses larmes.

— Pas encore, dit Doug. Mais nous l'aurons bientôt.

Ayant pris les choses en main, il se leva.

— Accordez-moi quelques minutes pour m'habiller et passer quelques coups de fil. Ensuite, Alix, vous viendrez avec moi.

Il disparut dans la chambre. Carol posa le biberon et plaça l'enfant sur son épaule pour lui tapoter le dos.

— J'aimerais bien une tasse de café, dit Alix en désignant le plateau où étaient posées une cafetière et trois tasses. Je peux me servir ?

— Bien sûr... Pardon.

— Tu en veux ?

Carol secoua la tête tandis que la jeune femme se servait.

— Je n'arrive pas à croire que je n'ai rien remarqué, murmura-t-elle en avalant une gorgée de café. A propos de Laurel. Il ne m'est jamais venu à l'esprit qu'elle pouvait être enceinte.

Carol caressa le dos du bébé d'une main protectrice. Avec elle, il serait en sécurité, aimé et désiré.

— Laurel était déjà en surpoids. Je me suis dit qu'elle avait encore grossi, voilà tout.

— Et le père ?

— Un vendeur de voitures d'occasion. Il louait des films X. Je ne l'ai jamais apprécié, mais il était pas mal, physiquement.

— Et Laurel ?

Alix haussa les épaules.

— Elle n'est pas si mal. Simplement paumée et en colère contre le monde entier. J'ai cru qu'elle changerait d'avis, une fois que le bébé serait né. Mais non.

Doug réapparut.

— A quel hôpital votre ami a-t-il conduit la mère ?

— A l'hôpital suédois, répondit Alix. Vous voulez que je vous accompagne ?

— J'ai appelé Larry, dit-il en hochant la tête.

Larry était avocat et travaillait pour la compagnie d'assurances qui employait Doug.

— Il m'a dit d'aller voir la mère et de le rappeler depuis l'hôpital.

— Qu'est-ce que je dois faire ? demanda Carol.

— Reste ici, pour l'instant. Occupe-toi du bébé. Je reviens dès que possible.

— D'accord.

Carol ignorait pendant combien de temps elle aurait l'occasion de veiller sur cet enfant, mais elle avait l'intention d'en profiter pleinement.

Quelques minutes plus tard, Doug et Alix quittèrent l'appartement. Carol se rendit dans la chambre d'enfant qu'elle avait décorée avec tant d'impatience. Chaque objet, chaque meuble était une affirmation d'espoir et de joie... devenus des symboles de sa souffrance.

Elle s'assit dans le fauteuil à bascule et chanta doucement en berçant le bébé. Sa venue au monde avait été brutale et effrayante, mais il était en sécurité, désormais. Il le serait toujours, si Doug et elle pouvaient tout arranger.

En se balançant doucement, Carol perdit toute notion du temps. Elle demeura ainsi une heure, peut-être deux. Peu importait. Le bonheur qui l'avait submergée était total.

L'enfant se réveilla et pleura. Après avoir changé sa couche, Carol lui donna un deuxième biberon. Il se rendormit. Elle le déposa dans le berceau, puis se pencha sur lui.

Quand Doug revint, il était seul. Il observa l'enfant endormi, puis il prit Carol dans ses bras et la serra si fort qu'elle pouvait à peine respirer.

— Qu'est-ce qui s'est passé ? demanda-t-elle.

Il avait les yeux luisants de larmes retenues, et sa voix tremblait.

— Il faut l'emmener à l'hôpital pour le faire examiner, mais on dirait bien que nous avons un fils. Laurel était plus que disposée à nous le donner à adopter. Elle a affirmé aux autorités que c'était son intention dès le départ.

Ils demeurèrent enlacés, à pleurer de joie. Un bébé. Un miracle de la vie, un cadeau qui leur était arrivé de l'endroit le plus inattendu, et par surprise.

Depuis le jour où elle était entrée dans ce magasin de fils à tricoter, elle le sentait. Le fait qu'elles aient tricoté des couvertures pour bébé était un signe du ciel. Et le ciel avait tenu ses promesses.

48

Jacqueline Donovan
L'année suivante

Tandis qu'elle roulait vers la maison de Paul et Tammie Lee, Jacqueline avait du mal à contenir son impatience. Elle rentrait d'une croisière de trois semaines avec Reese et elle avait hâte de voir sa petite-fille. Amelia allait bientôt marcher et Jacqueline la considérait comme la plus mignonne et la plus éveillée des enfants. En toute objectivité, bien sûr…

Elle allait commencer par couvrir Amelia de baisers et de câlins, puis elle passerait à la boutique de Lydia. Au cours de la croisière en Méditerranée, elle avait déniché une laine superbe dans une petite boutique, sur une île grecque, et elle tenait à la lui montrer.

Tammie Lee était en train d'arroser les massifs de fleurs, et elle portait Amelia contre sa hanche, quand Jacqueline se gara dans l'allée. Le siège arrière était chargé de cadeaux, mais elle les sortirait plus tard.

— Amelia, Amelia, mamie est là !

Jacqueline descendit de voiture en tendant les bras. L'enfant poussa un cri de joie et se pencha vers elle.

— Bienvenue ! dit Tammie Lee avec un large sourire.

Elle ferma le robinet et traîna le tuyau d'arrosage vers le côté de la maison.

— A quelle heure êtes-vous rentrés, hier soir, papa et vous ?

— Tard.

Ils étaient rentrés à une heure raisonnable, et Jacqueline serait volontiers venue embrasser sa petite-fille, mais Reese l'avait persuadée que tout le monde dormait déjà.

— Je suis encore perturbée par le décalage horaire, avoua Jacqueline en embrassant sa belle-fille.

Elle éprouvait désormais une affection sincère pour Tammie Lee. Elle s'était peu à peu rapprochée d'elle. Le naturel de sa belle-fille, sa gentillesse authentique, sa générosité, son désir de voir les choses du bon côté avaient transformé la vision rigide que Jacqueline avait de la vie, tout en soudant la famille. Son bon sens populaire avait ouvert les yeux de Jacqueline sur ce qu'elle infligeait à Reese et à elle-même. Sans la jeune femme, elle se demandait comment son couple aurait tenu.

— Vous nous avez beaucoup manqué, tous les deux, dit Tammie Lee en prenant Amelia pour entraîner sa belle-mère à l'intérieur.

L'enfant de neuf mois tenait à explorer tous les placards et les recoins qu'elle trouvait sur son chemin.

Tammie Lee se rendit dans la cuisine, où elle installa sa fille sur sa chaise haute avant de sortir un pichet de thé glacé et deux verres.

Amelia donna des coups de poing sur le plateau et se mit à gazouiller. C'était une enfant heureuse et enjouée, comme sa mère. Jacqueline prit un biscuit et le brisa en plusieurs morceaux. Amelia s'en empara aussitôt pour le mordiller avec une expression de plaisir intense.

— C'est si bon de rentrer à la maison ! dit Jacqueline avec un soupir.

Elle accepta un verre de thé glacé agrémenté de l'incontournable feuille de menthe.

— Asseyez-vous et racontez-moi votre voyage dans les îles grecques, dit Tammie Lee. C'est la destination la plus romantique qui soit. J'espère que Paul et moi serons aussi amoureux que vous et papa dans trente-trois ans. J'ai l'impression que c'était une vraie lune de miel.

Jamais sa belle-fille n'avait été aussi proche de la vérité. Depuis que Jacqueline avait parlé à Reese de sa maîtresse du mardi soir, leur couple n'était plus le même. Dès le lendemain, ils s'étaient installés dans la même chambre et, au fil des mois, ils avaient réussi à reconstruire ce qu'ils avaient failli détruire.

— J'espère que Paul est aussi romantique que son père ! murmura Jacqueline en jouant avec Amelia. Comme elle a grandi, en trois semaines !

Ravie d'être au cœur de toutes les attentions, l'enfant esquissa un sourire édenté, les joues barbouillées de biscuit.

— Tu es adorable, lui dit Jacqueline.

Jamais elle n'avait ressenti un tel amour. Amelia et sa mère avaient bouleversé sa vie à un point qu'elle n'aurait jamais imaginé.

Une demi-heure plus tard, elle vida le coffre de sa voiture et dit au revoir à Tammie Lee, avant de couvrir Amelia de baisers. Puis elle partit à contrecœur.

Elle se rendit au Fil des jours. Par chance, elle trouva une place pour se garer juste devant le magasin. Les travaux de rénovation étaient terminés. L'immeuble en brique où Alix avait vécu avait fait place à des appartements dernier cri qui se vendaient à des prix que même Jacqueline trouvait faramineux. Alix préférait son nouveau logement, et pour cause : elle habitait désormais le pavillon anciennement occupé par Martha. La gouvernante avait pris sa retraite. Qui aurait imaginé, lors de leur rencontre, que Jacqueline et Alix deviendraient si proches ?

— Jacqueline ! lança Lydia en entendant le carillon. Tu es rentrée ! Alors, comment était cette croisière ?

— Fabuleuse. Nous avons adoré.

Jacqueline sortit de son sac une pelote de laine grecque, du cachemire mauve tacheté de blanc.

— Regarde ce que j'ai déniché.

Lydia examina avec attention le fil, puis tendit la pelote à Margaret.

— Touche ça, dit-elle. C'est incroyable.

— J'en ai acheté assez pour tricoter un pull. J'ignorais combien il m'en faudrait, alors j'ai tout pris. Je te donnerai les pelotes supplémentaires.

Quand Margaret se fut extasiée à son tour, Lydia lui reprit la laine.

— Où l'as-tu trouvée ?

— Sur une île. Je ne me rappelle plus le nom. Reese m'a suivi dans toutes les boutiques. Il a meilleure mémoire que moi. Je lui demanderai.

— Reese t'a aidée à chercher de la laine ? fit Lydia en riant. La plupart des maris trouveraient que ça dépasse les limites de leurs devoirs.

— Nous faisons tout ensemble, désormais, avoua Jacqueline en rougissant.

Ce voyage avait été la seconde lune de miel que tous les couples devraient s'offrir.

— Je crois que je ne t'ai jamais vue aussi...

— Heureuse, coupa Jacqueline.

Sa famille et ses amis ne cessaient de le lui répéter. Et elle ne pouvait le nier : elle était heureuse.

— En fait, j'allais dire que tu étais bronzée, fit Lydia avec un sourire espiègle.

Jacqueline tendit les bras.

— Ah, ça... Reese m'a fait sillonner tous les terrains de golf de la Méditerranée. Je dois avouer que je suis assez douée. Et j'ai un *put* formidable.

Elle consulta sa montre.

— Je file. Je retrouve Reese au country club dans une heure pour prendre un verre avec de vieux amis. Il faut d'abord que je passe à la maison.

— C'est bon de te revoir, dit Lydia. Tu seras là vendredi ?

— Bien sûr ! répondit Jacqueline comme si ça allait de soi. Je ne manquerais ce rendez-vous pour rien au monde.

Sur ces mots, elle alla rejoindre son mari, l'homme qu'elle aimait.

49

Carol Girard

— Cameron Douglas Girard ! Qu'est-ce que tu fabriques, petit coquin ?

Assis par terre, Cameron était en train de vider le tiroir contenant les chaussettes de son père. Il leva la tête et adressa un sourire innocent à Carol qui, les mains sur les hanches, s'efforçait d'avoir l'air fâché.

— Allez, viens ! dit-elle en prenant le petit garçon dans ses bras.

Quand elle embrassa bruyamment son ventre rond, Cameron émit un gazouillis de plaisir et enfouit le visage dans le creux de son épaule. Puis il saisit ses cheveux à pleines mains en babillant.

Au cours de l'année écoulée, Carol avait découvert une nouvelle facette de l'amour : celui d'une mère pour son enfant. Elle n'avait peut-être pas porté Cameron dans son ventre, mais il était son fils à part entière.

— C'est l'heure de notre promenade, annonça-t-elle.

Cameron savait ce que cela signifiait. Il se débattit pour qu'elle le pose par terre. Carol rangea vite les chaussettes de Doug dans le tiroir. Elle habilla l'enfant d'un jean que Rick leur avait envoyé peu après la conclusion de l'adoption, et d'un pull tricoté à la main avec une veste assortie. Une fois libre, Cameron rampa jusqu'à sa poussette, puis se mit fièrement debout en guettant la réaction de Carol. Le petit garçon adorait les promenades.

— On va au magasin de laine, cet après-midi, lui dit-elle en l'installant. On va voir Lydia.

Prenant son sac en bandoulière, Carol quitta l'appartement. Tous les après-midi, ils respectaient le même rituel. Ils se rendaient dans un parc situé à deux rues de l'appartement, où Carol bavardait avec d'autres mamans.

Le cercle de ses amies s'était considérablement élargi depuis qu'elle avait quitté son travail et adopté Cameron. Les mères rencontrées au parc formaient un véritable groupe. Elles se réunissaient toutes les semaines autour d'un café pour partager leurs expériences, se prêter livres et revues, et échanger jouets et vêtements devenus trop petits. Carol était la plus âgée, ce qui ne lui avait jamais posé de problème.

Après leur visite au parc, Carol emmena Cameron au magasin de laine.

— Carol ! s'exclama Lydia avec entrain.

Elle s'accroupit devant l'enfant.

— Bonjour, Cameron !

Le bébé voulut s'emparer d'une pelote de laine d'un violet vif, mais Carol se montra plus rapide et recula la poussette des rayons si attirants pour un enfant.

— Il me faut une autre pelote de ce fil chiné.

— En vert olive, c'est ça ?

Lydia avait le don de se rappeler avec précision ce que lui achetaient ses clientes. Carol avait tant d'ouvrages en cours, désormais, qu'il était difficile de la suivre. Sauf pour Lydia.

— Jacqueline est venue en début d'après-midi. Elle est toute bronzée et elle semble très heureuse.

— C'est formidable.

— Elle sera là vendredi.

— Et Alix ?

Le quatrième membre du groupe de tricot n'était pas toujours disponible, le vendredi, à cause de son emploi du temps à l'école de cuisine.

— Je ne crois pas qu'elle puisse venir, répondit Lydia en secouant la tête.

— Elle me manque, dit Carol avec un soupir.

— A moi aussi. Tu te souviens de ce qu'on pensait, au départ, quand elle s'est inscrite ? J'étais persuadée que Jacqueline et elle allaient se sauter à la gorge.

Carol se mit à rire.

— Elles étaient impossibles.

— On se serait crues à l'école.

— Exactement ! dit Carol, ravie de la tournure qu'avaient prise leurs relations.

— Jacqueline a bien failli partir plus d'une fois, reprit Lydia.

— Je comprenais ses raisons, mais je me réjouis qu'elle soit restée.

— Moi aussi. Et si Alix avait abandonné...

Jamais elles n'auraient imaginé qu'une jeune femme en colère et pleine de méfiance puisse influencer à ce point le cours de leurs vies.

— Tu as des nouvelles de Laurel ? demanda Lydia.

— Aucune depuis le jour de la naissance de Cameron. Elle s'est rendue au tribunal toute seule pour signer les papiers et elle est partie sans un mot pour Doug et moi.

— Et avec Alix ? Elles étaient colocataires, après tout.

— En tout cas, Alix ne nous en a rien dit.

— Et Jordan ?

Carol soupira.

— Je crois savoir qu'il a confié Laurel à une assistante sociale qui lui a trouvé un autre logement, après la vente de leur immeuble.

Elle eut soudain envie de prendre Cameron dans ses bras pour le protéger, mais elle résista à cette impulsion irrationnelle.

— C'était une jeune femme triste, perdue, rongée par les problèmes.

— Mais elle a fait une chose bien, dans sa vie : elle vous a confié son fils, à Doug et à toi.

— Je lui souhaite le meilleur, murmura Carol en toute sincérité.

Plus tard, Cameron s'interrogerait sur ses parents biologiques. Peut-être même qu'il les rechercherait. Ce serait sa décision. Pour l'heure, durant ces années formatrices, ce petit garçon était à eux. Doug et elle lui inculqueraient leurs valeurs et lui donneraient tout leur amour.

Lydia posa la laine sur le comptoir. Carol glissa le sac derrière la poussette.

— A vendredi après-midi !

Lydia lui fit un geste d'adieu tandis que Carol se dirigeait vers le front de mer, avant de regagner son appartement.

Elle n'était rentrée que depuis quelques minutes quand Doug apparut à son tour. Il embrassa la jeune femme et prit Cameron dans ses bras pour le serrer contre lui. Carol était toujours émue en le voyant avec son fils. Le visage de l'enfant s'illuminait de joie et il criait en tapant dans ses mains.

C'était un moment poignant et vrai qu'ils avaient attendu si longtemps. Ils avaient fait bien des sacrifices, mais tout cela n'avait plus d'importance, désormais. Ils avaient un fils. Ils formaient une famille. Carol ferma les yeux pour savourer pleinement ce bonheur.

Assis par terre, Doug joua avec Cameron à empiler des cubes, sous les yeux embués de Carol. Elle savait que, dans les années à venir, tout ne serait pas aussi parfait qu'en cet instant, mais ce n'était pas grave. Elle était heureuse, et le vide qui la rongeait s'était comblé.

Elle était entière, désormais.

50

Alix Townsend

Alix mit la touche finale à ses crèmes brûlées et recula pour permettre à son professeur d'évaluer sa prestation. M. Diamont posa un œil critique sur les ramequins et rompit la croûte de sucre caramélisé pour goûter la crème parfumée. Aussitôt, il hocha la tête d'un air approbateur et se tourna vers elle.

— Bon travail, Alix. Vous pouvez partir.

Certaine d'avoir mal entendu, Alix dévisagea son professeur. Puis elle ôta sa toque et son tablier pour quitter la pièce, ravie. Diamont était avare de compliments.

Depuis qu'elle avait intégré l'école, son budget était serré et il le resterait pendant ses deux années de formation. Mais, de toute façon, elle avait vécu avec beaucoup moins, par le passé. Elle était d'autant moins frustrée par le manque d'argent qu'elle faisait enfin ce qu'elle aimait : la cuisine. Depuis le temps qu'elle en rêvait ! Mais l'inscription avait coûté cher et, sans l'aide de ses amis Jacqueline et Reese Donovan, elle n'aurait jamais pu franchir le pas.

Peu après l'adoption du bébé de Laurel par Doug et Carol, Alix avait fait la connaissance de Reese. Ayant des relations haut placées, il avait pu lui obtenir une bourse grâce à une association locale. Comme si cela ne suffisait pas, Jacqueline avait tenu à ce qu'elle s'installe dans leur pavillon d'invités durant ses études, car Martha avait enfin pris sa retraite. Alix avait un emploi de femme de ménage qui lui permettait de vivre, en attendant.

Tout cela semblait trop beau pour être vrai. De temps en temps, elle se pinçait pour se prouver qu'elle ne rêvait pas, que ce bonheur lui arrivait, à elle, Alix Townsend.

Quand elle se fut changée, Alix appela Jordan sur son portable depuis la cabine des vestiaires.

— Salut ! dit-elle.

— Ta journée est terminée ? demanda-t-il, comme s'il attendait son appel.

— M. Diamont m'a autorisée à partir.

— Déjà ? C'est que tu as bien travaillé.

— Sans doute, admit-elle en se mordant les lèvres, de peur de donner l'impression de se vanter.

Elle aurait tout le temps de raconter ses exploits en dehors de la présence de ses camarades.

— Comment pourrais-je t'inciter à me faire des crèmes brûlées ? demanda Jordan d'un ton enjoué. C'est mon dessert préféré.

— Je ne sais pas, mais je trouverai certainement quelque chose.

— Je te fais confiance. Je passe te chercher ?

— Si tu veux.

Jordan avait des journées chargées, et c'était beaucoup lui demander. En temps normal, elle ne l'aurait pas appelé, mais elle s'inquiétait tant pour cet examen…

— Je peux aussi prendre le bus, tu sais ?

— Non. J'arrive.

Elle patienta devant l'Académie de cuisine de Seattle pendant dix minutes avant de voir approcher la voiture de Jordan. Ils sortaient ensemble depuis presque un an, maintenant, et elle s'était accoutumée à la présence de Jordan dans sa vie. Elle avait d'ailleurs pris goût à pas mal de choses. Il avait même réussi à la convaincre d'aller régulièrement à la messe. Pour la première fois de sa vie, Alix avait l'impression d'être une personne normale menant une vie normale, entourée de gens bienveillants et soucieux de sa réussite. Jordan avait raison : Dieu ne l'avait pas abandonnée.

Il gara la voiture et se pencha pour lui ouvrir la portière. En montant, Alix l'embrassa furtivement, puis il redémarra.

— Tu as sans doute oublié quel jour on est, dit-il d'un air nonchalant.

Alix fouilla dans sa mémoire, en vain.

— Le 6 mai est censé correspondre à quelque chose ?

— Cette date ne te rappelle rien ? demanda-t-il avec un air d'enfant peiné.

— Il faut croire que non.

Jordan grimaça et fit mine de se concentrer sur la circulation.

— C'est le jour où tu as posé sur moi ton regard d'azur, au vidéoclub.

— J'ai les yeux marron !

— Peu importe, dit-il en imitant son intonation désinvolte. Vraiment, tu as oublié ? C'est le 6 mai que je t'ai vue, devant le vidéoclub, en train de fumer une cigarette. J'allais louer une vidéo, mais tu m'as branché avec une excuse bidon.

— Je t'avais mis une cassette de côté.

— Tu me draguais.

— Moi ? Tu rêves !

Elle posa sur lui un regard moqueur, ravie qu'il se souvienne des moindres détails de leur histoire.

— Donc, je suppose que c'est une sorte d'anniversaire pour nous.

— Pour nous ? fit-elle, tout en appréciant chaque seconde de cette conversation.

— Tu es ma petite amie, non ?

— Sans doute, fit-elle en haussant les épaules, comme si cela n'avait aucune importance.

— Dans ce cas, regarde un peu l'écrin, dans la boîte à gants.

Soudain, elle eut l'impression de planer.

— Un écrin pour moi ?

— Regarde.

Les mains tremblantes, elle ouvrit la boîte à gants et découvrit un petit écrin noir orné d'un ruban rouge vif, niché parmi les papiers de la voiture. Elle le prit dans sa paume.

— Qu'est-ce qu'il contient ? demanda-t-elle, le souffle court.

— Ouvre-le, dit Jordan.

C'en était fini des plaisanteries. Soudain, elle eut l'impression qu'il faisait très chaud dans le véhicule.

Voyant qu'elle hésitait, il l'encouragea.

— Alors ? Qu'est-ce que tu attends ? Ouvre !

— C'est un très bel écrin.

— Tu vas voir : son contenu est encore plus beau.

Alix ôta le ruban et souleva le couvercle avec mille précautions. Il contenait une bague ornée d'un rubis entouré de deux petits diamants.

— Jordan ! souffla-t-elle. Elle est superbe.

— Je trouve aussi.

— Mais… pourquoi ?

— Je viens de te dire que ça faisait un an qu'on s'était retrouvés, non ?

— Oui, je sais, mais…

S'il la faisait pleurer, elle ne le lui pardonnerait pas.

— Essaie-la.

Elle glissa le bijou à son doigt. Il lui allait à merveille.

— Maintenant, c'est officiel, dit Jordan.

— Quoi ?

— Toi et moi.

Elle eut envie de lui dire qu'elle n'avait pas besoin d'une bague, même superbe, pour le prouver. Mais elle se contenta de lui sourire.

— L'année prochaine, pour notre anniversaire, reprit-il, quand tu auras obtenu ton diplôme, je la remplacerai pas une bague de fiançailles. Qu'en penses-tu ?

Cette fois, elle ne put contenir ses larmes.

— Je pense que c'est une excellente idée, murmura-t-elle. Tu veux bien arrêter cette voiture pour que je te montre combien je t'aime ?

— Ça devrait pouvoir se faire, répondit Jordan.

51

Apprendre à tricoter requiert des mains de débutante et un esprit de débutante. Le tricot est un loisir. Respirez, détendez-vous, et amusez-vous bien.

DONNA DRUCHUNAS, Sheeptoshawl.com

Lydia Hoffman

Difficile de croire que ma boutique est ouverte depuis un an. J'ai même décidé d'organiser mes premiers soldes, qui deviendront annuels, je l'espère. Margaret, qui travaille désormais pour moi à temps partiel, a conçu les prospectus et les pancartes. En dépit de ce qu'elle prétend, ma sœur a un grand sens artistique.

On peut dire que cette année fut riche en événements. Mes affaires ont prospéré. J'ai atteint tous les objectifs que je m'étais fixés, et même au-delà. Ma liste d'élèves s'est allongée. Mes trois pionnières sont toujours là et nous sommes très unies. De vraies amies. Nos séances du vendredi après-midi sont un rendez-vous incontournable. Je donne également d'autres cours. Mon stock a doublé depuis un an et il continue à se développer, à tel point que je commence à manquer de place. Brad est merveilleux. Avec Matt, mon beau-frère, ils ont construit des étagères supplémentaires pour mes nouveaux fils à tricoter.

Cette semaine, j'étais assise à mon bureau, en train de rattraper mon retard dans mes comptes. En voyant Margaret servir une cliente matinale, j'ai soudain pris pleinement conscience de mon attachement à ce commerce. Je suis si heureuse d'avoir franchi ce pas de géant et d'y avoir cru. J'aime tant ce que je fais que je ne considère presque pas cela comme du travail. D'autant plus que je peux partager ma passion avec d'autres.

C'est mon père que je dois remercier, car il m'a donné le courage d'avancer dans la vie. Sa mort m'a beaucoup appris. J'étais dépendante de lui mais, cette année, j'ai su puiser en moi la force qu'il m'avait instillée. Ça peut sembler bizarre de penser qu'il me sourit, de là où il se trouve, mais j'y crois.

Ce sourire de mon père s'adresse aussi à Margaret. Ma sœur et moi avons parcouru un long chemin dans nos relations. Nous nous sommes peu à peu rapprochées, d'abord en tant que sœurs, puis en tant qu'amies. Si on m'avait dit, l'année dernière, que nous travaillerions ensemble dans mon magasin, je n'y aurais pas cru. Cela m'aurait semblé impossible. C'est pourtant ce qui se passe.

Margaret a commencé à me remplacer lorsque j'ai cru avoir de nouveau un cancer, l'année dernière. Le Dr Wilson voulait éviter une récidive. Mon traitement était moins agressif que la chimiothérapie ou les rayons, mais il était assez lourd. Je devais souvent prendre une journée de repos. Margaret m'a aidée, malgré son manque d'expérience. Je lui en suis très reconnaissante. Au départ, elle préférait le crochet mais, au cours des derniers mois, elle s'est mise au tricot. Elle est désormais responsable du magasin, au même titre que moi. Les clientes l'ont adoptée. Elle ne sera jamais spontanée, mais c'est une excellente vendeuse et sa collaboration me rend très fière. Ma mère se réjouit de notre entente.

Toutefois, le plus grand changement qui soit intervenu

dans ma vie est la présence de Brad et de Cody. Nous passons un maximum de temps ensemble, et je suis profondément amoureuse de cet homme si spécial.

— Les prospectus viennent d'arriver de chez l'imprimeur, annonça Margaret en entrant dans mon bureau, interrompant mes pensées. Quand dois-je les remettre au service des envois groupés ?

— Aujourd'hui, si possible, répondis-je.

— J'y vais.

— Merci.

J'avais envie de lui dire combien j'appréciais tout ce qu'elle faisait pour moi.

— Je te dois tant, Margaret.

Comme je m'y attendais, elle prit mes remerciements à la légère. Ma gratitude semblait la gêner.

— Tu es sûre d'être d'attaque pour aller voir le match des Mariners, ce soir ?

Parfois, mais de plus en plus rarement, elle jouait encore les grandes sœurs protectrices.

— Je me porte à merveille, affirmai-je. Ne t'en fais pas : je connais mes limites.

Je n'avais aucune intention de décevoir Brad et Cody. Nous avions des places pour ce match contre les Padres de San Diego depuis des semaines.

— Tant mieux.

— Et toi, Matt, maman et les filles ? Vous y allez aussi ?

— Naturellement ! fit Margaret en écarquillant les yeux. On ne raterait ça pour rien au monde.

— Tant que tu es d'attaque ! lançai-je en riant.

Elle ignora ma raillerie et se retourna pour regarder par la vitrine.

— Notre livreur préféré vient d'arriver.

Quelques instants plus tard, Brad entra en sifflotant. Il m'apportait ma dernière commande de laine.

— Bonjour, Margaret ! lança-t-il en lui tendant le bordereau.

Ma sœur signa. Brad vint me voir.

— Salut, beauté.

Je rougis toujours quand Brad me parle ainsi. Je crois que je ne me ferai jamais à son amour. Je suis la plus heureuse des femmes. Brad et moi avons parlé mariage, mais je rechigne un peu. Il faut que je sois certaine, non pas de mon amour, mais à propos du cancer. Je n'ai rien promis : l'avenir est encore une page blanche, ou une pelote de laine qui attend d'être tricotée…

J'aime Brad et son fils. J'ai parlé plusieurs fois à la mère de Cody. Elle adore son enfant, mais elle se concentre actuellement sur ses propres objectifs. Le plus drôle, c'est qu'elle semble ravie que j'intervienne dans la vie de Cody.

Cependant, rien n'est jamais certain. Brad et moi en avons souvent discuté. Je me sens prête à accepter sa proposition. Je sais que c'est ce que je veux.

Brad me prit par la taille.

— Tu es très désirable, ce matin.

Je souris et l'embrassai longuement. Je ne laissais pas souvent nos baisers se prolonger, surtout pendant le travail. Mais il y a des moments où il est facile d'oublier où l'on se trouve.

— Qu'est-ce qui me vaut ce baiser ? murmura-t-il d'une voix rauque.

— Le fait que je t'aime, tout simplement.

— Moi aussi, je t'aime.

Je lui donnai une fessée amicale.

— A ce soir ! Et n'oublie pas : c'est toi qui offres les hot dogs et les cacahuètes.

— Marché conclu.

Debout à côté de ma sœur, je le regardai s'éloigner.
— C'est quelqu'un de bien, dit Margaret.
— Oui. Je suis d'accord.
— Tu vas l'épouser ?
J'observai Margaret pour bien savourer sa réaction.
— Oui.
— Il était temps ! lança-t-elle avec un large sourire.
— Je suppose que oui. Je l'aime. Et je m'entends si bien avec lui !
— La vie est un ouvrage qui se tricote maille par maille.
Je ne pouvais vraiment pas dire le contraire.

Debbie Macomber
Au fil des jours à
BLOSSOM
STREET
Jade

Au fil des jours à Blossom Street,

DEBBIE MACOMBER

Découvrez le 1er chapitre du 2nd roman
de la série Blossom Street

Roman à paraître le 1er Juin 2009

Tricoter à la main une paire de chaussettes nous relie à l'Histoire. Cette activité nous donne un aperçu de la vie de ceux qui, avant nous, ont tricoté des chaussettes en utilisant les mêmes compétences et les mêmes techniques.

Nancy Bush, auteur de *Folk Socks* (1994),
Folk Knitting in Estonia (1999), et
Knitting on the Road, Socks for the Traveling Knitter (2001),
ouvrages publiés par Interweave Press.

Lydia Hoffman

Le tricot m'a sauvé la vie. Il m'a aidée les deux fois où j'ai été atteinte d'une forme particulièrement terrifiante de cancer. Il se créait dans mon cerveau des tumeurs, cause de céphalées épouvantables. J'ai souffert comme jamais je n'aurais cru pouvoir souffrir. Le cancer a gâché mon adolescence et le début de ma vie d'adulte, mais j'étais bien décidée à survivre.

Je venais d'avoir seize ans quand le diagnostic est tombé, et j'ai appris à tricoter pendant la chimiothérapie. Au cours de ces séances, j'étais assise à côté d'une femme que l'on soignait pour un cancer du sein. Adepte du tricot, elle m'a transmis son savoir. La chimio était presque aussi terrible que les maux de tête. Le tricot m'a aidée à supporter ces heures interminables au cours desquelles je me sentais nauséeuse et sans force aucune. J'avais l'impression que, munie de deux aiguilles et d'une pelote de laine, je pouvais affronter toutes les épreuves. Mes cheveux sont tombés par poignées, mais ce n'était pas grave puisque j'étais capable de monter le fil sur une aiguille et de former un point, capable de suivre un modèle et de mener un ouvrage à terme. Alors que j'avais du mal ne serait-ce qu'à avaler plusieurs bouchées de suite, j'arrivais à tricoter. Je m'accrochais à ce fil ténu mais précieux qui me donnait le sentiment d'être encore créative.

Oui, c'est le tricot qui m'a sauvée. Le tricot et mon père qui, lui, m'a donné la force morale nécessaire pour traverser la deuxième épreuve. J'y suis arrivée. Contrairement à mon père. Quelle ironie du sort, n'est-ce pas ? J'ai survécu, mais mon cancer a tué papa.

Après sa mort, j'ai su que je devais donner une orientation à ma vie afin de lui rendre hommage. Ce qui signifiait que j'étais prête à prendre des risques.

J'ai ouvert un magasin de laine et de fil sur Blossom Street, à Seattle. Il n'y avait pas de quoi pavoiser, d'accord, mais, pour moi, c'était d'une extrême importance. Mes grands-parents m'avaient laissé un petit pactole, et j'ai misé jusqu'au moindre centime dans cette affaire. Moi qui n'avais jamais travaillé plus de quelques semaines au même endroit, moi qui ne connaissais rien aux affaires, qui ne savais même pas ce qu'était un bilan, j'ai investi tout ce que j'avais dans la seule activité que je maîtrisais vraiment : le tricot.

Naturellement, j'ai rencontré quelques difficultés. A l'époque, la rue était en pleine rénovation et l'épouse de l'architecte, Jacqueline Donovan, a été l'une de mes premières élèves avec Carol et Alix. Toutes les quatre, nous sommes devenues de très bonnes amies.

Je n'ai pas eu le soutien auquel on pouvait s'attendre de la part de ma famille. Maman a bien essayé de m'encourager, mais elle était en état de choc après la disparition de papa. Elle l'est encore, d'ailleurs. Quand je lui ai fait part de mon projet, elle n'a pas cherché à me décourager, mais elle ne m'a pas poussée non plus. De son côté, Margaret, ma sœur aînée, n'a eu aucun scrupule à me dresser un tableau apocalyptique de ce qui m'attendait. Le jour de l'ouverture, elle est entrée dans la boutique d'un pas martial, avec des prévisions lugubres : l'économie était au plus bas, les gens s'agrippaient à leurs sous, je devrais m'estimer heureuse si j'arrivais à tenir six semaines… Au bout de dix minutes à écouter ses sombres prédictions, j'étais prête à déchirer le bail et à mettre la clé sous la porte. Mais j'eus un sursaut. C'était mon premier jour et je devais encore vendre ma première bobine.

Comme vous avez pu le deviner, la relation entre Margaret et moi est un peu compliquée. Qu'on ne se méprenne pas : j'aime ma sœur. Mais Margaret n'est pas vraiment du genre spontané et chaleureux. Ce n'est que quand j'ai eu une troisième alerte, quelques mois après avoir ouvert la boutique, que j'ai compris à quel point elle tenait à moi. Comment décrire la frayeur que j'ai ressentie lorsque le Dr Wilson m'a prescrit ces terribles examens que je connaissais pourtant bien ? C'était comme si mon monde venait soudain de s'écrouler. A dire vrai, je ne pense pas que j'aurais pu faire face à la maladie encore une fois. J'avais déjà pris ma décision. Si le cancer était revenu, je refusais de me faire soigner.

Mon indifférence à mon sort perturba ma sœur qui ne pouvait accepter mon fatalisme. Comme chez beaucoup de gens, la mort était un sujet qui la mettait mal à l'aise tandis que, pour moi, le fait de mourir était devenu aussi anodin que d'éteindre la lumière. Cette perspective ne m'effraie pas. Heureusement, les résultats des examens se sont révélés négatifs. Je vais de mieux en mieux et ma boutique marche bien. C'est pendant ces semaines-là que j'ai découvert la profondeur des sentiments de ma sœur à mon égard. Au cours de ces dix-sept dernières années, je ne l'ai vue pleurer qu'à deux reprises : à la mort de papa et quand le Dr Wilson m'a remis un bilan d'examens négatif.

Quand j'ai repris mon travail à plein temps, Margaret n'a eu de cesse que je renoue avec Brad Goetz. Brad est le chauffeur d'UPS. C'est lui qui me livre à la boutique. Nous avons commencé à sortir ensemble l'année dernière. Il est divorcé et il a la garde de son fils Cody, âgé de huit ans. Dire que Brad est un bel homme serait un euphémisme. Il est tout simplement sublime. La première fois qu'il est entré dans mon magasin en poussant plusieurs cartons de laine sur un diable, je suis restée clouée sur place, bouche bée. J'étais tellement troublée que c'est à peine si j'ai pu signer le bon de livraison. Il m'a demandé de sortir avec lui trois fois avant que j'accepte d'aller prendre un verre en sa compagnie. Etant donné le peu d'expérience que j'avais des hommes, j'étais sûre de ne pas être dans mon élément. Je n'aurais jamais eu le courage de dire oui si Margaret ne m'y avait pas poussée.

Je dis toujours qu'Au fil des jours est ma « déclaration de vie », mais, d'après Margaret, j'avais peur de la vie. Peur de vraiment vivre, de m'aventurer hors du petit cocon que je m'étais créé dans la boutique. Elle avait raison, et je le savais. Mais je résistais. Cela faisait tellement d'années que je n'avais pas passé une heure avec un autre homme que mon père ou mon médecin que je me sentais complètement décalée. Aucune excuse, cependant, n'était valable aux yeux de Margaret et bientôt Brad et moi nous sommes retrouvés autour d'un verre, puis nous sommes allés dîner ensemble. Il y a eu ensuite les pique-niques avec Cody et les jeux de ballon. J'aime le fils de Brad autant que mes deux nièces, Julia et Hailey.

Depuis quelque temps, nous nous voyons beaucoup, Brad et moi. Bon, d'accord, nous faisons preuve de prudence. C'est moi qui évite de précipiter les choses. La situation convient très bien à Brad. Il a déjà souffert une première fois quand son ex-femme est partie sous prétexte qu'elle avait besoin de trouver « sa véritable personnalité ». Et puis il ne faut pas oublier qu'il y a Cody. Ce gamin est très proche de son père et, même s'il m'aime beaucoup, je ne veux pas rompre l'équilibre précieux de leur relation. Jusqu'à présent, tout va très bien entre nous, et nous envisageons de plus en plus l'avenir ensemble. Brad et Cody font tellement partie de mon quotidien, maintenant, que je ne peux imaginer de vivre sans eux.

Le carillon de la boutique retentit, annonçant l'arrivée de Margaret. C'était le premier mardi matin de juin et la journée promettait d'être belle.

— Bonjour ! lançai-je en me détournant de la cafetière que j'avais installée dans l'arrière-boutique.

Lorsque Margaret se décida enfin à me répondre, ce fut plus un grommellement qu'autre chose. Connaissant ma sœur et ses humeurs, je décidai de ne pas la bousculer et d'attendre le bon moment. Si elle s'était disputée avec l'une de ses filles ou son mari, elle finirait bien par me le dire.

— J'ai mis du café en route, lui dis-je tandis qu'elle me rejoignait dans l'arrière-boutique pour mettre son sac à main sous clé.

Sans répondre, elle saisit sur le plateau une tasse que je venais juste de laver et souleva la verseuse. Le breuvage continua à s'écouler, grésillant sur la plaque chaude, mais elle ne sembla pas s'en rendre compte.

Finalement, je n'y tins plus.

— Qu'est-ce qui t'arrive ? demandai-je d'un ton qui trahissait mon impatience.

Se tournant vers moi, Margaret réussit à esquisser un sourire hésitant.

— Rien... Excuse-moi. C'est juste que j'ai tellement l'impression d'être lundi.

La boutique étant fermée le lundi, la semaine pour nous commence le mardi. Je regardai ma sœur, les sourcils froncés, me demandant quel était le véritable problème. Impossible cependant de déchiffrer son expression impassible.

Avec ses épaules larges et son épaisse chevelure noire, Margaret est une belle femme. Grande et mince, mais avec une ossature solide. Elle n'a rien perdu de la forme athlétique qu'elle avait autrefois. J'aimerais bien qu'elle change de coiffure. Depuis le lycée, elle arbore toujours le même carré séparé au milieu par une raie. Raides comme des baguettes, ses cheveux lui arrivent jusqu'aux épaules où ils s'incurvent docilement vers l'intérieur comme si elle les avait torturés avec un fer. Le fer à boucler, la laque, le coup de brosse vigoureux : la même routine depuis son adolescence. Le style est classique et lui va bien, je suppose, mais je donnerais n'importe quoi pour qu'elle essaie autre chose.

— Je vais ouvrir un nouveau cours, annonçai-je dans l'espoir de la tirer de son humeur sombre.

— Un cours de quoi ?

Ah, elle manifestait de l'intérêt ! C'était bon signe. La plupart des cours que j'avais lancés s'étaient bien passés. J'avais ouvert un cours pour débutantes, un autre pour le niveau intermédiaire et un Jacquard, mais il y en avait un autre auquel je pensais depuis pas mal de temps.

— La question est si difficile ?

La remarque sarcastique de ma sœur me tira de ma brève rêverie.

— Des chaussettes. Je veux leur apprendre à tricoter des chaussettes, répondis-je.

Depuis que les nouvelles pelotes créatives avaient été lancées sur le marché, les chaussettes tricotées faisaient fureur. Je me targuais d'avoir en magasin un choix varié des marques européennes, ce qui n'était pas pour déplaire à mes clientes. Certaines des nouvelles pelotes étaient conçues pour permettre de créer des motifs compliqués. C'était stupéfiant de contempler une paire de chaussettes en sachant que le motif était dû au fil qui avait été utilisé et non aux talents de celle qui l'avait tricotée.

— C'est bien, approuva ma sœur avec un haussement d'épaules. Je suppose que tu vas proposer de les tricoter en rond avec des aiguilles circulaires plutôt que d'utiliser la méthode des doubles pointes, ajouta-t-elle d'un ton neutre.

— Bien sûr !

Je préférais utiliser deux aiguilles circulaires.

Margaret quant à elle avait une prédilection pour le crochet, et même si elle savait tricoter, elle ne s'y adonnait que rarement.

— On dirait que les gens s'intéressent beaucoup aux chaussettes depuis quelque temps, n'est-ce pas ?

Le ton était toujours neutre, presque indifférent.

J'observai ma sœur plus attentivement. D'habitude, quand je lui exposais une idée, elle avait toujours trois ou quatre arguments pour me démontrer que ça ne pouvait pas marcher. C'était devenu presque un jeu entre nous. Mais aujourd'hui, cette absence de réaction me priva du plaisir que je prenais toujours à me défendre.

— Donc, tu penses qu'un cours de chaussettes attirerait les clients ? demandai-je pour tenter de lancer le débat.

Bon sang, si Margaret ne réagissait pas, c'est que quelque chose ne tournait vraiment pas rond !

Personnellement, j'aimais bien tricoter des chaussettes pour des raisons qui n'avaient rien à voir avec leur popularité du moment. A mes yeux, le principal avantage résidait dans la rapidité de l'exécution. Après avoir fini un pull en jacquard ou un afghan, je recherchais toujours quelque chose de facile à faire. Je trouvais gratifiant après des heures interminables de tricot de voir une chaussette prendre forme aussi vite. Les chaussettes n'exigeaient pas d'investissement important en termes de temps ou de fournitures et, de plus, elles pouvaient constituer de jolis cadeaux. Oui, c'était décidé : j'allais ouvrir un cours. Comme le mardi était plutôt calme au niveau du magasin, il semblait logique de le faire ce jour-là.

Margaret hocha la tête en réponse à ma question.

— Oui, je pense que ça marchera, murmura-t-elle.

Dévisageant ma sœur, il me sembla un instant voir des larmes briller dans ses yeux. Je l'observai plus attentivement. Comme je l'ai dit auparavant, Margaret ne pleure que rarement.

— Ça va ? lui demandai-je doucement.

Je ne voulais pas paraître curieuse, mais si, effectivement, il y avait un problème, je tenais à l'assurer de mon soutien.

— Arrête de me demander ça ! répliqua-t-elle d'un ton brusque.

Je poussai un soupir de soulagement. La Margaret que je connaissais était de retour.

— Tu veux bien mettre un écriteau sur la vitrine pour annoncer le cours ? demandai-je.

Margaret était beaucoup plus douée que moi sur le plan

artistique et je me reposais toujours sur elle pour ce genre de chose.

Sans particulièrement montrer d'enthousiasme, elle haussa de nouveau les épaules.

— Ce sera prêt avant midi.

— Super ! dis-je en me dirigeant vers la porte d'entrée.

Celle-ci était fermée à clé. Je l'ouvris et retournai l'écriteau qui portait l'inscription « Ouvert ». Lové dans la vitrine où il paraissait au soleil du matin, Moustache ouvrit un œil. Dans leurs bacs, les géraniums faisaient des taches d'un beau rouge vif. Comme la terre semblait manquer d'eau, je remplis un arrosoir et le portai à l'extérieur. Du coin de l'œil, je vis une camionnette tourner à l'angle de la rue. Un sentiment familier de bonheur m'envahit. C'était Brad.

Il se gara devant chez Fanny, la fleuriste, juste à côté de ma boutique, et descendit du véhicule sans se départir de son sourire.

— Quelle belle matinée ! dis-je.

Son regard tendre faisait tellement chaud au cœur ! Cet homme sourit de tout son être et il a les yeux bleus les plus intenses qui soient. Ils sont comme un phare pour moi. Ces yeux-là sont tellement bleus que je jure que je pourrais les voir à plus d'un kilomètre de distance.

— Tu as une livraison de laine ? lui demandai-je.

— La seule chose que j'ai à te livrer aujourd'hui, c'est moi-même. J'ai quelques minutes, si tu as du café à m'offrir.

— Il y en a.

C'était notre rituel. Avec ou sans livraison, Brad s'arrêtait à la boutique deux fois par semaine — voire davantage quand il le pouvait. Il ne restait jamais longtemps. Il remplissait sa Thermos de café, et me volait un baiser avant de retourner travailler. Comme à l'accoutumée, je le suivis dans l'arrière-boutique, feignant la surprise lorsqu'il me prit dans ses bras.

J'aime les baisers de Brad. Cette fois-ci, il commença par mon front avant de peu à peu descendre sur mon visage jusqu'à mes lèvres. Tandis que sa bouche se posait sur la mienne, je sentis des frissons électriques me parcourir tout le corps. Brad produit cet effet-là sur moi et il le sait.

Il me tint dans ses bras, attendant que je retrouve mon équilibre. Puis il me relâcha pour prendre sa Thermos. Au moment de se retourner, je vis qu'il fronçait les sourcils.

— Y a-t-il un problème entre Margaret et Matt ? demanda-t-il.

J'ouvris la bouche pour lui assurer que tout allait bien, mais je me rendis compte qu'en fait je l'ignorais.

— Qu'est-ce qui te fait dire ça ?

— Ta sœur, chuchota-t-il. Elle est bizarre depuis quelque temps. Tu ne t'en es pas aperçue ?

— Si. Tu as raison. Il y a sûrement quelque chose.

— Tu veux que je lui pose la question ? s'enquit Brad en oubliant de baisser la voix.

Je ne répondis pas tout de suite. Je craignais que Margaret l'envoie promener comme elle l'avait fait avec moi.

— Il vaut mieux éviter, je crois, dis-je finalement.

Mais après tout, ma sœur avait un faible pour Brad. S'il y avait une personne qui pouvait faire tomber ses défenses, c'était lui.

— Oh ! Et puis après tout, oui : interroge-la. Mais pas maintenant.

— Quand ?

— On pourrait organiser quelque chose tous ensemble.

Brad secoua la tête.

— Ce serait mieux si Matt n'était pas dans les parages.

— D'accord, dis-je en me mordillant la lèvre inférieure. Tu as une autre idée ?

Avant qu'il ne puisse répondre, Margaret écarta d'un geste

brusque le rideau qui isolait l'arrière-boutique et posa sur nous un regard furieux. Brad et moi sursautâmes. La culpabilité que nous éprouvions devait se lire sur nos visages.

— Ecoutez bien, les deux tourtereaux : si vous avez l'intention de parler de moi, je suggère que vous le fassiez à voix basse.

Sur ces mots, elle laissa retomber le rideau et s'éloigna d'un pas furieux.

DANS LA MÊME COLLECTION

Par ordre alphabétique d'auteur

JINA BACARR	*Blonde Geisha*
MARY LYNN BAXTER	*La femme secrète*
MARY LYNN BAXTER	*Un été dans le Mississippi*
JENNIFER BLAKE	*Une liaison scandaleuse*
BARBARA BRETTON	*Le lien brisé*
BENITA BROWN	*Les filles du capitaine*
MEGAN BROWNLEY	*La maison des brumes*
CANDACE CAMP	*Le bal de l'orchidée*
CANDACE CAMP	*Le manoir des secrets*
CANDACE CAMP	*Le château des ombres*
CANDACE CAMP	*La maison des masques*
MARY CANON	*L'honneur des O'Donnell*
ELAINE COFFMAN	*Le seigneur des Highlands*
ELAINE COFFMAN	*La dame des Hautes-Terres*
JACKIE COLLINS	*Le voile des illusions*
JACKIE COLLINS	*Reflets trompeurs*
JACKIE COLLINS	*Le destin des Castelli*
PATRICIA COUGHLIN	*Le secret d'une vie*
MARGOT DALTON	*Une femme sans passé*
EMMA DARCY	*Souviens-toi de cet été*
CHARLES DAVIS	*L'enfant sans mémoire*
SHERRY DEBORDE	*L'héritière de Magnolia*
BARBARA DELINSKY	*La saga de Crosslyn Rise*
BARBARA DELINSKY	*L'enfant du scandale*
WINSLOW ELIOT	*L'innocence du mal*
SALLY FAIRCHILD	*L'héritière sans passé*
MARIE FERRARELLA	*Une promesse sous la neige*****
ELIZABETH FLOCK	*Moi & Emma*
CATHY GILLEN THACKER	*L'héritière secrète*
GINNA GRAY	*Le voile du secret*
GINNA GRAY	*La Fortune des Stanton*
JILLIAN HART	*L'enfant des moissons*
CHRISTIANE HEGGAN	*L'héritière de Calistoga*
METSY HINGLE	*Une vie volée*

... / ...

DANS LA MÊME COLLECTION

Par ordre alphabétique d'auteur

FIONA HOOD-STEWART	*Les années volées*
FIONA HOOD-STEWART	*A l'ombre des magnolias*
FIONA HOOD-STEWART	*Le testament des Carstairs*
FIONA HOOD-STEWART	*L'héritière des Highlands*
LISA JACKSON	*Noël à deux***
RONA JAFFE	*Le destin de Rose Smith Carson*
PENNY JORDAN	*Silver*
PENNY JORDAN	*L'amour blessé*
PENNY JORDAN	*L'honneur des Crighton*
PENNY JORDAN	*L'héritage*
PENNY JORDAN	*Le choix d'une vie*
PENNY JORDAN	*Maintenant ou jamais*
PENNY JORDAN	*Les secrets de Brighton House*
PENNY JORDAN	*La femme bafouée*
PENNY JORDAN	*De mémoire de femme*
MARGARET KAINE	*Des roses pour Rebecca*
HELEN KIRKMAN	*Esclave et prince*
ELAINE KNIGHTON	*La citadelle des brumes*
ELIZABETH LANE	*Une passion africaine*
ELIZABETH LANE	*La fiancée du Nouveau Monde*
CATHERINE LANIGAN	*Parfum de jasmin*
RACHEL LEE	*Neige de septembre*
RACHEL LEE	*La brûlure du passé*
LYNN LESLIE	*Le choix de vivre*
MERLINE LOVELACE	*La maîtresse du capitaine*
JULIANNE MACLEAN	*La passagère du destin*
DEBBIE MACOMBER	*Rencontre en Alaska*****
DEBBIE MACOMBER	*Un printemps à Blossom Street*
MARGO MAGUIRE	*Seigneur et maître*
ANN MAJOR	*La brûlure du mensonge*
ANN MAJOR	*Le prix du scandale**
KAT MARTIN	*Lady Mystère*
ANNE MATHER	*L'île aux amants****
CURTISS ANN MATLOCK	*Sur la route de Houston*
CURTISS ANN MATLOCK	*Une nouvelle vie*
CURTISS ANN MATLOCK	*Une femme entre deux rives*

… / …

DANS LA MÊME COLLECTION

Par ordre alphabétique d'auteur

MARY ALICE MONROE	*Le masque des apparences*
CAROLE MORTIMER	*L'ange du réveillon*****
DIANA PALMER	*D'amour et d'orgueil****
DIANA PALMER	*Les chemins du désir*
DIANA PALMER	*Les fiancés de l'hiver*****
DIANA PALMER	*Le seigneur des sables*
DIANA PALMER	*Une liaison interdite*
PATRICIA POTTER	*Noces pourpres*
MARCIA PRESTON	*Sur les rives du destin*
MARCIA PRESTON	*La maison aux papillons*
EMILIE RICHARDS	*Mémoires de Louisiane*
EMILIE RICHARDS	*Le testament des Gerritsen*
EMILIE RICHARDS	*La promesse de Noël***
EMILIE RICHARDS	*L'écho du passé*
EMILIE RICHARDS	*L'écho de la rivière*
EMILIE RICHARDS	*Le refuge irlandais*
NORA ROBERTS	*Retour au Maryland*
NORA ROBERTS	*La saga des Stanislaski*
NORA ROBERTS	*Le destin des Stanislaski*
NORA ROBERTS	*L'héritage des Cordina*
NORA ROBERTS	*Love*
NORA ROBERTS	*La saga des MacGregor*
NORA ROBERTS	*L'orgueil des MacGregor*
NORA ROBERTS	*L'héritage des MacGregor*
NORA ROBERTS	*La vallée des promesses*
NORA ROBERTS	*Le clan des MacGregor*
NORA ROBERTS	*Le secret des émeraudes*
NORA ROBERTS	*Un homme à aimer**
NORA ROBERTS	*Sur les rives de la passion*
NORA ROBERTS	*La saga des O'Hurley*
NORA ROBERTS	*Le destin des O'Hurley*
NORA ROBERTS	*Un cadeau très spécial***
NORA ROBERTS	*Le rivage des brumes*
NORA ROBERTS	*Les ombres du lac*
NORA ROBERTS	*Un château en Irlande*
NORA ROBERTS	*Filles d'Irlande*
NORA ROBERTS	*Pages d'amour*
NORA ROBERTS	*Rencontres*
NORA ROBERTS	*Une famille pour Noël*****
NORA ROBERTS	*Passionnément*
ROSEMARY ROGERS	*Le sabre et la soie*
ROSEMARY ROGERS	*Le masque et l'éventail*
JOANN ROSS	*Magnolia*

… / …

DANS LA MÊME COLLECTION

Par ordre alphabétique d'auteur

JOANN ROSS	*Cœur d'Irlande*
MALLORY RUSH	*Ce que durent les roses*
EVA RUTLAND	*Tourments d'ébène*
PATRICIA RYAN	*L'escort-girl****
DALLAS SCHULZE	*Un amour interdit*
DALLAS SCHULZE	*Les vendanges du cœur*
KATHRYN SHAY	*L'enfant de l'hiver*
JUNE FLAUM SINGER	*Une mystérieuse passagère*
ERICA SPINDLER	*L'ombre pourpre*
ERICA SPINDLER	*Le fruit défendu*
ERICA SPINDLER	*Trahison*
ERICA SPINDLER	*Parfum de Louisiane*
ERICA SPINDLER	*Un parfum de magnolia*
ERICA SPINDLER	*Les couleurs de l'aube*
LYN STONE	*La dame de Fernstowe*
CHARLOTTE VALE ALLEN	*Le destin d'une autre*
CHARLOTTE VALE ALLEN	*L'enfance volée*
SOPHIE WESTON	*Romance à l'orientale****
SUSAN WIGGS	*Un printemps en Virginie*
SUSAN WIGGS	*Les amants de l'été*
SUSAN WIGGS	*L'inconnu du réveillon***
SUSAN WIGGS	*La promesse d'un été*
SUSAN WIGGS	*Un été à Willow Lake*
SUSAN WIGGS	*Le pavillon d'hiver*
LYNNE WILDING	*L'héritière australienne*
BRONWYN WILLIAMS	*L'île aux tempêtes*
REBECCA WINTERS	*Magie d'hiver***
REBECCA WINTERS	*Un baiser sous le gui*****
SHERRYL WOODS	*Refuge à Trinity*
SHERRYL WOODS	*Le testament du cœur*
LAURA VAN WORMER	*Intimes révélations*
KAREN YOUNG	*Le passé meurtri*
KAREN YOUNG	*Le fils du destin*
KAREN YOUNG	*Un vœu secret***
KAREN YOUNG	*L'innocence bafouée*

* *titres réunis dans un volume double*

** *titres réunis dans le volume intitulé* : Magie d'hiver 2007

*** *titres réunis dans le volume intitulé* : Passions d'été

**** *titres réunis dans le volume intitulé* : Magie d'hiver 2008

8 TITRES À PARAÎTRE EN JUIN 2009

Composé et édité par les
éditions Harlequin

Achevé d'imprimer en Allemagne
par GGP Media GmbH, Pößneck
en mars 2009

Dépôt légal en avril 2009
N° d'éditeur : 14194